조선동물기

조선 선비들 눈에 비친 동물, 그리고 그 속에 담긴 세상

초판 1쇄 발행 2014년 3월 15일 ＼**초판 2쇄 발행** 2016년 5월 1일
엮음 김홍식 ＼**해설** 정종우 ＼**펴낸이** 이영선 ＼**편집 이사** 강영선 ＼**주간** 김선정 ＼**편집장** 김문정
편집 임경훈 김종훈 하선정 김정희 유선 ＼**디자인** 정경아
마케팅 김일신 이호석 김연수 ＼**관리** 박정래 손미경 김동욱

펴낸곳 서해문집 ＼**출판등록** 1989년 3월 16일(제406-2005-000047호)
주소 경기도 파주시 광인사길 217(파주출판도시) ＼**전화** (031)955-7470 ＼**팩스** (031)955-7469
홈페이지 www.booksea.co.kr ＼**이메일** shmj21@hanmail.net

© 서해문집, 2014
ISBN 978-89-7483-647-4 03810
값 15,000원

이 도서의 국립중앙도서관 출판시도서목록(CIP)은 e-CIP 홈페이지(http://www.nl.go.kr/ecip)에서
이용하실 수 있습니다.(CIP제어번호: CIP2014005764)

朝鮮　　　　動物記

조선동물기

一 김홍식 · 엮음　정종우 · 해설 一

조선 선비들
눈에 비친 동물,
그리고
그 속에 담긴 세상

서해문집

| 일러두기 |

1. 이 책은 조선 선비들의 옛글 중에서 동물과 관련된 글을 가려 뽑아 새로 엮고, 현재에 맞게 다듬은 것이다.
2. 원저자의 주와 엮은이의 주는 구분 없이 첨자로 표시했다.
3. 필요한 경우 한자를 함께 표기했다.
4. 각 글의 제목들은 원제를 그대로 쓰거나, 우리말로 풀이하였고, 원제가 없는 경우엔 임의로 제목을 달았다.
5. 해설은 해설자가 생물학적 지식을 바탕으로 달았으며, 역사·문헌 관련 일부 해설은 엮은이가 추가했다.
6. 각 동물의 분류는 현재의 기준에 따랐으나, 일부는 원전의 분류에 따랐다.
   예) 고래→어류
7. 책의 이름은《》으로, 편명이나 시 등은〈〉으로 표기했고, 본문에서 원전의 출처명은『』으로 표기했다.

과거에 쓰인 모든 과학 관련 도서는 옳음과 틀림을 함께 품고 있다. 그렇다고 해도 지나간 시대에 과학에 관심을 갖고 과학적 내용을 기록한 것이 무의미無意味한 것은 결코 아니다. 오히려 틀림이 있기에 과학의 발전이 가능했다. 옛 사람들의 기록이 모두 옳았다면 과학자라는 존재는 필요도 없을 테니까.

시턴1860~1946의 《동물기》와 파브르1823~1915의 《곤충기》는 뛰어난 동물학적 기록이다. 그렇다고 해서 틀림이 없지는 않을 것이다. 그렇지만 그 탁월한 저서는 그들이 살던 시대에 그들이 자연에 대해 기울인 애정과 관심을 꼼꼼히 기록하고 있다. 그리고 오늘날 우리가 누리는 수많은 생물학적 지식은 그들의 노력과 관심에 크게 힘입었을 것이다.

조선을 산 선비들 가운데 많은 분들도 그러했다. 누군가는 자연을 노래했고, 누군가는 도덕에, 철학에 삶을 바쳤다. 또 누군가는 정치를 바로잡는 데 목숨을 걸기도 했다. 그리고 여기 주위의 온갖 동물에 눈길을 던진 선비들과 그들의 기록이 있다.

《조선동물기》는 조선시대 선비들이 기록한, 조선시대 사람들의 눈에 비친 동물에 관한 이야기다. 이 가운데는 오늘날 우리를 놀라게 할 뛰어난 관찰 기록도 있고, 21세기를 사는 인간들로서는 웃음밖에 나오지 않을 허무맹랑한 이야기도 있다. 그러나 그 모든 것이 조선시대를 살던 선조들의 삶이요, 동물관動物觀이었다.

그것이 옳으냐, 틀리냐를 이야기하는 것은 호사가적好事家的 취미일 뿐이다. 조선 선비들에게 이 기록들은 세상이요, 삶이었다. 따라서 이 기록들을 통해 우리는 동물학적 지식을 얻고자 하지 않는다. 우리가 이 글을 읽는 것은 우리를 앞서 살다 간, 무수히 많은 선조들의 삶을 바라보는 태도, 자연을 바라보는 태도, 동물을 바라보는 태도를 느끼기 위해서다.

인간이 어찌 객관적 진실만을 잣대로 삼으며 살 수 있겠는가. 우리 삶의 기준은 진실만이 아니라 삶을 바라보는 태도일지 모른다. 어쩌면 무수히 많은 오류로 가득한 《조선동물기》를 무수히 많은 어려움을 겪으며 펴내는 까닭도 여기에 있다.

서양 동물기가 신화적 가치를 인정받는 만큼 조선 선비들의 동물기動物記 또한 그 자체로 존재 가치가 있다는 사실을 21세기 첨단과학의 시대를 사는 우리 독자들이 잠시나마 기억할 수 있다면 오랜 시간 기울인 노력이 헛되지 않을 것이다.

조선 선비들의 동물관 속에 내재된 깊은 가치와 현대 동물학의 지식을 접목시켜 전혀 새로운 성과물로 만들어 주신 이화여자대학교 정종우 교수님, 그리고 고전古典의 현대화와 대중화에 앞장서 주신 무수히 많은 분들의 앞선 성과물이 없었다면 이 책은 탄생할 수 없었다. 깊이 감사드린다.

한편 이 책을 엮는 작업은 엮은이의 능력을 벗어나는 버거운 일이었다. 특히 오늘날에는 찾기조차 힘든 과거 중국의 어학서, 역사서, 문집 등을 종횡으로 누비는 조선 선비들의 뒤를 따르는 작업은 상상 외로 힘들었다. 무수한 동물들이 한자로만 되어 있어서 지금으로서는 정확하게 어떤 동물인지를 파악하는 게 힘든 경우가 더러 있다. 조선 학자들조차도 한자에 해당하는 동물을 다르게 보는 경우가 있었다. 그 과정에서 엮은이는 능력 부족을 실감할 수밖에 없었고, 그 결과 또한 부족함과 오류로 가득 차 있을 것이다. 만약 누군가가 오류를 발견한다면 반드시 지적해 주길 부탁드린다.

이 책은 절대 완성된 책도 아니요 선현들의 작업을 보여주는 잣대도 아니다. 다만 누군가 해야 할 일을 처음 시작했다는 의미 외에는 찾아보기 힘든 작업임을 널리 이해해 주시기 바란다. 그러기에 이 부족한 작업을 바탕으로 온전한 조선 선비들의 과학적 업적이 밝혀지기를 바랄 뿐이다.

김홍식

내가 서울대학교 생명과학부에서 박사 과정으로 있던 2003년에
서울대학교 명예교수이고 대한민국학술원 회원인 김훈수 선생님
의 일을 몇 개월 도와드린 적이 있다. 당시 선생님은 조선시대 문
헌들을 연구하여 조선시대의 동물학사動物學史를 정리하는 과제
를 수행하셨는데, 나는 타이핑하는 것을 도왔다. 일은 단순했지만
동물들의 이름을 나타내는 수많은 한자를 일일이 워드프로세서
로 입력하는 일은 시간이 많이 필요했으며 생각보다 쉽지 않았다.
하지만 이때의 경험으로 나는 우리나라 고전에 대한 생각을 바꿨
다. 이전까지 나는 우리나라 고전에 관심이 전혀 없었다.《성호사
설》,《임원경제지》,《동국여지승람》과 같은 고전은 고등학교 역사
교과서에서나 본 단어들에 불과했다. 더군다나 이러한 고전과 생
물학 사이에 어떠한 접점이 있으리라고는 생각지도 못했다. 선생
님의 연구를 도우며 이런 생각이 얼마나 잘못되었는지 이내 깨닫
게 되었다.

　비록 요즘처럼 세련되고 과학적인 표현을 쓰지 않았고 일부 오

류가 있지만, 나름의 합리적인 기준에 근거해 생물들을 분류하고, 각종 의학서나 가축과 농작물을 다루는 농업 기술서 등에 특정 생물에 대한 상세한 특징과 생물학적 내용이 상세히 기술되어 있던 점에서 감탄했다. 특히 조선 후기로 들어와 실학사상實學思想이 대두하면서 학자들이 이전의 고전을 논리적으로 분석하고 평가한 뒤, 직접 관찰하고 경험한 내용을 덧붙인 글들에서는 그들이 지니고 있던 해박함과 분석 능력, 그리고 뛰어난 관찰력을 엿볼 수 있었다. 하지만 이러한 내용들이 고전이라는 딱딱한 틀에 가로막혀 일반인들이 쉽게 접하지 못하는 것을 늘 안타까워했다.

그러던 중에 인연이 되어 2011년 5월 실학박물관에서 "성호 이익의 세상만물 새로 보기"라는 기획전 자문을 하게 되었고, 이때의 일을 계기로 이 책에 해설을 부탁받게 되었다.

선현들이 관찰하고 고민한, 훌륭한 성과들을 우리 후손들이 공유하는 데 이 책이 작은 디딤돌 역할을 해 주길 바란다. 부족한 나에게 작업을 함께 하자고 제안해 주시고 미흡한 해설을 잘 다듬어 주신 김홍식 선생님과 본인의 게으름으로 느려진 작업에 인내심을 갖고 기다려 주신 서해문집 편집부에 감사드린다.

정종우

차례

포유류 · 12

조류 · 148

어패류 · 248

포유류

말

중국 사람은 마부 없이 말을 탄다. 재갈에 고삐를 매서 스스로 당기면서 말을 부린다. 말의 상태에 따라 달리기도 하고 천천히 가기도 한다. 또 자주 내려서 말이 충분히 쉬도록 한다. 그리고 항상 털을 빗질하고 씻겨서 냄새를 없애 준다.

매년 봄, 풀이 파릇파릇해지면 수말에게 방울을 달아 놓아 짝짓기를 하도록 한다. 이때 수말 주인은 은銀 닷 냥을 받는다. 만약 뛰어나게 좋은 노새가 태어나면 처음 받았던 은만큼 또 받는다.

말을 탈 때 마부를 두는 것은 좋지 않다. 사람이 말을 타는 것은 힘들게 걷지 않으려는 것이다. 그런데 마부를 두면 한 사람은 타고 가지만 다른 한 사람은 힘들게 말을 끌고 가야 한다.

말은 빨리 달려야 한다. 따라서 채찍 한 번에 몇 리씩, 하루에 천 리를 달릴 수 있어야 한다. 그런데 사람에게 이끌리다 보면 그럴 수가 없다. 또 싸움터에 나가 전선에 임했을 때, 마부에게 이끌리던 말은 그 습성에 젖어 상황이 급한데도 마부가 끌지 않으면 시키는 대로 따르지 않는다. 그러니 전투에 나가면 반드시 패하고 마는 것이다.

또한 마부가 말을 끌면, 자신은 편한 길을 택해 걷고 말은 험한 길로 몬다. 결국 말에 탄 사람은 편하지가 않다. 또 재갈은 마부 손에 잡혔으니 말 탄 사람이 잡고 있는 고삐는 겉치레에 불과하다. 따라서 말이 놀라서 갑자기 뛰기라도 하면 도저히 막을 수가 없는 것이다.

그 밖에도 마부는 항상 말 머리를 누르면서 말을 몬다. 이는 말이 걷는 속도를 자신의 걸음 속도에 맞추려는 것이다. 이는 말을 사람의 걸음에 맞게 하려는 것이지 말의 능력을 모두 발휘할 수 있게 하려는 것이 아니다. 하물며 제대로 먹이지도 않고 제 능력대로 달리지도 못하게 하니, 아마 말[馬]이 말[言]을 할 수 있다면 할 말이 많을 것이다.

길이가 두어 발두 팔을 양옆으로 펴서 벌린 길이이나 되는 가죽끈 하나를 잡고 열 걸음 밖에서 느슨하게 말을 끄는 것을 좌견左牽이라 한다. 벼슬하는 사람들이 그러는데 이것은 무슨 법도에 따라 하는 짓인가? 이는 예법에도 아무런 보탬이 안 된다. 단지 말을 넘어뜨리기에 알맞을 뿐이다.

말을 사육하는 자들은 발정기에도 암수를 교미시키지 않는다. 말 다리에 힘이 빠진다는 것이다. 나라 안에는 수천 마리나 되는 말이 있다. 따라서 매년 말 수천 마리를 잃고 있는 것이다. 간혹 새끼 말이 따라다니는 것을 볼 때도 있다. 그러나 이는 천 마리 중에서, 간혹 교미하지 못하게 한 것을 어긴 말이 있었기 때문이다.

이렇게 교미를 금해도, 우리나라 말은 중국 말보다 병에 더 자주 걸린다. 우는 소리도 훨씬 못하다. 또 중국 말은 우리나라 말보다 훨씬 크다. 우리나라 말이 시끄럽게 굴어도 입을 다물고 우뚝 선 채 다투지 않는다.

궁궐에 들어 조회를 할 때마다, 중국의 모든 관리는 말을 대궐 문 밖에 놓아둔다. 모든 말은 매 놓거나 지키지 않아도 조용하다. 머리도 한 방향으로 가지런히 두고 제자리를 옮기거나 바꾸지 않는다. 관리들은 조회를 마치고 나와서 각자 말을 찾아간다. 이때도 시끄럽게 부르거나 빼앗는 법이 없다. 이와 같으니, 나중에 행군行軍할 때도 엄숙하고 출입할 때도 조용하다. 이것은 평소 길들이기에 달려 있는 것이다.

어떤 사람은 '말을 길들이는 것은 당연히 무사武士가 책임질 일이고 문신文臣은 그럴 필요가 없다'고 하나 그렇지 않다. 활쏘기에는 문무文武의 구별이 있지만 말에 관해서는 없다. 오늘날 문신이 타던 말이 후일에는 전사戰士가 타야 할 말이기 때문이다. 따라서 말을 사육하는 일도 중국으로부터 배워야 한다. 그러면 병사들은 번거로운 일을 하지 않아도 저절로 편하게 될 것이다.

중국에서는 말에게 죽을 먹이지 않는다. 마른 곡식을 소금에 볶아서 먹인 다음 냉수를 마시게 한다. 짠 것을 먹이는 이유는 목이 말라서 물을 먹게 하려는 것이다. 또한 물을 먹이는 것은 오줌을 잘 누게 하려는 것이다. 말 같은 짐승은 오줌을 잘 눠야 병이 없기 때문이다.

정악鄭鍔 원나라 때의 화가이자 문인은 《주례周禮》유교 경전의 하나로,《예기》,《의례》와 더불어 삼례三禮라고 함 〈수의獸醫〉 주註에서 "짐승은 사람과 달라서 아픈 곳을 말하지 못한다. 때문에 병든 곳을 알기 어렵지만 먼저 약을 먹인 다음 걷게 하면 병든 곳을 알 수 있다. 그러나 자꾸 걷게 하면 병이 더욱 심해지니 조심해야 한다. 그리고 먼저 맥기脈氣를 움직이게 해야 한다. 맥기가 나타나지 않으면 약을 쓸 방법이 없다. 따라서 맥기가 나타나는 곳을 잘 찾아서 치료하면 병은 사라진다. 종기를 치료하려면, 먼저 약물로 씻어 내고 나쁜 살점을 긁어서 헤쳐 낸다. 그런 다음 겉에다 약을 붙이고 안으로 기운을 북돋우면서 먹이를 먹인다. 이것이 짐승의 종기를 치료하는 방법이다"라고 했다.

《주례》에 "말은 수컷이 암컷의 4분의 1이다"라고 했다. 타는 짐승의 성질을 비슷하게 만들려면, 기氣를 같게 해야 마음도 하나가 된다. 정사농鄭士農은 "4분의 1이란 것은 암컷 네 마리에 수컷 한 마리꼴이라는 말이다"라고 했다.

《예기禮記》〈월령月令〉에는 "3월이 되면 날뛰는 말 수천 마리를 목장에 놓아서 교미시킨다"라고 했다.

청清나라 고종6대 황제인 건륭제, 재위 1735~1795 때의 관리 진혜전秦蕙田 1702~1764은 "유인庾人말을 번식시키는 일을 맡은 관리이 수컷을 부리면서 힘들게 하지 않는 것은 그 기혈氣血을 편안하게 해 주려는 것이다. 교인校人말을 관리하는 관직이 여름에 수컷을 몹시 힘들게 하는 것은 암컷이 방금 새끼를 뱄기 때문에 그 기운을 죽여서 암컷 가까이 가지 못하게 하려는 것이다. 이것이 말을 번식시키는 근본인 것이다. 이는 모두 성왕聖王께서 모든 것을 각각 그 시기에 맞게 길러서, 생물들이 그 본성을 다할 수 있도록 하려는 뜻이다"라고 했다.

『북학의』

송宋나라 학자 유염俞琰 1258~1327은 이렇게 말했다.

"북쪽 땅의 말들은 수놈 한 마리가 열 마리가 넘는 암놈을 거느리고 다니는데, 암놈은 모두 수놈만 따를 뿐 다른 말에게는 결코 가지 않는다."

《주역周易》유교 경전의 하나에 나오는 '암말의 정조貞操'라는 표현도 바로 이것이다.

개미도 마찬가지로, 다른 무리는 따라 들어가지 않는다. 그런 까닭에 개미를 가리켜 마의馬蟻왕개미라고 하는데, 현구玄駒큰 개미 또 는 작은 말라는 명칭을 쓰기도 한다고 전한다.

내 생각에는 세상 사람들이 큰 개미를 마의라고 하는 것은 그 모양이 흡사해서 그런 듯하니, 유염의 말이 반드시 옳다고 말하기 는 힘들다.

『지봉유설』

해설

언급한 내용과 달리 말과 같은 초식동물에게 소금을 주는 주된 이유는 이들의 먹이인 식물에는 나트륨이 별로 없어 체내 나트륨 이온이 부족해지기 때문이 다. 나트륨 이온은 생명 활동에 필수인 전해질電解質로 신경과 근육의 생리적 기 능에 중요하며 부족해지면 생명이 위험해진다. 그래서 가축 중 초식동물에게 일부러 소금을 먹여 왔다.

또 《주례》에서 언급된 것처럼 말은 극단적인 성비性比를 나타내지 않는다. 미국 에서 야생마의 성비를 조사한 결과에 따르면 어린 시기에는 수컷이 약간 적지 만 암수의 비가 거의 비슷하다가 성장하면서 수컷 수가 암컷 수의 60퍼센트까 지 떨어진다고 한다. 이러한 성비 변화는 수컷의 생존율이 암컷보다 낮기 때문이다. 그리고 수말은 다른 수말의 새끼를 임신한 암컷을 괴롭혀 유산시키는 행동을 하기도 한다. 이는 자신의 유전자를 가진 자손을 얻으려는 본능이다. 그러므로 "교인이 여름에 수컷을 힘들게 하는 것은……"이라는 내용은 임신한 암말을 괴롭히지 못하게 해 암말이 정상적으로 분만할 수 있도록 하는 경험에서 얻은 지혜라고 볼 수 있다.

그리고 말을 비롯한 거의 모든 포유류는 일부다처一夫多妻를 구성한다. 포유류에서 수컷은 어른이 되면 무리에서 독립하고 기회가 되면 무리를 이끄는 수컷에게 도전해 그 자리를 차지하려 한다. 이에 비해 암컷들은 무리에 남아 자신의 어미, 자매 들과 함께 지낸다. 젊은 수컷의 도전이 성공해 무리를 이끄는 수컷이 바뀌면 암컷들은 새 수컷을 따른다. 다른 관점에서 본다면 무리의 암컷들은 바뀌지 않지만 수컷들은 늙거나 병들고 힘이 약해져 능력이 떨어지면 밀려나게 된다. 이런 상황은 우리가 통상적으로 생각하는 정조貞操와는 별 상관이 없다.

한편 개미는 상황이 다른데, 같은 무리에 속하는 개미들은 모두 여왕개미의 자손들로 말과 같이 자매들로 이루어진다. 수개미는 교미를 통해 새로운 여왕개미에게 정자를 전달하는 일 외에 다른 역할을 하지 않는다. 그러므로 개미 집단은 수개미에게 정조를 지키는 것과 상관이 없다 할 수 있다. 다만 같은 군락에 속하는 개미들은 모두 한 마리의 여왕개미에게서 태어난 자손으로 서로 자매간이다. 이처럼 가까운 혈연관계가 개미들로 하여금 그 무리에 충성을 다하게 한다고 알려져 있다.

괴실나무 밑을
마음대로 지나는 말 ^{果下馬}

두보杜甫 당나라의 시인, 712~770의 시에 이런 표현이 있다.

> 좋은 말세마細馬은 올 때마다 금 같은 허리 간들거리고
>
> 아름다운 여인은 창으로 모습 나올 때마다 매력을 한없이 뿜는구나

옛 책에 "서역에 있는 오차국烏秅國이란 나라에서 소보마小步馬 종종걸음을 걷는 말란 말이 생산된다"라고 했다. 이에 대해 위魏나라 사람 맹강孟康은 "종자는 작고 걸음을 잘 걷는다" 했고, 당唐나라 학자 안사고顔師古581~645는 "작다[小]는 가늘다[細]란 뜻이니 세보細步는 작게 발걸음을 내딛으면서도 빨리 간다는 뜻으로, 이른바 백

걸음에 발굽을 천 번 옮긴다는 의미다"했으니, 세마細馬가 소보마를 가리키는 듯하다.

또 "예국濊國지금의 동해안 지역에 있던 삼한시대의 부족 국가로 흔히 동예東濊라고 부른다에서 과하마果下馬라는 말이 생산되는데, 한漢나라에 공물로 바쳤다. 이 말은 키가 석 자밖에 되지 않아 과실나무 밑을 '마음대로' 다닌다"라고 했는데, 예국이란 곧 우리나라 지방을 가리킨다.

북경에서 사신이 오면, 반드시 잘 걷는 좋은 말을 골라 태워 보냈다. 이를 '말을 드린다'는 뜻으로 납마納馬라고 했다. 북경에서는 이렇게 구한 과하마를 부녀자용으로 이용했으므로 오래전부터 귀하게 여겼다.

두보가 묘사한 내용도 한가한 여인네들이 서로 자랑하는 모습이니, 세마가 곧 과하마라는 사실을 다시 한 번 확인할 수 있다.

한편《자서字書》를 보면 "요뇨腰裏한 신마紳馬가 하루에 천 리 길을 간다"라고 했다. 요뇨는 가늘고 약하다는 뜻이니, 하루에 천 리를 간다 할지라도 약한 것만은 분명하다. 또 "피과하羅果下는 작은 소"라는 문장도 있는데, 이에 대해서는 연구해 봐야 할 것이다.

『성호사설』

《한서漢書》후한後漢의 반고班固가 지은 전한前漢의 역사서에 "예국에서 과하마가 난다"라고 했다. 또 그 주註에는 "말의 키는 3척에 이르며, 이 말을 타고 나무 아래를 지나갈 수 있다"라고 했다.

자세히 살펴보니, 예국은 옛날 조선에 속한 땅이었다. 과하마란 아마 우리나라에서 향마鄕馬토종말라고 하는 말일 테니, 중국 말에 비해 작다. 명明나라 사신 동월董越1430~1502이 조선에 다녀간 뒤 조선의 풍속에 대해 지은《조선부朝鮮賦》의 주註에 "지금은 과하마가 없다. 아마 씨가 사라진 것이 분명하다"라는 내용이 나온다.

『지봉유설』

해설

말은 기원전 약 1만 5000년경 구석기 시대에 그려진 라스코Lascaux 동굴 벽화를 통해 처음으로 인류의 기록에 등장한다. 하지만 당시 말은 가축화한 동물이 아니라 사냥 대상이었다고 할 수 있다. 사람이 말을 길들여 최초로 이용한 증거는 우랄산맥 남동쪽 대초원 지대에서 발견한, 기원전 2000여 년경 만들어진 무덤에 있던 전차 옆, 말의 두개골과 다리뼈다. 이에 학자들은 기원전 약 4000~3500년 사이에 유라시아 대초원 지대에서 처음 말을 가축했으며 당시 북방 아시아에 있던 타르판Equus ferus ferus 말을 가축화된 말의 시조始祖라고 추정한다.

이후 전 세계 각 지역에서 선택교배, 즉 품종개량을 통해 다양한 품종의 말이 나타났다. 다른 가축 품종도 그러하듯이 말의 각 품종은 각기 독특한 신체 특징과 개성을 가진다. 선택교배는 원하는 특징을 가진 개체들을 생산하기 위해 해당 특징을 가진 개체끼리 교배시키는 방법이다. 선택교배를 통해 품종개량을 할 수 있는 것은 원래의 야생 집단이 유전적으로 다양하기 때문이다. 품종개량을 진행할수록 가축은 인간이 원하는 특징을 갖게 되지만 유전적으로는 점차 단순화된다.

기마민족 후손인 우리 민족도 말에 관심이 많았다. 우리와 관련된 많은 중국 문헌에서 '과하마'라는 말이 등장한다. 그래서 성호 이익도 과하마라는 말을 우리나라 사람들이 키우던 말이라 생각한 듯하다. 말을 타고 과수나무 밑을 통과할 수 있다고 해서 과하마라는 이름이 붙은 말의 품종은 크기가 3척 정도라고 해서 '삼척마三尺馬'라는 이름으로도 불렸다. 과하마의 특징인 작은 크기와 높은 지구력 역시 선택교배의 결과라 할 수 있다. 즉 여러 수컷 말 중에서 지구력이 강한 수컷을 선택해 암말들과 교배시켜 자손을 얻고 또 그중에서 지구력이 강한 수컷을 선택해 종마로 이용하는 과정을 반복해 과하마라는 품종을 얻었을 것으로 추측할 수 있다.

또 동월이 말한 "아마 씨가 사라진 것이 분명하다"라는 말의 의미를 해석해 보면, 과하마가 멸종했거나 도입된 다른 품종의 말과 교배를 시켜 과하마의 특징이 사라졌다고 볼 수 있다. 다만 말과 같은 가축은 매우 중요한 자산이기 때문에 그냥 없애지는 않았을 것이므로 새로 도입된 말 품종과 교배를 시켜 과하마의 특징을 가진 개체들이 사라졌다고 보는 것이 더 믿을 만하다.

사람과 말이
한마음이 된다 ^{人馬一心}

두보의 〈호청총가^{胡青驄歌}〉에 이런 구절이 있다.

전장에서 이 말에 대적할 이 없구나

사람과 한마음 되어 큰 공을 이루네

이는 말이 사람의 뜻을 알아서 가거나 멈추고, 더디거나 빠름을 오직 사람이 지휘하는 대로 따른다는 말이다.

건주^{建州 남만주 지린 지방의 옛 이름}에 오래 갇혀 있어서 그곳 물정에 밝은 참판^{參判} 이민환^{李民寏 1573~1649}은 이렇게 표현했다.

말을 타고 달리려면 몸을 구부리고, 멈추려면 바르게 앉고, 왼쪽으로 가려면 왼쪽 발을 더 디디고, 오른쪽으로 가려면 오른쪽 발을 더 디딘다. 그러면 고삐를 잡고 채찍질할 것도 없이 온종일 마음대로 달릴 수 있다. 말을 기를 때도 콩이나 조를 자주 먹이지 말고, 안장이나 굴레를 벗겨 방목放牧해, 바람이 불건 눈이 오건 춥건 덥건 개의치 않는다. 한 사람이 말 열 필을 몰고 다녀도 서로 발로 차거나 입으로 물어뜯지 않으며, 시장하고 갈증을 느껴도 피곤해 하지 않는다. 그들이 말을 길들이는 것도 이와 같다.

이민환의 글을 보면 두보의 시도 말을 자세히 보고 정확히 기록했다고 하겠다.

언젠가 북쪽 사람이 하는 이야기를 들으니, "경원慶源에 있는 늪에는 초목이 우거져 노루와 사슴 등이 많은데, 그 지방 수령이 사냥을 가려 하면 지방 사람들이 먼저 알고 강가에 와서 기다린다. 그러다가 도망치는 짐승이 있으면 사냥하는데, 만일 짐승이 없으면 말을 붙잡아 매 놓지 않고 그냥 곁에 누워서 잠을 잔다. 그래도 말은 몇 걸음도 떠나지 않고 병든 것처럼 서 있다. 그러나 해질 무렵에 타고 길을 나서면 제비처럼 달린다"라고 했다.

또 "북쪽 사람들은 배고픔과 추위를 아주 잘 견딘다. 행군할 때도 쌀가루만 물에 타서 마시는데, 예닐곱 날 동안 먹는 식량이 쌀

너덧 되에 불과하다. 그리고 바람이 불건 비가 오건 눈서리가 내리건 밤새도록 바깥에서 머문다. 전투가 시작되면 군사들 모두 전투 도구를 제각각 준비하는데, 군량軍糧이나 무거운 짐이 없으므로 출병할 시기가 되면 기쁘게 여기고 환호하지 않는 자가 없으며, 군사들의 가족 또한 그렇다. 그들은 오직 노략질을 일로 삼기 때문에 심지어 노복奴僕사내종까지도 모두 전투에 나아가기를 희망하고, 여자들도 남자와 다름없이 달리고 사냥한다. 남자는 열 살만 넘으면 활과 화살집을 갖고 말타기와 활쏘기에 힘쓰며, 남는 시간에는 떼를 지어 들로 사냥을 나간다. 전쟁에 나아가서는 적의 수급首級전쟁에서 베어 온 적군의 머리을 중히 여기지 않고, 오직 용감히 진격하는 일을 공으로 삼으며, 겁내 물러나는 짓을 죄로 여기기 때문에 이처럼 용맹하다"라고 했다.

『성호사설』

해설

북방 민족이 말을 길들이는 방법과 전쟁에서 용맹한 원인을 이들이 자라는 환경에서 찾고 있다. 환경은 생물을 둘러싸고 있는 모든 것으로, 풍요로운 환경에서 자란 말과 사람은 어려운 상황을 이겨내는 능력이 약하다고 판단했다. 따라서 위 글을 지은 이익은 엄격한 환경과 강한 규율을 통해서 용맹한 군인과 잘 훈련된 말, 즉 강력한 군사력을 양성할 수 있다고 생각한 것 같다.

한편 본문에 등장하는 이민환은 1618년 명나라에서 청나라와의 싸움에 조선 원군을 요청하자 평안관찰사로 원수 강홍립의 막하幕下로 전투에 나섰다. 그리고 부차싸움에서 청나라에 포로로 잡혀 17개월 동안 건주의 감옥에 갇히게 되었다. 이때의 경험을 《건주견문록建州見聞錄》(《책중일록柵中日錄》이라고도 함)이라는 책으로 남겼는데, 위의 내용은 그 가운데 일부다.

말기르기 ^{牧馬}

말을 기를 때는 북쪽 지방 풍속을 본받아야만 제대로 할 수 있다.
변방에서는 말을 기를 때 콩을 삶아 먹이거나 죽을 끓여 먹이지
않고 마음대로 뛰어다니며 풀이나 먹도록 풀어 둔다. 산과 들에
갈대가 많이 있어도 지붕을 덮거나 자리를 깔지 않고 밖에서 자도
록 둔다. 그래서 살찌고 윤택한 모습은 없어도, 성질이 강하고 사
나워서 배고픔과 추위를 잘 견디므로 배불리 먹이지 않아도 멀리
달릴 수 있다.

수컷은 모두 불을 치는 까닭에 길들여 부리기가 쉽고, 굴레를
벗겨 놓아도 도망가거나 서로 물고 차지 않는다. 그래서 한 사람
이 수십 필씩 몰고 다녀도 혼란이 없다. 한편 타고 달릴 때면 재갈

명마를 기르는 모습을 묘사한 장승업의 〈쌍마인물〉, 고려대학교박물관 소장.

을 물리거나 굴레를 씌우지 않아도 사람의 지휘에 따라 잘 달린다. 심지어 호랑이가 앞을 가로막는다 할지라도 무서워하지 않고 앞으로 나아가 정면으로 맞서기까지 한다.

반면에 우리나라에서는 말을 기를 때 따뜻이 하고 배불리 먹이며 자리를 사람과 같이 마련해 주므로 빠른 속도로 반나절만 몰면 입에서 거품을 토하고 전신에는 구슬 같은 땀이 흐른다. 게다가 성질이 나빠서 싸우기를 좋아하고, 질서를 어지럽혀 떼를 지어 울부짖는데, 그런 상황이 되면 제어할 방책도 없다. 하지만 북쪽 사람들은 일이 없을 때면 말을 푹 쉬도록 하기 때문에 아무리 빨리 달려도 발굽이 이지러지지 않는다.

우리나라에서 말굽에 박는 징을 누가 처음 만들었는지 알 수 없으나 징을 사용하지 않은 말이 없다. 그 때문에 발굽이 단단하지 못해 징이 닳아 이지러지면 걸음을 걷지 못하니, 이런 말이 전투에 나간다면 어느 겨를에 징을 박을 수 있겠는가? 그뿐만 아니라 장사치가 부리는 말은 하루도 쉴 새가 없어서 쉽게 늙고 오래 살지 못하는 반면, 귀한 사람의 말은 달리기에 익숙지 못해서 급한 일이 있어도 사용할 수 없다.

제주에서 나는 말은 본래 대원大宛좋은 말이 많이 난다고 알려진 나라로 지금의 중앙아시아 지역에서 들어왔는데, 몸집이 높고 크며 번식도 잘된다. 그 가운데 조금 좋은 말은 모두 복역卜役노동 등의 힘든 일을 시킴을 시키니, 남아 있는 것은 걸음도 잘 못 걷고 종자도 좋지 않은 것들뿐인데 그마저도 점점 나빠진다.

북쪽 지방 시장에서는 암컷이나 불을 치지 않은 수컷은 매매를 금한다. 이는 뛰어난 종자를 다른 지역으로 내보내지 않기 위해서다. 그러나 어떤 이는 가끔 사오기도 한다. 서북 지방 변경은 인가人家와 접해 있으니 마음만 먹는다면 어찌 구해 올 길이 없겠는가?

만약 암컷과 수컷을 몇 필만 사들여 섬 가운데서 별도로 기르되 과하마와 섞이지 않도록 하면, 10여 년 후에는 반드시 내빈騋牝일곱 자가 넘는 큰 암말·경모駉牡살진 수말처럼 잘 번식될 수 있을 것이다.

그러나 우리나라 사람 중에는 이런 계획을 세우는 이가 없다. 제주에서 나는 말도 원元나라 때부터 들어온 것이니, 지금이라도 이런 이유를 들어서 상국上國청나라에 주청奏請한다면 반드시 허락해 줄 것이다. 정축년1637, 인조 15년 약조병자호란이 끝나고 조선과 청나라 사이

^에 체결한 약속를 지금 와서 고치지 않은 것이 없는데 오직 이것만 고수하는 것은 무슨 까닭인가?

『성호사설』

우리나라에서 실제로 이용하는 말 기르는 법은 다음과 같다.

겨울과 봄에 말을 타고 나갔다가 말이 땀을 흘리면 안장을 벗기지 말고, 서서히 털을 빗겨 준다. 그 상태에서 갑자기 안장을 벗기면 혈한풍血汗風^{피돌기가 막혀 몸과 팔다리 등이 마비되는 증상}에 걸리게 된다. 따라서 땀이 가신 뒤에 안장을 벗기고 언치^{안장 밑에 깔아 말이나 소의 등을 덮는 방석이나 담요}를 입힌 후 재갈을 벗겨야 한다.

말이 힘들어 하면 굴레를 풀어 주고 쉬도록 한 뒤 기운이 정상으로 돌아오면 썰지 않은 풀 한 묶음과 썬 풀을 차례로 먹이고, 사료 한두 되를 물과 풀에 섞어 먹인 다음, 다시 깨끗한 물 한 말에 썬 풀과 사료 서너 되를 섞어 먹인다.

말은 항상 깨끗한 물을 먹이고 충분히 쉬게 해야 한다. 땀이 빨리 마르지 않으면 병이 있다는 증거니, 다시 말을 타고 나가 땀을 조금 흘리게 한 뒤 앞의 방법과 같이 해야 한다.

『고사촬요』

왕량王良^{말을 잘 부리던 주나라 사람}의 《상마첩법相馬捷法》을 보면 이런 내용이 있다.

머리는 우뚝 솟아야 하고, 얼굴은 마른 듯 살이 적어야 한다. 귀가 작아야 간도 작아서 사람의 뜻을 빨리 알아차리며, 귀가 짧으면 성질도 밝다. 반면에 눈은 커야 하는데, 눈이 커야 심장이 커서 용맹스럽고 쉽게 놀라지 않는다. 눈 아래에 살이 없는 놈은 사람을 공격하는 경우가 많고, 코가 크면 폐도 커서 달리기를 잘한다. 또 고환은 작은 반면 장은 두툼해야 좋은데, 장이 두툼하면 배 아래가 넓고 평평하다. 허구리허리 양쪽의 갈비뼈 아래 잘록한 부분는 작아야 좋은데, 허구리가 작으면 지라가 작아서 기르기 쉽기 때문이다. 반면에 가슴은 넓어야 하고, 갈비뼈는 열두 개 이상 되는 것이 좋다. 삼산골三山骨 말의 넓적다리 바깥 뼈은 평평해야 살이 잘 붙고, 네 발굽이 잘 붙어 있어야 무거운 짐을 실을 수 있으며, 양쪽 배 아래에 거꾸로 난 털이 허구리에 붙은 것이 좋다.

멀리서 보면 큰데 가까이 가서 보면 작은 것은 힘이 좋은 말이고, 멀리서 보면 작은데 가까이 가서 보면 큰 것은 식육食肉용 말이다. 마른 듯하면서도 어깨의 살이 보여야 하고, 살이 쪘으면서도 머리뼈가 보여야 좋다.

그러므로 말을 구할 땐 눈과 코가 크고 힘줄과 골격은 굵으며 걸음걸이와 서 있는 모습이 좋은 말을 구하면 된다.

『산림경제』

해설

말은 이동성이 뛰어나기 때문에 예로부터 전쟁에서 중요한 자원이었다. 성호이익 또한 말이 전투에서 매우 중요하다는 사실을 알고 좀 더 나은 품종의 말을 유지하는 것에 관심이 많았던 것 같다. 그가 우수한 말들은 모두 복역을 해서 없고, 복역에서 제외된 좋지 않은 특징을 가진 말들을 가지고 키우다 보면 말 품종이 좋아지지 않는다고 언급한 데서 좋은 품종의 말을 유지하기 위한 방법을 알고 있었다고 할 수 있다.

예를 들어 좋은 특성을 많이 가진 북방의 말 중 암컷과 거세하지 않은 수컷은 일체 매매를 금지한다는 내용은 이들을 데려가 품종을 개량하는 것을 원천적으로 막는다는 의미다. 즉 전략적 가치가 있는 우수한 품종의 유전자가 다른 나라에 들어가지 못하도록 철저히 관리했다고 할 수 있다. 그리고 위 글에서 과하마와 서로 섞이지 않도록 한다는 내용은 그다지 좋은 특징을 갖지 못한 과하마와 유전적 교류를 통해 품질이 저해되는 것을 막고자 하려는 뜻인 듯하다.

한편 《고사촬요》의 글은 말이 흘리는 땀과 관련해 말을 어떻게 기르는지 설명하고 있다. 땀을 많이 흘렸을 때 체온을 유지해 주고 충분히 쉬게 하는 것은 사람과 다를 바 없다. 거의 모든 포유류가 발가락과 같이 몸의 제한된 부위에 땀샘이 있는 것과 달리 말과 영장류(사람 포함)는 전신에 땀샘이 있다. 왕량의 《상마첩법》은 좋은 말을 고르는 법을 설명했는데, 경험에 바탕을 둔 듯하지만 일부 형질에 대한 설명은 과학적 근거가 없다.

말을 운영함^{馬政}

당나라 때 암말 3000필을 장만세^{張萬歲 당 태종 때 유명한 목축가}에게 맡겨 농우^{隴右 중국 간쑤 성 변경 지역}에서 기르도록 했는데, 번식이 잘되어 70만 필에 이르렀으니 이는 수백 배가 넘는 숫자로, 비단 한 필과 말 한 필을 바꾸기에 이르렀다. 당나라 현종^{玄宗 6대 황제, 재위 712~756}이 또 왕모중^{王毛仲}에게 명하여 국내외 모든 마구간을 감독하게 한 후 43만 필을 더 생산했는데, 두보의 〈사원행^{沙苑行}〉에는 이렇게 적혀 있다.

옛날 태복^{太僕 말·수레 따위를 맡아보던 관리} 장경순^{장만세}은

망아지를 잘 키워 좋은 말로 만들었네

마침내 노비 천육왕모충에게 명을 내려

준마駿馬를 특별히 기르게 했네

그리하여 말이 40만 필에 이르렀으나

장공은 그 모두가 재주 없다 탄식했네

왕모중은 본래 고구려 사람으로 당나라 현종의 궁궐 노비가 되었다가, 말을 기른 공으로 직위가 장군에까지 이르렀는데 재상 송경宋璟663~737이 그의 손님이 됨을 부끄럽게 여겼다. 그러나 비자非子주周나라 효왕의 신하로 말을 잘 길렀다와 같은 공이 있고, 재주도 족히 일컬을 만하므로 두보가 그의 이름을 언급한 것이다.

대개 좋은 말은 월지月氏한나라 때 중앙아시아에서 활약한 이란계 또는 투르크계 민족 · 대원 같은 서역 나라에서 난다. 또 고구려에서 나는 과하마는 예로부터 키는 작아도 빠르기가 천하에서 으뜸으로 일컬어지니, 이는 땅의 성질 때문이다. 그런데 과하마는 목장보다는 집에서 많이 기른다. 들에서 방목하는 말은 물과 풀에 거부감이 없고 달리는 데도 익숙해 전쟁에 쓸 수가 있지만, 집에서 기르는 말은 먼지를 자주 털어 주고 꼴과 콩을 배불리 먹이며, 추우면 옷을 입히고 더우면 가려 주어 풍상風霜바람과 서리, 어려움과 고생을 말함을 모르므로 힘줄과 뼈가 연약하다. 이런 말을 갑자기 황야에 풀어 둔다면 여위고 병들어 무력하게 될 것이다.

이보다 더 해로운 것이 있으니, 발굽에 징을 박아 1년 내내 쉴 새 없이, 들어오면 우리 안에 가두고 나가면 무거운 짐을 실으니, 아무리 좋은 말인들 어찌 쉽게 늙어 죽지 않겠는가? 그런 까닭에 맨 먼저 대갈^{말굽에 편자를 박을 때 쓰는 징}을 만들어 낸 자는 말에게 큰 죄인이라 할 것이다. 요즈음에는 호랑이 피해가 날로 심한데, 이는 인명 피해뿐 아니라 목장에도 큰 걱정거리다.

예전에는 산골짜기의 높고 건조한 지대에 목장을 설치한 까닭에 말이 강하고 빨랐는데, 지금은 목장을 섬에 설치하기 때문에 말의 품질이 점점 나빠지고 약하게 된다. 경기 어느 고을에서는 호랑이에게 물려 간 백성이 셀 수 없다 하니, 이것이 외적의 침공과 무엇이 다르겠는가?

주공周公^{주나라를 세운 무왕의 아우이자 노魯나라의 시조}은 동쪽 정벌에 나설 때는 반드시 맹수부터 몰아내었으니, 지금도 호랑이를 제거하는 제도를 세우되, 군공軍功을 세운 것과 같게 해서 변방을 관장하는 장수를 차례로 수령으로 승진시켜야 한다. 그렇게 해서 호랑이의 종자도 남기지 않은 다음, 목장을 널리 열어야 한다. 그리고 장만세와 왕모중같이 말을 잘 기르는 자가 있으면 위로와 포상을 아끼지 않아야 한다. 이것이 오늘날 급선무라 할 것이니 말을 키우는 일을 이대로 방치해서는 안 될 것이다.

『성호사설』

해설

생물학적 특성에 영향을 미치는 요인으로 유전적 요인과 환경적 요인이 있다. 그런데 학자에 따라서 중요하게 생각한 요인이 달랐다. 위 글을 볼 때 성호를 비롯해 많은 조선 학자들이 동물의 품종과 속성을 언급할 때 환경적 영향을 매우 강조했다고 볼 수 있다. 서역의 말 품종과 조선의 말 품종이 각각 독특한 특성을 가지는 것은 말들이 자라는 지역색 때문이라고 본 것이 그 이유라고 하겠다. 그런데 이런 주장은 반은 맞고 반은 틀리다.

각 지역별로 말을 가축화했을 때 이용한 야생마 집단의 유전적 조성은 지역별로 달랐을 것이며, 각 민족마다 원하는 말의 특성도 달랐을 것이다. 그러므로 각 지역에서 가축화한 말의 품종 특성도 당연히 다를 것이다. 그리고 말이 자라는 환경과 먹이에 따라 말의 건강과 속성이 정해진다고 보았는데, 맞는 생각이긴 하지만 조금 과장되었다고 할 수 있다.

특이한 점은 성호가 말편자를 부정적으로 생각했다는 것이다. 말은 빠르게 이동하는 수단이므로 말의 발굽은 말을 기를 때 가장 신경 쓰는 부분 중 하나다. 말편자는 케라틴keratin 성분인 말발굽이 갈라지지 않게 해 말을 쉽게 부리려고 붙이는 장치다. 말편자를 하게 되면 말을 쉬지 않고 부릴 수 있기 때문에 말이 쉽게 늙고 병든다는 점을 성호가 우려했다고 추정할 수 있다.

무쇠 말발굽의 유래

옛날에는 말편자를 칡 줄기로 만들었는데 '대갈'은 윤필상^{尹弼商}^조
선 전기의 문신, 1427~1504이 시작했다.

윤필상이 건주위^{建州衛}명나라 영락제 때, 남만주에 사는 여진족을 다스리기 위해
건주에 설치한 군영를 정벌할 때, 두만강이 얼어 말이 건너지 못하자 쇳
조각을 둥글게 만들어 끝부분을 틔우고 좌우로 구멍 여덟 개를 뚫
었다. 못 머리는 뾰족하게 하고 끝은 날카롭게 만들어 쇠 편자를
말굽에 박으니 말이 얼음판에서 미끄러지지 않고 쉽게 건넜다. 그
것이 칡 줄기로 만든 편자를 대신했기 때문에 대갈이라고 했다.

그러나 대갈을 사용한 이후 말발굽은 더욱 상했는데, 말이 쉴
겨를이 없었기 때문이다. 동물에게 사용하는 장치가 정교해질수

록 그로 인해 동물이 더 고달파지는 것은 예로부터 마찬가지다.

『청성잡기』

말의 다리를 나무에 묶은 뒤 말발굽에 징을
박는 장면을 묘사한 조영석의 〈말 징 박기〉,
국립중앙박물관 소장.

해설

위 글은 우리나라에서 최초로 무쇠 말편자를 만든 때를 소개하고 있다. 하지만
말발굽이 닳는 것을 막는 말편자는 말을 쉬지 못하게 만들었는데, 이에 대한 측
은함이 글의 말미에 묻어난다.

말편자는 말발굽이 닳지 않도록 발굽 밑에 부착하는 장치로 보통 철과 같은 금
속 재질로 만든다. 최초의 말편자는 아시아 지역에서 가죽이나 식물로 만들어

졌을 것으로 추정한다. 역사적으로는 1세기경 고대 로마인들은 가죽과 금속 재질로 '히포샌들hipposandal'이라는 말 신발을 제작했으며 6, 7세기경 유럽인들은 말발굽에 금속 신발을 박았다. 서기 1000년경 못 구멍이 있는 청동 말편자, 13세기와 14세기에 철로 만든 말편자가 널리 사용되었다.

하지만 최초로 철 말편자가 만들어진 시기에 대해서는 정확히 알려지지 않았다. 무쇠는 쉽게 닳지 않고 만약 닳아도 녹여서 새로 만들 수 있어 말편자로서 매우 좋은 소재. 그렇기 때문에 여러 문화권에서 거의 독립적으로 무쇠로 만든 말편자를 쓰게 되었을 것이라고 추정할 뿐이다. 현재는 철, 알루미늄, 티타늄, 고무 등 다양한 재질로 말편자를 만들어 이용하고 있다.

탐라목장 耽羅牧場

탐라목장에서는 귀가 높고 몸집이 큰 말은 팔아 버리고, 남은 말이라고는 제대로 걸음도 못 걷는, 질이 떨어지는 말들뿐이다. 대원에서 수입해 온 좋은 종자마저 시간이 지나면서 머리만 내두르고 제자리에서 뛰기만 하는 놈으로 변한다.

겨울철이 되면 천을 두껍게 걸쳐 주고 여름철이 되면 그늘에 세워 두며, 쉴 때는 꼴과 콩을 담은 먹이 그릇을 치울 생각도 하지 않는다. 반면에 길을 나서면 1식息30리도 채 못 가서 배가 부르도록 먹이는데, 꼴과 콩만으로는 부족해서 더운죽을 끓여 주기까지 한다.

그러므로 말이 300보도 못 달려서 땀을 흘리고 다리를 꿇게 된다. 그렇다고 마판馬板말이나 소를 매어 두는 바깥 공간에 매어 두면 발굽을 물어뜯기도 하고 오줌을 철철 싸기도 하면서 멍에를 벗어 버리고 사람을 상하게 한다. 평상시에 타고 달리는 것도 견디지 못하는데, 어찌 바람 불고 모래 날리는 변방 지대에서 외적을 막을 때 타고 다닐 수 있으랴?

일반적으로 오랑캐들은 암말에게는 암을 붙여 주고 수말은 거세를 한다. 암을 붙여야만 씨가 많이 퍼지고 거세를 해야만 성질이 순해짐은 당연한 이치다.

《시경詩經》유교 경전 중 하나로 중국에서 가장 오래된 시집에 "단비 이미 내리거늘 관리에게 명하여 별 지저귈 때 일찍 수레 내어 / 뽕나무 밭에서 다시 이야기하니 도적이 바른 사람 되었어라 / 마음 하나 잡고 변방에 깊이 드니 큰 암말만도 삼천 필이나 되네"라는 대목이 있으니, 키 큰 암말이 이렇게 많았다면 어찌 좋은 말이 많이 번식되지 않았겠는가? 서양 이야기를 들으니 "말에게 보리를 먹일지언정 콩은 먹이지 않는다. 콩을 먹이면 살만 쪄 강하고 날랜 성질이 사라진다"라고 하는데, 이 말 또한 일리가 있다.

흉년이 든 해에 사람도 콩을 갈아서 죽을 쑤어 먹으면 몸이 무거워지고 꿈을 자주 꾸게 되니, 콩이란 곡식은 쌀·보리 따위와 달리 성분이 무겁고 흐리기 때문이다.

『성호사설』

해설

말을 기르고 조련하는 나름의 관점을 잘 보여 준다. 편안한 환경에서 자란 말은 어려운 상황을 극복하기 어려우므로 엄격하게 조련해야 하고, 암말과 수말을 관리하는 방법에 대해서도 의견을 제시하고 있다. 또 콩이 쌀이나 보리보다 좋지 않은 곡물이라는 의견을 제시하고 있다.

잘 알려진 것처럼 탄수화물이 주를 이루는 쌀이나 보리와 달리 콩은 단백질 성분이 상당 부분을 차지한다. 하지만 콩과 Leguminosae 식물들엔 초식동물로부터 자신을 방어하기 위해 이들이 콩을 섭취했을 때 단백질 분해를 하지 못하도록 하는 트립신trypsin 저해제沮害劑가 있다. 그뿐만 아니라 거의 모든 동물이 분해할 수 없는 라피노오스raffinose와 스타키오스stachyose라는 올리고당oligosaccharides이 포함되어 있다. 이런 성분들 때문에 콩을 많이 먹으면 소화가 되지 않고, 복부에 가스가 차게 된다. 위 글이 쓰인 당시에는 이러한 원리가 알려져 있지 않았기 때문에 쌀이나 보리에 비해 좋은 곡물로 취급받지 못한 것으로 보인다.

말의 걸음 馬步

예로부터 먼 길을 가려면 당연히 말을 타야 한다. 그렇기 때문에 가정이건 국가건 '육지에서 쓰는 데는 말보다 나은 것이 없다'고 하는 것이다.

말의 힘이 강하고 약한 것은 생긴 골격에 달렸고, 성질이 온순하고 포악함은 생긴 모습에 달려 있다. 힘이 강하지 않으면 믿고 부릴 수 없으며, 성질이 온순하지 않으면 멍에를 벗어 버리므로 다 쓸 데가 없는 셈이다.

말의 관상을 잘 보는 자는 말의 좋고 나쁨을 쉽게 구별할 수 있기 때문에 비록 손양孫陽과 구방九方 손양과 구방 모두 말을 잘 살피던 춘추시대 사람 같은 사람의 안목에는 뒤진다 해도 타고 달리는 모습을 보면 말의 걸음이 빠르고 느림을 분별할 수 있다. 그러나 말이 발굽을 옮기는 것과 빨리 달리는 모습 또한 여러 측면에서 검토해야 하므로 보통 사람은 자세히 알 수 없다.

걸음이란 것은 사람으로 치면, 두 번 발을 들어 옮기는 것을 말하는데 왼발과 오른발을 모두 들어 옮기면 몸은 저절로 앞으로 나아가게 된다.

말은 네 발굽이 있기 때문에 앞발굽을 들어 옮겼다 할지라도 뒷발굽이 그 자리에 머물러 있으면 앞으로 나아갈 수 없다. 그런 까닭에 반드시 왼쪽 두 발굽이 함께 옮겨지기를 기다렸다가 오른쪽 두 발굽을 따라 옮겨 놓을 때 한 걸음이라고 한다.

걸음 연습 중에서 느린 걸음으로 다닐 때는 한 발굽은 들고 세 발굽은 땅바닥에 멈추도록 해야 한다.

빨리 달리려면 양쪽 발굽을 늘 들어야 하기 때문에 힘을 쓰지 않으면 반드시 넘어지게 된다. 이것이 가장 빨리 달리도록 하는 방법인데, 앞쪽 두 발굽을 가지런히 들고 뒤쪽 두 발굽을 따르도록 하는 것은 뛰게 하는 방법이고, 왼쪽 두 발굽을 가지런하게 들고 오른쪽 두 발굽을 따르도록 하는 것은 걷게 하는 방법이다.

일반적으로 말은 앞뒤는 길고 좌우 폭은 좁은 까닭에 뛰어가면 앞과 뒤가 높았다 낮았다 해서 사람이 흔들리지만, 왼쪽과 오른쪽이 낮았다 높았다 하는 것은 사람에게 오히려 편안함을 준다.

앞의 왼쪽 발굽과 뒤의 오른쪽 발굽을 가지런히 들고 앞의 오른쪽 발굽과 뒤의 왼쪽 발굽을 따르도록 하는 것을 가탈假脫이라고 한다.

이는 전후좌우로 높거나 낮게 하는 움직임이 없고 다만 오르막과 내리막길에 주춤거리기만 하니, 말 중에 가장 나쁜 것이다. 뛰는 것과 가탈은 뒷발굽이 앞발굽 자국을 넘겨 디디지 못하지만, 오직 걷는 것만은 넘겨 디디게 된다.

또 걸음과 비슷한 행동이 있는데, 앞뒤 두 발굽을 가지런히 딛지는 못해도 앞서거니 뒤서거니 하는 차이만 있을 뿐이다. 이를 가리켜 장행長行이라 하는데, 빨리 걷지는 못할지라도 걸음에 버금가는 움직임이다.

말을 연습시킨다는 것은 재갈을 입에 물리고 굴레를 머리에 얽어서 왼쪽과 오른쪽으로 이끌고 다니며, 걸음을 가지런히 해 재빨리 걷도록 하는 것이다.

이런 방법으로 말을 고른다면, 몸소 타고 다니면서 자세히 실험해 보지 않는다 해도 실수를 방지할 수 있고,《상마경相馬經》손양이 지은 말에 관한 수의학 책에 보탬이 될 수도 있을 것이다.

『성호사설』

해설

위 글에서 묘사한 말의 걸음 중 뛰게 하는 것(약躍)은 말이 가장 빨리 달리는 습보襲步에 해당한다. 양 앞발과 양 뒷발이 가지런히 움직인다고 묘사했으나, 앞발이나 뒷발 중 오른쪽이나 왼쪽 발이 먼저 들리므로 잘못되었다.

오른쪽 앞발과 왼쪽 앞발이 각각 교대로 걷게 하는 것(보步)은 말의 걸음 가운데 측대보側對步에 해당한다. 장행長行은 구보에 해당한다고 볼 수 있는데 묘사가 충분치 않다. 가탈假脫은 대각선 발이 같이 들리므로 속보速步에 해당한다.

말의 생김새와
빛깔 ^{馬形色}

옛사람은 말 기르기를 중시했으나 그 빛깔을 구별하지 않아 정확히 이름 붙일 수 없는 경우가 많다. 그런데도 《이아^{爾雅}》_{중국에서 가장 오래된 사전. 지은이와 편찬 연대는 정확하지 않으나 공자가 활동하기 전에 편찬되어 공자 이후 보완되었고, 그 후에도 지속적으로 보완된 것으로 보고 있다}에는 말의 빛깔을 나타내는 표현이 상당히 많다. 그 가운데 오늘날 부르는 이름에 가까운 것을 뽑아 여기에 적는 이유는 우리에게도 이러한 자료가 필요하리라 여기기 때문이다.

　빛깔이 흰 말은 백마^{白馬}, 빛이 희면서 검은 털이 섞인 말은 서라말^[雪羅]이라 하고, 빛깔이 검은 말은 가라말^[驪]이라 하는데, 사람들은 가라^{加羅}라고 한다.

쇳빛을 띤 것은 철鐵, 적색赤色을 띤 것은 월따말[騮]이라고 했는데, 속칭 적다赤多라고 하며, 붉은 털과 흰 털이 섞인 것은 적부루마[騢]라나 자백마赭白馬라고도 했는데, 세상에서는 부로不老라 한다.

적흑赤黑색은 오류烏騮, 자흑紫黑색은 자류紫騮라 했고, 푸른 털과 흰털이 섞여 푸르스름한 말은 총이말[驄], 푸른 털과 검은 털이 섞인 것은 철총鐵驄이, 푸르고 검은 빛깔에 물고기 비늘처럼 얼룩진 말은 연전총連錢驄이라고 했다.

검고 흰 털이 섞인 것은 오총이[駂]라고 했으며, 어두운 흰 털이 섞인 것은 인駰 또는 이총이[泥驄]이라고 했다. 또 푸른빛을 띠며 흰 털이 섞인 것은 오추마[騅]라고 했다.

누런 털과 흰 털이 섞인 것은 황부루[駓] 또는 도화마桃花馬라고 하며, 누런 빛깔에 흰 빛이 나타나는 것은 표절따[驃]라 했다.

등마루가 검은 것은 속칭 골라骨羅, 갈기와 몸뚱이 빛이 다른 것은 속칭 표表라 한다. 또 눈이 누른 것은 속칭 잠불暫佛이라 하고, 이마가 흰 것은 망아지[駒]라 하며 대성戴星이라고도 했다.

갈기가 어설프고 이가 성긴 것은 속칭 간자間者, 주둥이가 흰 것은 속칭 거할巨割이라고 한다.

『성호사설』

해설

말이 나타내는 색에 따라 매우 다양한 명칭을 붙였음을 알 수 있다. 말의 색은 멜라닌melanin이라는 색소 때문에 나타나는데, 사실 말의 색과 말이 나타내는 속성과는 그리 뚜렷한 상관관계가 없어서 예전 사람들은 말의 색에 그리 신경 쓰지 않은 것으로 보인다.

동물학계에서는 동물이 색깔을 나타내는 이유를 신호를 전달하고, 포식자로부터 자신을 보호하며, 물리적 충격으로부터 신체를 보호, 체온을 조절하기 위한 목적 등으로 본다. 동물은 색을 나타냄으로써 자신의 신체적, 감정적 상태를 드러낸다. 예를 들어 많은 어류魚類가 매우 화려한 혼인색을 나타내 자신이 번식기에 있음을 알린다. 포식자, 천적과 기생동물로부터 벗어나기 위해 자신을 다른 사물로 위장하거나 다른 동물을 흉내 내기도 하며 다른 동물을 혼란에 빠지게 할 때 색을 이용한다. 얼룩말의 세로줄 무늬는 흡혈 파리의 눈을 혼란시켜 자신을 공격하지 못하게 한다. 또 동물의 색은 물리적 자극으로부터 신체를 보호하는 데 이용되기도 한다. 특히 포유류가 가지고 있는 멜라닌 색소는 태양의 자외선으로부터 신체가 화상을 입지 않도록 막는다. 강렬한 직사광선에 노출된 동물들은 밝고 연한 피부색을 나타내 체온이 상승하는 것을 방지한다.

그리고 동물이 색을 나타내는 이유가 다양한 것처럼 색을 나타내는 방법도 다양하다. 멜라닌과 같이 빛을 흡수하는 색소, 문어처럼 신경계의 조절을 받아 다채롭게 색을 변화시키는 색소 세포, 조류의 깃털이나 곤충의 표면에서 빛을 굴절·산란시켜 색을 만드는 구조적 체색 그리고 반딧불이나 해파리에서 나타나는 생물발광에 의한 색소 등이 그렇다.

위 글에서 설명한 말을 비롯한 포유류는 멜라닌 색소가 있으며 이로 인해 털과 피부에 검은색과 갈색 계열의 색을 갖게 된다. 멜라닌 색소의 밀도에 따라 검은색, 갈색, 고동색, 황색 등 다양한 색을 나타낼 수 있다.

제주말 ^{濟馬}

제주가 고려 충렬왕^{忠烈王25대 왕, 재위 1274~1308} 때부터 목마장^{牧馬場} <u>말을 기르는 곳</u>이 된 것은 방성^{房星 말의 수호신이라 불리는 별자리} 방향이라 말이 잘된다고 여겼기 때문이다.

대원에서 나는 말처럼 좋은 종자를 해마다 중국에 조공^{朝貢}하게 되었는데, 다른 곳에서 난 말과는 생김새와 성질이 달랐기 때문에 누구든 그 차이를 쉽게 알 수 있었다.

우리나라 태종^{太宗조선 3대 왕, 재위 1401~1418} 때도 제주말을 명나라에 조공했는데, 명나라 황제 영락제^{永樂帝3대 황제, 재위 1402~1424}가 "이야말로 천마^{天馬}로구나! 너의 임금이 나를 사랑하는 까닭에 이렇게 좋은 말을 바치는구나"라고 했다.

광해군조선 15대 왕, 재위 1575~1641 때 문신 허균許筠1569~1618은 "내가 일찍이 명나라 증자계曾子棨영락제 때 활동한 문인의 문집에 〈천마가天馬歌〉가 실려 있는 것을 보았다. 그 머리말에 '영락 무렵 조선에서 조공한 황류마黃騮馬가 무척 빠르고 좋았기 때문에 임금이 이천마가를 지으라고 명령했다'"라고 했는데, 천마란 바로 제주말을 가리키는 듯하다.

상제上帝가 타고 하늘을 난다는 천마.
《산해경》〈남산경〉

옛날에는 제주말을 중국에서도 이처럼 칭찬했는데, 요즘 들어서는 말이 점점 나빠지고 작아져서 쓸 만한 것이 없게 되었다. 이는 말을 기르는 태도가 나태해졌을 뿐 아니라, 그 가운데서도 빠르고 좋은 말은 이리저리 뽑아 가 버리고 남은 것은 느리고 우둔한 것들뿐이기 때문이다.

우리 역사를 살펴보니, "신라 성덕왕聖德王33대 왕, 재위 702~737은 절영산絶影山에서 나는 말 한 필을 김윤중金允中성덕왕 때 장군, 김유신의 맏손자에게 하사했다"라고 했다. 또 "고려 태조太祖1대 왕, 재위 918~943 때, 견훤甄萱후백제의 시조, 867~935은 절영도에서 나는 총이말[驄馬] 한 필을 태조에게 바쳤다가 나중에 '절영도부산 영도에서 이름난 말이 나오면 백제가 망한다'는 비결秘訣을 듣고, 고려로 사람을 보내 총이말을 되돌려 달라고 요청하자, 태조가 웃으면서 되돌려 주었다"라고 한다. 이 글을 통해 볼 때 총이말이란 말이 매우 좋았음을 짐작할 수 있다.

지금은 절영도를 동래부東萊府에 소속시켰으나 옛날 목장은 그대로 남아 있으니, 말을 기르는 기술만 있다면 제주에서 기르는 것과 무엇이 다르겠는가?

우리나라 초기에는 목장이 120군데나 되었는데 지금은 겨우 몇 군데만 남아 있을 뿐이다. 그나마도 백성들에게 농지로 개간토록 하고 있으니, 말 수효가 점점 줄어드는 것도 당연하다. 말을 키우고 운영하는 것이 국가에 얼마나 중요한 일인데, 옛날과 오늘날의 차이가 이와 같으니 이야말로 세상의 근심거리라고 하겠다.

『성호사설』

해설

예전에는 제주마가 우수했는데 성호가 살던 시절엔 제주마가 예전만 못한 명성을 갖게 된 것을 안타까워하며 그 이유를 고찰한 글이다.

성호는 말을 기르는 정신이 해이해지고 재빠르고 좋은 말을 이리저리 뽑아 간 후 남은 말이 느리고 어리석은 말들이라서 그렇다고 생각했다. 이런 관점은 우수한 품종을 유지하기 위해서는 선택교배를 통해 지속적으로 관리해야 한다는 지금의 관점과 일치한다. 좋은 품종을 유지하기 위해서는 좋은 특징(유전자)을 가진 수컷을 종마種馬로 삼아 암컷들과 교배를 시키고 그 자손 중에서 역시 가장 좋은 특징을 가진 수컷만을 종마로 삼고 나머지는 불임시켜 원하지 않는 특징이 자손에게 전달되는 과정을 막아야 한다. 위 글처럼 느리고 어리석은 말들만 남았다면 그로부터 재빠르고 좋은 말이 태어날 가능성은 그다지 높지 않기 때문이다.

말의 수명

말의 수명을 예측하는 방법에는 여러 가지가 있다.

말의 눈자위 안에서 오색五色 빛깔이 나거나 눈자위 아래에 글자 무늬가 있으면 90년, 콧잔등에 '왕王'이나 '공公' 자 무늬가 있으면 50년, '화火' 자 무늬가 있으면 40년, '천天' 자 무늬가 있으면 30년, '산山'이나 '수水' 자 무늬가 있으면 20년 그리고 '개介' 자 무늬가 있으면 18년, '사四' 자 무늬가 있으면 8년, '택宅' 자 무늬가 있으면 7년을 넘기지 못한다.

한편 가마가 눈자위 위에 있으면 40년, 눈자위 뼈 안에 있으면 30년, 가운데 눈자위 아래에 있으면 18년을 산다. 또 입에 홍백색紅白色 광채가 보여 굴속에 있는 꽃을 보는 것 같으면 장수하는 반

면 흑색으로 선명하지 않거나 상반이 선명하지 않으면 장수하지
못한다.

『고사촬요』

해설

말의 수명은 약 25~30년으로 현재 기네스북에 오른 가장 장수한 말은 '슈거 퍼
프Sugar Puff'로 2007년 죽을 때까지 56년을 살았다.

무릇 모든 생명체는 노화와 죽음이라는 과정을 거친다. 생물학적 노화는 시간
에 따라 생명체의 대사 과정을 붕괴시키는 분자와 세포 구조의 변화가 축적되는
과정이며, 어느 한계치에 도달하면 생명체를 지탱하는 생물학적 기능이 정지되
는 것을 일컬어 죽음이라고 한다. 생명체가 탄생에서 죽음에 이르는 시간을 '수
명壽命'이라고 하는데 일반적으로 동물의 수명은 대사율에 반비례한다. 쥐와 같
이 몸집이 작고 대사율이 높은 동물은 수명이 짧고, 코끼리처럼 대사율이 낮은
동물은 수명이 길다. 말은 비교적 대사율이 낮은 대형 포유동물로 수명이 긴 편
이라고 할 수 있다.

당나귀

나귀는 중국에서 흔히 볼 수 있는 짐승이다. 당나라 말기에 선비들이 매우 사치해져서 나라에서 말을 못 타게 했다. 그래서 과거 시험을 보러 가는 사람은 모두 나귀를 타야만 했다.

반면에 우리나라에서는 오히려 나귀가 귀하다. 이는 우리 땅에서 나는 나귀가 없어서 그런 것이 아니다. 나귀를 이용하는 일이 매우 적기 때문이다. 어쩌다 한 번씩 타고 다닐 뿐, 중국처럼 물 긷기, 맷돌 돌리기, 수레 끌기, 심지어는 밭갈이에 이르기까지 나귀를 이용할 줄 모른다.

지금이라도 배워서 이용하려고 해도 되지 않는다. 이는 나귀를 아끼고 사랑하기 때문이 아니다. 나귀를 이용할 기구가 전혀 없기 때문이다. 만약 물통에 고리가 없다면 고쳐서 고리를 새로 매달아야 할 것이다. 그래서 가난한 백성은 나귀를 기르기도 힘들고 번식하는 일은 더욱 드물다.

맷돌을 돌리는 나귀는 가죽 조각으로 두 눈을 가린다. 빙빙 돌아가는 것을 모르게 하기 위해서인데, 알면 곧 현기증을 일으키기 때문이다. 이는 물고기를 기를 때 물 안에 반드시 섬을 만들어 주는 것과 같다. 물고기가 섬 주위를 돌면서 매일 천리 길을 돌아다닌다고 생각하게 만드는 것이다.

려
나귀는 당나귀의 다른 이름이니 같은 동물이다. 한자로는 려驢인데, 위 그림이 실린 《삼재도회》 해설에 따르면 '말과 비슷한데, 귀는 더 길고 키는 작다.'

쌀을 실을 때는 뱃대끈말이나 소의 안장이나 길마를 얹을 때 배에 걸쳐서 졸라매는 끈이 필요 없다. 면포로 다섯 말들이 긴 포대를 만든다. 그리고 가운데 부분은 비워 나귀의 등에 걸친다. 그러면 쌀이 양쪽 끝으로 쳐져, 나귀 등에 착 달라붙어서 쉽게 움직이지 않는다. 이런 자루를 좌우로 비스듬하게 걸쳐서 물레의 살처럼 만든다.

물을 길을 때는 뱃대끈이 필요하다. 물을 긷는 통은 길고 양쪽에 귀가 뚫려 있다. 뱃대끈에 나무를 가로 대고 물통 고리를 좌우로 꿰어 놓는다. 그러면 나귀는 제 발로 집에 돌아갔다가 다시 우물가에 온다.

역참驛站에 있는 나귀를 이용할 때는 10리 거리에 10문文문은 조
선의 화폐 단위. 1문은 1푼씩 세를 받는다. 나귀에 딸린 사람은 없다. 다만
도착할 역참에 있는 가게에 나귀를 맡겨 두면 된다. 그래서 돌아
오는 인편人便에 같이 오도록 한다. 저쪽에서 오는 나귀도 이쪽에
서 가는 것과 같은 방법으로 운영한다. 나귀는 머무르게 될 역참
에 도착하면 더 이상 가려 하지 않는다.

『북학의』

당나귀[驢子]를 기이한 짐승이라고 한다. 아비는 말이고 어미는
당나귀인 것을 결제駃騠버새라 하는 반면 아비가 당나귀이고 어미
가 말인 것은 노새[騾]라고 한다. 또 아비는 당나귀이고 어미가 소
인 것은 맥駹이라 한다. 그 가운데서 결제가 가장 튼튼해서 하루에
천 리를 간다. 노새 역시 사납고 힘이 세다. 반면에 맥은 크기도 매
우 작고 모양 또한 못생겼으니 참으로 신기하다.

『지봉유설』

해설

《북학의》의 내용에서 맷돌을 돌리는 나귀의 두 눈을 가죽 조각으로 가리는 이유를 빙빙 도는 것을 모르게 해 현기증을 일으키지 않기 위해서라고 했지만, 사실은 시야에 다른 것이 보이지 않게 해 그 일에 집중하도록 하는 이유가 더 크다. 나귀는 자기가 직접 움직인다는 것을 전정계前庭階를 통해 느끼기 때문에 눈을 가리지 않아야 현기증을 느끼지 않는다. 눈을 가리면 전정계와 시각을 통해 들어오는 신체 움직임 정보가 불일치해 오히려 현기증과 멀미를 일으키게 될 것이다. 우리가 자동차나 비행기를 탈 때 느끼는 멀미도 시각을 통해 들어온 신체 움직임 정보와 우리 몸의 평균과 균형을 감지하는 전정계로부터 들어온 정보가 일치하지 않을 때 발생한다. 예를 들어 차를 타고 가면서 책을 읽으면 눈은 자신이 움직이지 않는다고 정보를 보내는데 전정계는 자신이 움직인다고 알려주기 때문에 멀미를 하게 되는 것이다.

또 당나귀와 말은 말과Equidae 말속 *Equus*에 속해 가까운 관계에 있는 종들이다. 이들 사이에서 태어난 잡종인 버새(본문 중에서 결제)와 노새는 좋은 특성을 지녔지만 불임이다. 이 잡종들은 종 사이에 존재하는 생식적 격리 중 '접합 후 격리'의 좋은 예다.

잡종인 자손이 태어나기 위해서는 가까운 조상을 공유해야 한다. 당나귀와 소는 각기 말목Perissodactyla과 소목Artiodactyla에 속해 관계가 매우 멀다. 실제로도 이 둘 사이에서는 잡종이 태어나지 않는다. 맥이라는 희한하게 생긴 동물을 보고 지레 당나귀와 소 사이의 잡종이라고 단정한 것 같다.

소 牛

중국 소는 대부분 코를 뚫지 않는다. 그러나 남쪽 지방 물소는 성질이 사납기 때문에 코를 뚫는다. 가끔 평안도 개시開市 조선 후기 중국, 일본 등을 상대로 열던 공식 무역 시장에서 중국으로 팔려 온 우리나라 소가 있는데, 콧대가 낮아서 쉽게 구별할 수 있다.

중국 소는 뿔이 울퉁불퉁하고 고르지 못하지만 휘어서 바르게 할 수 있다. 털빛이 온통 푸른 것도 있다고 하는데 보지는 못했다. 이곳에서는 소를 항상 목욕시키고 손질해 준다. 우리나라에서는 죽을 때까지 씻기지 않아, 털이 똥으로 더럽혀진 채 말라붙어 갈라진다.

당나라 시에 이런 내용이 있다.

기름으로 파랗게 칠한 수레 경쾌한데

금빛 송아지 살쪘도다

이는 털빛의 윤택함을 말한 것이다.

또 이곳에서는 소의 도살을 금한다. 북경에는 돼지 고깃간이 72곳, 양 고깃간이 70곳이 있는데 한 곳에서 하루에 돼지 300마리를 판다. 양고기도 마찬가지로 팔린다. 이처럼 많은 고기를 먹는데 소 고깃간은 오직 두 곳뿐이다. 이는 길에서 만난 소 고깃간 주인에게 자세히 알아본 것이다.

그런데 우리나라에서는 하루에 소 500마리가 도살된다. 나라에서 거행하는 제사나 군인들을 위로하는 잔치 때마다 고기를 사용한다. 성균관 5부 안에도 고깃간이 24곳 있고 300여 주의 관청에도 반드시 고깃간이 있다. 작은 고을에서는 매일 소를 잡지 않지만, 큰 고을에서는 매일 두세 마리씩 잡는다. 결국은 모든 고을이 매일 소를 잡는 셈이다. 또 서울과 지방에서 혼인 잔치 때나 장례식

우
《삼재도회》에 등장하는 소의 모습은 우리나라 소와는 사뭇 다르다. 본문에서 말하는 '남방 지방 물소' 모습인 듯한데, 《삼재도회》 본문에는 '소는 힘은 세나 성질은 온순하다'라고 적혀 있다.

때마다 소를 잡는다. 이렇듯 법을 어기면서 은밀히 잡는 수를 합치면 위에서 말한 수와 대략 같다.

대체로 소는 새끼를 밴 후 열 달이 지나야 새끼를 낳는다. 그 새끼도 세 살이 되어야 수태受胎가 가능하다. 이렇듯 소는 몇 해에 한 마리씩 생기는데 매일 500마리씩 도살하니, 이를 감당하지 못할 것은 분명하다. 그 결과 소가 점차 귀해지는 것은 당연한 현상이다. 이렇기 때문에 농부들 중에서 스스로 소를 마련할 수 있는 자는 극히 드물다. 그래서 항상 이웃에서 소를 빌리고, 빌린 날수만큼 그 집 일을 대신해 준다. 그러다 보니 제때에 맞춰 밭을 갈기가 힘들어지는 것이다.

소를 절대로 도살할 수 없게 한다면, 몇 년 안에 모든 농부가 제때에 밭을 갈 수 있을 것이다. 어떤 사람은 '우리나라에는 다른 가축이 없는데, 소 잡는 것마저 금한다면 고기를 먹을 수 없게 된다'고 반론을 펴기도 하는데 그렇지 않다. 소의 도살을 금해야 비로소 백성들이 다른 가축을 기르는 일에 힘쓰게 된다. 그러면 돼지나 염소도 많이 기를 것이다.

어떤 사람이 돼지 두 마리를 사서 짊어지고 가다가 서로 눌려서 돼지가 죽었다. 하는 수 없이 그 고기를 팔게 되었다. 그런데 하루가 다 지나도 팔리지 않고 고기가 남았다. 이는 사람들이 돼지고기를 좋아하지 않아서가 아니라 쇠고기가 유난히 많기 때문이다.

어떤 사람은 '돼지고기나 염소 고기는 우리나라 사람에게는 익숙하지 않아서 병이 날까 염려스럽다'고 한다. 이 또한 그렇지 않다. 식성은 길들이기에 달린 것이다. 중국 사람들은 어째서 그 고기를 먹어도 병들지 않는 것인가?

율곡栗谷은 평생 동안 쇠고기를 먹지 않았다. 그리고 이렇게 말했다. "소의 힘을 이용해 만든 곡식을 먹으면서 또 그 쇠고기를 먹는다면 과연 옳은 일이겠는가?" 참으로 이치에 합당한 말이다.

『북학의』

해설

소가 태어나는 수보다 소를 도축하는 수가 더 많아 소가 부족해져 나타나는 여러 경제적·사회적 부작용을 설명한 글이다. 개체군 크기의 증가와 감소는 출생률과 사망률의 상대적 크기에 따라 결정된다. 소처럼 자손을 적게 낳는 생물은 출생률이 획기적으로 상승할 수 없으므로 사망률(여기서는 도축 정도)이 소의 개체수를 결정하는 요인이 된다. 소와 같이 중요한 자원이 단순히 먹을거리가 되어 줄어드는 것에 대한 안타까운 심정을 읽을 수 있다.

얼룩소 犁牛

《논어論語》 유교의 대표적인 경전. 공자와 제자들의 언행을 적은 것 〈옹야雍也〉에 이런 내용이 나온다.

공자께서 제자 중궁仲弓 노나라 학자 염옹冉雍의 자字 에게 말씀하셨다. '얼룩소 새끼로 털이 붉고 뿔이 곧으면 희생犧牲 제사 때 제물로 바치는 산 짐승 으로 쓰지 않으려 해도 산천의 신이 내버려 두겠는가?'

이때 얼룩소는 한자로 이우犁牛라고 하는데, 잡색 소다. 잡색이란 것 또한 여럿인데, 얼룩 빛깔은 누런 바탕에 검은 무늬가 마치 호랑이처럼 새겨진 것이리라.

여러 짐승 중에 오직 소, 이리와 고양이에게만 얼룩무늬가 있는 까닭에, 우리나라에선 이 얼룩소를 가리켜 이우狸牛라고 한다.

한나라 유향劉向이 지은 《전국책戰國策》전국시대 전략가들의 책략을 모아 엮은 책을 보면 "얼룩소의 누런 빛깔이 호랑이와 같다"라는 대목이 나오는데, 만약 위에서 말한 잡색이 아니었다면, 당연히 '누런 빛깔이 호랑이와 같다'라고 하지도 않았을 것이다.

『성호사설』

해설

검은색과 붉은색 줄이 교대로 나타나는 얼룩무늬 털색을 가진 얼룩소인 이우犂牛에 관해 설명한 글이다. 현재 우리가 흔히 알고 있는 얼룩소와는 다르며 오히려 호랑이와 유사한 무늬다. 이러한 무늬는 유전자에 의해 만들어지며 반드시 붉은 갈색 색소를 만드는 유전자의 야생형이 있을 때에만 나타난다. 얼룩무늬 털색을 가지는 소는 교배를 통해 이러한 유전자 조합을 지니는 개체들에서 나타날 수 있기 때문에 중국과 우리나라에서 가끔씩 볼 수 있었을 것이다.

소의 귀 ^{牛耳}

육축六畜_{집에서 기르는 여섯 가축, 소·말·양·돼지·개·닭}을 연구해 보니, 말은 화火에 속하기 때문에 털빛이 붉은 것이 많고, 소는 토土에 속하기 때문에 털빛이 누른 것이 많으며, 돼지는 수水에 속하기 때문에 털빛이 검은 것이 많다.

이런 사실은 쉽게 구분할 수 있기 때문에 하루 열두 시간_{하루를} _{12지로 나누었을 때의 시간} 중에 말은 오午11~13시, 소는 축丑1~3시, 돼지는 해亥21~23시에 속하게 되었다.

또 생긴 모습을 보면, 말의 귀는 위로 솟아 있고 소의 귀는 옆으로 뻗었으며, 돼지의 귀는 아래로 처졌으니, 이 또한 그 성질에 따라 그리 된 것이다.

소는 귀로 듣지 않는다는데, 코로 듣는지는 알 수 없으나 귀로 듣지 않는 것만은 틀림없다.

토土의 성질은 편편한 까닭에 귀가 위로 치켜들지도, 아래로 처지지도 않고 옆으로 뻗은 것이다. 또한 소는 고집이 강하지 않고 성질도 순해서 누구든 따르기 때문에 제후諸侯들이 모여서 맹서盟誓할 때도 반드시 소의 피를 서로 마시는 것이다. 반면에 돼지의 귀는 어디에도 해당하지 않기 때문에 쓰임새 또한 나타난 곳이 없다.

『성호사설』

해설

본문에서 언급한 귀는 겉으로 드러난 바깥귀인데, 바깥귀는 소리 에너지를 수집해 고막에 집중시키는 기능을 할 뿐이다. 실제 청각을 감지하는 곳은 겉으로 드러난 바깥귀가 아니라 달팽이관이 있는 속귀다. 사람은 동이근動耳筋이 퇴화해 귀를 소리가 나는 방향으로 움직이지는 못하지만 많은 동물이 귀를 움직여 소리를 더 잘 들을 수 있다. 위 글은 소, 말, 돼지의 바깥귀 모양으로 해당 생물의 속성을 설명한, 흥미로운 접근이라고 볼 수 있지만 과학적 근거는 없다.

소가 소리 듣는 법 牛聽

옛말에 '소는 코로 듣는다'고 하는데, 확인해 보니 과연 그렇다. 소는 비록 귀가 있으나 귓속이 전부 막혀서 소리가 통할 구멍이 없으니, 귀로 듣지 않는 것은 분명하다. 소의 이빨이 밖으로 나와 뿔로 변했으니, 소리가 아래 코로 통하는 것 역시 이상할 것이 없다.

코란 것은 기氣가 통하는 구멍이다. 사람도 감기가 들어 재채기 병을 앓는 자는 코가 막히고, 기가 막히면 기가 귀로 통하니, 기가 통한다면 소리 또한 통하지 않을 까닭이 없을 것이다. 그런데 오래 전에 확인해 보니 소가 풀을 씹을 때는 코로 냄새를 맡는 듯하니, 이는 이해할 수 없다.

『성호사설』

해설

아마도 소의 귀가 고막 부분에서 막혀 있고, 코는 안쪽까지 뚫려 있기 때문에 소리를 귀가 아니라 코로 듣는다고 생각한 듯하다. 육상 척추동물의 귀는 청각을 담당하는 가장 중요한 기관이다. 소리 에너지가 바깥귀를 통해 들어와 고막을 두드리면 귓속뼈가 진동하는데, 귓속뼈는 달팽이관과 연결되어 있다. 달팽이관에서 소리 에너지가 청각 신경의 신호로 변환되어 뇌로 전달되는 것이다. 소의 귀가 고막에 막혀 있어 소리를 듣지 못한다고 여겼으니 당시 우리나라 동물 해부학 수준이 높지 않았음을 알 수 있다. 따라서 소 역시 인간과 거의 동일한 구조의 청각기관을 가졌다는 사실을 몰랐을 것이다.

소기르기養牛

어미 소 고르는 법은 다음과 같다.

우선 털이 희고 젖이 붉은 것은 새끼를 많이 낳는 반면, 털이 성글고 젖이 검은 것은 새끼를 낳지 못한다. 또 새끼를 낳을 때 송아지가 누워서 어미와 마주 보면 새끼를 자주 낳는 반면 등을 돌리고 있으면 새끼를 드물게 낳는다. 하룻밤에 세 무더기의 똥을 누는 소는 1년에 한 번씩 새끼를 낳고, 한 무더기만 누는 소는 3년에 한 번씩 새끼를 낳는다. 이는 어숙권魚叔權이 지은《고사촬요攷事撮要》에 나오는 내용이다.

농사짓는 소를 고르는 법은 다음과 같다. 눈은 뿔과 가까이 있어야 하고 크면서 흰자위가 눈동자를 꿰뚫어야 한다. 뿔은 가늘면서 뿌리 부분 간격이 좁아야 한다. 체구는 굵어야 하고 털은 짧으면서 빽빽해야 좋다. 목덜미와 꼬리는 크고 길어야 좋고, 두 넙적다리 사이는 시원스럽게 보여야 좋다. 털이 성글고 길면 추위를 견디는 힘이 약하고, 꼬리털이 헝클어지고 돌돌 말린 것은 수명이 짧다.

소라는 동물은 농사를 짓는 데 반드시 필요하므로 가축을 잘 기르는 사람은 애지중지하는 마음을 갖고 있다. 계절에 따라 서늘하고 따뜻하게 해 주고, 때맞춰 주리고 배부른 것을 살피며, 휴식을 알맞게 취하도록 해 기운을 길러 주어야 한다. 그렇게 한다면 가죽과 털이 윤택해지고 살도 올라 기운이 세져 아무리 늙어도 허약해지지 않을 것이니, 어찌 고되거나 행색이 파리할 리가 있겠는가.

한편 이른 봄에는 반드시 우리 안에 쌓여 있는 똥 무더기를 치워야 한다. 그런 다음 열흘에 한 번씩 청소해 더러운 기운을 없애야 하고, 똥오줌에 발굽이 잠겨 병이 나지 않도록 해야 한다.

묵은 풀이 사라지고, 새 풀이 미처 나지 않았을 때는 깨끗한 볏짚을 잘게 썬 다음 밀기울이나 겨·콩 등을 섞고 물기를 약간 머금게 한 후 배불리 먹인다.

풀이 무성한 봄가을에는 물을 먹인 뒤에 풀을 먹이면 소화를 잘 시킨다. 반면에 날씨가 쌀쌀하고 눈보라가 몰아치는 겨울에는 따뜻한 곳에 두고 쇠죽을 끓여 먹여야 한다. 또 콩잎이나 닥나무 잎 등을 미리 따서 잘게 부숴 저장해 두었다가, 쌀뜨물에 잘게 썬 풀과 쌀겨 · 밀기울을 한데 섞어 먹여야 한다. 간혹 목화씨 깻묵을 먹이기도 하는데, 이른바 '계절에 따라 서늘하거나 따뜻하게 하고, 시간에 맞춰 배부르게 먹인다'는 말이다.

매년 농사철이 되면 낮에는 방목하고 저녁에는 배불리 먹여야 하며, 해가 뜨지 않아 서늘한 오경五更3~5시 초를 이용해 소를 부린다면, 평소보다 기운이 배가 되어 한나절만 일을 해도 하루 일한 성과를 거둘 것이다. 반면에 해가 높이 떠올라 소가 열기를 이기지 못하고 헐떡거리면 쉬게 해서 진이 빠지지 않게 해야 한다. 남쪽 지방에서는 이런 방식으로 소를 이용해 밭을 간다.

반면에 북쪽 지방 평야에서는 한낮의 열기를 피해 밤에 밭을 갈고, 밤에는 또 꼴과 콩을 먹여서 힘을 보충해 주며, 다음날 밭갈이를 마친 뒤에는 방목하는데, 이른바 '일하고 쉬는 것을 절도 있게 하여 혈기血氣를 기른다'는 것이다.

집안에 소 한 마리가 있으면 일곱 명의 노동력을 대신할 수 있다.《금양잡록衿陽雜錄》조선 성종 때 강희맹이 지은 농사 관련 서적에 "소가 없으면 일꾼 아홉 명을 고용해서 쟁기를 끌어야 20~30마지기를 갈 수 있다"라고 했다.

송아지를 길들일 때는 밭갈이에 익숙한 늙은 소와 같이 쟁기를 채워 익히도록 하면, 밭갈이하는 법을 저절로 깨치게 될 것이다.

『산림경제』

해설

소는 인간에게 노동력과 고기를 제공해 온, 가장 오래되고 친숙한 가축 중 하나다. 위 글에서 좋은 소를 골라 잘 먹이고, 적당히 일을 시키는 방법을 자세히 설명한 것으로 보아 예로부터 소를 얼마나 소중하게 다루었는지 엿볼 수 있다. 위의 내용 중 좋은 어미 소를 고를 때 하룻밤에 세 무더기의 똥을 누는 소, 즉 배변 활동이 원활한 소를 고르는 것은 소화기관이 튼튼해 건강한 소를 고르라는 의미로 볼 수 있다.

돼지 彘豚

《맹자孟子》〈양혜왕梁惠王〉 상편에 이런 대목이 있다.

닭과 돼지와 개 등 가축원문에선 '계돈鷄豚(닭과 돼지)과 구체狗彘(개와 큰 돼지)'라고 표기을 기를 때 적절한 때를 놓치지 않으면 일흔 살 된 노인도 고기를 먹을 수 있습니다.

위 글에서 체彘는 큰 돼지, 돈豚은 새끼 돼지라 한다. 그런데 체와 돈이 같은 짐승이라면 이렇게 말했을 리가 없으니, 두 종류 짐승으로 구분한 게 분명하다.

《예기》〈곡례曲禮〉에는 "무릇 종묘宗廟에 제사 지내는 예물 이름을 돼지[豕]는 강렵剛鬣, 새끼 돼지[豚]는 돌비腯肥라 한다"라고 했으니, 이로 본다면 돈과 체는 분명 다른 종자일 것이다.

《장자莊子》전국시대 사상가 장자가 지은 책 〈덕충부德充符〉에 이런 말이 있다.

> 제가 초楚나라에 사신으로 간 적이 있습니다. 그때 돼지 새끼가 죽은 어미젖을 먹고 있는 것을 보았습니다. 얼마 후 새끼들은 깜짝 놀라 어미를 버리고 도망쳤습니다. 어미가 자신들을 보지 못할 뿐 아니라 어미의 모습이 자신들과 달라지고 있다는 사실을 알았기 때문일 것입니다.

이 글에서 돼지 새끼를 돈자扽子라고 표기했으니 돈豚은 새끼 돼지가 아님이 분명하다.

『성호사설』

해설

돼지를 의미하는 체와 돈, 두 글자가 가리키는 돼지 종류가 다르다고 생각한 것 같다. 돼지는 기원전 1만 3000년에서 1만 2700년 사이 중동 지역에서 멧돼지를 가축화시킨 것이라고 한다. 이후 중국과 유럽 등지에서 독립적으로 가축화시켰고 이후 전 세계로 퍼져 지금에 이르렀다. 야생 멧돼지*Sus scrofa*는 유라시아 지역에 분포하며, 가축화된 돼지는 선택교배를 통해 야생 멧돼지와 뚜렷이 구분되는 형태적 특징을 갖게 되었다. 야생 멧돼지와 돼지는 생식적으로 완전히 격리되어 있지 않기 때문에 둘은 별개의 종이 아니라 아종亞種 관계에 있다고 본다.

돼지속*Sus*에는 현재 10여 종이 있는데 야생 멧돼지와 돼지*Sus scrofa domesticus*를 제외한 다른 종들은 동남아시아 여러 섬에 제한적으로 분포한다. 따라서 중국 사람들이 이 종들을 접하고 기존 돼지와 구분해 따로 명칭을 부여했을 가능성은 매우 낮다. 다만 선택교배를 통해 다양한 색과 모양을 갖게 된 돼지의 품종들을 구분했을 수는 있다.

양기르기 ^{養羊}

양은 12월에 낳은 것이 가장 좋고, 그 다음으로는 정월에 낳은 것이 좋으며, 11월과 2월에 낳은 것이 그 다음이다. 어미 양 열 마리가 있다면 수놈은 두 마리가 적당하다. 수놈이 너무 적으면 새끼를 배지 못하고, 너무 많으면 무리를 어지럽힌다.

양은 말과 같이 화火에 속하는 가축으로, 습한 곳을 싫어하고 건조한 곳을 좋아하므로 나무 시렁을 높이 만들어 주고 똥오줌을 늘 깨끗이 치워 주어야 한다.

양이 어렸을 때는 건초를 잘게 썰어 쌀겨 조금에 물을 섞어 주다가 5~7일이 지난 뒤에는 검은콩을 갈아 쌀겨와 물에 섞어서 조금씩 먹인다. 반면에 많이 주면 남기게 되어 사료를 허비할 뿐 아니라 살도 찌지 않는다. 물은 절대로 주지 말아야 한다. 물을 먹이면 살이 빠지고 오줌을 많이 싼다. 하루에 예닐곱 차례 먹이를 주되, 좋은 풀을 너무 많이 주면 식상한다.

한편 양은 소금을 좋아하므로 소금이 떨어지지 않도록 공급해 주어야 한다.

봄과 여름에는 일찍 방목했다가 일찍 우리로 끌고 와야 한다. 만약 오시午時정오 무렵 · 미시未時13~15시에도 바깥에 머물다 열기 때문에 땀을 흘리게 되면, 흙먼지가 털 속으로 들어가 피부병이 생긴다. 반면에 가을이나 겨울에는 늦게 방목해야 한다. 만약 일찍 방목했다가 이슬 맞은 풀을 먹으면 입속에 종기가 나고, 코도 곪게 되므로 주의해야 한다.

『산림경제』

해설

양Oris aries은 소목 솟과에 속하며 고기, 젖, 털을 얻기 위한 목적으로 가축화되었다. 이처럼 다양한 목적에 맞게 선택교배를 거친 결과 현재는 200종 이상의 품종이 있다.

글을 보면 경제적으로 매우 중요한 가축이므로 양을 기르는 데 신경을 많이 썼다는 사실을 알 수 있다. 또 어린 양을 먹이는 방법도 자세히 설명하고 있다. 어린 양이 성장하기 위해서는 단백질이 많이 필요하고, 어린 양은 소화 능력이 떨어지기 때문에 콩을 갈아 먹이는 것은 요즘도 이용하는 매우 좋은 방법이다. 또한 초식동물은 나트륨 섭취가 부족하기 때문에 소금을 따로 먹일 것을 제안한 것도 적절하다.

개

개는 사람이 기르는 것이니 사람에게 의지해 먹이를 구하고, 주인을 위해 집을 지키는 것이 본성이다. 그런데 중종中宗 조선 11대 왕, 재위 1506~1544 말년부터 돈의문敦義門 밖 인가에서 키우던 개들이 북쪽 산으로 올라가 시체를 찾아서 먹더니 내려오지 않고 머물면서 새끼까지 낳았다.

그 후 6~7년이 지나자 40~50마리에 이르러 떼를 지어 다니며 사람을 보면 짖고 물었다. 가정嘉靖 명나라 11대 황제 가정제의 연호 무신년1548에 한 늙은 군사가 개떼에게 물려 죽자, 개들이 달려들어 뜯어 먹어서 시신이 거의 사라지기에 이르렀다. 이에 금군禁軍 궁궐을 지키고 왕을 호위하는 친위병에게 잡도록 명하니, 매일 사냥에 나서 수십 마리를 잡았지만 달아나서 잡히지 않은 놈도 많았다. 따라서 이런 개야말로 본성에 거스른 것이라 할 수밖에 없다.

『패관잡기』

옛사람들은 "개는 자기들끼리 서로 먹지 않으니, 사람의 도에 가깝다"고 했다. 그러나 내가 계사, 갑오 연간1593~1594, 선조 26~27년에 보니, 굶주린 백성들이 부자간, 심지어 부부간에도 서로 먹으니 개만도 못한 것이 사람이라 하겠다.

『지봉유설』

해설

개Canis familiaris는 비록 가축이 되었지만, 조상인 늑대Canis lupus의 습성을 완전히 버리지 못했다. 무리를 이루고 그 안에서 구성원 사이에 서열을 정하는 행동은 야생화한 개에서 볼 수 있는데 이러한 습성은 늑대와 매우 유사하다. 가축으로서 개의 본성은 거스른 것일지 모르지만 가축화되기 이전 동물의 본성을 따랐다고 볼 수 있다.

그리고 동종 포식同種捕食cannibalism은 같은 종에 속하는 다른 개체의 전체 또는 일부를 음식으로 먹는 행위를 말하는데 지금까지 1500여 종 이상의 동물에서 동종 포식 행위가 기록으로 남아 있다.

동종 포식은 특히 물속에 사는 동물에서 매우 흔하게 나타나며, 유아 살해, 큰 개체가 작은 개체를 먹는 행위와 같은 형태를 띤다. 일례로 미국의 얼룩무늬도롱뇽이 먹은 음식을 분석해 보았더니 약 5분의 1이 동종의 다른 개체였고, 사자 수컷도 자신의 새끼가 아닌 수컷들을 잡아먹는 동종 포식 습성을 보인다. 개는 동종 포식을 거의 하지 않는다고 알려져 있지만, 야생에 고립된 개 집단에서 먹이가 부족할 때 병약한 새끼를 잡아먹는 습성이 관찰되기도 한다.

개의 요사함 ^{犬妖}

예나 지금이나 개가 저지르는 요사한 짓은 참으로 많다. 나의 친족 가운데 아무개의 집에 높은 누각이 있는데, 네 문이 닫혔고 그 속에는 아무것도 없었다. 그런데 밤마다 무슨 소리가 떠들썩하면서 서로 다투는 듯하다가 새벽이 되면 바로 그쳤다. 그러자 사람들은 이를 귀신의 짓이라고 여겼다.

그런데 하루는 우연히 그곳을 살피게 되었는데, 집에서 기르는 개가 사다리를 타고 올라가서 틈 구멍을 뚫고 들어가 요란을 떠는 것이었다. 드디어 개를 잡아 없애니, 요사한 소리가 사라졌다고 한다.

『성호사설』

해설

개는 늑대를 가축화한 동물인데 개가 최초로 가축화된 지역과 시점은 여전히 끊임없는 논쟁의 대상이다. 위의 글처럼 개가 소리를 내는 것은 아직 늑대 습성이 남아 있기 때문인데, 늑대와 마찬가지로 먼 거리에 위치한 개체 사이에서 경고를 하기 위한 의사소통으로 알려져 있다.

고양이

당나라 학자 단성식段成式?~863이 지은《유양잡조酉陽雜俎》기이한 대상에 관해 쓴 책를 보면 이런 내용이 있다.

> 고양이의 눈동자는 아침과 밤에는 둥글고, 낮이 되면 세로로 줄어들어 실낱만하게 된다. 또 코는 늘 찬데 오직 하짓날에만 따뜻하다.

그리고 사람들은 "고양이가 얼굴을 씻고 귀까지 닦으면 그날은 손님이 온다"라고 한다. 이런 말이 생긴 지는 오래인데, 오늘날에도 고양이 눈을 보고 시간을 안다고들 한다. 또《사문옥설事文玉屑》명나라 양종楊淙이 편찬한 책에는 이런 내용이 쓰여 있다.

고양이는 중국에서 난 것이 아니라 서쪽 천축天竺인도의 옛 이름에서 난다. 쥐가 불경을 갉아먹는 것을 방지하기 위해 중들이 고양이를 길렀다. 당나라 삼장법사三藏法師가 서쪽 땅에 가서 불경을 구해 올 때 고양이도 함께 가지고 와 그 씨가 퍼진 것이다.

옛 서적을 참고해 보니 "하늘에 제사 지낼 때 희생용으로 고양이를 바친다. 고양이가 두더지를 잡아먹기 때문이다"라고 한다. 또 공자가 거문고를 타면서 고양이가 쥐를 잡는 모습을 보고 있었다는 이야기도 전한다. 그러므로 고양이란 이름은 오래전에 생겼다. 결국 당나라 태종 때 활동한 승려 삼장三藏현장玄奘을 달리 이르는 말로 삼장법사라고도 함, 602~664이 처음 고양이를 가져왔다는 말은 와전된 것이다.

우리 집에 고양이 한 마리가 있었는데 새끼를 품었다. 그 무렵 우리 가족이 다른 곳으로 잠시 옮겨 살게 되었다. 그러자 고양이 또한 새끼들을 끌고 다른 곳으로 떠났다. 그 후 몇 달이 지나 우리가 다시 돌아오자 고양이 또한 같은 날 집으로 돌아왔다. 그러니 누가 짐승이라고 해서 아무것도 모른다고 멸시하겠는가.

고양이는 다른 동물을 해치는 짐승이다. 그런데 내가 중국에 갔을 때 사람들이 집에서 고양이 기르는 걸 보았는데, 모두 꼬리를 잘랐고 성질이 매우 온순했다. 병아리와 함께 기르는데도 전혀 해를 끼치지 않았다. 그곳 사람들에게 들으니, 정월 첫 인일寅日, 즉 호랑이날 꼬리를 자르면 이처럼 순해진다고 한다. 그렇지만 반드시 그렇다고 장담할 수는 없을 듯하다.

『지봉유설』

해설

고양이Felis catus는 뛰어난 귀소본능歸巢本能으로 유명하다. 많은 학자들에게 고양이의 귀소본능은 매우 매력적인 실험 대상이었다. 여러 실험에서 얻은 결과는 고양이에게 일정 정도의 귀소 능력이 있지만, 매우 먼 거리에 있는 집을 찾아가는 고양이는 드물다는 것이다.

이어진 글에서 특정한 시간에 꼬리를 잘라 고양이가 온순해진다는 것은 과학적 근거가 부족하다. 다만 꼬리와 인접한 부위에 수고양이의 고환이 있는데, 꼬리를 자를 때 고환도 같이 제거했다면 이와 같은 현상을 어느 정도 납득할 수 있다.

도둑고양이偸描

떠돌아다니는 고양이 한 마리가 밖에서 들어왔는데, 천성이 도둑질을 잘했다. 더구나 먹잇감이 되는 쥐도 많지 않아서 배불리 먹을 수가 없었다. 그러자 단속을 조금만 소홀히 하면 상에 차려 놓은 음식까지 훔쳐 먹기에 이르렀다. 사람들 모두 미워하면서 잡아 죽이려 하면 도망을 치는데 도저히 잡을 수가 없었다.

얼마 후 그 고양이가 우리 집을 떠나 다른 집으로 들어갔다. 그집 식구들은 본디부터 고양이를 사랑했기에 먹을 것을 많이 주었고 고양이는 굶주리지 않게 되었다. 또 쥐도 많아서 사냥을 잘해 배불리 먹을 수가 있었으므로, 다시는 도둑질을 하지 않고 좋은 고양이라는 평판까지 얻게 되었다.

이 소문을 듣고 내가 탄식했다.

"이 놈은 분명 가난한 집에서 기르던 고양일 게다. 먹을 것이 없어 할 수 없이 도둑질을 하게 되었고, 도둑질을 했기 때문에 쫓겨났다. 우리 집에 들어왔을 때 우리 식구들 역시 고양이의 본성이 좋은 것은 모르고 도둑고양이로만 대했다. 도둑질을 하지 않으면 생명을 유지할 수 없음을 알지 못했기 때문이다. 비록 사냥을 잘하는 재주가 있었다 할지라도 잡을 쥐가 없는데, 누가 그런 재주가 있는 줄 알았겠는가?

그 후 좋은 주인을 만나자 어진 본성이 나타나고 재주 또한 제대로 쓰이게 되었다. 만약 도둑질하고 다닐 때 잡아서 죽여 버렸다면 얼마나 애석했겠는가. 아! 사람 또한 세상을 잘 만나기도 하고 못 만나기도 하는데, 짐승에게도 같은 이치가 해당되는 것이다."

『성호사설』

해설

유전자에 따라 결정되는 본성과 환경에 따라 결정되는 양육은 유전학뿐만 아니라 교육학에서도 매우 중요하게 다룬다. 위 글은 통상적으로 알려진 도둑고양이의 나쁜 점이 원래의 본성이 아니라 환경에 의한 것이라는 점을, 환경을 바꾸어 나쁜 점을 고친 도둑고양이의 예를 들어 설명한다.

집고양이 家狸

《본초강목本草綱目》명나라 학자 이시진李時珍이 지은 약학서에 따르면 고양이
는 가리家狸라고도 한다. 리狸가 야생 고양이란 뜻이니 가리는 집고
양이인 셈이다. 해설에 따르면 "가리는 장건張騫 한나라 때 인도로 가는 길을
개척한 인물이 가져온 것인데, 서역의 추운 기후에서 태어난 까닭에
코끝이 늘 차다가 오직 하지夏至에만 잠깐 따뜻할 뿐이다"라고
했다.

그러나 내가 확인해 보니, 하지에도 여전히 차기만 하다. 그리
고 어두운 밤중이 되면 가끔 털을 흔드는데 환한 불빛이 생기면서
털이 불에 타는 듯한 소리가 나고 털끝이 모두 꼬부라진다. 사람
들은 고양이 가죽을 모아 갖옷을 만들어 입는데 무척 따뜻하고 가

래도 저절로 없어지니, 어찌 찬 기운이 있다 할 수 있겠는가?

그러나 《본초강목》에는 "고양이 고기는 성질이 약간 찬데 겉은 뜨거워도 속은 차다" 했으니, 그 또한 이상하다 하겠다. 또 어떤 이는 "당나라 삼장법사가 불경을 갉아먹는 쥐를 잡기 위해서 가리를 들여왔다"라고 한다.

요즘 사람들은 가리 고기를 약으로 쓰는데, 가슴과 배 속에서 생기는 담증痰症을 치료하므로, 요즘 새로 생긴 묘방妙方이라고 한다.

내 생각에 만약 가리를 장건이 들여온 것이라고 한다면, "팔사八蜡여덟 종류 귀신에게 제사 지내는 일. 공자가 편찬했다고 하는 《예기》에 나옴에 고양이에게 제사 지내 준다"라고 할 때의 고양이는 과연 무슨 짐승인가? 이에 대해 '밭의 쥐를 잡아먹는 공을 기려 제사 지내 준다'고 했으니, 이 역시 쥐를 잡아먹는 짐승임이 분명하다.

이로 본다면, 장건이 들여오기 전부터 가리란 짐승이 있었음을 알 수 있다.

《이아》에 "털색이 옅은 호랑이를 잔묘虥猫라 한다" 하고 그 주註에 "털색이 옅은 호랑이의 별명이 잔묘다"라고 했다.

그러므로 잔묘란 짐승은 털색이 호랑이와 다르다.

또 〈고공기考工記〉제齊나라 사람이 지은 공예 기술 책으로 《주례》의 한 편명이기도 함의 주註에는 "나충倮蟲털과 날개가 없는 벌레의 총칭은 옅은 털을 가진 호표虎豹와 같다"라고 했다.

그렇다면 호표도 모두 옅은 털로 덮였다는 뜻이니 위 내용과 비교하면 호랑이가 곧 호표란 말인가?

또 다른 책을 살펴보니 고양이와 호랑이는 각기 다른 짐승이고 가리는 아니다.

《시경》〈대아大雅〉에 이런 구절이 있다.

궤보 용맹 뛰어나서 안 가본 나라 없네

딸 시집보낼 곳 찾아보니 한韓 나라만 한 곳 없네

즐거운 한나라 땅이여 시내와 연못은 넓고 크며

방어, 언어 뛰어놀고 사슴들이 떼 지어 놀며

곰과 큰 곰 여기저기 노닐고 고양이 호랑이 이곳저곳 거니네

이 좋은 거처 축하하니 딸 또한 기뻐하는구나

위 글에 "고양이 호랑이 이곳저곳 거니네"라는 내용이 있는 것을 보면 고양이와 호랑이가 서로 다름을 알 수 있다.

어떤 이는 "쥐를 잡아먹는 옅은 색 털의 짐승이 따로 있는데, 이 것이 팔사 중 하나인 고양이요, 가리는 아니다"라고 하니, 어느 말이 옳은지 알 수 없다.

또 옛사람의 시에 이런 내용이 있다.

고양이 눈 속에는 주천周天하늘의 해와 달과 별들이 각기 궤도를 따라 두루 돈다는 뜻이

제대로 정해져 있어

자오로 지남침指南針을 달고 묘유로 둥글게 돈다

인신寅申과 사해巳亥로 갈 때는 살구씨처럼 길쭉하게 되고

사계四季로 돌아올 때는 대추씨와 같이 뾰족하구나

　이는 추측건대 고양이 눈동자가 살구씨처럼 생겨서 시간을 빙
빙 돈다는 뜻인 듯하다. 자오子午란 방위가 남북이므로 그 한쪽 모
서리만 드러내고, 묘유卯酉란 방위는 동서東西로 가로 놓였기 때문
에 둥근 전체가 나타난다.

　그 가운데 대추씨처럼 되기도 하고 살구씨처럼 되기도 하는 것
은 모두 앞을 향해 비뚜름하게 나타나는 까닭에 그 모습이 그렇게
나타나는 것이다. 그래서 고양이가 성을 낼 때는 눈 속에 달린 지
남철指南鐵이 성내는 기를 따라 움직이는 까닭에, 눈동자도 역시
남북으로 바로 서게 된다는 것이다.

　　　　　　　　　　　　　　　　『성호사설』

해설

고양이는 중동 지방에서 농경문화가 시작될 무렵 가축화했다고 한다. 고양이는 야생 고양이와 지속적으로 교배를 해 왔기 때문에 다른 가축에 비해 형태와 행동이 야생 고양이와 큰 차이가 없으며 언제든 야생화野生化가 가능하다. 그래서 집고양이가 도둑고양이나 들고양이로 쉽게 바뀌는 것 같다.

성호가 인용한 옛사람의 시는 고양이의 세로로 된 동공瞳孔을 묘사한 듯하다. 고양이처럼 밤에 사냥하는 동물들은 밤의 적은 빛에도 충분히 사물을 식별할 수 있는 민감한 시각을 갖고 있다. 하지만 낮의 지나친 빛으로부터 눈을 보호하기 위해 세로로 된 동공이 존재한다. 낮에는 동공을 최대로 닫아(동공이 매우 가늘어져) 눈으로 들어오는 빛의 양을 최소화하며, 밤에는 동공을 열어(동공이 두꺼워져) 빛의 양을 많게 한다.

사슴

한라산에는 사슴이 많다. 여름날 밤이면 사슴들은 시냇가에 나와 물을 마신다. 사냥꾼이 활을 갖고 시냇가에 숨어 있으면 사슴 떼가 오는데, 수천 마리 가운데 크기가 훤칠하고 흰 빛을 띤 한 마리가 눈에 띈다. 등 위에는 머리가 하얀 늙은이가 앉아 있다. 그 모습을 본 사냥꾼이 깜짝 놀라고 기이하게 여겨 감히 사슴을 공격하지 못하고 다른 사슴 한 마리를 쏘아 잡았다. 잠시 후 사슴에 타고 있던 노인이 사슴 수를 조사하는 듯하더니 갑자기 사라졌다. 이 말은 임자순林子順 조선 전기의 시인 임제林悌의 자字, 1549~1587 의 〈기문記聞〉에 나오는 내용인데 사실인지는 알 수 없다.

『지봉유설』

해설

예로부터 흰 동물은 상서롭다고 여겨졌는데 자연 상태에서 쉽게 볼 수 없었기 때문이라고 할 수 있다. 동물의 피부, 털, 눈동자에서 나타나는 짙고 어두운 색은 멜라닌이라는 색소 탓이다. 멜라닌은 티로시나아제 tyrosinase라는 효소에 의해 합성되는데 일부 개체들에서 티로시나아제 유전자가 결핍된 경우가 있다. 이러한 현상을 백색증白色症이라고 하고, 유전자에 의해 다음 세대로 유전되는 질환이다. 자연 상태에 있는 동물 집단에서 백색증을 보기는 매우 어려운데 포식 동물이나 포식 대상이 되는 동물이 백색증을 나타내면 눈에 너무 잘 띄어 생존이 어렵기 때문이다.

고라니

홍주洪州충청남도 홍성에 궤자도麂子島라는 곳이 있으니 예로부터 궤자麂子큰 고라니를 기르던 곳이다. 지금도 그러한데 궤麂란 우麌라고도 쓴다. 이것은 노루와 흡사하나 약간 작고 고기는 무척 맛이 좋다. 또 가죽은 매우 질겨 신을 만들면 좋다. 그래서 세상에서는 다른 짐승 가죽으로 만든 뒤 궤자 가죽으로 만든 신이라고 속이기도 한다.

『지봉유설』

궤

한자를 살펴보면 같은 동물을 뜻하는 다른 글자들이 자주 등장한다. '주麈'나 '궤麂', '우麌' 또한 비슷한 동물을 가리키는데, 큰 사슴이란 뜻이다. 그래서 고라니로 여긴 듯한데, 중국인들 입장에서는 다를 수도 있다. 이는 《삼재도회》에도 잘 나타나는데, 궤를 커다란 균麏, 즉 큰 노루라고 쓰고 있다.

해설

《삼재도회三才圖會》(명나라 때 왕기王圻가 지은 백과사전)에 따르면 궤麂는 큰노루 *Capreolus pygargus*를 가리킨다고 한다. 우리나라에 살던 사슴이라 칭할 수 있는 동물은 사슴과의 고라니*Hydropotes inermis argyropus*, 노루*Capreolus capreolus*, 대륙사슴, 붉은 사슴 등 네 종, 사향노룻과의 사향노루*Moschus moschiferus* 한 종 등 총 다섯 종이다. 위 글에서 언급한 것처럼 노루보다 크기가 작은 종은 고라니와 사향노루다.

사슴과 고라니의 구별 鹿麕之辨

《예기》〈월령〉에 "동짓달에 사슴의 뿔이 빠진다"라고 했는데, 강희제康熙帝청나라 4대 황제, 재위 1662~1722는 사슴이 5월에도 뿔이 빠지는 것을 보고 매우 이상하게 여겼다. 그리하여 세상에 존재하는 모든 사슴 종류를 잡아 동산에서 기르며 시험해 보았는데, 고라니만 뿔이 빠졌다.

고라니는 사슴 등속으로 꼬리가 길다. 그래서 시험 결과를 근거로 〈월령〉을 고치려다가 곧 그만두었는데, 이는 삼대三代의 법에 대하여서는 다시 논의해서는 안 되기 때문이었다. 그러나 사슴과 고라니의 구별은 이때부터 분명해졌다.

이 내용은 유관游觀 김흥근金興根조선 후기의 문신으로 유관은 호, 1796~1870

이 알려 준 것이다. 우리나라 사람들은 사슴이 있는 줄만 알고 다른 종류가 있는 줄은 모른다.

『임하필기』

주(좌)와 록(우)
주麞는 고라니, 록鹿은 사슴을 뜻하는 한자다. 《삼재도회》에서도 고라니를 '사슴과 비슷한데 크고 꼬리가 길다'라고 표현했다.

해설

《예기》에 나오는 "동짓달에 사슴의 뿔이 빠진다"라는 표현은 잘못되었다. 고라니를 제외한 사슴과에 속하는 종의 수컷은 뿔이 있다. 한국과 중국 동북부에 분포하는 고라니는 뿔이 없는 대신 커다란 송곳니가 있다. 사슴의 뿔은 소나 염소의 뿔과 달리 번식 주기에 따라 매번 새로 생기고 떨어진다. 일반적으로 늦은 봄에 새 뿔이 생긴다.

처음 생긴 뿔의 겉면을 혈관이 발달된 해면질海綿質 조직이 감싸고 있어서 벨벳 velvet이라고 하는데, 이때 자른 뿔을 한방에서는 녹용鹿茸이라고 한다. 시간이 지나면서 뿔은 커지고 단단해지면서 사슴은 나무에 문질러 벨벳을 제거한다. 이렇게 완성된 뿔은 번식기에 수컷이 암컷을 유혹하거나 암컷을 차지하기 위한 수컷 사이의 다툼에 이용된다.

번식기 이후 뿔은 머리에서 떨어지는데, 종에 따라 떨어지는 시기가 다르다. 따라서 위 글에 언급된 것처럼 동짓달에 빠지는 종도 있고, 5월에 빠지는 종도 있으므로 이에 대한 언급은 옳다. 하지만 고라니는 뿔이 없으며 글 속에서 묘사한 것처럼 꼬리가 길지 않다. 고라니를 의미하는 주麈라는 글자에 '고라니'외에 '큰 사슴'이라는 뜻도 있는 것으로 봐서 중국에 있는 다른 종의 사슴을 묘사한 것으로 추측할 수 있다.

기린獜獜은
기린麒麟이 아니다

우리나라 사람들은 기麒 자와 린麟 자로 이름을 짓는 이가 많다. 그런데 이따금 '기麒'를 '기獜'로 쓰고, '린麟'을 '린獜'으로 쓰는데 이는 옳지 않다.

기린은 상서로운 짐승으로 사슴과 같기 때문에 '사슴록 방[鹿傍]'을 이용해 쓴 것이다. 만약 '개견 방[犭傍]'을 사용한다면 이는 기린이 개 모양과 같은 짐승이 되는 것이니, 기獜·린獜, 두 글자의 뜻은 다르다.

살펴보건대 《집운集韻》송나라 때 편찬된 음운학 책에 "여남汝南중국 허난성 남동부 지역 지방에서는 강아지[犬子]를 기獜라고 한다"라고 했고, 《설문》후한 때 허신이 편찬한 중국 최초의 문자학 책인《설문해자說文解字》에 따르면

기린

기린麒麟은 예로부터 상서로운 동물로 알려졌는데, 중국 문화권의 기린은 오늘날 우리가 접하는 기린이 아니라 상상 속 동물이다. 그리고 그때의 기린은 한 자로 '**麒麟**'으로 쓰는 것이 옳다. 본문에서 언급했듯 이 '犭' 자는 상서로운 동물에는 결코 쓰지 않고, 주로 사납고 잔인한 동물을 나타낸다.

린

《산해경》에 등장하는 린獜의 모습. 생김새가 상상 속 동물인 기린과도 다를 뿐 아니라 오늘날 우리가 아는 기린과도 전혀 다른, 개와 비슷하다.

"린獜은 건健이다"라고 한다. 그리고《산해경山海經》고대 중국의 지리 책 에는 "의고산依𧘈山에 짐승이 있는데 형상은 개와 같고 호랑이의 발톱에 갑甲이 있는데 이름을 린獜이라 한다"라고 했다.

『청장관전서』

해설

고문헌古文獻에 나오는 기린이라는 동물은 상상 속 동물로 이마에 뿔이 하나 돋아 있고, 사슴의 몸에 소의 꼬리, 말의 발굽과 갈기를 한 동물로 우리가 현재 알고 있는 소목Artiodactyla 기린과Giraffidae에 속하는 기린Giraffa camelopardalis과 다르다. 기린은 실제 사하라사막 이남 아프리카에 분포하고 있기 때문에 옛날 중국 사람들이 보았을 가능성은 거의 없다. 그런데도 사슴록 방을 기린의 한자에 붙인 것을 보면 우연치고는 매우 신기하다.

한편 한자에서 鹿(사슴 록)이 부수로 쓰일 때는 귀한 동물이나 신령스러운 동물을 가리키는 경우가 대부분이다. 반면에 犭(개 견, 부수로 쓰일 때는 개사슴 록)은 좋지 않은 글자에 주로 쓰인다. 따라서 위 내용에도 나타나듯이 麒(기린 기)와 猉(짐승이름 기)는 전혀 다르다. 마찬가지로 麟(기린 린)과 獜(짐승이름 린) 또한 전혀 다를 뿐 아니라 그 글자가 주는 의미도 차이가 크다. 일반적으로 犭이 부수로 쓰인 글자를 사람 이름에서는 찾기 힘들다.

생쥐 鼷鼠

북송의 시인 황정견黃庭堅1045~1105이 지은 〈장자란張子難〉의 설명을 보면 "신병神兵신출귀몰한 강한 군사은 일을 경영하는 데 빨리 하지 않고, 감서甘鼠는 사람을 파먹는 데 모르도록 한다"라고 했다. 이때의 감서는 《춘추春秋》유교 경전의 하나에서 말하는 혜서鼷鼠라는 것이다.

명나라 학자 매응조梅膺祚가 편찬한 《자휘字彙》를 살펴보니, "생쥐는 작은 쥐로, 감구서甘口鼠라고도 하는데, 노魯나라춘추시대의 5대 강국 가운데 하나로 공자가 태어난 곳이기도 하다 성공成公재위 기원전 590~573 7년, 제사용 소의 뿔을 갉아먹기도 했다. 그러나 갉아먹을 때 상대가 느끼지 못하게 한다"라고 했다.

언젠가 어떤 집에서 기르던 닭과 오리를 쥐가 파먹는 것을 본 적이 있는데, 닭이나 오리가 죽을 지경에 이르렀는데도 아무런 반응을 보이지 않았다. 이것이 이른바 감서라는 쥐다.

《춘추》를 보면 이런 내용이 나온다.

성공 7년 봄 1월, 혜서가 교우郊牛 제사 때 제물로 올리는 소의 뿔을 갉아먹었으므로 다른 소로 바꾸었으나 혜서가 다시 갉아먹었다.

정공定公 재위 기원전 509~495 15년 봄 1월에도 혜서가 교우를 갉아먹어서 소가 죽기까지 했으며, 정공의 아들 애공哀公 재위 기원전 495~468 원년에도 혜서가 또 교우의 뿔을 갉아먹었다.

그러면서 감서란 쥐는 소는 먹지 않고 뿔만 갉아먹는다고 했다.

한편 진晉나라의 학자 곽박郭璞276~324이 붙인 《이아》의 주註에 "쏘아서 독을 일으키는 벌레가 있는데, 소를 쏘면 소가 바로 죽는다"라고 했으니, 이는 흔한 벌레가 아님이 분명하다.

또 《문헌통고文獻通考》원나라 학자 마단림馬端臨이 지은 제도와 문물사에 관한 책를 살펴보니, "조씨趙氏가 '혜서가 교우를 갉아먹고 그 소를 죽였다는 사실을 늘 의심스럽게 여겼는데, 상원上元당나라 7대 황제 숙종의 세번째 연호 2년761 회계會稽중국 저장 성에 있는 산에서 병화兵火를 피할 때 가뭄과 질병이 닥쳤고, 이듬해에는 소에게까지 재앙이 찾아왔다. 자그마한 쥐가 큰 소를 갉아먹는데, 소의 가죽에 붙어서 작은 상처를 내기만 해도 죽지 않는 소가 없었다"라고 했다. 이 혜서라는 쥐는 우리나라에서만 흔히 볼 수 없는 것일 뿐 아니라 중국 사람에게도 흔치 않은 것으로, 혜서가 나타나면 괴이한 재변으로 여겼다.

《본초강목》을 살펴보니 "혜서는 사람의 살도 파먹고 마소의 가죽도 갉아먹는데, 상처가 생겨서 죽기까지 해도 아픔을 깨닫지 못하니, 이 벌레는 아주 작아서 얼핏 봐서는 보이지 않는다"라고 했다.

한편 《박물지博物志》진나라 학자 장화張華가 온갖 기이한 이야기들을 모아 엮은 책에는 "사람의 살을 갉아먹고 부스럼을 앓게 하는 것은 대부분 혜서가 하는 짓이다. 이렇게 생긴 부스럼을 치료하려면 이리의 기름을 바르고 이리의 고기를 먹어야 한다. 정월에 쥐가 먹다 남긴 것을 먹으면 대부분 서루鼠瘻일명 나력瘰癧으로 불리는 결핵목림프샘염에 걸리게 되는데, 작은 구멍에서 피가 흘러내리는 것이 바로 이 병이다"라고 했다.

그렇다면 이는 《춘추》에서 말한, 소는 먹지 않고 쇠뿔만 갉아먹는 쥐가 아님이 분명하다. 그런데 《본초강목》에서는 《춘추》에 있는 말을 인용해 증거로 삼았으니, 왜 그랬을까?

내 생각에 쇠뿔을 갉아먹는다는 쥐는 《문헌통고》에 나오는 조씨가 본 그 쥐인 반면, 서루를 발병發病시키는 쥐는 따로 있는데,

그 쥐 역시 이름을 혜서라고 한다. 그런데 주註를 단 사람들이 그걸 구분하지 못하고 혼용한 것이다.

『성호사설』

해설

우리가 흔히 알고 있는 작은 쥐인 생쥐*Mus musculus yamashinai*를 뜻하는 혜서가 어떤 문헌에선 전혀 다른 생물이라는 성호의 생각을 보여 준다. 성호는 《이아》, 《문헌통고》, 《본초》, 《박물지》에 나온 혜서가 매우 작은 벌레를 의미할 것이라고 추측했다. 혜서가 일으키는 것으로 알려진 서루, 즉 연주창連珠瘡 또는 결핵목림프샘염은 목 부위 림프샘에 결핵균이 침투해 발생하고 귀나 목 등에 멍울이 생겨 곪고 고름이 나는 병이다. 비록 《본초》에서 언급한 것처럼, 자세히 보면 보일 수 있다고 하는 결핵균이 사실은 눈에 보이지는 않지만 이런 문제 제기는 옳다고 할 수 있다.

쥐 鼢鼠

한나라의 관료 소무蘇武 흉노에 사신으로 갔다가 붙잡혀 투항을 권유받았으나 끝까지

거부하고 북쪽 땅에서 19년 동안 들쥐와 풀을 먹으며 살다가 훗날 한나라와 흉노가 화친을 맺

은 후 귀국했다가 북쪽 오랑캐 땅에 가 있을 때 땅을 파고 쥐를 잡아서

털만 버리고 풀에 싸서 먹었다고 한다.

《자서》를 살펴보면 타발鼢鼠이란 쥐는 땅을 뚫어 구덩이를 만들

고 그 속에 살며, 생김새는 수달水獺과 같은데, 오랑캐들은 그것을

파내서 먹는다고 한다. 몽골 사람은 그 쥐 이름을 답랄불화答剌不花

라고 했으니, 소무가 먹었다는 것도 타발이란 쥐였음이 분명하다.

『성호사설』

해설

중국의 소무라는 사람이 포로 생활을 하며 잡아먹은 타서라는 동물이 타발이라는 쥐와 같을 것이라고 고찰하는 내용이다. 타서, 타발, 답랍불화는 모두 다람쥣과Sciuridae에 속하는 마멋marmot류를 지칭한다. 이 동물은 다람쥣과에 속하는 종 중 가장 크고, 수달Lutra lutra처럼 몸이 길쭉하며 땅속에 구멍을 파고 그 안에 산다. 소무가 본 타서는 마멋의 여러 종 중 남동 시베리아에서 중앙아시아에 걸쳐 분포하는 알타이 마멋Marmota bicacina으로 추정할 수 있다.

두더지田鼠

《예기》〈월령〉에 "3월이 되면 전서田鼠가 변해서 여駕세가락메추라기가 된다"라고 했고, 《대대례大戴禮》전한 때 학자 대덕 戴德이 《예기》를 간추려 정리한 책 〈하소정夏小正〉에서는 "전서는 겸서鼸鼠두더지다"라고 했다.

또 《이아》에서는 "우서寓鼠를 겸서라 하는데, 우寓는 나무 위에서 산다는 뜻이고, 겸鼸은 볼 속에 먹을 것을 저장한다는 뜻이다"라고 했다.

이는 오늘날 율서栗鼠다람쥐라는 쥐인데, 그 꼬리로 만든 붓을 율미필栗尾筆이라고 한다.

그러나 《예기》〈교특생郊特牲〉에는 "팔사에 고양이 맡은 귀신에게 제사 지냄은 전서를 잘 잡아먹은 공을 기리기 위해서다"라고 했다. 이로 본다면 전서란 밭에서 곡식을 먹는 쥐로서 구멍에 사는 것이지, 나무 위에 사는 쥐는 아닐 것이다.

『성호사설』

해설

《예기》의 전서와 《이아》의 전서가 같지 않음을 지적하고 있다. 《예기》의 전서는 밭에 살며 곡식을 먹는 쥐, 《이아》의 전서는 우서, 겸서 또는 율서라고 불리는 다람쥐*Tamias sibiricus barberi*라고 결론을 내렸다. 다람쥐는 도토리 등 먹을 것을 뺨에 넣어 수송하는 특징이 있다. 하지만 다람쥐와 근연 관계에 있는 청설모는 뺨에 먹을 것을 저장할 수 없다. 전자는 쥣과에 속하고 들판에, 후자는 다람쥣과 Sciuridae에 속하고 숲에 서식하는 다른 생태적 지위를 갖는다.

발이 여섯인 쥐

정월 12일에 삼기 양문 밖에 사는 아전衙前 이경일의 집에 불이 났다. 불이 담장을 넘어 타오르자 쥐들이 모두 쥐구멍을 빠져나오기 시작했다. 이 모습을 본 한 사람이 쥐를 때려잡았다. 그 가운데 한 마리는 크기가 베틀에 사용하는 북만 한데, 발이 여섯이었다. 이를 본 이정돈이 내게 와 그 생김새를 자세히 알려주었다. 쥐는 벌레이면서 짐승이기도 하다. 그런데 짐승이란 발이 넷인데 이 쥐는 발이 여섯이니 참으로 기이하다.

『담정총서』

해설

팔다리 넷을 가진 동물을 사지동물四肢動物이라고 한다. 사지동물은 육상에 서식하는 거의 모든 척추동물을 포함하는데, 이런 특징은 공통 조상에서 유래했기 때문이다. 매우 드물게 자연 상태에서 다리가 넷 이하 또는 그 이상 되는 척추동물이 발견되기도 하고, 많은 문헌에서 이런 내용을 쉽게 관찰할 수 있다. 위 글처럼 다리(발)가 여섯인 토끼, 사슴, 소, 말 등이 학계에 보고되기도 했다. 다리가 여섯인 이유는 몸의 설계를 조절하는 유전자에 돌연변이가 생겼기 때문이다. 하지만 다리 여섯을 가진 동물이 야생 상태에서 생존하기는 쉽지 않다.

홀리는 여우 ^{狐魅}

여우는 요사한 짐승으로 도깨비 노릇을 잘한다.《명산기》^{명나라 하당} ^{何鐺이 지은《고금유명산기古今遊名山記》}에 "옛날 한 음탕한 여인의 이름이 자_*였는데, 훗날 여우로 변해서 스스로 자라고 했다"라는 대목이 나온다.

옛 기록에는 "여우가 백 년을 묵으면 변해서 음탕한 여인도 되고 미녀도 되어 사람의 해골을 머리에 덮어쓰고 북두칠성을 향해 절을 하는데, 덮어쓴 해골이 땅에 떨어지지 않으면 변해서 사람이 된다"라는 내용이 나오는데, 이야말로 허황된 전설일 뿐이다. 그러나 요즘 사람들도 들에서 가끔 여우를 만나는데, 어떤 여우는 사람으로 변장해 보는 사람의 정신을 혼란스럽게 만든다고 한다.

우리 집 늙은 종이 언젠가 이렇게 말했다.

"해 질 무렵 산골짜기에서 밭을 매다가 여우가 앞으로 지나가는 것을 보았습니다. 양쪽 앞발로 주둥이를 끼고 어떤 사람과 함께 가는데 너덧 걸음 걷고는 갑자기 사방으로 달리다가 다시 걸어갔습니다. 주둥이와 발이 모두 희게 보여서 어둑해질 무렵에는 완전히 사람과 같았습니다. 저는 그 모습만 보고 집으로 돌아왔는데, 얼마 후 장사꾼 몇이 혼비백산魂飛魄散한 채 달려와 말하기를 '오는 도중에 얼굴이 뽀얀 한 여자가 길을 막으면서 장난을 치는 바람에 거의 정신을 잃고 도깨비에게 홀릴 뻔했다'고 했습니다. 그래서 제가 자세히 물어보았는데, 그들이 만난 것이 제가 만난 여우가 틀림없었습니다. 그래서 여우는 사람 해골을 덮어쓴다는 전설이 허황된 것임을 비로소 알게 되었습니다."

나는 그의 말이 일리가 있다고 여긴다.

사냥하는 사람들도 "여우가 사냥개에게 쫓길 때는 반드시 개의 허리 위로 이리저리 뛰어넘으면서 정신을 빼려고 하는 까닭에 아무리 강한 개라도 다시는 쫓을 생각을 하지 않는다"라고 하니, 역시 사람을 홀리는 것과 같다. 《오잡조五雜組》명나라 사조제射肇制가 지은 잡학서에는 "수여우는 도깨비짓을 하지 않는다"라고 했는데, 과연 그럴까?

『성호사설』

해설

현재 우리나라의 야생 여우는 공식적으로 멸종했다. 우리나라에 존재하던 아종
亞種을 포함해 유라시아와 북아메리카에 걸쳐 널리 분포하는 붉은여우 *Vulpes
vulpes*는 동서고금을 막론하고 각종 신화나 민간 설화에서 교활함과 요사함을
가진 존재로 묘사되었다. 이는 아마도 다른 야생동물과 달리 여우가 민가 근처
에 서식하며 가축 등에 피해를 입혔기 때문일 것이다.

담비 貂

담비는 살쾡이 같고 날카로우면서도 작은 머리에 코가 뾰족하며,
얼룩무늬 털이 푹신하고 매끄러워 갖옷을 만들 수 있다.

《용비어천가龍飛御天歌》의 주註에 이런 내용이 있다.

> 태조께서 무더위에 냇가에 앉아 계셨는데, 근처 큰 숲에서 밀구 한 마
> 리가 뛰쳐나와 급히 화살을 쏘아 거꾸러뜨리셨다. 그 후로 뒤이어 나
> 오는 밀구를 스무 마리나 쏘아서 다 죽이셨다.

여우와 흡사하면서 작고 빈 나무속에 있는 벌꿀을 잘 찾아내는
밀구蜜狗노란목도리담비는 나무의 빈 곳을 씹은 다음 꼬리로 꿀을 적

셔 먹기 때문에 이런 명칭이 붙었는데, 세상에서는 담보覃甫라고 부른다.

또 어떤 이는 "담보는 곧 담부啖父, 즉 아비를 잡아먹는다는 뜻으로 경獍이며, 거미는 어미를 해치기 때문에 세상에서 거모拒母어미를 적대한다라고 한다"라고 했다.

《술이기述異記》남북조시대 양梁나라 학자 임방任昉이 지은 책에는 "경獍은 그 모습이 호랑이나 표범 같으면서도 작은데, 갓 나서는 제 어미를 잡아먹기 때문에 효경梟獍이라고 한다"라고 했고, 《운회韻會》송나라의 학자 황공소黃公紹가 지은 책에는 "경獍은 경鏡으로 사용한다"라고 했다.

《전한서前漢書》《한서》를 《후한서後漢書》에 상대해 이르는 이름 〈교사지郊祀志〉 주註에서 맹강孟康은 "올빼미[梟]란 새는 어미를 잡아먹고, 파경破鏡이란 짐승은 아비를 잡아먹는데, 파경은 추貙와 흡사하고 호랑이 눈을 가졌다"라고 했다.

《이아》〈석수釋獸〉에는 이런 내용이 있다.

> 추만貙獌스라소니은 살쾡이와 흡사하다.

그리고 그 주註에 "오늘날 산에 사는 사람들은 추호貙虎 가운데 큰 것을 추한貙豻이라 한다"라고 했다.

또 여침呂忱이 지은 《자림字林》에서는 "추는 살쾡이 같은데 크다. 일설에는, 호랑이 같은데 발톱이 다섯이라고 한다"라고 했다.

이상의 여러 이야기를 살펴보건대, 담비는 살쾡이 같고 경은 추와 흡사하며, 추는 또 살쾡이 같다 했으니, 담비가 경이란 동물이 아닌지 모르겠다.

『청장관전서』

해설

여러 문헌을 조사한 청장관 이덕무는 경→추→살쾡이→담비 순으로 추적해 고대 중국의 전설에 나오는 경이라는 짐승이 우리나라의 담비*Martes melampus*라고 생각한 것 같다.

살쾡이*Felis bengalensis*는 고양잇과Felidae에 속하므로 족제빗과Mustelidae에 속하는 담비와는 가깝지 않다. 한편 본문 중에서 밀구는 족제빗과에 속하는 짐승이고, 추호는 살쾡이와 비슷한 맹수다.

다람쥐의 다섯 가지 재주 碩鼠五能

《주역》에 "올라가는 데는 다람쥐와 같다"라는 말이 있는데, 당나라 학자 공영달孔穎達574~648의 《오경정의五經正義》유교의 다섯 경전인 《시》,《서경》,《주역》,《예기》,《춘추》를 주해한 책에는 "다람쥐란 다섯 가지 재주가 있지만 하나도 제대로 해내지 못하는 벌레다"라고 했다.

또 후한 때의 문인 채옹蔡邕133~192의 《독단獨斷》〈권학勸學〉에 "다람쥐의 다섯 가지 재주는 끝내 한 가지도 제대로 이루지 못한다"라고 하고, 주석에 "날기는 잘해도 지붕을 넘어 지나가지 못하고, 올라가기는 잘해도 나무 끝까지는 못 올라가며, 물에서는 헤엄을 잘 치나 골짜기는 건너가지 못하고, 구멍에 잘 들어가기는 하나 몸뚱이는 제대로 가리지 못하며, 달리기는 잘하나 사람을 앞서가지는 못한다"라고 했다.

순자苟子는 "다람쥐는 다섯 가지 재주가 있어도 가난하게 산다"라고 했으니, 이는 모두 벌레를 가리킨 것일 뿐 짐승 이름은 아니다.

위魏나라 장읍張揖이 편찬한 자전字典인《광아廣雅》에는 "땅강아지는 일명 석서碩鼠인데, 이 또한 다섯 가지 재주가 있다"라고 했으니, 바로 다람쥐를 가리킨다. 그러나《시경》〈위풍魏風〉에 나오는 석서碩鼠라는 것과는 다르다.

진晉나라 문장가 육기陸機260~303의 주석에 "하동河東중국 황허 강 동쪽 연안에 큰 쥐가 있는데, 사람처럼 서서 잘 다닌다. 양쪽 앞다리로 목을 바짝 끼고 이리저리 뛰면서 춤도 추고 울기도 잘한다. 또 벼의 묘목을 잘라 먹기 때문에 사람들이 쫓으면 나무 구멍 속으로 도망쳐 달아난다. 또 다섯 가지 재주도 있어, 가난하게 살지는 않는다"라고 했다.

후세 사람들이 이런 것을 살펴보고 자세히 관찰하지 않은 채 '큰 쥐는 다섯 가지 재주가 있어도 가난하게 산다'고 했으니, 이는 이 짐승이 재주가 없지 않음을 알지 못한 것이다.

『성호사설』

해설

다람쥐가 다섯 가지 재주를 지녔지만 어떤 것 하나 끝까지 제대로 이루지 못하는 동물이라는 이야기를 반박하는 내용이다.

자연계에서 어떤 생물이 존재한다는 것은 그들이 환경 변화에 적응해 가며 현재에 이르렀음을 의미한다. 비록 채옹의 〈권학〉 주석에 언급된 내용이 사실이라고 할지라도 다람쥐는 자신이 가진 다른 재주(능력)를 통해 자신의 종족을 유지하며 지금까지 살아온 것이다.

또 위 글을 살펴보면, 석서란 이름의 동물이 두 종류인 것처럼 서술하고 있는데 석서碩鼠란 '큰 쥐'란 뜻으로, 다람쥐를 말한다. 국어사전을 보면 위에서 서술한 것처럼 석서에는 두 가지가 있다. 하나는 석서石鼠로 땅강아지, 다른 하나는 석서鼫鼠로 바위다람쥐*Sciurotamias davidianus*를 가리킨다.

석서碩鼠란 표현이 나오는 《시경》 〈위풍〉의 시는 그 무렵, 나라에서 백성들을 상대로 가혹한 세금을 거두는 세태를 통렬히 비판하는 내용이다. 시의 제목 또한 '석서碩鼠'인데, 이때의 석서는 다람쥐가 아니라 큰 쥐를 나타낸다고 하겠다.

호랑이

호랑이에게는 위골威骨이란 이름의 뼈가 있다. 그 모양이 마치 乙
새 을 자처럼 생겼는데, 길이는 고작 두 치약 6센티미터밖에 안 된다. 그
런데 호랑이가 다닐 때 소리가 나기 때문에 이런 명칭이 붙은 것이
다. 누군가는 이렇게 말한다.

"보름 전에는 위골이 겨드랑이 밑에 있다가 보름이 지나면 이
마 위에 온다. 코끼리 쓸개와 같이 사시四時에 따라 장소를 바꾸는
것이다."

옛 책을 살펴보던 중《운부》원나라 학자 음시부陰時夫가 편찬한 백과사전인
《운부군옥韻府群玉》에 "호랑이의 양쪽 겨드랑이 사이와 꼬리 끝에 뼈
가 있어 길이가 한 치에서 두 치 정도 되는데, 이것이 곧 위골이라

는 것이다. 이를 얻을 수만 있다면 사람이라 해도 위엄을 갖출 수 있다"라고 적혀 있다.

소동파蘇東波북송의 문인, 1036~1101의 시에는 "마치 호랑이가 乙 자를 가진 듯하네"라는 표현이 있으니 바로 이것을 가리킨다.

충청도 단양 땅에 사는 아전 하나가 공문을 가지고 충주로 가는 길에 호랑이의 새끼 세 마리를 만났다. 그리고 지팡이로 이들을 때려죽였다. 그러자 갑자기 어미 호랑이가 큰 소리를 치며 달려왔다. 이 모습을 본 아전은 겁이 나서 높은 나무 위로 올라갔다. 그러자 호랑이도 어쩔 수 없다는 듯이 물끄러미 바라보다가 다른 곳으로 사라졌다. 그러나 잠시 후 표범 한 마리를 데리고 왔다. 표범은 작지만 날쌘 짐승이라 나무를 타고 올라와 아전을 잡을 듯했다. 놀란 아전은 바지를 벗어 두 다리로 밀어 표범의 머리에 씌운 후 잽싸게 표범을 찼다. 그러자 표범은 땅으로 떨어졌다. 호랑이는 옷을 뒤집어쓴 채 떨어진 표범을 사람으로 착각하고 물어 죽였다. 그러나 이내 이것이 표범임을 알아채고는 나무를 돌면서 큰소리로 울더니 얼마 후 산속으로 사라졌다. 그제야 아전이 나무에서 내려와 죽은 표범 가죽을 벗겨 수령에게 갔다. 수령은 아전이 지체했다고 죄를 주려 했다. 그러자 아전은 늦은 까닭을 고한 후 그 증거로 표범의 가죽을 바쳐 죄를 면했다고 한다.

『지봉유설』

해설

척추동물은 내골격內骨格이 있다. 뼈는 몸의 형태를 지지하고, 심장과 뇌와 같은 중요한 내장 기관을 보호하며, 골수에서 혈액을 만들고, 칼슘과 인산과 같은 전해질을 저장하며, 근육이 부착하는 장소로 이용되어 몸의 움직임을 돕는 역할을 한다. 척추동물의 뼈는 인접한 다른 뼈와 강력한 결합조직인 인대로 연결되어 있어 제 위치에서 벗어나기 어렵다. 뼈가 원래의 자리를 이탈하는 현상을 탈구脫臼라고 하는데 탈구는 통증과 염증을 수반하며 심하면 신경이나 혈관, 장기 손상을 동반하기도 한다. 따라서 위 글에 나오는 뼈가 겨드랑이에서 이마로 이동한다는 내용과 이 뼈로 인해 호랑이가 위엄 있는 행동과 습성을 보인다는 말은 과학적 근거가 없다.

또 호랑이Panthera tigris coreensis는 사자Panthera leo와는 달리 단독생활을 하며, 암수 호랑이가 잠시 만나 짝짓기를 한 후 105~110일에 이르는 임신 기간을 거쳐 새끼를 두 마리에서 네 마리 정도 낳는다. 여느 포유류처럼 호랑이도 모성 본능이 강해 어미 호랑이는 보통 새끼가 두 살이 될 때까지 보살피며, 새끼는 이때 생존에 필요한 기술을 습득한다. 위 글을 통해 당시 한반도에서 호랑이와 표범Panthera pardus이 흔하게 볼 수 있는 동물이었다는 점을 짐작할 수 있다. 하지만 안타깝게도 현재 이 두 동물은 우리나라에서 공식적으로 멸종되어 야생에서는 더 이상 볼 수 없다.

호랑이의 넋 虎魄

주자朱子 송나라의 유학자로 이름은 주희, 1130~1200는 "호랑이가 죽을 때 눈의 광채가 땅으로 들어가는 것은 넋이 빠지는 증거다"라고 했고, 송나라 화가 황휴복黃休復은 "호랑이가 상대를 살필 때는 한 눈으로 광채를 내뿜고 다른 눈으로는 물건을 본다. 한 사냥꾼이 호랑이 한 마리를 잡은 후 그 머리가 닿았던 곳을 기억해 두었다가 달빛이 깜깜한 밤을 이용, 그곳에 이르러 땅을 한 자약 30센티미터 남짓 판 후 광채가 나며 호박琥珀처럼 생긴 것을 얻었다. 이는 바로 호랑이 눈의 정백精魄 정령이 땅에 떨어진 것이요, 그로부터 호박이란 명칭이 생긴 것이다"라고 했으니, 이로 미루어 보면 주자의 말에 일리가 있다.

그러나 이미 형성된 물체를 달빛이 깜깜한 밤을 이용, 발견한 것은 무엇 때문일까? 추측건대, 달이 밝으면 호박의 광채가 마치 물고기의 뇌가 달빛을 따라 사라지는 이치와 같은 것은 아닐까?

허씨許氏가 지은 의학서《필용방必用方》에는 "용의 이는 혼을 안정시키고, 호랑이의 눈동자는 넋을 안정시킨다"라고 했다. 이로 미루어 본다면 다른 짐승과 달리 오직 호랑이의 눈은 그 혼백이 호박으로 변하니, 혼백의 기운이 왕성하기 때문일 것이다.

『성호사설』

해설

호랑이의 눈에서 나오는 광채가 땅에 떨어져 호박을 얻었다는 이야기를 고찰한 글이다. 호랑이의 눈이 떨어져 호박이 된다는 말을 믿은 듯하다.

호랑이를 비롯해 많은 야생동물의 눈은 밤에 빛이 난다. 특히 호랑이처럼 크고 사람에게 공포감을 주는 동물의 눈에서 나는 광채는 더욱 밝게 느껴질 것이다. 빛이 적은 밤에 생활하는 야생동물의 눈을 살펴보면, 망막 바깥쪽에는 금속이나 유기물 성분이 많이 포함된 휘막 *tapetum lucidum*이라고 불리는 반사판이 있다. 이는 눈의 시각세포를 통과한 빛을 반사시켜 빛이 적은 밤에 시각을 극대화하려는 적응의 산물이다. 밤에 반짝이는 야생동물의 눈은 바로 휘막에 반사된 빛이기 때문에 송진과 같은 나무의 진액이 굳어져서 만들어진 보석인 호박琥珀과는 전혀 상관이 없다.

호랑이에게 물려 가도
정신만 차리면 산다

'호랑이는 하루에 천 리를 간다'는 속담이 있는데 참으로 맞는 말
이다. 강원도 강릉 대화大和에 한 농부가 살았다. 언젠가 한여름에
인부들을 모아 풀을 베기로 했다. 그런데 전날 밤 모인 인부들과
술을 마시다가 취해 방문 밖에서 잠이 들었는데, 한밤중에 호랑이
가 지붕을 넘어와 농부를 업고 갔다. 횡성橫城에 이르러서야 정신
이 든 농부는 깜짝 놀랐지만 어쩔 도리가 없음을 알고는 호랑이가
가는 대로 맡겨 두었다. 횡성 읍내에 들어서자 닭들이 시끄럽게
울어 댔다. 그러자 닭 울음소리를 싫어하는 호랑이는 더욱 빨리
달렸다. 원주를 지나자 닭이 세 번째로 울었다. 더욱 속도를 낸 호
랑이는 안창安昌을 지나 석지령石地嶺을 넘기 시작했다. 이곳은 농

부도 잘 아는 길이었다. 그런데도 계속 죽은 체 호랑이 등에 붙어 있었다.

어느새 경기도 여주에 이르자 날이 밝아 오기 시작했다. 그러자 호랑이는 눈 깜짝할 사이에 강물을 가로질러 영릉寧陵으로 들어가 앵봉鶯峰에 올랐다. 그런 후 농부를 낭떠러지에 내려놓고는 굴 앞에서 신호를 보내자 새끼 두 마리가 나왔다. 호랑이는 새끼들을 핥아 주고 젖을 먹인 후 농부를 앞발로 치며 생피를 새끼에게 먹이려고 했으나, 새끼들은 먹으려 하지 않았다. 이 무렵 오랫동안 달려와 지친 호랑이가 잠시 쉬려고 농부를 그대로 둔 채 어디론가 가 버렸다.

그 틈을 타 죽은 체하고 있던 농부가 일어나 새끼들을 때려죽이고, 높은 나무로 올라가 허리띠를 이용해 스스로 나무에 꽁꽁 묶은 후 호랑이가 오기를 기다렸다. 잠시 후 암수 호랑이가 함께 침을 흘리며 다가왔다. 그런데 새끼들은 다 죽고, 잡아 온 사람도 없는 게 아닌가. 이 모습을 본 호랑이 두 마리가 포효하기 시작하자 온 산이 무너질 듯했다. 잠시 후 고개를 들어 나무 꼭대기에 매달린 농부를 본 호랑이는 힘껏 뛰어올랐지만 아무리 해도 닿지 않았고, 시간이 흐르면서 점점 힘만 빠졌다. 때마침 나무꾼들이 사방에서 모여들자, 호랑이는 이들을 피해 어디론가 가 버렸다.

대화에서 영릉까지 거리가 400리가 넘는데 그 먼 길을 하룻밤에 왕래했으니, 호랑이가 하루에 천 리를 못 가겠는가. 또 이 농부를 보더라도 정신만 차리면 호랑이에게 물려 가도 살아날 수 있음을 알 수 있으니 하물며 다른 경우야 말해 무엇 하겠는가.

『청성잡기』

해설

위 이야기는 과장된 것 같다. 먼저 400리(약 160킬로미터)에 해당하는 거리를 특히 여름에 하룻밤 동안 쉼 없이 이동했다는 이야기는 체온이 상승하기 때문에 현실적으로 불가능하다. 영장류와 말을 제외한 거의 모든 포유동물은 땀샘이 몸의 일부분에만 있다. 호랑이를 비롯한 고양잇과 역시 마찬가지다. 동물 중 가장 빨리 달린다는 치타*Acinonyx jubatus*(고양잇과)의 최대 속력은 시속 약 100킬로미터인데 이 속도로 몇 분 이상 달릴 수 없다. 체온이 이내 섭씨 41도에 달해 생명이 위험해지기 때문이다.

호랑이가 개를 잡아감 虎攫狗

세상에는 자기가 맡은 직분을 다하지 못하는 자가 참으로 많다.

개는 도둑을 막는 것이 제 직분이고, 예민한 감각으로 도둑만 보면 반드시 짖는 것이 맡은 직분을 이행하는 것이다.

개란 사람이 길러야만 살 수 있다. 그렇다고 해서 개가 짖는 까닭이 사람이 자신을 길러 주는 것을 알고 그 은혜를 갚기 위함은 아니다. 개는 태어난 성질대로 천기天機가 움직이는 까닭에, 집주인을 찾아온 이가 친구이건 귀한 손님이건 쫓아와서 어지럽게 짖는 것이다. 짖지 못하도록 막대기로 쫓아 버려도 무조건 짖을 뿐이니, 이는 짖는 성질만 있고 대상을 구별하는 지혜가 없는 까닭이다.

사람이 살자면 반드시 감추고자 하는 것이 있고, 감추어 두면 반드시 엿보는 이가 있다. 엿보는 자는 밤에 다니지만, 밤이 되면 사람은 반드시 잠을 자야 한다. 따라서 개가 아니면 이들을 감시할 수 없기 때문에 개를 기르지 않을 수 없다.

요즈음 우리 고을에는 호랑이가 제멋대로 횡행하면서 가끔 개를 잡아간다. 밤이 되면 개는 도둑을 지키는데 그 개를 호랑이가 엿보는 것이다. 그러나 개의 용맹함은 호랑이에 대항할 수 없고 지혜 또한 호랑이를 피할 정도는 안 된다. 그러므로 호랑이만 없으면 바깥에서 잠자기를 꺼리지 않지만, 그러다가 호랑이를 만나면 죽음을 피할 수 없다.

주인은 개에게 그렇게 하지 말라고 타이르긴 하나, 개가 주인의 뜻을 제대로 이해해 행동하고 안 하고는 주인 몫이 아니다. 가까운 이웃이건 먼 마을이건 모두 개가 호랑이에게 물려 갈까 걱정하는데, 정작 당사자인 개는 이런 걱정은 아랑곳하지 않다가 결국 호랑이에게 먹히고 마는 것이다.

아! 개란 사람과 늘 한 집안에서 생활하기 때문에 사물을 이해하는 행동이 무지한 다른 짐승과는 다를 것이다. 그런데도 어째서 타이르는 주인 말을 깨닫지 못하고 죽음을 피할 줄도 모르는지. 기르던 개를 잃고 마음에 느끼는 바가 있어 여기에 기록해 둔다.

『성호사설』

해설

기르던 개를 호랑이에게 잃은 일을 안타까워하며 쓴 글이다. 개와 호랑이는 모두 식육목食肉目Carnivora에 속한다. 개*Canis familiaris*는 늑대*Canis lupus*를 가축화한 것인데 늑대, 코요테*Canis latrans*, 자칼, 개, 여우 등이 갯과에 속하고 고양이, 호랑이, 사자 등은 고양잇과에 속한다.

갯과에 속하는 종들은 무리를 지어 사는 사회적 행동을 보이는 반면 고양잇과에 속하는 종들은 사자 등을 제외하면 대개 단독생활을 한다. 따라서 갯과의 종들은 무리 지어 다니며 공동으로 사냥을 하거나 포식자에 대한 방어를 한다. 집에서 키우는 개 역시 이런 습성이 남아 동네에 수상한 사람이나 동물이 들어오면 합동으로 짖는 소리를 내서 경계한다. 하지만 단독으로는 호랑이와 같이 노련하고 힘센 육식동물을 상대할 수 없을 것이다.

곰이 호랑이에게 먹히는 이유

곰은 호랑이보다 힘이 배나 세지만 호랑이와 마주치면 잡아먹히고 만다. 호랑이는 날쌘데 비해 곰은 둔하기 때문이다. 곰이 호랑이를 만나 싸울 때는 몸을 날려 나무를 꺾는데, 썩은 나뭇가지를 꺾듯이 쉽게 한다. 그러고는 눈을 감고 으르렁대며 나무를 한 번 휘두른다. 그런데 그 나무에 호랑이가 맞지 않으면 다시 몸을 날려 새 나무를 꺾는다. 호랑이가 나무에 맞기만 하면 분명 곤죽이 되겠으나 이리저리 빠져나가며 곰의 시야를 어지럽힌다. 결국 곰은 지쳐 쓰러지고 호랑이의 먹이가 되고 만다. 그러니 곰이 쓰러져 죽는 것은 바로 자신의 강한 힘 때문이라 하겠다.

『청성잡기』

해설

곰과 호랑이의 대결을 묘사한 부분에는 사실과 다른 부분이 많다. 일례로 곰 *Ursus* sp.이 다른 동물과 싸울 때 나무를 꺾은 후 그 나무를 손에 쥐고 휘두른다는 내용이다. 영장류를 제외한 포유동물의 앞발 첫 번째 발가락(엄지발가락)은 다른 발가락들과 평행하므로 물체를 쥘 수 있는 구조가 아니다.

또 사람이 만들어 놓은 미끼를 피할 수 있을 만큼 영리한 곰은 세간에 알려진 것처럼 미련하지 않다. 그리고 곰과 호랑이의 서식 영역이 일부 겹치기는 하지만 어느 한쪽이 다른 한쪽보다 지능과 힘에서 우월하다고 볼 수 없으며, 호랑이가 없는 곳에 주로 분포하는 곰은 생태계의 정점에 있는 최고 포식자다.

명나라의 코끼리 _{大明象}

한나라 성제成帝11대 황제, 재위 기원전 32~7 때 절하는 코끼리를 바친 경우가 있었으니, 코끼리가 절하는 것은 그 유래가 오래되었다.

우리나라 효종孝宗조선 17대 왕, 재위 1649~1659이 연경燕京북경에 들어갔을 때 코끼리 우리를 지나게 되었다. 그 코끼리는 본래 천자를 보면 두 무릎을 꿇고, 제후를 보면 한 무릎을 꿇었는데, 코끼리가 처음엔 두 무릎을 꿇으려다가 놀라 한 무릎을 꿇었으니 효종에게 왕의 기상이 있기 때문이다.

또한 이로 보건대 코끼리는 보통 짐승이 아니다. 나도 명나라의 코끼리를 보았고, 재주를 부리는 코끼리도 보았다. 그런데 구경꾼이 내놓는 돈의 많고 적음에 따라 코끼리 부리는 이의 재주

부리는 내용이 달랐으니, 이 또한 세상인심이 야박해진 결과라 하겠다.

『임하필기』

해설

코끼리를 훈련시킬 때 첫 단계는 코끼리가 꼼짝하지 못하게 밧줄로 묶고 매질을 가해 공포, 고통, 목마름, 배고픔 등으로 저항을 포기하도록 하는 것이다. 그런 다음 여러 훈련을 통해 목재를 나르거나, 서커스에서 묘기를 부리는 훈련을 하게 된다. 코끼리가 무릎을 꿇는 행동 역시 훈련을 통해서 이루어진다.

한편 효종이 북경에 머문 것은 그가 왕위에 오르기 전, 그러니까 병자호란의 결과로 형 소현세자와 함께 인질로 잡혀갔을 때의 일이다. 따라서 코끼리를 만났을 때 그는 왕도 아니고 세자도 아니었다. 그런 그에게 코끼리가 두 무릎을 꿇었다는 것은 그에게 왕의 기상이 있었기 때문이라는 말로 해석할 수 있다.

오소리

오소리[貒]를 세상에서는 토저土猪라고도 한다. 오소리 털은 습기를 없애는 데 탁월하다. 습증濕症을 앓고 있던 한 사람이 임진년에 왜적을 피해 오소리 굴로 들어갔다. 그곳에는 오소리 털이 수북이 쌓여 있어 자리를 깐 것처럼 포근했다. 오랜 시간 그곳에 머물다 나왔더니 고질병인 습증이 감쪽같이 사라졌다고 한다.

『지봉유설』

해설

케라틴Keratin이라는 단백질로 구성된 포유동물의 털은 대기 중의 습기를 흡수한다. 모발습도계는 이 원리를 이용해 대기 중의 상대적 습도를 측정한다. 하지만 위에서 언급한 것처럼 오소리*Meles meles melanogenys* 털이 습증을 낮게 했다는 내용은 다른 요인들을 확인할 수 없으므로 확신할 수 없다.

원숭이

진나라 학자 장화張華232~300가 엮은《박물지》를 보면 이런 내용이 있다.

촉산蜀山에 사는 짐승이 원숭이와 같았다. 이 짐승을 화化라고 불렀는데 가확猳玃이라고도 한다. 이것들이 여자를 데려다 함께 살아도 사람들이 알지 못한다. 10년을 함께 살면 여자도 그것들과 똑같이 되고, 새끼를 낳으면 사람과 같은데, 이렇게 태어난 새끼에게는 모두 양楊씨 성을 주었다. 그런 까닭에 촉 땅에는 양씨가 많다.

내가 중국에 갔을 때 어느 집에 간 적이 있는데, 그곳 벽에 가확을 그린 그림이 붙어 있었다. 그 가운데 여자의 머리와 얼굴이 모두 원숭이 모양을 한 것이 있으니 그것이 바로 이 짐승이다.

《초씨역림焦氏易林》한나라 때 편찬된 《주역》의 해설서로, 《역림》 또는 편찬한 이의 성을 따 《초씨역림》이라고 한다에 "남산의 큰 원숭이가 내 어여쁜 첩을 훔쳐 갔다"라는 내용이 나오는 것을 보면 예로부터 이런 일이 있은 모양이다.

『지봉유설』

해설

원숭이와 사람은 근연 관계에 있기 때문에 많은 특징을 공유한다. 형태, 높은 지능, 행동 등 다양한 측면에서 상당히 유사하기 때문에 사람들은 사람과 영장류 사이에 잡종이 생길 수 있으리라 여겨 왔다. 심지어 1920년대 구旧 소련의 일리야 이바노프Ilya Ivanov라는 학자가 인간과 영장류의 잡종을 만들기 위해 실험을 추진한 적이 있다. 여러 가지 윤리 문제를 야기한 이 실험은 결국 실패로 돌아가고 말았다. 얼마 전까지도 사람과 침팬지Pan troglodytes 사이에서 잡종인 휴먼지humanzee가 생성될 것이라고 믿은 사람들이 있었다. 하지만 사람과 침팬지가 공통의 조상에서 나뉜 후인 120만 년 전부터 두 종 사이에서 잡종 형성에 의한 유전자 이동이 없었다는 사실이 유전자 분석을 통해 알려졌다.

한편 인류의 유전 질환 중 다모증多毛症이라는 병이 있다. 다모증은 X염색체를 통해 유전되기도 하고 후천적으로 생기기도 한다. 다모증에 걸린 사람은 동물로 묘사되기도 하는데 20세기 유명한 배우 스테판 비브로스키Stephan

Bibrowski는 사자 얼굴을 가진 남자로 더욱 잘 알려져 있다. 위 글에서 가확과 인간 여자 사이에 자식이 태어났다는 것으로 보아 아마도 다모증에 걸린 사람일 가능성이 높다.

물소

학자 조완벽趙完璧은 "안남安南지금의 베트남에는 소가 있는데, 생김새가 멧돼지 같다. 색은 검푸른데 집에서 길러 밭을 갈기도 하고 잡아서 먹기도 한다. 그곳 날씨는 매우 더워서 낮에는 소들이 물속에 들어가 있다가 해가 진 뒤에야 나온다. 그곳 원주민들은 이를 물소라고 부른다. 뿔은 매우 커서 왜놈들은 이를 사 갖고 가기도 하는데, 사람들이 말하는 흑각黑角이다"라고 했다. 옛 책을 살펴보니 《오대사五代史》중국의 역사책인 《구오대사》와 《신오대사》를 아울러 이르는 말에 "점성占城지금의 베트남 남부 지역에 있던 나라에 수시水兕가 있다"라고 했는데 아마 이 짐승을 가리키는 것이 아닐까.

『지봉유설』

해설

조완벽이 말한 소는 물소 *Bubalus bubalis*로 보인다. 물소는 경작과 식용을 목적으로 동남아시아에서 널리 가축화되어 있다.

본문에 등장한 동물 중에서 수시는 무소과에 속하는 들소 비슷한 짐승으로 뿔은 하나, 무게가 1000근이나 나가고 가죽이 단단해 갑옷을 만들고, 뿔은 술잔 등을 만든다고 전한다.

한편 조완벽은 조선 중기의 학자로 정유재란(1597) 때 왜군 포로가 되어 안남에 세 차례나 다녀왔다. 이후 1607년 조선으로 돌아왔다.

조류

흰기러기 白鴈

소무蘇武가 흰기러기를 하인처럼 부렸다는 내용은 한나라 사신이 흉노를 속이려고 만들어 낸 말이다. 그런 사실이 없는 줄 뻔히 알면서도 후세 사람들은 믿게 되었다. 하물며 옛글에 이리저리 뒤섞어 적어 놓은 내용 가운데 도저히 믿을 수 없는 것까지 어찌 다 받아들여야 하는가? 흰기러기라고 한 것은, 흰기러기들이 흉노가 살고 있는 북쪽 변방에만 있기 때문이었을까?

기러기는 이곳저곳 옮겨 다니고 또 그 지방도 멀고 가까운 차이가 있다. 또 바닷가에서는 매우 큰 종류도 발견된다. 무더운 여름철이 되면 늘 바닷가에만 머물러 있으니, 기러기가 한 종류가 아니라는 걸 확인할 수 있다. 그렇다고 해도 흰기러기는 단 한 번도 보지 못했다.

그러나 10년 전에 내포內浦 충청남도 태안, 서산 일대를 지나다가 온 들판에 흩어져 있는 흰기러기를 보고 그 지방 사람에게 물어보았다. 그들이 말하기를 '본래는 없었는데 요즈음 한두 해 사이에 비로소 나타났다'고 했다. 생각건대 기러기는 기후 변화에 따라 가기도 오기도 하는데 그 시기가 같지 않아 이런 일이 벌어진 듯하다. 그런 까닭에 이를 기이하게 여겨 적어 놓는다.

『성호사설』

해설

우리나라에서 발견할 수 있는 기러기는 쇠기러기*Anser albifrons*, 회색기러기, 흰기러기*Anser caerulescens*, 개리*Anser cygnoides*, 흰이마기러기*Anser erythropus*, 큰기러기*Anser fabalis* 등 일곱 종이다. 이 기러기들은 철새로, 여름철에는 포식자가 적은 북쪽에서 알을 낳아 새끼를 키운 뒤 겨울엔 우리나라를 비롯해 일본, 중국 북부, 몽골 등 남쪽 지방에서 지낸다.

거의 모든 철새가 그렇듯이 이동한 지역의 기후 환경, 먹이와 서식 환경이 변해 서식하기 어렵다면 다른 곳으로 가서 생활한다. 다만 위 글 중 내포에서 본 흰기러기가 지금도 볼 수 있는 흰기러기인지는 알 수 없다.

고니鵠

곡鵠이란 새에는 두 가지 뜻이 있다. 그중 하나는 한나라 때 마원馬援후한을 건국할 때 공을 세운 장군, 기원전 14~기원후 49이 조카들을 가르치기 위해 쓴 편지 가운데 "곡鵠을 새기다가 제대로 되지 않는다 해도 목鶩은 될 수 있다"라는 대목에 나오는 목인데, 목은 집오리라고 할 수 있다.

곡鵠과 목鶩, 두 종류는 비록 크기에 차이는 있지만 서로 흡사하다.

《자서》를 살펴보니 "들 거위[野鵝]는 기러기보다 크고, 집에서 기르는 창아蒼鵝와 같은데, 이름은 가아駕鵝라고도 하고 천아天鵝라고도 하니, 이 모두 곡이란 새의 별명이다"라고 했다. 오늘날에

천아, 관, 곡(왼쪽부터 시계 방향으로)
본문에서는 위 그림 속 새들을 흡사한 동물로 표현했는데,
《삼재도회》에 실린 위 그림처럼 '곡鵠'과 '천아天鵝'는 고니
(백조)를 '관'은 황새를 가리킨다.

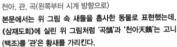

는 길에서도 가끔 만날 수 있는데, 모습은 거위와 비슷해도 크기
는 현저히 다른 것이 곡鵠이다.

한나라 정치가 유표劉表142~208가 학자 환담桓譚에게 준 편지를
살펴보니, "바라보면서 곡鵠처럼 서 있다" 하고, 그 주註에 "오래
서서 기다리는 모습이다"라고 했다.

또 《자서》에는 "황새[鸛]에는 두 종류가 있는데, 생김새는 곡鵠과
비슷하다. 나무에 집 짓는 것은 백관白鸛이라 하고, 학鶴은 바다 따

오기를 두려워한다"라고 했으니, 이는 학을 곡鵠이라고 한 것이다.

우리나라에는 학과 천아 외에 곡이란 새가 없는데,《고려사》에 "곡을 바쳤다[獻鵠]"라는 사실이 적혀 있으니, 생각건대 이는 학을 바쳤다는 뜻인 듯하다.

『성호사설』

공물을 기록한 문서에 백조[天鵝]를 진상한다는 사실이 실려 있다. 그러나 이 새는 잡기가 하도 힘들어 한 마리 값이 큰 말 한 필에 버금간다. 그러다 보니 폐단이 몹시 심하다. 세상에 전하는 말에 따르면, 백조는 태조太祖께서 좋아했기 때문에 제사에도 올린다고 한다.

『지봉유설』

해설

곡鵠이라는 글자가 오리와 비슷한 고니Cygnus columbianus, 따오기Nipponia nippon와 비슷한 학(두루미)Grus japonensis이라는 두 의미가 있다고 설명하는 글이다.

고니는 오리, 기러기와 더불어 기러기목Anseriformes에 속하며, 황새Ciconia boyciana는 따오기, 갈매기Larus canus, 매 등과 더불어 황새목Ciconiiformes에 속하기 때문에 관계가 상당히 멀다. 고니는 같은 목目, 속屬에 속하는 오리, 기러기보다 덩치가 훨씬 크고 목이 긴데 위 글에서도 기러기보다 크다고 묘사되어 있다. 황새는 전 세계적으로 멸종 위기에 처해 있으며 우리나라에서도 천연기념물과 멸종위기종 1급으로 지정되어 보존에 대한 관심이 높다. 한편 위에 나오는 한자를 정리해 보면, 곡鵠(고니. 따오기), 목鶩(집오리), 이鵝(거위), 관鸛(황새), 학鶴(학)이다. 괄호 안은 옥편에 나오는 뜻인데, 실제로 사용하는 뜻과는 정확히 일치하지 않는 경우가 많다.

위 글에 등장하는 천아天鵝는《삼재도회》에 기록되어 있는데, 곡鵠과는 상당히 다르다. 또 학과 관도 등장하는데, 두 새는 흡사한 종류로 기록되어 있다.

외로운 집오리 孤鶩

당나라 시인 왕발王勃650~676은《등왕각서滕王閣序》에서 "떨어져 흩어지는 노을은 외로운 오리와 함께 난다"라고 했다.《이아》에는 "목鶩은 서부舒鳧다"라고 했는데,《자서》에는 "목이란 오리는 사람이 기르므로 잘 날지도 못하고 걸음이 빠르지 않은 까닭에 이름을 서부라고 한다"라고 했다. 또《예기》〈곡례〉의 주석을 보면 "들오리는 부鳧라 하고 집오리는 목鶩이라 한다"라고 했다. 그렇다면 목은 노을과 함께 날 수 없을 것이다.

한나라 학자 모장毛萇은 "높이 날지 못하는 집오리를 압鴨이라 하고, 높이 나는 들오리를 목鶩이라고 한다" 했으니, 만약 그렇다면 무엇 때문에 높이 나는 목의 이름을 '늦은 오리'라는 뜻의 서부

舒鳧라고 하겠는가?

시를 짓는 사람 가운데는 더러 노을을 뜻하는 하霞가 하아霞蛾 나비의 일종에 있는 하라고 말하기도 하니, 참으로 우습다. 집오리가 아무리 빨리 난다 할지라도 어찌 나비를 잡을 수 있겠는가?

옛글을 살펴보건대, 한나라의 문장가 동중서董仲舒 기원전 176~104 의《춘추번로春秋繁露》공자의 정치사상을 다룬 책에 "장탕張湯《사기》〈열전〉에 등장하는 관리은 목鶩이 부鳧를 대신할 수 있다 하여, 종묘 제사에 쓰려고 했는데, 동중서는 '목은 부가 아니고 부는 목이 아니다'라고 했다" 했으니, 부와 목을 혼용한 것은 옛날부터 그랬음이 분명하다. 그러니 오늘날 사람들이 정확히 구분하지 못한다고 해서 이상하게 여길 것도 아니다. 그러나 목鶩이란 새는 당연히《이아》에 등장하는 내용을 옳은 것으로 인정해야 할 것이니, 왕발이 잘못 인용했다고 할 것이다.

『성호사설』

해설

《등왕각서》글귀에 나온 목鶩이라는 글자를 고찰한 글이다. 목은 일반적으로 날지 못하는 집오리를 일컫는 표현인데, 하늘을 난다고 묘사되어 있다. 집오리는 수천 년 전 아시아에서 청둥오리 Anas platyrhynchos를 길들인 것이다.

닭

패사稗史에 이렇게 쓰여 있다.

한국韓國에서는 반찬을 만드는 닭을 한계寒鷄라고 한다.

따라서 이때의 한寒은 날씨가 춥다는 뜻으로 쓴 게 아니라 닭의 종류 가운데 하나를 가리키는 셈이다. 이는 《본초강목》에서 암까마귀를 한아寒鴉라고 하는 것과 마찬가지다. 또 《위지魏志》진나라 때 진수가 저술한 《삼국지》〈위지〉에는 이런 내용도 있다.

마한국에서는 꼬리 가는 닭이 나는데, 꼬리 길이가 5척이 넘는다.

또 옛말에 이르기를, '닭은 3년까지 기르지 않고, 개는 6년까지 기르지 않는다'라고 한다. 이는 오래 기르면 기이함이 생긴다는 뜻이다. 또 '흰 닭과 흰 개는 먹지 않는다'고 했는데 이는 사람에게 해롭기 때문이다.

『지봉유설』

해설

가축으로 키우는 닭Gallus domesticus 중 고기용 닭은 2~3개월, 산란용 닭은 1년 정도 키운 후 도살시키기 때문에 그 수명이 잘 알려져 있지 않다. 닭은 보통 5~10년을 살며 현재 기네스북에 오른 가장 오래 산 닭의 수명은 16년으로 알려져 있다.

한편 '패사稗史'란 역사의 기술에 있어 정사正史, 즉 공인된 역사서에 반대되는 개념으로 야사野史와 흡사하다. '패稗'는 알곡이 아닌 '피', 즉 쓸모없는 것을 가리킨다. 따라서 패관稗官이라 하면 중국 한나라 이후, 민간에 떠도는 이야기를 모아 기록하는 일을 맡아 하던 임시 벼슬을 가리키며, 이들로부터 오늘날 허구, 즉 소설이 탄생했다고 볼 수도 있다. 우리나라에서는 조선 명종 때 문인 어숙권이 우리나라에 전해 내려오던 갖가지 사건, 인물, 풍속, 일화逸話, 민속 등을 모아 해설을 붙인 《패관잡기稗官雜記》가 패관문학을 대표한다고 하겠다.

병아리 鷄雛

정자程子송나라의 학자 정호와 정이 형제가 "나는 병아리를 볼 때마다 '갓난 아이를 보호하듯 한다'는 뜻을 늘 마음속에 간직하면서 본다"라 고 했는데, 참으로 좋은 말이다.

병아리의 깃털과 날개가 나오기 전에 솔개와 매는 위에서 엿보 고, 생쥐와 족제비는 아래에서 노린다. 또 살쾡이와 고양이는 둥 우리를 뚫고 들어가려 하고, 철모르는 아이들은 기왓장과 돌멩이 로 끊임없이 괴롭힌다. 이들은 모두 병아리가 나오면 잡아먹으려 고 틈을 보면서 사람이 보호하는 것을 싫어한다. 그래서 돌보는 사람이 조금만 게으름을 피우면 온갖 걱정거리가 이 틈 저 틈으로 들이닥친다.

그런데 이런 걱정거리를 없애도 번식이 잘되지 않는 것은 굶기고 얼리기 때문이다. 성심껏 보살펴 준다면 잘 번식되지 않을 까닭이 있겠는가?

병아리는 수가 많아서 한 마리 한 마리가 먹을 것이 귀하고, 털이 얇기 때문에 추위를 두려워하는데, 추위를 못 이겨 떠는 것 역시 먹을 것이 없기 때문이다.

그러므로 쌀과 가루를 자주 주어 배고프지 않게 하면 암탉이 힘껏 날개를 펼쳐 덮어 주기도 하고 안아 주기도 해서 추위를 면할 수 있고, 먹을 것을 구하려고 바삐 쫓아다니지 않게 되어 고달픔을 면할 수 있을 것이다.

그뿐이랴. 먹을 것이 뜰 안에 있는 까닭에 멀리 나가지 않아도 될 테니 바깥에서 호시탐탐 노리는 녀석들을 걱정할 필요도 없을 것이다.

하지만 먹을 것이 적으면 서로 뺏으려 싸우고 그 틈에 약한 놈은 배불리 먹지 못해 병이 점점 심하게 된다. 그러나 쌀을 넉넉히 주어서 여럿이 배불리 먹도록 하면 병든 것 또한 쉽게 나을 것이다.

어떤 이는 '남은 밥을 던져 주면 똥이 막혀서 죽는다'고 하나, 이는 틀린 말이다. 똥은 시간이 지나면 다시 부드러워진다. 반면에 꽁무니 밑 보드라운 털에 똥이 많이 맺히면 똥구멍이 막혀서 죽게 된다.

나는 남은 밥알이 병아리에게 해로운 줄 알지만 자주 먹이고 조심스레 보호해 준다. 똥구멍이 막혔을 때는 보드라운 털을 가위로 잘라 주면 똥이 바로 터져 나오는데, 이렇게 하면 병아리가 잘 큰다.

백성들이 여러 가지로 고통을 겪는 모습 또한 잘살고 귀한 지위에 있는 자들은 깨닫지 못한다. 그들이 모르는 사이에 백성들이 온갖 고통을 겪고 또 배도 곯게 되니 어찌 떠돌아다니다가 도랑과 구렁에 엎어져 죽지 않을 수 있겠는가?

『성호사설』

해설

작고 연약한 병아리를 키우듯이 백성들을 보살피는 방법을 이야기하고 있다. 자원이 한정되어 있다면 생물종 내 개체에서뿐만 아니라 같은 자원을 필요로 하는 종 사이에도 자원을 두고 경쟁이 발생하는데 경쟁이라는 관계는 개체의 적응도, 즉 생존과 번식 능력을 감소시키는 요인이고, 동물들에게는 엄청난 스트레스가 된다. 경쟁에서 도태된 개체들은 생존하지 못하거나 자손을 낳지 못하게 된다. 하지만 식량과 같은 자원이 풍족하다면 개체나 종 사이에서 경쟁은 일어나지 않는다.

한편 본문에서 '갓난아이를 보호하듯 한다'라는 말은 《서경》〈주서周書〉'강고康誥' 편에 나오는 "갓난아이 보호하듯 하면 백성이 편안하리라"라는 문장에서 인용한 것이다.

닭을 키워 보면
편당을 알 수 있음 祝鷄知偏黨

보기를 잘하는 자는 무슨 물건이든 눈에 들어오면 깨닫는 것이 있기에 나도 닭을 키우면서 편당偏黨 특정 당파에 치우치는 현상이 생기는 이치를 알았다.

닭들은 서로 다투면서 먹을 것을 구하다가 방 안 의자와 자리에 모여들기도 하고 지팡이와 신을 밟아 더럽히기도 한다. 쫓아내도 그치지 않아 하는 수 없이 지팡이로 두들겨 가끔은 상처를 입히기까지 한다.

그러나 먹는 것은 이로운 줄 알고 지팡이에 맞는 것은 해로운 것을 알 텐데, 잠깐 맞는 것은 사소하게 여기는 반면 먹는 것이 얼마나 중요한지 알기에 아파도 참으면서 여전히 먹을 것을 다툰다.

쫓아내면 물러가는 척하다가 잠시 뒤 되돌아와 다시 먹이를 다투기 시작하는데 그들이 두려워하는 것은 단 하나, 먹이 있는 곳으로 돌아오지 못하는 것뿐이다.

만약 먹는 것을 사소하게 여기는 반면 맞는 것을 심각하게 여긴다면, 지팡이만 보아도 놀라 흩어져 멀리 도망칠 것이다. 그러니 닭들이 이렇게 행동하는 것은 모두 이해득실을 따져 행동하기 때문이다.

사람이 당黨에 치우쳐 다투는 것도 벼슬과 녹봉 때문이다. 때로는 죄를 얻어 온갖 고통을 겪는 자도 있으나 오직 벼슬을 바라기 때문에, 벼슬을 얻을 수만 있다면 그 어떤 죄와 고통도 꺼리지 않는다. 그러니 벼슬을 얻지 못할 줄 안다면 사소한 죄조차도 범하지 않을 것이다.

오늘날 풍속은 자벌레가 허리를 움츠리고 펴기를 반복하면서 앞으로 나아가려고 애쓰는 모습과 똑같다. 진실로 죄를 지어도 벼슬만 구할 수 있다면 살인을 빼고는 무슨 일이든 가리지 않고, 마음속으로 원하는 벼슬을 구하니 다른 것은 생각할 겨를조차 없다.

개구멍을 뚫고 다니면서 좋은 말을 훔치려 하고, 차꼬와 수갑을 팔아서 헌면軒冕높은 벼슬아치가 사용하는 수레와 갓을 사려고 하니, 이러고야 무슨 짓인들 마음 내키는 대로 하지 않겠는가? 아! 이는 닭이 하는 짓과 똑같을 따름이다.

더욱이 사람에겐 닭보다 못한 것도 있다. 닭들이 먹을 것을 다툴 때는 날기도 하고 달리기도 하면서 싸우다가도 그 일만 끝나면 서로 다투던 일은 잊은 채 언제 그랬냐는 듯 사이좋게 지낸다.

그러나 사람은 그렇지 않다. 시간이 한참 지난 후에도 폭포의 물이 용솟음치듯 노여운 모습을 가라앉히지 않는다. 그리하여 반드시 상대를 죽여 없애 버리고자 하면서 자신의 잘못은 결코 뉘우치지 않으니, 이야말로 차마 못할 일이다.

『성호사설』

해설

닭들이 쫓거나 맞는 것에 상관없이 먹을 것을 구하는 행동에서 수단과 방법을 가리지 않고 권력을 좇는 사람들을 비판하는 내용이다. 식욕, 성욕과 같이 생존과 번식에 필수인 본능은 뇌의 오래된 영역이 담당하는 것으로 모든 동물에게 매우 중요하다.

인간은 다른 어떤 동물보다도 크고 발달한 뇌를 가져 합리적 사고와 판단을 할수 있다. 하지만 인간 중에는 그러한 합리적 사고와 판단을 망각하고 자신의 욕심만을 추구하고 욕심을 채운 뒤에도 미련을 가지는 인간이 있는데 이는 자신의 욕망을 실현한 뒤 예전으로 돌아가는 동물만 못하다는 얘기를 하고 싶어 한것 같다.

날개깃 소리翰音

《예기》〈곡례〉를 보면 "닭을 한음翰音이라 한다"라고 했는데 그 주註를 보면, "한翰이란 글자는 닭 울음소리가 긴 것을 뜻한다"라고 했고, 《예기찬언禮記纂言》을 지은 원나라 학자 오징吳澄1249~1333은 "닭의 날개에 있는 무늬와 잘 우는 것을 빗대어 별명을 한음이라고 한다"라고 했다.

그러나 닭은 반드시 날개를 먼저 친 다음에 울음소리를 낸다. 이를 본다면 닭을 한음이라고 부르는 데는 반드시 그럴 만한 까닭이 있을 것이다.

사람들이 닭을 잡은 후 어깻죽지를 끊어서 끝을 입에다 물고 힘차게 불면 죽은 닭이 소리를 내어 우는데, 이로 미루어 보아도 닭은 날개로 울음소리를 낸다는 사실을 알 수 있다.

또 어떤 집 부인들이 닭을 잡아서 음식을 만들 때 어깻죽지 중간이 무엇에 부딪히면 닭이 울음소리를 내는데, 이러면 재앙이 든다고 여겨 무당을 데려다가 귀신에게 빌기도 하니, 참으로 웃음밖에 안 나온다.

『성호사설』

해설

포유류는 호흡을 할 때 공기가 드나드는 기관氣管의 상부에 위치한 후두喉頭 속 성대聲帶가 흔들리면서 소리를 낸다. 사람은 날숨으로 나가는 공기의 흐름을 이용해 소리를 낸다.

포유류와 달리 닭을 비롯한 조류는 기관의 하부에 위치한 명관鳴管을 이용한다. 조류는 명관과 명관 주변에 있는 기낭氣囊의 막을 공명시켜 소리를 내는데 이 역시 공기의 흐름을 이용하는 것이다.

조류는 기낭이라는 공기주머니를 폐의 앞쪽과 뒤쪽에 가지고 있다. 폐 뒤쪽의 기낭을 확장시키면 공기가 폐를 거치지 않고 바로 뒤쪽의 기낭에 들어간다. 뒤쪽 기낭이 수축하면 그제야 공기가 폐를 통과하고, 통과한 공기는 앞쪽 기낭으로 들어간다. 마지막으로 앞쪽 기낭을 수축하면 기관을 통해 공기가 몸 바깥으로 빠져나간다. 앞쪽 기낭이 날갯죽지 아래에 있기 때문에 닭이 날갯짓을 크게 하면 더 많은 공기가 빠져나가게 되어 큰 소리를 낼 수 있다. 따라서 날개를 이용해 소리를 낸다고 생각한 성호의 의견은 타당하다고 할 수 있다.

살쾡이 기름과 겨잣가루 狸膏芥粉

남북조시대의 문장가 유신庾信513~581의 투계 시鬪鷄詩에 이런 표현이 있다.

> 살쾡이 기름을 바르고 적과 싸우매
>
> 겨잣가루 봄날 마당에 뽀얗게 날린다

살쾡이 기름과 겨잣가루는 투계鬪鷄, 즉 닭싸움에 사용하는 준비물이다. 전국시대 송나라 사람 혜자惠子는 "양구羊溝의 닭은 3년만 지나면 주袾, 즉 우두머리가 되는데, 닭을 전문적으로 보는 자가 보니 좋은 닭이 아니었다. 그런데도 상대를 자주 이기는 것은 살쾡이 기름을 그 머리에 발라 주기 때문이었다"라고 했으니, 닭이 선천적으로 살쾡이를 두려워하기 때문일 것이다.

그리고 "계씨와 후씨_{두 사람 모두 춘추시대 노나라의 대부}의 닭이 싸우는데, 계씨는 닭에게 겨자를 뿌렸고, 후씨는 닭 발톱에 금을 입혔다"라고 한다. 계씨가 겨자를 가루로 만들어 자신의 닭 깃에 뿌려서 상대방 닭의 눈을 멀게 하려 한 것이다.

또 이백李白_{당나라의 시인, 701~762}의 시에 이런 내용이 있다.

그대는 살쾡이 기름, 금 발톱으로 투계를 못 배우고

앉아서 콧김으로 무지개만 불어 내누나

주석을 붙인 이들은 이 내용이 계씨와 후씨의 투계로부터 유래했음을 알지 못했기에 주석에 이러한 내용을 붙이지 못했다.

『성호사설』

해설

닭과 같은 조류는 지구상에서 시각이 가장 발달했다. 이에 비해 후각은 그렇지 못하다. 그러므로 살쾡이 냄새가 나는 기름보다는 눈을 뜨지 못하게 하는 겨잣가루가 닭싸움에 더 효과적일 것이다.

한편 위 글에서 주株는 괴수라는 뜻이다. 그리고 "계씨와 후씨의 닭이 싸우는데"

라는 대목은 사마천의 《사기》 〈공자세가〉에 나오는 이야기다. 그 무렵 중국에서는 투계, 즉 닭싸움이 성행했다. 노나라의 두 귀족 가문인 계평자季平子와 후소백郈昭伯이 닭싸움을 벌였는데, 계평자가 불법적인 방법으로 이겼다. 이에 화가 난 후소백이 계평자를 상대로 싸움을 일으켰고, 노나라 임금인 소공까지 합세해 계평자를 공격했다. 그러나 계평자 또한 다른 대부들과 연합해 임금에 맞섰고, 결국 소공은 패하여 제나라로 도망치기에 이른다. 그 무렵부터 노나라는 혼란에 빠졌으며, 이에 실망한 공자는 노나라를 떠나 제나라로 갔다고 알려진다. 위 내용에 따르면 계평자는 겨잣가루를 자신의 닭에 뿌려 후소백의 닭을 공격하도록 했는데, 이 행동이 불법이라는 말이다.

닭과 오리

송나라 사람 왕규王逵991~1072가 이렇게 말했다.

> 닭과 오리는 집에서 기르는 까닭에 날지 못한다. 그 밖에 들에서 사는
> 새들은 모두 잘 난다.

그런데 내가 집에서 오리를 살펴보니, 이들을 들에 있는 물가에 오랫동안 놓아먹이면 멀리 잘 날아간다. 그러니 집에서 기르는 것이 잘 날지 못하는 것은 마시는 물과 모이가 깨끗하지 않기 때문이다.

『지봉유설』

해설

인간은 선택교배를 통해 야생동물을 가축으로 만들었다. 이 과정에서 인간이 원하는 형질은 선택하고 그렇지 않은 형질은 도태시켰다. 인간들이 닭과 오리를 가축화하는 과정에서 중요하게 여긴 형질은 고기를 얻기 위해 살을 찌우는 것이다. 체중이 불게 되면 날기 어려울 뿐만 아니라 가축인 닭과 오리는 인간이 먹이를 주고 보호해 주는 까닭에 굳이 날 필요성을 느끼지 못한다.

가축인 오리가 날 수 있는 이유 중 하나는 야생 닭은 거의 드문 반면 야생 오리는 흔하기 때문이다. 야생 오리는 빈번하게 집오리와 교배를 하는데 그때 태어난 자손이 야생 오리의 특성을 일부 갖고 있기 때문에 날 수 있는 가능성이 있다. 그러므로 위 글처럼 마시는 물과 모이 문제는 아니다.

꿩과 닭이 우는 일과
날개 치는 짓 雉鷄鳴翼

〈설괘說卦〉《주역》에서 팔괘八卦를 설명한 편에 "이離는 꿩이 되고 손巽이와 손은 모두 팔괘 가운데 하나은 닭이 된다"라고 했다. 꿩은 화火에 속한 까닭에 먼저 운 다음 날개를 치고, 닭은 목木에 속한 까닭에 날개를 친 후에 우는 것이다.

《주역》에 "바람은 불에서 나온다"라고 했다. 불이 맹렬하게 타오르면 바람이 나오는 까닭에 화火에 속한 꿩은 울음부터 운 후에 날개를 치게 되고, 바람이 불면 나무에 소리가 나기 때문에 목木에 속한 닭은 날개부터 치고 울음을 우는 것이다.

『성호사설』

해설

칠면조*Meleagris gallopavo*와 더불어 닭목Galliformes에 속하는 꿩*Phasianus colchicus*과 닭은 근연 관계에 있는 종들이다. 꿩과 닭이 우는 것과 날개를 치는 행동의 순서가 정반대인 이유를 《주역》의 내용에 근거해 설명했다. 하지만 이에 대한 과학적 근거는 부족하다.

다만 소리를 내기 위해 필요한 공기의 흐름을 만드는 날개 아래쪽 기낭(공기주머니)의 확장과 수축 순서가 서로 다르기 때문이라고 할 수 있겠다.

닭·거위·오리

이런저런 책을 보니, 동해에 나라가 있는데 남자는 없고 여자가 바람과 감응感應하여 아이를 밴다고 한다. 또 북쪽에 있는 한 나라에서는 여자가 우물물에 제 몸을 비추어 본 후 아이를 낳는다고 하는데, 사람들은 허황된 말이라며 믿지 않는다. 내 생각에도 믿기 힘든 내용이다. 그러나 닭이나 거위, 오리는 암컷만 있으면서도 알을 낳는다. 이는 사람이 직접 본 것이니 사람들이 이해할 수 없는 이치가 있다는 것 또한 사실이다. 그 여자 나라에서는 음기만 있을 뿐 양기가 없기 때문에 오직 딸만 낳은 것은 아닐까.

『지봉유설』

해설

인간 여성이 남성 없이 아이를 낳을 수는 없다. 수탉이 없어도 암탉이 알을 낳는 것은 정자와 수정된 알을 낳는 것이 아니라 무정란無精卵, 즉 난자를 낳는 것이다. 비교하자면 인간의 여성이 매 월경 주기마다 배란하는 것과 동일한데 인간의 난자는 눈에 보이지 않을 정도로 작기 때문에 아무것도 낳지 않는 것처럼 보일 뿐이다.

동물계 전체에서 본다면 수컷 없이 암컷이 새끼를 낳는 경우가 꽤 있는데 무성생식無性生殖의 일종인 이 번식법을 단위생식이라고 한다. 단위생식의 한 예로 질형 윤충bdelloid rotifer은 수컷 없이 암컷이 2배체의 알을 낳는데 이 알이 수정 없이 그대로 암컷으로 발생한다. 하지만 인간은 단위생식을 할 수 없으므로 북쪽에 있는 어떤 나라에서 여자가 남자 없이 스스로 아이를 낳는다는 말은 사실이 아니다.

꿩

꿩이 아름답기로는 북쪽의 것이 최고다. 오늘날에는 평안도 강변의 꿩을 진상한다. 그 크기가 집오리만 하고 기름이 엉긴 것이 호박琥珀과 같아서, 겨울이 되면 이것을 잡아 진상하니, 이를 고치膏雉라 하는데 맛이 아주 좋다. 북쪽으로부터 남으로 가면서 꿩이 점점 마르고 호남·영남의 남쪽 변방에 이르면 고기에서 비린내가 나서 먹을 수가 없다. 그래서 사람들이 말하기를, '북쪽 지방에는 풀과 나무가 많아서 꿩들이 마음껏 먹고 마실 수 있기 때문에 살이 찌는 것이다' 한다.

『용재총화』

해설

환경 영향으로 남방보다는 북방의 꿩이 맛있다는 내용이다. 꿩이 먹는 것이 달라서 맛이 다르다는 사람들의 말을 인용했지만, 북쪽 지방의 겨울이 매우 혹독하고 먹을 것이 금방 부족해지기 때문에 꿩을 비롯한 많은 생물들은 몸에 지방을 많이 축적해 겨울을 대비한다. 지방이 적당하게 있으면 고기의 맛이 좋아지므로 그들이 먹는 먹이의 종류보다는 기후 차이에 따라 꿩고기 맛에서 차이가 난다고 볼 수 있다.

매^鷹

《광동통지廣東通志》명·청 때 편찬된 중국 광동 지방의 지리 책에 "한 살짜리 매는 황응黃鷹노란 매, 두 살짜리는 무응撫鷹손에 쥘 만한 매, 세 살짜리는 청응靑鷹파란 매이라 하는데, 노루도 능히 잡는다"라고 했다. 오늘날 세상에서 한 살짜리 매를 비응緋鷹붉은 매이라 하는 것은 털빛이 누르면서 붉은 색이 있기 때문이다. 한 해를 지나면 누른 털이 비로소 떨어지고 가슴이 아롱지게 되므로 이름을 초지니[初陳]두 살이 된 매라 하며, 3년이 되면 아롱진 빛이 차츰 변해서 희게 되므로 재지니[再陳]라 하는데, 나이를 먹으면 대부분 희어지고 오래되면 욕심이 줄어들게 된다.

사냥용 매는 욕심이 중요하기 때문에, 아롱진 것이 누른 것보다 못하고 흰 것이 아롱진 것보다 못하다. 이는 마치 말은 성깔이 있는 것을 귀히 여기고 개는 재빠른 것을 귀히 여기는 것과 같은데,《광동통지》의 내용은 직접 확인해 보지 않은 것인 듯하다.

『성호사설』

해설

《광동통지》라는 문헌에서 매는 나이가 들수록 사냥 능력이 좋아진다고 했는데, 이에 대해 성호는 매가 나이가 들면 탐욕이 줄어들기 때문에 사냥 능력이 떨어진다고 반박한다.

매Falco peregrinus의 사냥 능력은 신체적 능력과 사냥 경험에 따라 결정된다고 볼 수 있다. 매의 수명이 20년 정도이기 때문에 3년까지는 신체적 능력이 점차 좋아지는 시기며, 그동안 사냥을 통해 경험도 쌓게 되므로 이 의견은 옳다고 보기 힘들다.

해동청 海東靑

송골매[鶻]는 일반적으로 나치邪馳라고 하는데, 송골매를 큰매[鷹]에 비하고 새매[鷂]를 농탈籠脫에 비하는 것과 같다.

해동청이란 매는 송골매 따위인데, 송골매와 큰매 사이에는 차이가 있다. 송골매는 꼬리가 짧고 눈망울이 검으며 똥을 급하게 뿌리지 않는데, 새매는 이와 반대다.

지난번에 근교에서 송골매 한 마리가 기러기를 잡아채니, 뭇 기러기가 앞을 다투어 날아와서 매의 날개를 물어뜯었다. 그러자 매는 양쪽 죽지가 축 처져서 날지도 못했다.

그래서 마을 사람이 붙잡아다가 치료해서 길렀는데, 꿩 사냥을 나가면 백발백중 한 마리도 놓치지 않았다.

빠르기가 새매에 비해 갑절이나 되었으니 이것이 소위 해동청이란 것이던가?

『성호사설』

해설

나那는 중국 서쪽에 사는 이민족을 가리킨다. 따라서 나치那馳란 '이민족이 키우는 매우 빠른 말'이란 뜻이니 옛 사람들이 송골매를 어떻게 여겼는지 알 수 있다. 해동청이 송골매라는 표현은 《삼재도회》에도 나온다. 재미있는 점은 해동청이 고려에서 바다를 날아온다는 내용이 기록되어 있는 점이다. 결국 오래전부터 중국에서도 '송골매는 곧 고려의 해동청'이라고 인식했음을 알 수 있다. 그리고 본문 중에 나온 농탈籠脫은 비둘기나 까치를 잡아먹는 새매Accipiter nisus의 일종이다.

매鷹를 그려서 방문 위에 붙이는 이유

재앙을 물리치는 법은 예로부터 있었다. 《세시기歲時記》1년 중 계절에 따라 치르는 여러 민속 행사나 풍물을 풀이해 놓은 책를 보면 "중국에서는 정월 초하루에 닭을 그려서 방문 위에 붙여 놓는다. 반면에 우리나라에서는 정월 초하루가 아니더라도 세 마리 매를 그려서 방문 위에 붙여 놓고 삼재三災 수재水災 · 화재火災 · 풍재風災 또는 도병刀兵(칼과 병사, 즉 전쟁) · 기근飢饉 · 역병(전염병)를 물리친다고 여기는데, 반드시 삼재가 드는 해에 붙여야 한다. 사람마다 각기 삼재가 드는 해가 다르므로 자신에게 해당되는 해에 붙인다고 한다"라고 했다. 이런 풍속은 고려에서 비롯된 듯한데, 중국 송宋 · 원元의 풍속과도 같으므로 확인할 필요가 있다.

청나라 시인 왕사정王士禎1634~1711의《지북우담池北偶談》에 인용된 양 직방楊職方직방은 벼슬 이름이란 사람이 "우창武昌중국 후베이 성 우한 시의 한 지역 이름, 신해혁명이 일어난 곳 땅에 사는 장씨張氏의 며느리가 여우에게 홀렸다. 하루는 장씨가 술을 마련한 다음, 선화宣和송나라 8대 황제 휘종의 연호 때 어필御筆로 그려진 매를 당堂 위에 걸어 놓았는데, 그날 밤중에 여우가 나타나 '하마터면 죽을 뻔했다'고 말했다. 이에 며느리가 그 까닭을 묻자 여우가 '너의 집 당 위에 걸린 신령스런 매가 날아들어 나를 후려치려고 했다. 만약 그 매의 목에 쇠사슬만 매어 있지 않았다면 나는 분명 죽고 말았을 것이다'고 하는 것이었다. 며느리가 이 사실을 남편에게 말했고, 남편의 말을 들은 한 사람이 '그 쇠사슬만 불에 녹여 없애 버리면 여우가 나타나지 못할 것이다' 하므로 그의 말대로 했다. 그러자 여우가 나타난 날 밤에 과연 당 안에서 여우가 죽어 나갔고, 그 뒤 화재가 났을 때는 매가 불길에서 뛰쳐나와 날아가는 것을 여러 사람이 목격했다"라고 했다.

송나라 휘종徽宗재위 1100~1125은 새를 잘 그렸다.《왕씨화원王氏畫苑》에 "휘종이 새를 그릴 때는 옻칠[漆]로 눈알을 찍기 때문에 눈알이 불쑥 솟아나서 마치 산 매와 같았는데, 매를 그릴 때면 늘 이 방법을 사용했다"라고 써 있다. 휘종의 매 그림은 곽건휘郭乾暉매 그림을 잘 그린 화가의 매 그리는 법을 전수받아서 유명해진 것 같다. 종은鍾隱 당나라의 예술가이자 정치가 이욱李煜의 호, 937~978 이란 사람도 그림으로 명성이 높았으나 곽씨에게는 미칠 수 없다고 판단했다. 결국 그는 이름을 바꾼 후 곽씨 집에 머슴으로 들어간 지 몇 해 만에 그 붓의 뜻을 체득했고, 떠나기에 앞서 인사를 드리고 사실을 실토했다. 그러자 곽씨도 이를 인정하고 자신의 기법을 모두 전수했기 때문에 곽씨와 똑같이 유명해졌다.

이 이야기는 도목都穆1459~1525의 《철망산호鐵網珊瑚》에 자세히 기록되어 있는데, 휘종도 곽씨의 묘기를 모두 본받았으니, 살아 있는 듯한 그림 속 매에 그런 영험이 있는 것은 당연하다고 할 것이다.

생각건대 매는 맹금류猛禽類 가운데서도 후려치기를 잘하고 위력을 보이며 허공을 날므로 주나라 건국에 큰 공을 세운 강태공姜太公을 나는 매에 비유한 것도 그럴 만한 까닭이 있기 때문이다.

오늘날 사람들이 재앙을 물리치기 위해 으레 매를 그려 붙이고 액막이를 하는데, 어떤 이는 '왜 호랑이를 그려 붙이지 않느냐?'고 묻는다. 그러나 이는 모르는 말이다. 호랑이가 언제 허공을 날고 먹잇감 동물의 가느다란 털 한 올까지 확인한 적이 있던가. 옛날 이름난 그림이 가끔 영험을 보였다는 말은 옛 기록에 흔히 보이니, 휘종의 매 그림도 그런 영험이 있던 게 분명하다. 왜 그런지 여부를 군이 따질 필요가 있겠는가. 우리나라 세속에 전해 오는 옛 이야기에도 매 그림이 산 여우를 때려잡았다는 말이 있는데, 내가 잊고 있었을 뿐이다.

『오주연문장전산고』

해설

매 그림을 방문에 붙여 각종 재난을 막는다는 민간 설화가 어떻게 유래되었는지 설명하고 있다. 매는 사냥을 잘하는 조류로 발톱이 강하고 눈이 좋다. 특히 매의 시력은 거의 모든 동물 중에서 가장 좋은데, 그 이유는 매의 망막에는 색채 시각을 담당하는 원뿔세포가 매우 높은 밀도로 존재하기 때문이다. 매는 인간보다 여덟 배 이상 좋은 시력을 갖고 있다. 그러므로 매가 사냥할 때 보여 주는 용맹함과 멀리 내다보는 능력이 재해를 막아 준다고 믿은 듯하다.

한편 강태공姜太公은 잘 알려진 인물인데, 본래 은나라 말에 은거해 있던 사람이었다. 어느 날 주나라를 세운 무왕의 부친인 서백西伯이 사냥을 나가며 점을 치자 "사냥에서 얻는 것은 용도 아니요, 큰 곰도 아니고, 패자覇者의 보좌가 될 사람이다"라는 점괘가 나왔다. 서백이 사냥에 나가 위수渭水(황허 강의 큰 지류인 웨이수이 강) 북쪽 기슭에서 사냥을 하는 강태공을 만나 말을 주고받은 후 그야말로 패자의 보좌가 될 인물임을 알았다. 그리하여 그때부터 본명이 여상呂尚인 강태공은 태공망太公望이라고 불리게 되었는데, 이는 '서백의 부친 태공이 대망待望하던 인물'이란 뜻이다. 강태공은 이때부터 서백과 그의 아들 무왕을 보좌했고, 은나라를 멸망시킨 후 주나라를 건국한 뒤에는 제나라의 제후에 봉해져, 천자의 나라인 주나라를 보좌했다.

종다리 鷚鷚

오늘날 들 한복판에 자그마한 새가 있어, 울기도 하고 날기도 하며 높이 뜨기도 하고 낮게 가라앉기도 한다. 세상 사람들은 이를 종달 새라고들 하나 어떤 이는 무슨 새인지도 모른다.《이아》를 참고해 보니 "종달새[鷚]는 천약天鷚이다" 하고, 곽박의 주석에 "크기는 안 작鷃雀찬새과 같고 색상은 순鷄메추라기과 비슷한데 높이 날면서 울기 를 잘한다. 강동 지방에서는 이를 천류天鷚라고 한다"라고 했다.

포씨包氏는 "세상 사람들이 이를 고천조告天鳥라고 하는데, 우는 것이 피리 소리와 같고 모양은 못생겼어도 울기는 잘하며, 소리를 길게 빼며 여러 가지로 운다"라고 했으니, 우리나라에서 종달새 라고 일컫는 것이 고천조인 듯하다.

시골 사람들은 '종달새는 중간 발가락이 다른 새보다 아주 길다'고 하는데 과연 그런가? 어떤 이는 '이 새는 날기만 하면 우니, 할미새인 듯하다'고도 한다. 그러나 할미새란 '시냇가에 있는 자그마한 새로서 등은 푸르고 검으며, 배는 희고 턱 밑에는 엽전처럼 생긴 동그라미가 있어서 다닐 때면 반드시 흔들린다'고 한다. 또 새끼를 기를 땐 반드시 모래와 돌 사이를 이용하고 깃들지 않는다. 그 털과 알이 잔돌 속에 섞이면 서로 비슷한 까닭에, 사람들이 그곳을 지나면서도 그 새가 있는 것을 모른다. 생김새는 개개비[鷦鷯] 휘파람샛과의 새와 흡사하다.

개개비란 새는 《이아》에 이른바 초요[鷦]라는 것인데, 지금은 숲 속에 많이 있다.

『성호사설』

해설

들판에서 본 새가 종달새(종다리)*Alauda arvensis*라는 것을 확인하는 내용이다. 종다리는 우리나라의 철새 또는 텃새로 노랫소리가 아름답고 다양한 노래를 불러 종달새, 노고지리, 고천조 등으로도 불린다.

글에 나온 할미새는 참새목Passeriformes 참샛과Passeridae 조류를 총칭하는 말로, 같은 참새목에 속해 근연 관계에 있지만 종다릿과Alaudidae에 속하는 종다리와는 다른 종류다.

한편 위 글에는 종다리를 뜻하는 글자가 여럿 나오는데, 유翏는 翏(높이 날 료, 바람 소리 료)+鳥(새 조)로 이루어진 글자다. 또 약鸙은 龠(피리 약)+鳥(새 조)로 이루어진 글자다. 두 글자 모두 소리를 잘 낸다는 뜻을 내포하고 있는 셈이다. 또 고천조告天鳥 또한 '하늘에 고하는 새'란 뜻이니, 종다리는 분명 소리를 잘 낼 것임을 한자를 통해서도 알 수 있다.

도요새鷸

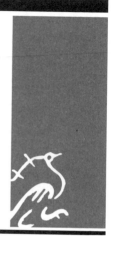

정鄭나라_{춘추시대 전기 강대했던 제후국} 자장子臧_{정나라의 제후 정백의 아들 장구}이 황새 털을 모아 갓을 만들어 쓰고는 그 이름을 휼관鷸冠이라 했는데, 어떤 이는 황새란 뜻의 '휼鸛'과 방휼蚌鷸_{조개와 도요새}의 '휼'이 같은 뜻이라고 하는데, 이는 잘못 본 것이다.

방휼의 '휼'은 오늘날 세상 사람들이 말하는 도요새를 가리킨다. 생김새가 작고 빛깔은 회색이며 떼를 지어 날아다닌다. 지금 바닷가 논배미_{논두렁으로 둘러싸인 논의 구역}에 모를 심어 놓으면 도요새가 모여드는데, 쫓지 않으면 잠깐 사이에도 모를 상하게 된다.

그러나 4월 8일이 지나면 스스로 떠나가는데 섬으로 들어가 새끼를 기르기 위해서다.

자장이 좋아했다는 새는 취휼翠鷸물총새, 호반새이니 자신의 갓을 휼관이라고 부른 것은 잘못이다. 취휼은 제비처럼 생겼으며 빛깔은 남색인데, 울림鬱林중국 광시 성에 있는 고을 이름에서 난다고 한다.

『성호사설』

휼
《삼재도회》에 나오는 도요새(휼) 모습. 제비와 흡사하다는 설명이 있는 것으로 보아 황새와는 전혀 다른 새로 보인다.

해설

도요새를 뜻하는 휼鷸이라는 글자를 정나라 사람 자장이 황새로 잘못 알고 있음을 지적하는 내용이다.

도요새는 도욧과Scolopacidae에 속하는 조류를 일컫는 말로 전 세계적으로 약 91종이 알려져 있다. 도요새는 사방이 탁 트인 물가나 습지, 하구, 해안에 서식하며 남극과 매우 건조한 사막을 제외한 전 세계에 분포하는 철새다. 산란기가 되면 바닷가에서 새끼를 낳고 기르는 점은 위 글의 내용과 유사하다. 그런데 글에서는 자장이 갓을 만든 재료가 도요새가 아닌 취휼翠鷸, 즉 청호반새에서 온 것이라고 주장한다. 청호반새Halcyon pileata는 인도에서 중국, 한국, 동남아시아에 걸쳐 분포한다. 한편 《이아》를 보면 다음과 같은 내용이 나온다.

"취翠(물총새)는 휼鷸(물총새, 도요새)이다. 제비와 흡사하며, 감색을 띠고 울창한 숲에서 산다. 이순이 말하기를 '휼鷸은 일명 취翠다. 그 깃으로는 장식물을 만들 수 있다'라고 했다. 또 옛 책을 살펴보니, 《한서》에 위타가 문제文帝에게 물총새 깃을 바쳤다는 내용이 나온다. 따라서 《춘추좌씨전春秋左氏傳》 희공 24년에 '정나라 자장이 취휼관聚鷸冠을 좋아했다'고 한 것이 바로 이것이다."

이를 보더라도 자장이 관을 만들어 쓴 것은 황새가 아님이 분명하다.

원앙

최근 남양南陽에 사는 사람 하나가 원앙새 수놈을 잡아서 불 위에 얹어 놓고 구워 먹으려고 할 때였다. 어디서 원앙새 암놈 하나가 날아오더니 불 위에 내려앉아 날개로 수놈의 몸을 덮은 후 슬피 울기 시작했다. 그리고 그가 달려들어 때려도 날아가지 않더니 마침내 불에 타 죽었다. 이 모습을 본 그는 크게 뉘우치고는 이후 새나 짐승의 고기를 먹지 않았다고 한다.

옛 책을 살펴보니, 《고금주古今註》진나라 사람 최표崔豹가 여러 유명한 물건을 고증하여 엮은 책에 "원앙새는 암놈과 수놈이 잠시도 떨어지지 않고, 사람이 그 가운데 한 마리를 잡아가면 남은 놈은 잡혀간 놈을 생각하다가 결국 죽고 만다. 그래서 사람들은 이 새를 가리켜 필조匹

鳥짝을 이룬 새라고 한다"라는 내용이 나온다. 이런 사실은 들어본 적이 없으니 참으로 이상하다. 그런데도 사람들 가운데는 새만도 못한 자가 있으니 이야말로 무슨 까닭인가.

『지봉유설』

해설

조류 가운데 90퍼센트 이상이 사회적 일부일처 교배 체계를 보인다. 하지만 평균적으로 한 둥지에 있는 새끼의 약 30퍼센트 이상이 혼외 교배를 통해 태어난다. 다시 말해 사회적으로는 일부일처 체계를 보이지만 성적性的으로는 그렇지 않다는 뜻이다. 원앙Aix galericulata 역시 그렇다고 알려져 있다.

까치

사람들이 말하기를, '집 남쪽에 까치가 와서 집을 지으면 주인이 벼슬을 한다'고 한다.

또 전해 오는 속담에 이런 게 있다.

태종에게 한 친구가 있었는데, 삶이 곤궁해 뜻을 얻지 못하고 있었다. 언젠가 임금이 행차한다는 소문을 듣고, 종에게 남쪽에 까치집을 짓게 했다. 그러자 임금이 사람을 시켜 물었다.

"왜 이런 일을 벌이느냐?"

그러자 종이 대답했다.

"집 남쪽에 까치집이 있으면 반드시 벼슬을 얻는다 합니다. 그런데 우리 주인이 오랫동안 벼슬을 얻지 못해 이러는 것입니다."

이 말을 들은 임금이 가련히 여겨 주인에게 벼슬을 제수^{除授}했다고 한다.

내가 어렸을 때 집에 까치집이 있었는데, 아이들과 까치집이 놓인 나뭇가지를 꺾으니 까치집 전체가 땅에 떨어졌다. 그 안에는 주둥이가 노란 새끼가 있었는데 죽어 가는 모습이 불쌍했다. 그래서 둥우리를 집 남쪽 회나무 위에 올려놓았더니 새끼들이 모두 자라 날아갔다. 그해 겨울, 돌아가신 아버지께서 군기녹사^{軍器錄事}녹사란 조선시대의 상급 서리직, 군기녹사는 군기시의 녹사 벼슬아치로서 정난^{靖難}의 공에 참여하신 후 3급을 뛰어 봉례랑^{奉禮郎}국가 의식 때 종친과 문무백관을 인도하던 집사관에 제수되었고, 후에 청파^{靑坡}에 별장을 지었고, 정남향 집에 까치도 대추나무 위에 집을 지었는데 그 또한 남쪽이었다. 그런데 계집종이 나무를 하기 위해 까치집을 헐어 버리자 이듬해에 다시 그 나무 위에 집을 지었다. 이때가 바로 예종^{睿宗}조선 8대 왕, 재위 1468~1469이 즉위한 다음 해인 기축년¹⁴⁶⁹이었다. 내가 사회^{司誨}종학^{宗學}의 정6품 벼슬로 뛰어 장령^{掌令}사헌부의 정4품 벼슬을 배수^{拜受}했는데, 신묘년^{1471, 성종 2년} 봄에 까치가 와서 사헌부 남쪽 뜰 나무 위에 집을 지었다. 이에 내가 웃으며 말했다.

"까치집이 영험이 있다는 것은 예로부터 있던 말이요, 내가 일찍 경험한 적이 있으니, 집안이 모두 복을 받을 것입니다."

그러자 한 대장^{臺長}사헌부의 장령, 지평 등을 가리키는 별칭이 "이 까치집은 동쪽으로 조금 치우쳤으니 아마 집의를 위한 것이리라" 했다. 그러더니 과연 집의執義사헌부에 소속된 종3품 벼슬 유경柳輕이 승지承旨승정원承政院의 정3품 당상관를 배수받았다.

그 후 오래 지나 까치가 아무 이유도 없이 그 집을 헐어 버리고는 다시 남쪽에 지었다. 그러자 그해 여름, 임금께서 누구누구가 직무에 능력이 있다 하여 뛰어남을 칭찬하시고, 모두 한 급씩 가자加資했는데, 나와 집의 손순효孫舜孝조선 성종 때의 문신, 1427~1497는 당상堂上정3품 이상의 벼슬을 통틀어 이르는 말에 올랐다.

갑진년1484, 성종 15년 봄에, 까치가 다시 집 남쪽 대추나무에 집을 지었는데. 무려 14년 만에 새로이 집을 지으니, 이상二相의정부에 속한 종1품 벼슬인 우찬성 정괄경鄭佸景이 농담으로 시를 지어 축하했다. 그런데 여름에 과연 금띠를 두르고 영남을 안찰按察하게 되었으니, 이를 본다면 사람들의 말이 또한 터무니없는 것은 아니었다.

『청파극담』

해설

예전에는 까치Pica pica가 울면 반가운 손님이 찾아오거나 좋은 일이 생길 거라고 생각했다. 이런 사건들은 흔하게 일어나는 일이 아니므로 미루어 짐작건대 당시에는 까치를 보기 힘들었다고 할 수 있다. 하지만 요즘 까치를 보기는 너무 쉽다. 그뿐만 아니라 개체군이 커진 까치들이 피해를 입히는 바람에 일부 지역에서는 유해조수有害鳥獸로 지정되는 수모를 겪고 있다. 까치 개체군의 크기가 커진 이유로는 이보다 상위 단계의 포식자捕食者가 거의 사라졌기 때문이다. 곤충이나 작은 무척추동물을 먹고 살아가는 까치는 독수리, 매, 솔개*Milvus lineatus* 등 상위 포식자들에 의해 개체군의 크기가 조절되어 왔다. 하지만 무분별한 수렵 행위로 대형 조류들이 사라지면서 오늘날과 같은 상황이 되었다.

자연 세계에서 피식자被食者와 포식자의 관계는 선과 악의 관계가 아니라 서로가 도움을 주는 조화로운 관계다. 포식자가 사라지면 피식자에게 좋다고 생각할 수 있지만, 불어난 개체군으로 인해 같은 종의 개체들이 경쟁자가 되어 한정된 자원을 두고 싸울 수밖에 없다.

비둘기

당나라 학자 단성식이 지은 《유양잡조》에 이런 내용이 나온다.

페르시아에서는 배 위에 집비둘기를 기른다. 그런 다음 집에 평안하
다는 소식을 전하고자 할 때는 이것을 수천 리 밖에서 집으로 날려 보
낸다.

또 《패해稗海》명나라 때 간행된 책에는 이런 내용이 있다.

배에는 반드시 비둘기를 길렀는데, 배가 침몰해도 비둘기는 집으로
돌아갔다.

우리나라에서도 집에서 비둘기를 많이 길렀다. 그래서 '지난 왕조에서는 우리나라 사신들이 모두 뱃길로 중국에 갔다. 그래서 비둘기를 기른 것이다'는 말이 전하는데, 옳은 말인 듯하다.

『지봉유설』

해설

비둘기는 귀소 능력이 뛰어난 동물로 알려져 있다. 이런 이유로 비둘기는 연락을 주고받는 전서구傳書鳩로 이용되기도 한다.

비둘기가 지구의 자기장을 감지하는 자기수용기, 집 근처의 특징적인 냄새, 초저주파 소리 또는 사람이 만든 도로와 인공 구조물을 이용해 집을 찾아온다는 연구 결과도 있다.

다섯 종의 비둘기五鳩

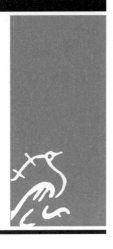

《좌전左傳》《춘추》를 해설한《춘추좌씨전春秋左氏傳》에 "저구씨雎鳩氏 고대 중국 신화에 등장하는 황제인 소호씨 때의 관직명는 사마司馬라고 한 것은 저구雎鳩의 성품이 강직하고 분별심이 있기 때문이다"라며 주석에서 "강렬하기 때문에 사마라는 호칭을 붙인 것이다"라고 했는데, 저구에게 어찌 강하고 맹렬한 성품이 있었겠는가?

내 생각에 저구는 원앙인데, 떼를 지어 날아다니면서도 난잡한 짓을 하지 않고, 암컷이건 수컷이건 한쪽이 먼저 죽으면 한결같이 절개를 지키다가 죽는다. 사마란 군사軍事를 맡은 관직으로, 군병을 통솔해 정돈시키며 삶을 가볍게 여기고 따르도록 한다. 그 때문에 사마란 관직을 붙인 것이다.

시구
《삼재도회》에 실린 '시구鳲鳩'.

"상구씨爽鳩氏는 사구司寇형조판
서 또는 중국 주나라 때 형벌과 경찰의 일을 맡
아보던 벼슬다"라는 주석에서도 역
시 "맹렬한 까닭에 도적을 맡아
다스린다"라고 했는데, 형을 담
당하는 관리는 명명백백함을 귀
히 여길 뿐 맹렬함을 중히 여기
지 않는다. 상구爽鳩의 '상爽' 또
한 '밝다'는 뜻으로, 그래서 상구
라는 이름을 얻게 된 것이지 맹렬하기 때문이 아니다.

또 "시구씨鳲鳩氏는 사공司空이다"라고 했다.《시경》에 이르기를
"비둘기가 뽕나무에 있으니, 그 새끼는 일곱 마리구나. 마음이 맑
은 자가 군자로다. 그 거동이 한결같으니 마음 또한 변함이 없구
나"라고 했다. 이는 비둘기가 새끼를 먹일 때 아침에는 위에서부
터 아래로 먹이고, 저녁에는 아래서부터 올려 먹이되 한쪽으로 치
우치지 않음을 가리키는 것이다. 따라서 이 시는 백성을 맡아 다
스리는 자가 백성을 공평하게 잘 다스림을 아름답게 여긴 것이다.
《서경書經》유교 경전의 하나로, 중국에서 가장 오래된 경전에도 "사공司空이란 벼
슬은 토지를 맡아 다스리며, 백성 모두를 천시天時에 따라 살게 하
며 땅의 이익을 얻게 한다"라고 했으니, 이 역시 백성을 다스리는

데 공평하게 하고 편파적으로 하지 않음을 가리키는 것이다.

또 "축구 씨祝鳩氏는 사도司徒다"라고 했다. 축구란 새는 '포곡布穀베와 곡식, 풍요로운 물질을 가리킨다 포곡' 하면서 우는데, 울 때는 반드시 머리를 조아리면서 축원하듯 한다. 그래서 풍년이 들기를 빈다고 해서 '축구'라 했으니, 이는 백성을 잘살게 하는 데는 곡식이 가장 소중하다는 사실을 지적한 것이다.

또 "굴구 씨鶻鳩氏는 사사司事다"라고 했다. 굴鶻에 들어 있는 글자인 '굴屈'은 겸손하고 낮춘다는 뜻이다. 그런 까닭에 굴구의 성품을 학자에 견주어 주석에

굴구(위), 학구(아래)
《삼재도회》에 실린 '굴구鶻鳩'와 '학구鸐鳩'.

'학구鸐鳩'라고 한 것이다. 《이아》에는 "학鸐은 산작山鵲이다"라고 했으며, 곽박의 주석에 따르면 "까치와 흡사한데 무늬가 있으며 꼬리는 길고 부리와 다리는 붉다"라고 했다.

나도 산속에서 이런 새를 본 적이 있는데, 반드시 떼를 지어 날아다니면서 서로 떨어지지 않는다.

무늬가 있고 또 떼를 지어 다니는 것이 예절을 아는 까닭에 이름을 학구鸒鳩라고 한 것인가?

송나라 학자 형병邢昺932~1010은 《이아》 주석에서 학구를 가리켜 '지래조知來鳥', 즉 앞일을 아는 새라고 했으나 근거가 없는 듯하다.

『성호사설』

해설

다섯 종의 비둘기를 설명하고 있는데, 명칭에 비둘기를 뜻하는 '비둘기 구鳩' 자가 들어갔기 때문에 제목이 '다섯 종의 비둘기'가 되었을 뿐 비둘기 외에 다른 종류도 있다.

저구雎鳩는 사전에는 물수리Pandion haliaetus로 나와 있는데, 위 글에선 원앙이라고 했다. 이어서 상구爽鳩는 재빠르고 날랜 비둘기란 뜻이다. 시구鳲鳩와 축구祝鳩는 모두 비둘기를 가리킨다. 마지막으로 굴구鶻鳩도 비둘기다. 즉 첫 번째 새는 원앙이고 나머지 넷은 모두 비둘기인 셈이다. 그런데 이때 네 종류는 각기 다른 비둘기란 뜻이 아니라, 옛 문헌에 등장하는 비둘기의 별칭으로, 비둘기의 특징을 나타내는 글자를 이용해 비둘기가 가진 성품을 뜻하고 있다. 그런 까닭에 새의 특징에 걸맞은 관직명을 붙여 각각의 새들을 구분한 것이 흥미롭다.

마지막에 등장하는 학구鸒鳩 또한 글자만으로는 작은 비둘기를 뜻하는데, '학鸒(작은 비둘기)'이라는 글자에 '학學(배울 학)'이 들어간 것을 빗대어 "예禮를 지키기 때문에 학구라고 한 것 아닐까"라고 풀이하고 있다.

한편 위에서 "시구씨는 사공司空이다"라는 대목에서, 시구 또한 비둘기의 일종으로 보았는데, 《이아》에 따르면 시구는 뻐꾸기Cuculus canorus라는 내용이 나온다. 이뿐만 아니라 포곡布穀 또한 같은 새라는 내용도 나오니, 위 내용이 옳다고 보기도 힘들다.

사실 옛사람들의 책을 보면 이처럼 책에 따라 같은 내용을 다르게 해석한 경우가 드물지 않다. 이는 우리 고유어가 아니라 한자어를 이용해 우리나라에서 나는 산물을 표기하는 과정에서 드러나는 착오로 보인다. 워낙 넓은 땅을 가진 중국 내에서도 같은 한자로 나타내는 산물이 지역 또는 시대에 따라 다른 경우가 흔했던 듯하다. 그렇기 때문에 윗 글처럼 조선 선비들의 동물에 대한 개념 정립 또한 착오가 있을 수밖에 없을 것이다.

비둘기 문양을 새긴
지팡이 鳩杖

옛날, 나라에서 노인을 받들 때는 구장鳩杖 왕이 70세 이상 되는 공신이나 원로대신에게 주던, 손잡이 꼭대기에 비둘기 모양을 새긴 지팡이을 하사하는 예식이 있었다. 이를 어떤 사람이 "비둘기는 무엇을 먹건 토하지 않기 때문에 노인들도 음식을 먹고 소화를 잘 시켜 토하지 말라는 뜻으로 축원한 것이다"라고 해설했다. 그러나 어떤 새건 먹고 토하지 않는데, 오직 비둘기에만 비유해 말한 것은 무슨 까닭인가?

내가 보기에 비둘기는 새끼를 기를 때 반드시 제 입의 것을 게워서 먹이고 이미 먹은 것도 다시 게워 낸다. 이를 본다면 어찌 토하지 않는다고 할 수 있겠는가? 또한 제 입의 것을 게워서 새끼에게 먹이는 새로는 비둘기 외에 황새 등도 그러하다.

그런데 어느 날 산비둘기 한 마리가 뜰 앞에 날아와서 울음을 울면서 목을 늘여 땅에 대는 것이 흡사 절하고 비는 모습 같기에, 내가 풀이하기를, "이것이 담자郯子 춘추시대 담나라의 임금으로 공자가 스승으로 모셨음가 축구祝鳩라고 말한 것인가? 어찌 그렇게도 우는 소리와 움직이는 모습이 절하고 비는 듯한가?" 하고 이상하게 여겼다. 새의 이름을 축구라고 했다면, 비는 모습이 상서롭고 경사스러움을 나타내기 때문일 것이다.

새 가운데 사람에게 축원하는 것은 오직 비둘기만이 그렇다고 해서, 지팡이 머리에 새기게 된 듯하다. 그래서 노인에게 무슨 음식을 먹어도 목메지 않고 토하지도 말며, 오래 살도록 축원하는 것이다.

『성호사설』

해설

노인에게 하사하는 구장鳩杖의 유래를 고찰한 내용이다. 구장을 왜 하사하는지에 대한 물음에 답한 이들은, 노인들이 비둘기처럼 먹은 음식을 토하지 않고 소화를 잘 시키라는 의미로 알려줬는데, 성호는 비둘기가 먹은 것을 토해서 새끼들에게 먹이는 장면을 직접 본 적이 있기에 그 설명이 부족하다고 느낀 듯하다. 오히려 성호는 자신이 관찰한 비둘기의 행동에서 무언가를 기원하는 모습이 구장의 유래라고 보았다. 하지만 비둘기가 울면서 목을 늘여 땅에 대는 행동은 주변의 다른 비둘기에게 자신의 영역임을 알리는 행동이다.

글의 내용 중 새끼에게 자신이 먹은 것을 토해 먹인다고 했는데 실은 먹은 것을 토한 것이 아니라 자신의 모이주머니 표피 일부를 토해 내 새끼에게 먹이는 것이다. 이것을 '비둘기 우유pigeon's milk'라고 하는데 이 안에는 단백질과 지질 성분이 풍부하고 항산화 성분과 면역력 강화 성분이 들어 있다. 비둘기뿐만 아니라 홍학(플라밍고Flamingo)과 일부 펭귄 역시 같은 방식으로 새끼를 기른다.

통영統營의 까마귀 떼

통제영統制營조선 선조 때 이순신이 삼도 수군통제사가 되어 한산도에 설치한 군영 안에는 예로부터 들까마귀가 많은데, 수백 마리씩 떼를 지어 원림園林집에 딸린 숲과 건물 지붕에 날아들어 시끄럽게 울어 대며 사람을 귀찮게 한다. 이를 못하게 해도 소용이 없자, 까마귀 떼를 쫓아내는 군졸을 배치해 그들에게 요포料布관아의 구실아치들에게 급료로 주던 무명이나 베를 후하게 주었다. 그들이 하는 일이라곤 단지 까마귀 떼를 쫓는 일뿐이었는데, 이런 내용이 《영읍지營邑誌》에 실려 있다.

『임하필기』

해설

까마귀는 우리나라에서 상서롭지 못한 새로 알려져 있지만, 서양의 일화에선 숫자를 세는 까마귀가 있을 정도로 조류 중에서 지능이 높기로 유명하다.

우리나라에 출현하는 까마귀속*Corvus* 까마귀 중 떼까마귀*Corvus frugilegus*는 번식기에 큰 무리를 이루는데 이때 목초지나 경작지를 파헤쳐 농가에 피해를 입히기도 한다.

제비

잘 살펴보면, 제비에는 두 종류가 있다. 가슴이 자줏빛이고 몸이 작고 가벼운 제비는 월연越燕이고, 가슴에 검은 점이 있고 큰 소리로 우는 제비는 호연胡燕이다. 시인들이 자연紫燕이니 해연海燕이니 하는 따위는 모두 월연을 가리키는 것이다.

『지봉유설』

해설

국어사전을 보면 월연은 제비*Hirundo rustica*, 호연은 칼새*Apus pacificus*라고 한다. 그런데 제비는 참새목Passeriformes 제빗과Hirundinidae에 속하는 반면 칼새는 칼새목Apodiformes 칼샛과Apodidae에 속하므로 전혀 다른 종이다. 다만 칼새와 제비의 크기가 20센티미터 내외로 비슷하다는 점 그리고 두 종류 모두 꼬리가 깊게 파였다는 점 때문에 두 새를 혼동한 듯하다.

정숙한 제비貞燕

참판 황응규黃應奎조선 중기의 문신, 1518~1598의 첩 최씨崔氏는 행실이 어질었다. 어느 날 집 문밖에 제비 한 쌍이 집을 짓고 있었는데, 하루는 수컷 제비 한 마리가 고양이에게 물려서 죽자 암컷이 집을 빙빙 돌면서 슬피 울기만 했다. 가을이 오자 어디론가 갔다가 봄이 되면 다시 찾아왔다. 훗날 최씨가 과부가 되어 다른 곳으로 이사를 하자 제비도 따라왔다. 그러고는 몸이 반이나 들어가도록 좁은 집을 만들어 놓고 그 속에 살면서, 다른 수컷을 맞아들이려는 뜻은 전혀 보이지 않았다.

혹시라도 다른 제비가 오면 쫓아 버리는데, 다만 최씨가 부르면 내려와서 손바닥 위에 올라앉았다. 그렇게 10년이 넘도록 혼자 살았다고 한다. 이 말을 듣고 나는 "이야말로 정숙한 제비, 즉 정연貞燕이다"라고 했다.

원나라 문인 풍자진馮子振1257~1327의 《정연기貞燕記》가 있는데, 이런 내용이 적혀 있다.

원정元貞 한나라 무제의 다섯 번째 연호 2년기원전 115에 제비 한 쌍이 연燕나라 사람 유씨柳氏 집에서 살았다. 어느 날 밤 그 집 사람들이 빈대를 잡는데, 수제비 한 마리가 놀라 떨어져서 고양이에게 잡혀 먹히고 말았다. 그때부터 암제비는 집을 떠나지 않고 울기를 그치지 않았다. 가끔 벌레를 물어다가 새끼를 먹여 키운 후, 어딘가로 갔다가 이듬해에는 혼자 와서 다시 집을 지었다. 그때부터 가을만 되면 가고 봄이 되면 오는데, 무릇 6년을 그렇게 했다. 이를 보는 자들이 모두 이상히 여기면서 이 제비를 정연이라고 했고, 글 쓰는 사람들이 이 내용을 시로 적었다.

이를 보면 옛날에도 이처럼 정조를 지키는 제비가 있었음을 알 수 있다.

사람으로서 옳은 일을 한다 해도 진심으로 하는 자는 드물고, 단지 자기 명예를 생각하거나 남에게 비난받을 것이 두려워서, 또는 남의 이목 때문에 억지로 하는 사람이 많다. 그런데 제비는 괴로운 마음을 참고 끝내 정조를 지켰으니, 타고난 마음을 올바로 나타낸 것이 아니겠는가?

아비와 자식, 임금과 신하 사이에는 변치 않는 마음이 혹 있지만, 남편과 아내 사이에 끝까지 절개를 지킨다는 것은 오직 원앙새에서만 볼 수 있다.

우리 집에는 벗이 된 두 마리 닭이 있었는데 그 사이가 하도 아름다워 보는 이마다 감탄했다. 내가 이들을 위해서, 형제간에 의가 좋다는 의미로 글을 짓기까지 했다. 닭이 벗을 삼았다는 말은 들어본 적이 없는데 우리 집에서 그 모습을 볼 수 있었다.

『성호사설』

해설

정조를 지키는 제비 얘기를 듣고 감탄한 내용이다. 제비를 비롯해 거의 모든 조류는 짝짓기를 해 새끼를 낳는 과정에서 일부일처제를 선택한다. 하지만 조류의 일부일처는 인간들이 상상하듯 정조를 지키기 위한 것도 아니며 평생 지속되지도 않는다. 조류는 새끼를 양육하기 위해 어쩔 수 없이 일부일처제를 선택한다. 이 경우 수컷이나 암컷 혼자 새끼를 키우는 것이 불가능하므로 암수 모두가 양육에 참여한다. 암수는 반드시 짝을 이루어야 하므로 수컷은 굳이 화려한 색상이나 과도한 행동으로 암컷을 유혹할 필요가 없다. 따라서 일부일처제를 선택하는 조류 종은 대부분 암수를 구별할 수 없을 정도로 모양이 동일하다.

이에 비해 뇌조雷鳥*Lagopus mutus japonicus*나 공작孔雀*Pavo* spp.처럼 암컷 혼

자 새끼를 양육하는 종들은 수컷이 더 많은 암컷과 짝짓기를 하기 위해 화려한 색상과 특이한 구애求愛 행동을 보인다. 또 일부일처제의 모범으로 제시되는 원앙 둥지에 있는 새끼들의 아비가 여럿이라는 사실이 최근 유전자 분석을 통해 알려졌다. 따라서 이들 조류 종에서 나타난 일부일처제는 인간이 생각하는 것처럼 성적인 정조를 지키는 성적 교배 체계가 아니라 새끼를 양육하기 위한 사회적 교배 체계다.

촉새

내가 어렸을 때 촉새 새끼 두 마리를 얻어 새장 속에 넣어 직접 길렀다. 새가 자란 후에는 풀어 주었다. 그런데 새들은 날아갔다가 다시 돌아왔다. 하루에 한 번도 오고 이틀에 한 번도 오는데, 날아오면 내게 다가와 날개를 치며 울부짖는데 마치 먹이를 찾는 듯했다. 그래서 몇 달에 걸쳐 먹을 것을 주었다.

새 또한 이처럼 따르던 사람을 잊지 않는데, 어찌 사람이 은혜를 잊고 덕을 배반한단 말인가.

『지봉유설』

해설

1973년 노벨 생리의학상을 받은 오스트리아 학자 로렌츠Konrad Lorentz는 인공부화를 통해 태어난 새끼 오리들이 태어나는 순간 처음 본 움직이는 대상을 자신의 어미로 생각한다는 사실을 발견했다. 이런 행동을 각인Imprinting이라고 한다. 갓 태어난 새끼들은 생애 초기에 겪는 물체와 상황을 학습하도록 체계화되어 있다. 위 글에서 언급한 것도 조류가 나타내는 각인이라고 할 수 있다.

콩새 竊脂

《이아》에 "상호桑鳸는 절지竊脂다"라고 했는데, 한나라 학자 정현鄭玄127~200·곽박, 서진西晉의 문장가 육기陸機261~303 등 많은 선비가 "기름진 음식을 잘 훔쳐 먹는 까닭에 이름을 절지라고 한다"라고 한 반면 형병은 절모竊毛짧고 보드라운 털 · 절현竊玄거무스름한 빛깔 · 절황竊黃누르스름한 빛깔의 예를 들어 절지를 엷은 흰색으로 해석했다.

그러나 내가 보기에는, 절竊과 천淺 사이에 차이가 있는 듯하다. 뭔가 생각이 떠오르면서도 감히 분명하게 표현하지 못하는 것을 절이라고 하니 절공竊恐이란 의미요, 남에게 의탁하면서도 감히 드러나게 따르지 않는 것을 절부竊附라고 한다.

따라서 빛깔의 무늬가 은은히 나타나는 것을 절현竊玄 · 절황竊

이도영의 〈콩새〉,
평양 조선미술박물관 소장.

黃·절지竊脂라 하고, 털이 아주 짧아서 있는지 없는지 분명치 않은 것을 절모竊毛라고 하는 것이다.

기름 색과 흰색에도 차이가 있다. 만약 절지란 새가 흰 눈과 흰 종이처럼 희다면, 그냥 희다고 하면 되지 하필 지脂라는 글자를 썼겠는가? 지脂는 짐승의 엉긴 기름을 뜻하니, 이는 곧 절지라는 새의 털이 윤이 나고 보들보들하기 때문이다.

『성호사설』

해설

콩새Coccothraustes coccothraustes에 절지竊脂라는 이름이 붙은 유래를 고찰한 내용이다. 절을 '훔치다'는 뜻으로 해석해 기름을 잘 훔쳐 먹는다는 의견과 절을 '엷은 색'을 의미하는 것으로 해석해 엷은 백색을 띠는 새라는 의견이 있었다.

그런데 이 두 의견에 대해 성호는 의문을 표시

하며 자신의 의견을 제시한다. 즉 절竊이란 글자를 '훔치다'도 아니고 '엷다'는 뜻도 아닌, '분명하게 드러나지 않음'이란 뜻이라고 본 것이다. 이에 따라 콩새를 절지竊脂라고 부르게 된 까닭이 절竊의 뜻에 따라 빛깔의 무늬가 은은히 나타나기 때문이요, 지脂의 뜻처럼 털이 윤이 나고 보들보들하기 때문이라고 설명하고 있다.

이러한 성호의 의견은, 절竊이란 글자가 일반적으로는 '훔치다'라는 뜻으로 쓰이지만, 《논어》에서 '겸손하여 공공연히 드러내지 않음'이라는 의미로 쓰인 경우가 있고, 주희 또한 이 글자를 '마음속으로'라는 의미로 쓴 적이 있다는 데서 비롯한다.

한편 새의 깃털은 조류만 가진 중요한 특징이다. 케라틴 성분의 깃털은 새가 날 수 있도록 가볍고 견고한 구조며, 체온 유지와 방수 기능도 가지고 있다. 최적의 비행 상태를 위해 새는 시간이 날 때마다 깃털을 고르는데 이때 꼬리샘에서 분비되는 기름을 깃털과 몸통에 발라 방수와 깃털의 구조를 유지한다. 이러한 이유로 새의 깃털은 반짝반짝 윤이 난다. 따라서 성호의 의견은 일정 부분 옳다고 할 수 있다. 하지만 그렇다면 콩새뿐만 아니라 다른 모든 새에도 기름을 뜻하는 '지脂'를 붙여야 하지 않을까?

부엉이 · 올빼미

《본초강목》에 이런 내용이 나온다.

> 효鴞부엉이는 효梟올빼미라고도 하고 복鵩수리부엉이이라고도 하는데 고약
> 한 소리를 낸다. 옛사람들은 이것을 구워서 먹었다.

또한 장자는 이렇게 말했다.

> 탄彈이란 글자를 보면 구운 올빼미가 떠오른다.

왕희지王羲之진나라의 서예가, 307~365가 올빼미 구운 것을 좋아했다는 것이 이것을 가리킨다. 또 한나라 때는 단옷날 올빼미 국을 끓여서 백관百官모든 벼슬아치에게 하사했는데, 이는 좋지 않은 새라서 먹어 버린 것이라고 한다. 효鵂와 효梟는 같은 새가 아닌가 여겨진다.

『지봉유설』

해설

부엉이와 올빼미Strix aluco는 모두 올빼미목Strigiformes 올빼밋과Strigidae에 속하는 맹금이다. 분류학적으로 부엉이와 올빼미는 별개 그룹이 아니지만, 우리나라에선 머리 위에 뽀족하게 귀깃이 나와 있는지 여부에 따라 있으면 부엉이 없으면 올빼미라고 구분한다. 우리나라에는 올빼밋과에 열한 종이 기록되어 있으며 쇠부엉이Asio flammeus, 칡부엉이Asio otus, 수리부엉이Bubo bubo, 솔부엉이Ninox scutulata, 큰소쩍새Otus bakkamoena, 소쩍새Otus scops를 부엉이 등으로 구분하고, 금눈쇠올빼미Athene noctua plumipes, 흰올빼미Nyctea scandiaca, 올빼미, 긴점박이올빼미Strix uralensis, 긴꼬리올빼미Surnia ulula는 올빼미로 불린다.

사다새 鵜鶘

바닷가를 지나다가 큰 새 한 마리가 방죽에 떠 있는 것을 보았다. 빛깔은 희고 생김새는 거위와 비슷하며 크기는 배나 되었는데, 사람들이 풍덕조豊德鳥라고 불렀다. 마침 사냥하는 자가 총을 쏘아서 잡았다.

옆으로 다가가서 자세히 살펴보았더니, 주둥이는 긴데 뾰족하지 않고 아래 입술에는 다만 주곽周郭이 있어 아래로 늘어진 턱[垂胡]까지 이어졌다. 그렇지만 주둥이 안에는 아무것도 없어 텅 빈 채 가슴까지 드리워졌는데 물을 넣으면 큰 사발로 하나쯤은 들어갈 만했다.

그 속에는 사충沙蟲별벌레의 가죽과 살이 담겨져 있었다. 아마도 오랑캐 나라에서 온 모양인데 새 역시 별것은 아니었다. 추측건대 사다새 종류인 듯하다.

『성호사설』

해설

사다새*Pelecanus philippensis*는 사다샛과Pelecanidae의 물새로, 편 날개 길이가 65~80센티미터에 이르며, 부리는 길고 끝이 구부러져 있다. 아래 주둥이에 달린 볼주머니에 먹이를 넣어 두면 새끼가 입으로 꺼내 먹는다. 본문에서 주곽이라고 부르는 것이 바로 볼주머니를 가리킨다. 볼주머니가 워낙 특이한 까닭에 주곽周郭, 즉 넓은 둘레를 가진 성곽으로 묘사한 사실이 재미있다. 또 사람들이 풍덕새(덕이 풍성한 새라는 뜻)라고 부른다고도 했는데, 볼주머니가 워낙 커서 그 안에 덕이 가득 차 있다고 여긴 듯하다.

사다새는 인도, 스리랑카 그리고 캄보디아 등에 서식한다. 우리나라에서도 여러 고문헌에 사다새의 존재가 기록되었지만 1914년 이후 발견되었다는 기록이 없어 길 잃은 새로 분류하는 학자도 있다.

사다새 · 해오라기 ^{漫畫春鋤}

사다새[鵜鶘] 종류 가운데 신천연^{信天緣 신천옹, 앨버트로스}이란 새가 있는데, 종일토록 한군데에 꼼짝하지 않고 서서, 물고기가 지나가는 것을 기다려 잡아먹으니, 이는 청렴한 사람에 비유할 수 있다.

반면에 만획^{漫畫 사다새}이란 새는 주둥이로 물을 이리저리 그으면서 물고기를 찾으려고 숨 한 번 쉴 시간도 멈추지 않으니, 이는 탐욕스런 사람에 비유할 수 있다. 이 두 새의 모습은 흡사하지만 성질은 전혀 다르다.

만획은 해오라기와 비슷한데 주둥이가 길면서 끝이 둥그스름하므로 사람들이 그를 가리켜 가리^{駕犁}라고도 한다.

가리란 밭가는 도구를 일컫는데, 그가 물속을 저으며 먹이를

제(좌)와 만획(우)

《삼재도회》에는 '제鵜'와 '만획鶗鸌'이 모두 등장한다. 설명에서 제는 다른 이름으로 '도하淘河(강 바닥을 씻고 다닌다)' 또는 '오택鷃澤(사다새)'이라고 부른다고 한다. 만획은 본문의 한자와 발음은 같으나 글자는 약간 다르다. 그러나 설명을 보면 '물 위를 분주히 오가며 찾는다'라고 써 놓았다. 따라서 두 새가 비슷한 것임은 알고 있었던 것으로 보인다.

잡는 모양이 마치 밭을 가는 모양과 흡사하기 때문에 가리라는 명칭을 얻은 것이다.

해오라기[鷺鷥]는 얕은 물을 건널 때 머리를 숙였다 치켜들었다 하는 모습이 마치 절구질하고 호미질하는 것 같아 이름을 용서舂鋤라고 한다.

용서와 만획은 적절한 대응이 되니, 시를 지을 때 대구對句로 쓸 만하다.

『성호사설』

해설

신천옹은 앨버트로스*Diomedea albatrus*를 가리킨다. 앨버트로스는 슴샛과 Procellariidae의 바닷새로, 몸길이는 약 90센티미터, 편 날개의 길이는 2미터 정도로 매우 크다. 앨버트로스는 비행력이 좋아 오래 날 수 있고 지치면 바다 위에 떠서 쉬는데 요즘은 일본에만 번식하는 국제 보호조다.

앵무새

진기한 짐승은 옛날에만 있던 것이 아니라 지금도 있다. 나는 진기한 길짐승은 보지 못했지만 언젠가 중국의 해정海淀 중국 베이징 시에 있는 구에서 앵무새를 본 적이 있었는데, 등은 푸르고 턱 밑은 붉은 빛으로 참으로 진기했다. 돌아와서 유관游觀 김공金公 김흥근에게 그 이야기를 전했더니, 김공이 깜짝 놀라 "왜 가져오지 않았는가?" 하며 안타까워했다.

　생각해 보니 중국 광주廣州는 강남江南이라 붉은 앵무새가 많이 사는 듯하다. 또 오색 앵무새도 산다 하는데, 그것은 혹시 별종이 아닐까.

『임하필기』

해설

앵무새를 처음 보고 놀랐다는 내용이다. 앵무새는 앵무목Psittaciformes에 속하는 새들을 지칭하는 표현으로 전 세계적으로 350여 종이 있다. 앵무새는 화려한 색깔, 뛰어난 지능과 사람 목소리를 흉내 낼 수 있는 능력으로 사람들에게 매우 인기 있는 애완동물이다. 앵무새는 주로 열대 지방과 남반구에 분포하기 때문에 옛날 우리나라에서는 보기 드문 동물이었을 것이다.

마명조 馬明鳥

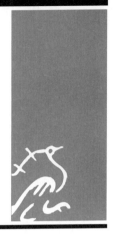

오늘날 사람들은 무슨 물건이든 가늘고 긴 것을 보면 반드시 "마명馬明의 꼬리로구나" 한다. 처음 이 말을 들었을 때는 무엇을 가리키는지 몰랐다. 그런데 어떤 사람이 제비처럼 생기고 꼬리가 몸의 열 배는 족히 되는 길고 자그마한 새를 보고 그 지방 사람에게 물었더니, 마명조라고 하더라는 것이다.

이 새는 산과 들 사이에서 가끔 난다는데 본 적이 없다.

《이아》 같은 여러 서적을 들춰 보아도 마명조란 새는 보이지 않는다.

그러다 우연히 호왈종胡曰從본명은 정언正言, 명·청에 걸쳐 활동한 화가, 1584~1674의 《십죽재화보十竹齋畫譜》를 보다가 이 명칭을 발견했다.

그러나 그 새의 이름은 밝히지 않고 그와 관련된 시만 한 수 있었다.

비바람을 견디지 못 하는구나
치자꽃처럼 참으로 연약하도다
날개가 젖는 거야 걱정할 일이 아니지만
날아 봐도 하늘가에 이를 수는 없구나.

아마 중국에도 이런 새가 있었던 모양이다.

『성호사설』

해설

가늘고 긴 것에 대해 붙는 '마명의 꼬리'라는 표현의 기원에 대해 궁리한 내용이다. 성호의 생각처럼 작은 새는 아니지만 오늘날 알려진 조류 중 가장 긴 꼬리를 가진 새로는 긴꼬리꿩*Syrmaticus reevesti*이 있는데, 이 수컷의 몸길이는 꼬리를 포함해 약 2미터에 이른다. 중국 중부와 동부 상록수림에 서식하는 중국 고유종이므로 성호가 보지 못한 것도 당연하다.

진길료 秦吉了

당나라 시인 백거이白居易772~846는 시에서 진길료秦吉了라는 새를 다음과 같이 표현했다.

아롱진 빛깔은 푸르고 검으며 꽃 같은 머리는 붉구나

진길료는 구욕鸜鵒새구관조의 한 종류로서 말을 할 줄 아는 새다. 《설문說文》중국 최초의 문자학 책인 《설문해자》에는 "왜가리[鵁]와 비슷한데, 머리에 볏이 있다"라고 했으니, '꽃 같은 머리'라는 것이 이것이고, 악곡樂曲 가운데는 구욕무鸜鵒舞라는 춤이 있는데, 이는 만세무萬歲舞라고 하는 것으로, 당나라 무후武后당나라 고종의 후비인 무측천武則天,

측천무후라고도 한다 때에 궁중에서 기르던 새가 사람처럼 말을 잘하는데 늘 "만세萬歲, 만세" 하기에 노래를 만들어 기린 것이다.

《통고通考》《문헌통고》를 보면, "영남嶺南에 새가 있는데 구욕새보다는 조금 큰 듯하나 얼핏 봐서는 구별할 수 없고, 오래 기르면 말을 잘하므로 그 지방 사람들은 이 새를 길료吉了라 한다" 했다. 개원開元당나라 6대 황제 현종의 연호, 재위 712~756 초기에는 "광주光州에서 헌납한 새가 있었는데, 말소리가 쿵쿵 울리는 것이 어른의 목소리와 같고, 사람의 마음을 파악하는 것 또한 앵무새보다 낫다"라고 했다.

한편 북쪽 지방에서는 늘 '구욕새는 영남으로 넘어가야만 말을 잘한다'고 했는데, 이는 잘못 전해진 말이다.

《사문유취事文類聚》중국 고금의 온갖 자료를 모아 분류한 책에는 길료라는 새를 앵무새 종류에 포함시켜 구욕새와 구별했으니, 이는 중국 사람도 분명히 구분하지 못했기 때문이다.

『성호사설』

해설

글의 묘사로 볼 때 진길료는 구관조Gracula religiosa로 보인다. 구관조는 중국 남부, 인도네시아, 인도, 태국 그리고 말레이시아에 분포하며 앵무새처럼 사람 말을 흉내 낼 수 있다.

정위精衛

옛날에 정위精衛라는 새가 나무와 돌을 물어 날라서 바다를 메우는 이상한 일이 있었다.

이 넓디넓은 천하와 오랜 역사를 돌아본다면 인간이 상상하기 힘든 일도 있었을 것이 분명한데, 오늘날 사람들은 자기가 직접 듣고 본 것 외에 다른 것을 접하면 깜짝 놀라면서 의아하게 생각하니, 우스운 일이다.

임강왕臨江王한나라 6대 황제 경제景帝의 둘째 아들로, 황태자로 봉해졌다가 훗날 내쫓기게 되자 자살했다이 억울하게 죽자 그를 남전藍田중국 산시 성 시안 지역 고을에 장사 지냈는데, 제비 수만 마리가 흙을 물고 날아와 그 무덤 위에 쌓으므로 백성들까지도 그를 불쌍히 여겼다고 한다. 이 사실은《한서》에 기록되어 있다.

또 당나라 정원貞元9대 황제 덕종의 세 번째 연호, 재위 779~805 무렵에도 전서田緖당나라 때 효자로 유명한 인물와 이납李納이 살던 곳에 까마귀들이 나뭇가지를 물어다가 성을 쌓았는데, 높이는 서너 자에 길이는 10리가 넘었다. 이를 괴이하게 여긴 사람들이 불태워 버리면 다시 쌓기 시작하는데 까마귀 입에서 피가 흘렀다. 그 때문에 훗날 그 성의 명칭에 '烏'를 넣어 오성烏城이라 했다는데, 이 사실은《유양잡조》에 기술되어 있다.

이런 일은 대부분 귀신과 도깨비가 하는 것일 뿐 새에게 무슨 신령이 있어 그렇게 하는 것은 아니다. 옛날이건 오늘날이건 일반적이지 않은 일들을 이런 사실로 궁구窮究해 본다면, 새삼스럽게 의심을 품을 만한 일은 없을 것이다.

『성호사설』

해설

이 글에서 나온 것처럼 대규모의 특이한 행동이 관찰된 조류는 없다. 다만 작은 규모로 새들이 특이한 행동을 보이기도 한다. 예를 들어 새의 먹이가 되는 곤충들이 일시적으로 크게 늘었다면 이를 잡기 위해 많은 새가 몰려올 수 있다. 그리고 새들이 특정 전염성 질병에 걸린 경우 단체로 이상행동을 보이기도 한다.

호문조 虎紋鳥

홍의도紅衣島전라남도 홍도는 나주羅州 남쪽에 있는데, 영종英宗조선 21대 왕 영조, 재위 1724~1776때에 비변랑備邊郎비변사에 속해 나라 안팎의 군사 기밀을 맡아보던 종6품 벼슬을 보내어 그 실정을 살펴보게 했다. 이에 배가 한 무인도에 정박했을 때 큰 새 한 마리가 숲속에 엎드려 있는데, 머리는 큰 항아리 같고 날개는 온통 호랑이 무늬였다. 뱃사공이 동행자들에게 숨을 죽인 채 말을 하지 말라고 주의시킨 다음 그물과 자리로 몸을 덮고 엎드려 있도록 했다. 잠시 후 새가 날아가는데, 몸을 솟구치는 동작이 매우 느리고 무거웠다.

　새가 날아간 후 뱃사공이 말하기를, "저 새는 번번이 사람을 삼키기 때문에 피했던 것입니다"라고 했다. 이 말은 따라갔던 화가

가 정철조鄭喆祚 조선 후기의 화가, 1730~1781에게 전한 것이다.

《일본기략日本記略》을 살펴보면, "차아천황嵯峨天皇 일본의 제52대 천황, 786~842 홍인弘仁 4년813에 우위문부右衛門府 궁궐 경호를 맡은 부서에서 새를 바쳤는데, 그 모습이 호랑이 같았고 날개·털·다리가 다 붉었는데, 새의 이름을 아는 이가 없었다"라고 했으니, 화가가 보았다는 새가 바로 이것이다.

수리부엉이가 고양이 같은 반면 이 새는 호랑이와 흡사하니 같은 종류라 하겠다.

『청장관전서』

해설

섬처럼 대륙으로부터 고립된 지역엔 무서운 포식자가 없기 때문에 덩치가 큰 조류들이 진화해 왔다. 모리셔스Mauritius에 있던 도도 *Raphus cucullatus*, 마다가스카르Madagascar에 있던 코끼리새 *Aepyomis* 등이 그러한데 이렇게 섬에 있는 많은 조류는 행동이 굼뜨거나 날지 못해 사람들에게 잡아먹혀 현재는 멸종되어 사라졌다.

홍의도에서 보았다는 새에 관한 묘사에 일치하는 종은 없다. 아마 과장되게 이야기가 전해졌거나 우리가 알지 못한 사이에 멸종된 종일 수도 있다.

문모 蚊母

당나라 사람 진장기陳藏器는 "영남嶺南에는 문모초蚊母草, 새북塞北에는 문모수蚊母樹라는 나무가 있으며 강동江東에는 문모조蚊母鳥라는 새가 있는데, 이 셋은 종류는 달라도 하는 짓은 똑같다"라고 했다. 나는 풀과 나무에서 나비와 벌레가 생기는 것을 본 적이 있는데, 이는 모두 풀과 나무가 병들고 썩어서 벌레가 생기고 벌레가 변해서 나비가 되는 것이니, 기이하게 여길 것이 전혀 없다. '썩은 풀이 개똥벌레가 되고, 묵은 보리에서 나비가 생긴다'는 사실 또한 경험해 보면 알 수 있다. 삼을 심어 놓고 벨 때가 지나도 베지 않으면 가지와 마디에서 모기가 생겨서 결국 쓸 수 없게 된다. 그래서 사람들이 삼을 가리켜 모기집이라고 하는 것이다.

《이아》에 "전문모鷏蚊母는 새 이름인데, 입으로 모기를 토해 내는 까닭에 이름을 전문모라고 한다" 했으니, 이 또한 이치를 살펴보면 전혀 불가능하지 않다.

말과 소의 위장 속에 있는 벌레가 변해 벌이 되어 그 이름을 종이라 하는데, 마소의 가죽을 뚫고 밖으로 나온다. 그러니 새가 입으로 모기를 토해 낸다는 것이 이와 무엇이 다르겠는가?

『성호사설』

문모
모기를 토해 내는 새라는 뜻의 문모조蚊母鳥를 묘사한 《삼재도회》 그림. '닭과 크기가 같고 남쪽 연못 갈대 사이에 산다', '한 번에 한두 되의 모기를 토해낸다'라고 설명하고 있다.

만물이 전혀 다른 형태로 변화하는 것은 하등 이상한 일이 아니다. 그러나 새 가운데는 문모조蚊母鳥가 있고, 풀 가운데는 문모초蚊母草, 맹모초虻母草가 있으며, 과일 가운데는 문합蚊蛤이란 것이 있다. 이러한 것들은 이치를 뛰어넘는 것들이니 사람들이 보고 들은 것만이 전부라 여겨 자신의 지식만을 가지고 천하의 갖은 이치를 다 파악하고자 하니 어찌 가능할 것인가.

『지봉유설』

해설

중국의 진장기는 쏙독새*Caprimulgus indicus*를 입으로 모기를 토해 내는 새라는 의미로 문모조라고 불렀다. 정약용이 지은 어휘사전인 《물명고物名考》 권1의 유정류有情類에서 익충羽蟲 부분에 "크기는 닭과 같고 검은색이며 매번 많은 수의 모기를 토해 낸다"라고 문모조를 설명했으며, 토문조吐蚊鳥 또는 전鵑이라는 다른 명칭에 대해서 소개하기도 했다.

모기는 예나 지금이나 사람들을 상당히 괴롭히며 귀찮게 하는 존재다. 생물학적 지식이 부족하던 시기에 모기의 출처에 관한 다양한 상상력이 빈약한 관찰력과 합해지면서 문모초, 문모수와 더불어 문모조라는 명칭이 생겨난 것으로 보인다.

쏙독새는 우리나라를 비롯해 북쪽으로는 아무르 Amur, 남쪽으로는 보르네오 Borneo 섬에 이르기까지 매우 넓은 지역에 분포한다. 이 종은 낮에는 숲속에 숨어 있다가 저녁때 활동하며 주로 곤충을 먹고 사는데, 모기와 같은 곤충을 섭취하는 모습에서 모기를 생산하는 것으로 착각한 것은 아닐까 추측할 수 있다.

특히 옛날 사람들이 생물에 이름을 붙일 때는 어떤 관련성이 있기 때문에 붙이는 경우가 많다. 예를 들어 범게*Orithyia sinica*는 호랑이와 비슷한 무늬를 지녔기에 그런 이름을 가진 것이지 실제 호랑이와 유연 관계가 있어서 가진 것은 아니다. 문모조나 문모초도 마찬가지다.

새의 암수 구별

《이아》에 이르기를 "새가 날개를 왼쪽에서 펴서 오른쪽을 가리는 녀석은 수컷이고, 오른쪽에서 펴서 왼쪽을 가리는 것은 암컷이다"라고 한다.

도연명陶淵明진나라의 시인, 365~427은 "털을 태워서 물에 담가 가라앉는 것은 수컷, 뜨는 것은 암컷이다"라고 했다.

그러나 이런 말이 옳은지는 알 수 없다.

모든 짐승은 암컷과 수컷으로 나뉜다. 새에도 암컷과 수컷이 있다. 그러나 그 가운데 말은 수컷이, 닭은 암컷이 제일이라고 한다.

《시경》에도 이런 구절이 있다.

수컷 여우는 짝을 지어 가고

꿩은 울어 수컷을 구한다

『지봉유설』

해설

거의 모든 조류 수컷은 외부 생식기가 없기 때문에 암수의 형태가 거의 유사해서 조류의 성性을 판별하는 것은 매우 어렵다. 고전에 조류의 암수를 구분한 내용이 나오는 것으로 보아 예로부터 조류의 성을 구분하는 것이 어렵기 때문에 당시에도 이것이 관심 가는 일이었다는 점을 알 수 있다. 하지만 위에서 소개된 방법들은 과학적 근거가 부족해 보인다. 지금은 조류의 염색체상에 위치한 유전자 표지를 이용해 암수를 판별한다.

또한 번식 체계에서 포유류와 조류는 매우 다르다. 말과 같은 포유류는 일반적으로 한 마리 또는 소수의 수컷이 암컷을 거느리는 일부다처제를 이루고 있으며, 대다수의 조류(90퍼센트 이상)는 일부일처제를 이룬다. 하지만 글에서 언급된 여우와 꿩은 포유류와 조류의 전형적인 번식 체계와는 다른 패턴을 보인다. 여우는 일부일처를, 꿩은 일부다처를 구성한다. 《시경》의 "수컷 여우가 짝을 지어 가고"라는 표현은 일부일처에 맞는 내용이며, "꿩은 울어 수컷을 구한다"라는 표현은 비록 수꿩들이 자기를 과시하여 암컷을 유혹하지만 암컷들이 우월한 수컷을 찾아 짝짓기를 하는 것을 비교적 정확히 묘사했다고 할 수 있다.

새와 짐승은
아비를 알지 못함 禽獸不知父

세상 사람들은 말한다.

"새와 짐승은 어미가 있는 줄은 알면서 아비가 있는 줄은 알지 못한다."

그러나 집을 짓고 사는 새들은 집을 만들고 알을 품을 때부터 벌레를 물어다 먹이고 키울 때까지 암컷과 수컷이 함께 공을 들이지만, 새끼가 커서 날고 스스로 먹이를 잡아먹을 즈음이면 아비뿐만 아니라 어미조차 잊어버린다.

호랑이 같은 동물 또한 새끼에게 고기를 부드럽게 씹어서 먹이면서까지 키우지만 새끼가 큰 다음에는 새와 마찬가지로 아비와 어미를 잊어버린다. 산과 들에 사는 짐승들 또한 암컷과 수컷이 있고 새끼 키우는 모습이 다르지 않을 테니 나뭇가지에 사는 새와 무엇이 다르겠는가.

세상 사람들은 까마귀를 가리켜 반포조反哺鳥까마귀 새끼가 크면 늙은 어미에게 먹을 것을 물어다 준다고 해서 조반포鳥反哺라고도 한다라고들 한다. 그런데 내가 확인해 보니, 까치와 참새 또한 이와 같은 것이 있었다. 다만 많이 보지는 못했다. 그래서 추측건대, 까마귀도 모든 종류가 그렇지는 않을 것이고 간혹 타고난 효심에 따라 반포反哺의 행동을 하는 것이 아닐까 여겨진다.

집에서 기르는 닭·오리·소·말·개·돼지 따위 가축 또한 암컷과 수컷의 분별이 없으니, 새끼를 기르는 데 아비가 간여干與하지 않음은 자연스러운 현상이라 하겠다.

그렇지만 개와 닭 따위 가축을 매나 호랑이로부터 보호할 수 있는 안전한 지역에 풀어 놓고 자유롭게 먹이고 편히 자라게 한다면 암컷과 수컷이 분별을 할 수 있을 것이다. 오늘날 개와 닭이 떼를 지어 노는 것을 보면 짝짓기를 할 때는 약간 가리지만, 다른 때는 그런 움직임이 없으니 이는 모두 버릇이 습성習性으로 변했기 때문이다. 따라서 사람 또한 성품과 생각이 바르지 못함은 모두 제대로 이끌고 가르치지 못했기 때문임이 분명하다.

『성호사설』

해설

새끼를 양육할 때 새와 짐승의 수컷이 기여하지 않는다는 세간의 속설을 고찰한 내용이다. 자연 상태에 있는 많은 새와 짐승의 수컷이 실제로 새끼의 양육에서 역할을 한다는 사실을 알았던 것 같다.

조류와 포유류는 자손을 양육하고 보호해 적은 수의 새끼들을 낳아 기른다. 이에 비해 많은 무척추동물과 어류는 자손을 양육하지 않는 대신에 엄청난 수의 알을 낳는다. 이 경우 부모가 보호해 주지 못하기 때문에 대다수 새끼들은 다른 동물에게 포식당하거나 먹이가 부족해져 죽어 나가고 그중 극소수만이 살아남아 성체가 된다. 전자를 자연계의 동물은 이 두 전략 중 하나를 취해 자신들의 집단을 존속시켜 왔다.

어
패
류

버들치鮋

치어鯔魚는 일명 자鮆피라미라고 쓴다. 치鮒는 치緇를 줄인 것이고, 자鮆는 현玄 자를 두 번 반복했는데, 이는 고기의 빛깔이 검기 때문이다. 그 외에 유魾피라미 · 거鮔민어 · 수鮋버들치라고 쓴다. 우리나라에서는 숭어[秀魚]라 부른다. 수鮋와 수秀의 음이 비슷한 것이, 민어鰵魚의 민敏과 민어民魚의 민民이 서로 가까운 것과 같은 이치다.

『청장관전서』

치어
《삼재도회》에서는 치어鯔魚를 '검은 물고기'라 부르며 길이는 짧고 눈은 작으며 비늘은 붉다고 설명했다.

해설

숭어*Mugil cephalus*는 농어목Perciformes 숭엇과Mugilidae에 속하는 바닷물고기로 크기가 30센티미터 이상인 중형급 생선이다. 반면에 버들치 *Rhynchocypris oxycephalus*는 잉엇과Cyprinidae에 속하는 민물고기로 크기 또한 숭어에 비해 훨씬 작다.

위 글에서는 숭어와 버들치를 혼동해서 쓰고 있는데, 숭어는 바닷물고기에 크기도 큰 반면 버들치는 민물고기에 크기도 작은데 혼동해서 쓰는 까닭을 알 수 없다. 아마도 버들치를 뜻하는 '수鮂'라는 글자를 숭어를 뜻하는 '수어秀魚'의 '수秀' 자와 동일시해 사용한 것이 아닌가 생각된다.

위 사례에서도 알 수 있듯 한 동물에 한 글자를 대비시키는 중국 한자가 우리나라에 들어오면서 실제 생활에서 상당한 혼란을 가져왔음을 알 수 있다. 그 까닭은 우선 중국에는 있으나 우리나라에는 없고, 우리나라에는 있으나 중국에는 없는 동물들을 나타내는 글자를 해석하거나 표현할 때 왜곡이 일어나는 것이다. 다른 하나는 동물은 종류가 매우 많은데도 그 시대에는 동물학이 발달하지 않아 특정 글자로 나타내는 동물이 분명히 어떤 동물인지 알지 못했기 때문이다. 이러한 현상은 중국에서도 발생했는데 같은 한자라 하더라도 문헌마다 다른 종류를 나타내기도 한다. 따라서 이런 문헌을 접한 우리나라 선비들 입장에서는 더 혼란스러웠을 것이다.

숭어

육사룡陸士龍8세기에 활동한 중국의 학자은 "숭어, 전복, 조기는 동해에서
나는, 정말 맛 좋은 생선이다"라고 했다. 숭어는 사람들이 수어秀
魚라고 할 정도다. 후한 때 왕충王充27~104이 지은《양성서養性書》를
보면, 숭어는 진흙을 먹고 자라 흙 기운이 있다. 그래서 비장脾臟과
위를 도와준다. 또 백 가지 약 가운데 이것을 꺼리는 약은 없다고
도 한다.

옛날 중국 사신이 숭어를 먹어 보고 그 이름을 물었다. 그러자
한 관리가 수어水魚라고 대답했다. 이 말을 들은 사신은 어이가 없
다는 투로 웃었다. 이때 역관譯官 이화종李和宗이 나서서 이 생선은
수어水魚가 아니라 수어秀魚라고 하며, 생선 가운데 가장 뛰어난 맛

이라 이런 이름이 붙었다고 설명했다. 그제야 중국 사신이 고개를 끄덕였다고 한다.

『지봉유설』

해설

숭어는 바다와 민물을 오가며 사는 물고기다. 바다에서 부화한 어린 개체들은 강을 거슬러 올라가 민물에서 성장한 뒤 바다와 민물을 오가며 살다가 완전한 성체가 되면 바다로 나가 산란한다. 숭어는 진흙 속 유기물이나 미세 조류를 먹고 산다.

숭어는 값이 싸고 맛이 좋을 뿐만 아니라 영양분도 풍부해 지금도 매우 인기가 좋다. 위 글로 미루어 볼 때 숭어는 예전에도 인기가 좋았던 것 같다.

잉어

잉어는 등의 비늘이 머리에서 꼬리까지 이어져 있는데 모두 서른 여섯 개다. 내 생각에 용이 되는 것은 이와는 다른 종류인 듯하다. 또 듣기에 매우 큰 잉어를 먹으면 죽는다고 한다.

언젠가 전라감사 하모※라는 사람이 남원에 이르러, 한 노인이 자신의 어린아이 목숨을 구해 줄 것을 비는 꿈을 꾸었다. 꿈에서 깨어난 감사는 아랫사람을 불러 무슨 일이 있냐고 물었다. 그러자 부엌에서 커다란 잉어 한 마리를 잡아 요리를 하려는 참이라고 했다. 그 말을 들은 감사는 즉시 잉어를 물로 돌려보내라고 명했다.

그 마을에는 지금도 용연龍淵, 즉 용이 살던 연못이 있는데 바로 잉어를 놓아준 곳이다.

또 다른 말도 전하는데, 감사가 글을 지어 제사를 지내자 용이 온몸을 드러냈고 놀란 감사는 죽고 말았다. 이때 감사가 쓴 제문祭文이 돌 위에 새겨졌다고 한다.

『지봉유설』

해설

중국에서는 잉어*Cyprinus carpio*가 용문을 거슬러 통과하면 용이 된다는 '등용문登龍門' 고사가 있다. 그래서인지 잉어, 그중에서도 커다란 잉어를 신령스럽게 여겼다. 간혹 상상을 초월하는 커다란 물고기들이 발견되기도 하는데 물고기는 척추동물의 다른 그룹과 달리 특별히 성장기라는 과정 없이 일생에 걸쳐 계속 성장할 수 있다. 즉 오래 살면 살수록 큰 물고기가 된다는 뜻이다.

가사어 袈裟魚

가사어는 지리산 골짜기 물속에서 산다. 길이는 한 자도 채 되지 않고 색상은 붉어 송어松魚와 같다. 맛은 매우 좋은데 생김새가 가사를 입은 중처럼 생겼다고 해서 이런 이름이 붙었다. 산 밑에 사는 사람들도 몇 년이 지나야 가까스로 한 번 본다고 하니 이상한 물고기임이 분명하다.

사람들이 말하기를, 소나무의 기운에 감응해서 생긴다고 한다.

『지봉유설』

해설

어류학자인 최기철 선생은 《민물고기를 찾아서: 사람과 자연과 물고기》라는 책
에서 가사를 입은 중처럼 붉은 줄이 있는 물고기가 황어*Tribolodon hakonensis*
라고 추정했다. 황어는 우리나라 남해와 동해에 서식하다가 산란기가 되면 강
물을 거슬러 올라가 산란하는 어류다.

은어

은구어銀口魚는 봄에 바다에서 물을 따라 올라와서 여름과 가을이 되면 몸이 커졌다가 늦은 가을이 되면 줄어들어서 사라진다. 사람들이 말하기를 '이 물고기는 남쪽으로 흐르는 물에만 있다'고 한다. 그러나 이 말이 옳은지는 알 수 없다.

《동국여지승람東國輿地勝覽》조선 성종 때 노사신 등이 편찬한 지리책에 "양주, 고양, 파주에서 이 물고기가 났는데, 오늘날에도 드물지만 난다"라고 적혀 있다.

내가 전라도 순천順天에 있을 때는 깊은 겨울에도 가끔 이것을 볼 수 있었다. 다만 몹시 야위었고 맛도 좋지 않았다.

『지봉유설』

해설

은구어, 즉 은어*Plecoglossus altivelis*는 바다빙엇과Osmeridae에 속한 민물고기로 알에서 부화한 후 연안에서 성장한 어린 개체들이 봄이 되어 수온이 상승하면 하천으로 올라와 자라고 9～10월에 하류로 내려가 산란을 하고 죽는다. 동해와 제주도를 포함한 남해안과 일본, 타이완 등에 분포한다. 주로 남해안과 인접한 수계水系에 분포하지만 북쪽에 위치한 수계에도 서식한다.

금붕어 기르기

금붕어를 기르는 곳은 경치가 아름다워야 한다. 초당草堂집의 본채에서 따로 떨어진 곳에 억새, 짚 등으로 지붕을 이어 만든 작은 집 후원 창문 아래에 연못을 만들면 흙의 기운이 자연스레 물과 조화를 이루고, 부평浮萍개구리밥이나 행채荇菜마름과 같은 물풀 같은 수초도 무성하므로 물고기가 물과 흙의 기운을 얻어 부평초 사이를 헤엄치면서 수면을 오르락내리락하는 모습은 참으로 볼 만하다. 못 가운데 한두 개 석산石山을 만든 뒤 바위 밑뿌리에는 석창포石菖蒲천남성과에 속한 여러해살이 풀를, 바위 위에는 전포錢蒲석창포의 일종를, 석산 위에는 소나무, 대나무, 매화, 난초 등을 심어 놓으면 그 자체가 봉래도蓬萊島신선이 산다는 상상 속 섬와 같다.

금붕어 먹이로는 기름이나 소금기가 없는 증병蒸餅떡가루에 콩, 팥
등을 섞어 시루에 찐 떡을 주는데, 먹이를 줄 때마다 창문을 두드리며 준
다. 이 소리를 오래 들어 익숙해지면 손님이 찾아와 창문을 두드
릴 때도 물고기가 물 밖으로 나오니, 이 또한 즐길 만한 광경이다.

『산림경제』

해설

붕어*Carassius auratus*의 색 돌연변이체가 존재한다는 것이 중국 진나라 시기의
기록에 최초로 등장한다. 이후 여러 시대 동안 품종개량을 거쳐 화려한 색상에
실내에서도 키울 수 있는 금붕어가 출현했고 17세기 일본, 포르투갈 등 전 세계
로 도입되어 오늘날 가장 인기 있는 관상어 중 하나가 되었다.

17세기 후반에서 18세기 초반에 걸쳐 편찬된 《산림경제》에 언급된 것으로 보
아 당시엔 금붕어 기르기가 매우 우아하고 고상한 취미였다는 사실을 짐작할
수 있다.

청어

오늘날 나는 청어가 옛날에도 있었는지는 알 수 없다. 그러나 요즘에는 가을철만 되면 함경도에서 나는데, 매우 크다.

시간이 지나 추운 겨울이 되면 경상도에서 나고 봄이 되면 차츰 전라도와 충청도로 옮겨 간다. 그리고 봄과 여름 사이에는 황해도에서 나는데, 서쪽으로 옮겨가면서 크기는 점점 작아지고 흔해서 누구나 먹을 수 있다.

유성룡의《징비록懲毖錄》을 보면 "해주海州에서 나던 청어는 요즈음 들어 10년이 넘도록 씨가 말라 나지를 않고 요동 바다로 옮겨 나는데, 그곳 사람들은 청어를 가리켜 새로이 나타난 생선이라고 해서 신어新魚라고 한다"라고 했다.

이로 미루어 본다면 그 무렵에는 오직 해주에서만 청어가 났다는 사실을 알 수 있다.

물고기들은 풍토와 기후에 따라 이리저리 옮겨 다니기 때문에 요즈음 들어서는 청어가 서해에서 많이 난다고 하는데, 오늘날에도 요동에서 청어가 나는지는 알 수 없다.

『성호사설』

우리나라의 청어는 곧 용어鱅魚다. 예전에 중국의 의서醫書를 보니 청어에 대한 설명이 있는데, 그 모양이 우리나라에서 나는 청어와 달랐다. 그런데 최근에 청나라 학자 송완宋琬1614~1674이 기록한 설명이 자세하고 그 내용 또한 믿을 만해 여기에 기록한다.

청어는 길이가 한 자도 채 되지 않는데, 암청색暗靑色 등에 뺨이 붉고 입춘이 지난 뒤에 잡을 수 있다. 살은 향긋하면서 연하고 힘줄을 따라 분해되며, 뼈는 고슴도치의 털처럼 많으나 연하여 입안을 찌르지 않는다. 암놈은 배 속에 알이 있고 길이와 너비가 서로 같은 몸뚱이에 식물을 씹을 때는 소리가 나며, 수놈은 하얀 것이 매우 아름답다. 시장에 막 나오면 값이 생각보다 비싸도 금세 다 팔리는데, 한 마리 값이 10전도 채 되지 않을 만큼 싸다. 청어로 끓인 청어죽은 바닷사람들이 식사 대용으로 먹기도 한다.

송완은 중국 내양萊陽중국 산둥 성 라이양 사람이다. 내양은 우리나라의 서해西海와 연결되어 있으므로, 그 고장에서 생산되는 청어도 우리나와 같았던 것이다. 그 외에 민중閩中중국 푸젠 성 지역 땅에서도 청어가 생산된다.

『청장관전서』

비우어肥愚魚는 서남해에서 생산되는데 일반적으로 청어靑魚라 한다. 서수라西水羅함경북도 경흥군, 두만강 하구 남서쪽에 있는 항구는 동해에 가까운데 더러 청어가 잡힌다. 그 길이는 한 자 남짓하고 너비는 대여섯 치 정도며 색상은 짙푸른데, 구우면 흘러나온 기름이 불 위에 떨어져 불을 끌 정도며 맛은 좋다.

내가 함경도 홍원洪原 수령으로 나가서 고을을 순행할 때 북어별北魚鼈이 비어肥魚 속에 나타난 것을 보고 사람을 시켜서 급히 잡아 오게 했는데, 이미 어부가 바다에 풀어 준 뒤였다. 보고도 못 먹은 것은 정나라 자산子産기원전 580~522이 선물 받은 물고기를 연못에 놓아준 것과는 다르나, 어부가 폐단을 막은 것은 옳은 일이다.

『임하필기』

청어는 봄이 되면 우리나라 서남쪽 바다에서 많이 나는데, 지난 임금 시대인 경오년1570, 선조 3년 이후에는 잘 잡히지 않았다. 사람들에게 들으니, 오늘날에는 중국 청주靑州 경계에서 많이 잡힌다고 한다. 그러니 물고기가 나는 것도 때에 따라 변하는 것이 아닌가 한다.

그런데 사람에 따라서는 의방醫方에서 말하는 청어가 우리나라에서 청어라고 하는 것이 아니라고 하기도 한다.

『지봉유설』

해설

《성호사설》의 글은 청어Clupea pallasii의 생태를 이야기하고 있다. 청어는 북극해와 일본 북부, 한국 연근해를 비롯한 서북 태평양에 서식하는 물고기로, 예로부터 구이, 찜, 회 등으로 많이 이용되었다. 청어를 그대로 엮어 그늘진 곳에서 겨우내 얼리고 말리는 과정을 반복한 것이 과메기다.

성호는 청어가 겨울에 동쪽에서 잡히는데 날씨가 풀리면서 점차 서쪽으로 잡히는 지역이 이동되는 것에 관심을 가진 것 같다. 그리고 서쪽으로 갈수록 크기가 점차 작아져 상품성이 떨어지는 점을 주위 사람의 말을 듣고 알게 된 것 같다. 이러한 내용은 청어의 산란과 밀접한 관계가 있다. 청어는 추운 겨울에 북쪽으로 이동해 산란을 하고 산란기 이후에는 남쪽으로 이동한다. 산란기인 겨울에 잡히는 청어는 산란을 위해 많은 영양분을 품고 있어 더 크고 맛있지만 산란기 이후에 잡히는 청어는 아무래도 그렇지 못하다.

이어서 《청장관전서》의 글은 중국의 청어와 우리나라의 청어가 같은 종임을 중국 사람 송완이 지은 《안아당집安雅堂集》에 묘사된 청어의 형태와 송완이 살던 산둥 성의 라이양이 우리나라와 서해를 두고 접해 있다는 지리 분포 증거를 바탕으로 주장하고 있다. 종의 지리 분포는 종이 같은 종인지 다른 종인지를 판별하는 중요한 증거가 된다.

다음으로 비우어肥愚魚란 살이 찌고 어리석은 물고기란 뜻인데, 아마도 기름기가 많고 살찐 생선인 청어를 가리켜 부르는 별칭인 듯하다. 반면에 북어별北魚鼈이란 것이 어떤 생선인지는 알 수가 없다. 북어는 말린 명태인 반면 별鼈은 자라를 뜻한다. 그런데 아무리 여러 문헌을 살펴보아도 이 두 물고기가 합쳐져 나타내는 것이 무엇인지는 알 수가 없다.

마지막으로 《지봉유설》의 내용 중 우리나라 서남쪽 바다에서 나는 청어는 아마도 청어과Clupeidae 물고기 중에서 청어와 유사하게 생긴 전어*Konosirus punctatus*나 조선전어*Clupanodon thrissa* 종류가 아닐까 여겨진다.

명태明太

함경북도 명천明川에 사는 어부 중에 태씨太氏 성을 가진 자가 있었다. 어느 날 낚시를 하다가 물고기 한 마리를 낚자 주방 일을 보는 아전을 통해 관찰사觀察使에게 드리게 했는데, 이를 맛본 관찰사가 매우 맛있게 먹고서 물고기의 이름을 물었으나 아무도 알지 못하고 단지 '태씨라는 어부가 잡은 것입니다'는 대답만 들을 수 있었다.

이에 관찰사가 말했다. "명천의 태씨가 잡았으니, 그 이름을 명태라고 하자."

이때부터 명태가 해마다 수천 석씩 잡혀 팔도에 두루 퍼지게 되었는데, 그 이름을 북어北魚라고 불렀다. 노봉老峯 민정중閔鼎重

<u>1628~1692</u>이 "300년 뒤에는 이 고기가 지금보다 귀해질 것이다"
라고 했는데, 이제 그 말이 들어맞은 셈이다. 내가 원산元山을 지나
다가 이 물고기가 쌓여 있는 것을 보았는데, 마치 오강五江한강 일대
에 쌓인 땔나무처럼 많아서 그 수효를 헤아릴 수 없었다.

『임하필기』

해설

명태라는 명칭의 기원을 설명하는 글이다. 글에서 얘기한 것과 같이 명태
*Theragra chalcogramma*가 어느 일순간 우리나라 역사에 등장한 것은 아니다.
이미 조선 중기 중종 25년(1530)에 편찬된 《신증동국여지승람》에 각 지역의 특
산물을 소개한 부분에서 명태가 등장하는 것으로 보아 그 이전부터 명태가 우리
나라에서 흔하게 잡히지 않았을까 추측할 수 있다.

한편 노봉 민정중이 "300년 뒤에는 이 고기가 지금보다 귀해질 것이다"라고 했
는데 그의 예측이 약 300년이 좀 더 지난 오늘날 정확히 맞아 떨어지고 있다. 한
류성 어족인 명태는 한반도 주변의 해수 온도 상승으로 한반도 근해에서 잡기가
매우 힘들어졌다.

복어

어떤 사람이 말하기를 "하돈河豚물속 돼지라는 뜻. 복어은 본래 독이 없고 눈에는 나비 모양의 벌레가 있다. 간혹 입이나 꼬리에 붙어 있어 쉽게 눈에 띄지 않는데 이것이 사람을 죽인다. 또 그 알에 독이 가장 많으니, 이 두 가지를 떼어 내고 먹으면 맛이 아주 좋다. 그러나 이러한 물고기와 이름을 알 수 없는 버섯, 저절로 죽은 짐승의 고기는 결코 먹어서는 안 된다. 두꺼비가 변해서 복어가 되므로 독이 있는 것이다"라고 했다.

일반적으로 벌레들은 북쪽을 향해 간다. 그러므로 벌레가 귀에 들어갔을 때에는 귀를 북쪽으로 돌리고 서 있으면 저절로 기어 나온다.

『청장관전서』

해설

복어와 벌레에 대해 들은 내용을 옮겨 적은 글이다. 두꺼비가 변해 복어가 되었다는 내용, 복어의 독이 복어의 눈에 있는 벌레에 의한 것이라는 내용은 사실이 아니다.

복어는 테트로도톡신tetrodotoxin이라고 불리는 신경계를 교란하는 독을 가지고 있다. 복어에 공생하는 세균이 만들어 내는 이 독은 미량을 섭취해도 죽을 정도로 강력하다. 복어의 독은 공생 세균이 서식하는 복어의 난소, 간, 창자 등 내장에 높은 농도로 존재한다. 두꺼비의 독은 부파긴bufagin이라는 독성 스테로이드 물질로 구성되어 있다. 부파긴은 심장근육에 작용해 치명적인 결과를 초래하는 것으로 알려져 있다. 두꺼비가 변한 것이 복어라는 점은 두꺼비는 양서류이며 복어는 경골어류라는 점에서 그리고 그들이 생산하는 독의 종류가 완전히 다르다는 점에서 전혀 사실이 아니다.

벌레들이 북쪽을 향해 간다는 내용은 햇빛의 반대 방향으로 간다고 해석할 수 있다. 즉 곤충 중에는 빛과 멀어지려는 속성을 가진 종들이 있는데 이때 어두운 쪽(북쪽)을 향해 있으면 저절로 나갈 것이라고 생각했을 수 있다.

가자미의 땅 鰈域

중국에서는 우리나라를 접역鰈域이라고 부른다. 그 까닭을 살펴보니《이아》에 "동방에 비목어比目魚가 있다. 두 마리가 나란히 합하지 않으면 앞으로 나아가지 못하는데, 이름을 접鰈이라 한다"라는 문장이 있고, 이 문장에 대해 곽박은 다음과 같이 주註를 달았다.

> 모습은 소의 지라와 흡사한데, 비늘이 가늘고 빛깔은 붉고 검다. 눈은 하나여서 두 마리가 서로 합쳐야 앞으로 나아갈 수 있다. 오늘날에도 물속에 흔한데, 강동 지역에서는 왕여어王餘魚라고 한다.

결국 동방에 접鰈이라는 물고기가 있다는《이아》의 기록 때문

비목어

《삼재도회》에 등장하는 '비목어'. 《삼재도회》에서도 비목어를 가리켜 접鰈이라고도 한다고 설명했다. 비목어란 명칭은 두 마리가 나란히 붙어서만 나아갈 수 있다고 해서 붙여진 것인데, 물고기의 한쪽에 눈이 하나밖에 없는 모습을 보고 옛 중국인들이 붙인 이름일 것이다. 오늘날 우리가 흔히 쓰는 광어廣魚(넙치)라는 명칭은 물고기 생김새가 얇으면서 넓어서 붙여진 이름일 것이다.

에 우리나라가 접역鰈域, 즉 가자미의 땅이 된 셈이다.

가자미는 생김새가 둥글고 비늘은 잘며 등은 검고 배는 희다. 입은 한쪽 옆으로 있으며 두 눈은 등 위에 있으므로, 사람이 볼 때는 마치 두 마리가 서로 나란히 다니는 듯하나 사실은 그렇지 않다. 《주례》에 기록된 "두 실豆實제기에 담는 제수 용품에 비석脾析이 있다"라는 문장의 주註에 따르면, "비석은 소의 백엽百葉이다"라고 했는데, 백엽이란 오늘날 말하는 천엽千葉소나 양처럼 되새김질을 하는 동물의 세 번째 위으로, 이는 다만 뿔이 있는 소나 양 따위에만 있고 지라는 오장五臟 가운데 하나다.

사람이건 짐승이건 위胃 위쪽에 둥그스름하면서 길게 생긴 것이 지라인데, 사람들은 길화吉花라고도 한다.

오늘날 서해에는 설어舌魚참서대란 고기가 있는데, 눈은 등에 있고 입은 옆에 있는 것이 가자미와 흡사하고, 길쭉한 모습이 지라와 같다. 곽박이 가리킨 것도 이런 종류인 듯하나, 두 마리가 서로 합쳐야 나아갈 수 있다고 한 것은 옛사람이 직접 확인하지 않은 채 추측으로만 해설한 것이 분명하다.

　소의 백엽을 소의 지라라고 하는 것처럼 사람들이 가자미를 가어加魚라고 하는 것도 우리말을 한자로 바꿔 부르는 것과 마찬가지 이치다.

『성호사설』

당나라 사람 단공로段公路가 편찬한《북호록北戶錄》을 보면, 비목어比目魚를 접렵이라고도 하고 겸렵이라고도 한다. 또《남월지南越志》에는 이를 판어板魚 넙치라고 하거나 좌개左介라고 했다. 개介는 개魪로 쓰기도 한다. 옛 서적을 살펴보면, 비목어가 동해에서 나기 때문에 우리나라를 접역鰈域이라고도 한다. 오늘날 세상 사람들이 가좌어加佐魚를 접렵이라고 한다. 그러나 광어廣魚나 설어舌魚 참서대 또한 모두 접렵의 한 종류다.

『지봉유설』

해설

가자미는 가자밋과 Pleuronectidae 물고기를 총칭하는 용어다. 가자미는 두 눈이 오른쪽 면에 치우쳐 있어 바닥에 몸을 붙이고 살아가는 데 적합하도록 되어 있다. 위 글은 눈이 하나인 물고기 두 마리가 합쳐졌다는 곽박의 설명을 구체적으로 반박하고 있다.

한편 접鰈은 오늘날 말하는 가자미라는 설과 넙치 *Paralichthys olivaceus*라는 설이 있다. 반면에 비목어比目魚는 '좇을 비, 눈 목, 물고기 어'로 이루어진 단어인데, 눈이 하나밖에 없기 때문에 두 마리가 함께 나란히 가야만 볼 수 있다는 뜻에서 붙은 이름이다.

또 가어嘉魚는 《삼재도회》에도 등장하는데, 모양은 잉어와 흡사하고 비늘은 송어와 흡사하며 고기의 양이 충분할 만큼 통통한 생선을 가리킨다고 한다. 따라서 가자미와는 전혀 다른 종류로 보인다.

대구

대구어大口魚는 우리나라 동해에서 나는 것이지 중국에서 나는 것
이 아니다. 그래서 《서경》을 보아도 이런 이름은 보이지 않는다.
그러나 중국 사람들은 이것을 진미珍味로 여긴다. 그런 까닭에 중
국 연경에 가는 사람들이 이 물고기를 사 가지고 간다.

『지봉유설』

해설

대구*Gadus macrocephalus*는 북위 34도 이상의 북태평양에 분포한다. 현재 우리나라 전 해역에서 잡힌다. 황해에도 분포하기 때문에 중국에서도 잡혔을 것이라고 생각되는데 어획량이 우리나라 동해만큼은 아니어서 중국 사람들이 쉽게 접하지 못했을 것으로 보인다.

칠성어 七星魚

북쪽 깊은 지역에서는 이상한 고기가 나는데, 모양이 현어玄魚올챙의와 같고, 이마 위에 북두칠성 모양의 일곱 구멍이 있어, 칠성어라고 불린다. 어린아이가 막 태어났을 때 그 물고기 삶은 물로 몸을 씻긴다고 하는데, 이는 천연두를 막기 위함이다. 이런 용도로 더러 써 본 사람이 있다고 하나, 나는 아직 시험해 보지 않았다.

『임하필기』

해설

칠성장어*Lampetra japonica*를 설명한 듯하다. 칠성장어는 뱀장어*Anguilla japonica*처럼 몸이 길쭉하지만 턱이 없어서 분류학적으로는 어류에 포함되지 않는다. 몸의 측면에 일곱 개의 아가미구멍이 나 있어서 칠성장어라는 명칭이 유래했다.

칠성장어 중 기생성寄生性인 종들은 어류의 표면에 입을 대고 달라붙어 피를 빨아먹어 어업에 상당한 피해를 주기도 한다. 글에서 얘기한 것처럼 칠성장어를 삶아 몸을 씻으면 천연두를 막는다는 것은 과학적 근거가 없다.

문어 文魚

문어는 팔대어八帶魚라고도 하고, 팔초어八稍魚라고도 한다.

명나라 사신 왕창王敞1453~1515이 이런 시를 지은 적이 있다.

과실나무 아래에는 석 자 넘는 과하마가 없고

소반 위에는 때때로 팔초어가 오르네

《동의보감》에서 소팔초어小八稍魚라고 한 것을《본초강목》에서는
장거어章擧魚 또는 석거石距라고 한다. 오적어烏賊魚와 비교하면 약
간 크고 맛도 좋다고 하는데, 오늘날 말하는 낙체洛締가 이것이다.

『지봉유설』

해설

낙지*Octopus minor*, 문어*Paroctopus dofleini* 그리고 오징어는 모두 연체동물문 Mollusca의 두족강Cephalopoda에 속한다. 두족류는 물이나 먹 따위를 내뿜는 깔때기 모양의 누두漏斗를 통해 물을 내뿜어 신속하게 이동할 수 있으며 무척추동물 중에서는 두뇌나 감각기가 가장 발달했다.

낙지와 문어는 여덟 개의 발을 가졌기 때문에 문어목Octopoda으로 분류하며 오징어는 열 개의 발을 가져서 살오징어목으로 분류한다. 오징어가 가진 열 개의 발 중 긴 두 개를 촉완觸腕이라고 한다.

문어와 낙지는 근연종이지만 크기와 서식지 면에서 약간 다르다. 낙지는 맛 좋고 영양분이 풍부한 음식으로 알려져 있는데 조선 시대에도 인기 있는 음식이었던 것 같다.

홍어·가오리鱝鱝

곽박의 강부江賦는 한시 체제의 일종에 "윤어鯩魚붕어와 흡사하며 검은 무늬를 가진 물고기 · 전어鱄魚 · 후어鱟魚 또는 새우 따위와 분어鱝魚가오리 · 자라 · 거북, 이 모든 것이 생겨난다"라고 했는데, 전어는 부어鮒魚붕어와 흡사하고 꼬리는 돼지 꼬리처럼 생겼으며 몸통은 부채와 같이 둥글다고 했으니, 이는 우리나라에서 홍어鱝魚라고 부르는 것이다.

홍어는 꼬리가 돼지 꼬리처럼 생겼고 몸집은 둥근 부채와 흡사한데, 두 마리가 쌍을 지어 다니며, 두 눈은 위쪽에 있고 입은 아래쪽에 있어, 붕어와는 다르다.

분어는 그 주註에 이르기를 "생김새가 둥근 소반小盤과 같고 입

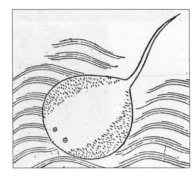

과개어

《삼재도회》에 실린 '과개어鍋盖漁'. 그 설명에서는
홍어를 과개어라고도 한다고 했다. 과개어가 냄비
를 '덮는 물고기'란 뜻이니 그만큼 넓고 큰 생선을
표현한 듯하다.

은 배 밑에 있으며 꼬리 끝에는 독이 있다"라고 했으니, 이는 우리
나라에서 가올어嘉兀魚가오리라고 부르는 것이다.

가올어는 생김새가 홍어와 비슷하나 맛은 훨씬 못하다. 꼬리 끝
에는 침이 있어서 사람을 잘 쏘는데 독이 아주 심하다. 그런 까닭에
그 꼬리를 잘라서 나무뿌리에 꽂아 두면 나무가 저절로 말라 죽게
된다.《본초강목》에서는 꼬리로 독을 뿌리는 것을 홍어라고 했으나,
이것이 바로 가올어인데 세상 사람들이 다르게 부를 뿐이다.

『성호사설』

해설

곽박의 글에 나오는 전어鱄魚와 분어鱝魚에 해당하는 우리나라 어류에 관한 설
명이다. 성호는 곽박이《강부》에서 묘사한 전어의 생김새로 볼 때 연골어류인

홍어*Raja kenojei*에 해당하며, 분어는 가오리에 해당한다고 보았다.

이때의 전어와 우리나라에서 흔히 얘기하는 청어과 어류인 전어錢魚는 전혀 다르다. 여기서 말하는 전어는 우리가 알고 있는 전어에 비해 크기도 크고 날카로운 물고기를 가리킨다고 하겠다.

가오리와 홍어는 상어와 더불어 연골어류에 포함되는데 몸이 위아래로 납작해 바닥에 내려 앉아 모래 틈에 숨거나 머무는 데 편리한 구조다. 바닥에 내려앉았을 때 입이 바닥면에 위치하게 되어 호흡이 곤란해질 수 있는데, 이때는 눈 옆에 있는 분수공噴水孔을 통해 물을 빨아들여 호흡을 한다.

가오리는 자기방어를 위한 반사작용으로 꼬리를 공격자에게 휘둘러 꼬리에 있는 독을 주입한다. 꼬리에 있는 독은 호흡곤란, 심장박동 저하, 혈압 약화, 두통, 마비 등 다양한 증상을 유발한다.

게 蟹

갯가와 바다 연안에는 게가 많은데, 내가 본 것만 해도 열 종류는
된다. 중국 송나라 때 여항呂亢1195~1275이 지은 《십이종변十二種辨》
이나 《해보蟹譜》·《본초》·《도경圖經》·《자의字義》 등 서적을 참고
한 결과, 게의 형태도 지역에 따라 다르고 내용 가운데도 옳은 것
과 옳지 못한 것이 있음을 알게 되었다.

방해蚄蟹방게는 약에 넣으면 맛이 좋고, 이오二螯와 팔궤八跪는 어
느 곳에나 있는 흔한 종이다.

남북조시대 사람 도은거陶隱居의 "강한 가재는 호랑이와 다툰
다"라는 말을 참고해 본다면, 유모蝤蛑꽃게란 바다 가운데 사는 큰
게로서 빛이 붉고 등에는 뿔과 가시가 있으니 속칭 암자巖子라는

것이며, 발도자撥棹子란 뒷발이 넓고 엉성한 것이 돛대처럼 생겼으며 물을 밀고 떠다니는데, 등에 꼬챙이를 닮은 뿔이 두 개 있는 까닭에 사람들이 관해串蟹라고 부른다.

한편 갈박蝎朴이란 것은 팽활鼛蟛방게보다 크고 껍질에 검고 아롱진 무늬가 있다.

오정적鼇正赤은 큰 집게발로는 햇빛을 가리고 작은 발로는 먹이를 잡는다. 사람들이 말하는 농해籠蟹농게란 것이 아닌가 싶은데, 등이 대그릇, 즉 농籠처럼 둥글고 길쭉하기 때문이다. 암컷은 두 발이 모두 작다.

해
《삼재도회》에서는 여러 종류의 게를 모두 모아 '해류蟹類'라는 명칭 아래 그림을 실었다.

팽활이란 것은 또한 팽월蟛越이라고도 하는데, 사람들은 팽해蟛蟹라고 한다.

한편 사구沙狗란 것은 팽활과 흡사한데, 모래에 구멍을 만들고 살며 사람을 보면 이리저리 방향을 바꾼다.

오늘날 사람들이 말하는 것 가운데 갈해蝎蟹갈게라는 것이 있는데, 등은 평평하면서 길고 털이 있으며, 다닐 때는 이리저리 방향을 바꾸기 때문에 잡기가 어려운데 이것이 아마 사구가 아닐까 싶다.

또 의망倚望이란 것은 크기는 팽활과 비슷한데 사방을 흘겨보면서 두 뿔을 들고 일어서서 먼 곳을 바라본다. 오늘날 사람들이 말하는 황통黃通이라는 것이 바로 이것인데, 단옷날 밤이면 해초 위에 빽빽하게 둘러 모인다. 그러면 마을 사람들은 그네뛰기 한답시고 불을 밝히고 수없이 잡는데, 팽활과 비교하면 약간 크다.

노호蘆虎란 것은 팽기蟛蜞와 오정적처럼 생겼으나 먹을 수가 없고, 사람들이 말하는 적해賊蟹도둑게란 것은 등에 아롱진 무늬가 있다.

팽기란 것은 팽활보다는 크고 보통 게보다는 작은데, 생김새는 팽월과 비슷하지만 조금 크고 털이 있는데, 밭고랑 가운데 구멍을 뚫고 다니니, 이것이 바로 채도명蔡道明진나라 때의 선비 채모蔡謨의 자字이 게로 착각하고 먹었다가 죽을 뻔한 것이다.

이른바 마통해馬通蟹란 것은 독이 있고, 또 율해栗蟹밤게라는 것은 팽활과 같은데, 등이 넓적하고 털이 있으며 뿔과 발은 뾰족한데 끝이 조금 붉다. 이는 여항이 기록한 열두 종류 중에 포함되어 있지 않다.

그 외에 옹검擁劍 · 망조望潮 · 석균石蜠 · 봉강蜂江 등으로 불리는 게들은 어부들에게 물어 보았지만 아는 사람이 없었다.

『성호사설』

《의감醫鑑》에 이런 내용이 있다.

　게는 늦은 여름과 이른 가을에 걸쳐 마치 매미가 허물을 벗듯 껍질을

벗는다. 게를 해蟹 라고 부르는 것도 이로부터 유래한 것이 분명하다.

　내 생각에 해解는 포정庖丁소, 돼지, 개 따위를 잡는 일을 업으로 하는 사람이

소를 잡는 것과 같은 의미의 글자다. 게의 껍질을 벗길 때 사람의

손을 이용하기 때문이다.

　일반적으로 게는 서리가 내려야 살이 찐다. 그렇기 때문에 "붉

은 게 살찔 때 늦벼는 향기로워"란 시구가 있는 것이다. 그러나 오

늘날 해서海西황해도 지방에는 겨울에 언 게가 있고, 호남의 순천과

함경도 북청, 영동嶺東의 흡곡歙谷충청북도 단양 등에서는 봄이 되어야

비로소 게가 살찐다.

　이를 보아도 모든 생물의 성질은 그것이 사는 땅에 따라서 변

하기 마련이라 하겠다.

『지봉유설』

해설

중국의 여러 문헌에 나타난 게의 명칭과 설명 가운데 일치되지 않은 점들을 설명하고 우리나라에 서식하는 게의 명칭을 살피는 글이다.

꽃게*Portunus trituberculatus*를 설명한 유모에 관한 기술은 매우 구체적이고 자세해 꽃게라는 것을 쉽게 알 수 있다. 바다 가운데 있는 큰 게인 꽃게는 우리나라 인근에서 나오는 게 중에 대형 종이고 바다 속을 유영하기 때문에 연안에서는 보기가 어렵다. 그리고 등에 뿔과 가시가 있다고 하는데 꽃게의 갑각 주변에는 뾰족한 가시들이 많이 나 있는 것을 묘사한 것 같다. 뒷발이 넓고 엉성해 돛대처럼 생겼다는 것은 꽃게의 마지막 걷는 다리가 넓적해 헤엄치는 데 이용됨을 설명한 것이다. 꽃게의 성격에 대해서도 "강한 가재는 호랑이와 다툰다"라고 묘사한 것을 인용했는데, 꽃게는 강력한 집게발로 공격을 하는 것이 매우 매섭다.

한편 중국 송나라 사람인 여항의 책은 중국의 게류에 관한 설명을 하고 있기 때문에 그의 책에서 불확실하게 묘사된 내용을 가지고 우리나라 생물에 적용하는 것은 쉽지 않다는 것을 글 곳곳에서 볼 수 있다. 예를 들어 모래에 구멍을 만들고 사람을 보면 이리저리 방향을 바꾸는 게로 여항이 묘사한 사구沙狗라는 게를 우리나라의 갈해葛蟹(갈게)로 보고 있는데, 갈게*Helice tridens tientsinensis*는 모래 해안에 구멍을 파지 않고 갈대밭이나 바다에 인접한 농지의 둑방에 구멍을 뚫고 산다. 따라서 달랑게*Ocypode stimpsoni*가 오히려 사구에 어울리지 않을까 한다. 그리고 게, 곤충과 같이 딱딱한 외골격을 가진 동물들은 성장을 하기 위해 기존의 외골격外骨格을 벗고 새로운 외골격을 얻는 탈피脫皮라는 과정이 필요하다. 또 야생동물들이 살을 찌우는 이유는 겨울을 나거나 번식을 위해 필요한 영양분을 저장하기 위해서다. 종에 따라 번식하는 시기가 다르고 지역에 따라 환경이 다르니 위의 글과 같이 게가 살찌는 시기가 다른 것도 당연하다.

게 구멍^{蟹穴}

《대대례》에 이르기를 "지렁이는 날카로운 발톱도 없고 힘이 강한 것도 아닌데 땅 위로 올라와서 마른 흙을 파먹기도 하고, 땅 밑으로 내려가서 샘물도 마실 수 있는 것은 마음을 한결같이 쓰기 때문이다. 반면에 게는 집게발이 둘이고 다리가 여덟 개나 되는데도 뱀 구멍이 아니면 들어가 살 곳이 없는 것은 마음을 조급하기 쓰기 때문이다"라고 했다.

그러나 내가 살펴보니 게도 땅속으로 구멍을 잘 뚫는다. 봄과 여름에는 구멍을 바르게 뚫고 가을이 되면 구불구불하게 길을 만들며, 겨울철이 되면 그 구멍을 꽉 막고 들어앉는 까닭에 매미가 울기 시작한 후로는 게를 잡기 어렵다.

결국 중국은 땅이 워낙 넓어서 모든 사람이 이런 것을 직접 보지 못했기 때문에 잘못 말한 것이 분명하다.

옛날 채도명蔡道明은 방게를 게로 착각해서 먹다가 죽을 뻔했다고 한다. 이로 미루어 본다면, 아무리 똑똑한 사람이라 하더라도 자기가 직접 본 것 외에는 다 알 수 없는 것 아니겠는가.

『성호사설』

해설

중국의 옛 문헌에서 언급된 게에 관한 설명이 일부의 경험에 의존해 잘못되었다는 점을 지적하는 글이다. 문헌에서 언급한 것과 다르게 게가 구멍을 잘 뚫는 것을 직접 관찰했다고 얘기하면서 경험이 중요함을 역설한다.

게 중에는 모래나 갯벌 등에 구멍을 잘 뚫는 종들도 있지만, 바위 해안에 사는 무늬발게*Hemigrapsus sanguineus*, 풀게*Hemigrapsus penicillatus* 같은 종들은 구멍을 뚫지 못한다.

속살이게 蟹奴

조개 배 속에 작고 붉은 게가 들어 있는데, 그 이름을 해노蟹奴라고 한다. 옛날 사람들이 "해노는 조개를 위해 밖으로 나와서 조개의 먹이를 구하는 게다"라고 했는데, 이는 잘못 알고 한 말이다.

내 판단에는 해노란 것은 누에가 번데기가 되는 것과 같은 이치인 듯하다. 몸집이 그토록 작은데 어떻게 조개를 위해 먹이를 구할 수 있겠는가? 또 조개 가운데는 해노를 품지 않은 것이 더 많은데 그렇다면 그 조개들은 어떻게 먹이를 구한단 말인가?

조개 또한 주둥이가 있어서 껍데기가 열릴 때마다 주둥이가 나온다. 그런 다음 땅에 몸을 고정시킨 채 힘껏 잡아당기기 때문에 이리저리 다니기도 잘하는데, 이는 밭을 기어 다니는 소라를 보아도 알 수 있다. 이리저리 다니다가 먹을 것이 있으면 껍데기가 열리고 닫히는 데 따라 먹이가 그 주둥이로 들어가는 것이다. 그래서 게의 알이 물결을 따라 출렁거리다가 조개 배 속으로 들어가기 쉽다. 그리고 조개와 게는 성질이 비슷하기 때문에 조개 배 속에서 해노가 태어나는 것이다.

어떤 사람은 '해노가 조개 배 속에서 나오는 것은 마치 사람의 몸에 이[虱]가 있고, 소와 사슴의 몸에 벌[蜂]이 있는 것과 같은 듯하다'고 했는데 내 판단에는 그 말이 맞는 듯도 하다.

『성호사설』

해설

조개 속에 들어 있는 속살이게에 관한 이야기를 하면서 속살이게의 생활사를 유추하는 글이다. 하지만 몇 가지 잘못된 내용이 있다. 그중 하나는 조개가 패각貝殼(조개껍데기)을 열고 닫으면서 먹이를 얻는다는 점이다. 조개가 패각을 여는 것은 먹이를 얻기 위해서가 아니라 몸 안에 있는 발을 뻗어 이동하기 위해서다. 조개는 물속에 떠다니는 먹이를 자신의 몸속으로 물을 통과시켜 걸러 먹는 여과 섭식자攝食者다. 그리고 속살이게의 알이 조개 배 속으로 들어간다고 했지만 엄밀히 얘기하면 알에서 부화한 유생幼生이 조개 몸속에 들어가 그 안에 자리를 잡게 되는 것이다.

홍합

《본초강목》에 이런 내용이 있다.

담채淡菜는 동해부인東海夫人이라고도 한다. 주모珠母진주조개와 같은데

머리가 뾰족하고 중간에 가는 털이 났다.

이는 오늘날 홍합이라고 하는 것이다.《잡서雜書》를 보면, "담채
는 해각海殼인데, 바다에서 나는 나물은 모두 짜지만 오직 이것만
은 맛이 담백하다고 해서 이런 명칭이 붙었다"라고 했다.

『지봉유설』

홍합(*Mytilus coruscus*)이 속한 홍합과의 조개들을 담치라고 한다. 담치는 주모珠母라고 하는 진주조개(*Pinctada fucata martensii*)와는 다른 종류며 유연 관계 또한 가깝지 않다. 담치는 키조개(*Atrina pectinata*)와 같이 홍합목에 속하지만, 진주조개는 가리비, 굴 등과 함께 익각목에 속한다. 연체동물이 자신의 몸을 보호하기 위해 만드는 패각은 몸의 바깥쪽에서부터 단백질 성분을 포함하고 있어서 물리적, 화학적 자극에 강한 각피층, 길쭉한 탄산칼슘 기둥으로 구성된 각주층 그리고 가장 안쪽에 위치해 있어 연체동물의 몸을 둘러싸는 외투막과 인접한 진주층의 세 층으로 구성되어 있다.

진주가 생성되는 것과 관련된 부분이 진주층인데 진주층과 외투막 사이에 외부 물질이 끼게 되면 외투막이 분비하는 성분이 외부 물질 주변을 감싼다. 이것이 시간이 흐르면서 커진 것이 진주다. 자연적으로 외부 물질이 들어가는 경우도 있지만, 인공적으로 이물질인 핵을 넣어 양식진주를 만들 수 있다. 진주 양식에서 가장 많이 쓰이는 연체동물은 조개와 같은 이매패류인데, 진주조개가 속하는 익각목과 말조개(*Unio douglasiae*), 대칭이가 속하는 석패목 조개를 주로 이용한다.

한편 《삼재도회》에는 담채를 각채殼菜라고 소개하고 있다. 또 먹을 게 많고 말린 것의 모양이 주모와 흡사하며 동해부인이라고 《본초강목》에 소개되어 있다고 적혀 있다. 위 내용에서 특이한 점은 홍합을 바다에서 나는 나물로 소개하고 있다는 것이다. 이는 홍합을 가리키는 한자에서도 확인할 수 있는데, 채菜란 '나물, 푸성귀'를 가리키는 글자이므로 옛 중국인들은 홍합을 바다에서 나는 나물로 인식한 게 분명하다. 아마 털이 나고 움직이지 않아서 그런 게 아닌가 싶다.

해삼 海蔘

해삼은 바다에서 난다. 그런데도 나는 말린 해삼 외에는 본 적이 없었다. 그러다가 이곳 삼기三岐 경상남도 합천에 와서 처음으로 산 해삼을 볼 수 있었다.

해삼 큰 것은 막 태어난 돼지 새끼만 하고, 색상은 검푸르면서도 옅은 노란색을 띠었다. 육질은 매우 물러서 우무우뭇가사리를 끓여 만든 끈끈한 음식에 비해 약간 단단할 뿐이다. 홍로주紅露酒의 안주로 삼아 날로 먹었는데, 처음에는 시원한 맛이 느껴졌으나 한 접시도 채 비우기 전에 배가 불러 왔다. 맛은 별로였지만 강장強壯 효과는 큰 듯했다.

그곳 사람들에게 듣자니 해삼은 따뜻한 방에 하루만 두어도 곧 녹아서 물이 되어 버린다고 한다. 그러고 보면 해파리 종류가 아닐까 싶다.

『담정총서』

해설

극피棘皮동물에 속하는 불가사리, 별불가사리*Asterina pectinifera*와 달리 석회성 내골격이 매우 작거나 거의 없는 해삼은 술안주로 인기가 높다. 해삼은 포식자의 공격을 받거나 물리화학적 스트레스를 받으면 자신의 내장을 몸 밖으로 배출하는 습성이 있고 포식자가 사라지거나 스트레스 원인이 사라지면 뛰어난 재생력으로 자신의 내장을 복구할 수 있다.

또 해삼은 수온에 굉장히 민감해 섭씨 25도 이상의 수온에 놓이면 스트레스로 내장을 뱉어 내며 그 상태가 지속되면 결국 죽는다. 해삼이 죽으면 석회성 내골격이 거의 없기 때문에 몸 형태가 흐트러져 물처럼 흐물흐물해진다.

맛조개蟶·문어八梢·상어鮫魚

우리나라에서는 새와 짐승, 곤충과 물고기를 나타내는 한자의 뜻을 거의 몰랐다.

임진왜란 때 명나라 장수가 편지를 보내서 정蟶맛조개을 구해 줄 것을 요청했는데, 우리나라에서는 그것이 가리합嘉里蛤인 줄 모르고 대답하기를, '우리나라에서는 이런 물건이 생산되지 않는다'고 했다. 그러자 명나라 장수는 자신을 속인다고 성을 내기까지 했다.

하루는 명나라 장수가 계두桂蠹를 바쳤는데, 그것은 계수나무 속에서 생긴 좀으로 빛깔은 붉고 맛은 매우면서도 향기로웠다. 남월왕南越王한나라 때 남월 지방을 다스리던 제후이 중국에 공물을 바칠 때 비취翡翠물총새는 40쌍을 바치면서도 계두는 고작 한 그릇밖에 바치지 못했다 하니, 그것이 얼마나 귀한지 짐작할 수 있다. 그런데도 주상主上께서는 한참 동안 주저하시며 젓가락 대기를 즐겨하지 않으셨다.

잠시 후에는 문어갱文魚羹문엇국을 올렸는데, 문어는 바로 팔초어八梢魚다. 그런데 명나라 장수 역시 난처한 빛을 보이며 먹지 않았다. 사람들 말을 들어 보면, 이 문어는 우리나라에서만 생산되는 까닭에 명나라 장수가 처음 보았기 때문이라고 한다.

동월董越이 지은 《조선부》를 보니, 그가 붙인 주註에 "문어는 중국 절강浙江에서 나는 망조어望潮魚주꾸미다"라고 했다.

그렇다면 임진왜란 때 명나라 장수 이여송李如松1549~1598이 이끌고 온 병사들은 거의 모두 중국 북쪽 지방 출신인 까닭에, 멀리 떨어진 강회江淮양쯔 강에서 나는 어물魚物생선을 보지 못한 것은 당연한 일일 것이다.

《본초》 오적어烏賊魚오징어 편을 살펴보면 "어족魚族 가운데 뼈 없는 고기는 이름을 유어柔魚라 하고, 그 외에 장거章擧와 석거石距장거와 석거 모두 낙지라는 두 종류가 있다"라고 했다.

이는 문어와 비슷하게 생겼는데 조금 크고 맛은 대단히 좋아서 귀중한 식품으로 꼽히고, 오적어 역시 팔초어와 비슷한데 그에 비해 다리가 짧기 때문에 구분할 수 있다.

내 추측에는 장거와 석거란 것은 우리나라에서 나는 문어와 낙지 따위처럼 생긴 듯한데, 중국에서도 진귀하게 여긴다. 낙지는 세상에서 소팔초어小八梢魚라고 부르는 것이다.

인조조선 16대 왕, 재위 1623~1649 임금 정해년1647, 인조 25년에 중국인 임인관林寅觀·진득陳得 등이 큰 파도를 만나 제주에 표류한 적이 있었다. 후에 조정에서는 그들을 북경으로 돌려보냈는데, 그들이 제주도에 머무르면서 도미어道尾魚라는 것을 보고 말하기를, "이 것이 교력어[鮫魚]상어다"라고 했다.

그러나《본초》를 아무리 살펴보아도 이런 생선은 없으니, 그의 말이 옳은지 그른지 알 수 없다.

『성호사설』

해설

중국 사람과 우리나라 사람 사이에서 동물을 부르는 명칭이 달라 생기는 어려움을 설명하는 글이다. 중국의 정蟶과 우리나라의 가리맛조개Sinonovacula constricta가 같은 종류임을 몰랐다는 내용과 이여송을 비롯한 중국 장수들이 문어를 잘 몰랐다는 내용이 있는데, 전자의 경우는 정이라는 한자에 해당하는 우리나라 생물이 어떤 것인지 몰라 발생한 일이고 후자는 중국에도 문어가 있지만 이여송 등이 내륙 사람이라 접하지 못해서 그런 것이라 추측했다.

그리고 중국 사람 임인관과 진득이 제주에서 먹었던 도미어를 교력어라 한 이유를 잘 모르겠다고 했는데, 중국에서 교력어 또는 교어鮫魚는 현재 고등어

*Scomber japonicus*를 일컫는 말로 실제 중국 사람들이 제주도에서 고등어를 먹었을 가능성도 있고 도미어를 고등어류로 착각했을 가능성도 있다.

어떤 생물에 대해 붙는 명칭으로 지역명과 학명이 있다. 지역명은 각 국가나 지역에서 붙이는 이름으로 일반명이라고 한다. 위의 글에서 제시된 것처럼 같은 생물에도 서로 다른 지역명이 붙을 수 있어서 생물의 이름 때문에 의사소통이 어려운 경우가 있다. 이에 비해 학명은 두 단어의 라틴어 또는 라틴어로 변환된 단어로 구성되어 있다. 학명은 각 생물에 유일하기 때문에 국가가 달라도 소통에는 전혀 문제가 되지 않는다.

해마와 석연

해마海馬와 석연石燕은 일찍이 그 이름은 들었지만 보지는 못했는데, 마침 약원藥院 궁중에서 의약에 관한 일을 맡아보던 관아에서 산실産室의 일을 담당하면서 두 물품을 접할 수 있었다.

해마는 완연히 말의 모양을 갖추었지만 손바닥보다 크고 색은 희며, 석연은 모양이 제비와 같은데 색은 푸르고 밤톨처럼 작았다. 이 둘은 모두 해산을 촉진하는 도구로, 해산이 임박했을 때 손에 잡는 것이다. 이는 중국에서 만들어진 것인데, 각각 한 쌍을 갖추어 붉은 끈으로 매어 홀기笏記 혼례나 제례 따위의 의식에서 의식의 순서를 적은 글 위에 눌러 놓는다. 석연은 해산하고 나면 내려놓으니, 오래 가지고 있으면 불편하기 때문이라고 한다.

이런 사실을 살펴보면 사물의 이치를 이해한다는 것이 참으로 어렵다는 걸 알 수 있다.

『임하필기』

해설

조선 왕실에서 왕비나 후궁의 해산이 임박했을 때 출산을 촉진하기 위해 사용하는 해마와 석연에 관한 내용이다. 이때 해마가 어류의 일종인 해마를 말린 것일 수도 있고 아니면 말처럼 생긴 다른 물건일 수도 있는데 확실하지는 않다. 그러나 해마의 길이가 8센티미터 정도로 손에 쥘 만하고 온몸이 딱딱한 골판骨板으로 덮여 있다는 것을 감안한다면 말린 해마*Hippocampus coronatus*일 가능성이 높다.

석연은 완족腕足동물의 화석을 일컫는 말이다. 완족동물은 얼핏 보면 연체동물 중 조개와 유사하게 두 장의 패각으로 덮여 있는데, 조개의 패각이 몸의 왼쪽과 오른쪽에 위치한다면 완족동물의 패각은 몸의 등과 배 쪽에 위치한다. 그런데 해마와 석연을 손에 쥐는 것이 출산에 도움이 된다는 과학적 근거는 없다.

물개 海狗

올눌제膃肭臍물개의 고환을 말린 것는 해구海狗물개다. 우리나라의 영해寧海경상북도 영덕·평해平海경상북도 울진 등지에서 나는데 모두 수컷이다. 해마다 떼를 지어 바다를 따라 남으로 가다 남해현南海縣경상남도 남해에 이르러 암컷을 만나 짝짓기를 하고 가는데, 암컷을 낳으면 그 지방에 남겨 두고 수컷을 낳으면 동해로 옮겨간다.

『청장관전서』

해설

물개(*Callorhinus ursinus*)의 이주에 관한 글이다. 물개는 서쪽으로는 동해에서부터 동쪽으로는 캘리포니아 연안에 이르기까지 태평양 가장자리를 따라 넓게 분포한다. 글에 소개된 물개의 번식 생태는 현재 알려진 사실과 일부는 맞고 일부는 맞지 않는다.

위 글에서 번식기 외에는 암수 개체들이 서로 다른 지역에 서식한다는 내용은 맞다. 하지만 번식기에 수컷들이 암컷들이 있는 곳으로 간다는 설명은 옳지 않다. 현재 알려진 바로는 오히려 암컷들이 수천 킬로미터를 이동해 수컷들이 있는 곳으로 간다. 당시에는 우리나라에도 번식처가 있던 것으로 보이지만 지금은 그렇지 않아 안타깝다.

상괭이

가정嘉靖 갑자년1564 연간에 한강에 큰 물고기가 나타났다. 크기는 돼지만 하고 색상은 희며, 길이가 한 길이 넘는데 머리 뒤에 구멍이 있었다. 그 이름을 아는 사람이 없었는데 아마도 바닷물고기가 조수를 따라 거슬러 올라온 것이 아닐까 추측했다. 옛 책을 참고해 보니, 《운부》에 "해돈海豚돌고래의 머리 위에 구멍이 있는데 그 구멍으로 물을 뿜는다"라고 했으니 이것이 바로 해돈이다.

『지봉유설』

해설

위 글에서 묘사한 동물은 상괭이(쇠돌고래)*Neophocaena phocaenoides* 또는 쇠
물돼지로 보인다. 이 종은 우리나라 황해에서부터 페르시아 만에 이르기까지
태평양, 인도양의 해안을 따라 분포한다. 강을 거슬러 올라가는 경우도 있어서
중국 양쯔 강에서는 강돼지[江豚]라고 불린다. 몸길이는 사람 키 정도며 고래목
Cetacea에 속하기 때문에 고래처럼 머리 뒤쪽 숨구멍을 통해 물을 내뿜어 숨을
쉰다.

오징어 먹

간사한 무리들이 남과 문서를 작성할 때는 오징어 먹[烏鰂魚墨]이나 어유먹[魚油墨]으로 글씨를 쓰고, 훗날 반드시 소송을 제기하는데, 소송할 때 작성한 문서를 꺼내 참고하려고 하면 이미 글자가 없어진 비권碑券토지매매계약서이 되어서 증빙할 수가 없게 된다. 그러나 바닷물로 적시면 글자가 다시 나타난다고 한다.

『청장관전서』

남조南朝 양梁나라의 은운殷芸이 지은 《소설小說》을 보면 "오징어 먹물로 글씨를 쓰면 해가 지난 후에는 먹이 사라지고 빈 종이만 남는다. 간사한 무리들은 이를 이용해 남을 속인다"라는 내용이 있다. 또 중국 사람 기창奇倡의 시에 "맹세를 오징어 먹물로 쓰니, 사람이 초산 구름과 같네"라는 구절이 있으니, 이는 그 맹세를 믿을 수 없다는 뜻이다.

또 자라의 오줌으로 먹을 갈아 나무판에 글씨를 쓰면 먹물이 한 치나 스며들어 간다고 한다. 한편 지렁이 즙을 푸른 물감에 섞어서 그릇에 그림을 그린 다음 구우면 그림이 사라지지 않는다고 한다. 이 내용을 직접 시험해 보면 그 옳고 그름을 알 수 있을 것이다.

『지봉유설』

해설

오징어 먹물의 주성분은 멜라닌이라는 색소와 점액질粘液質이다. 멜라닌에 의해 오징어 먹물이 검게 보이는데 많은 동물의 피부색과 털색을 결정하는 색소이기도 하다. 오징어 먹물로 쓴 글씨는 멜라닌 색소가 공기 중에 노출되어 산화되거나 분해되어 없어지기 때문에 시간이 지나면 점차 사라진다. 이때 멜라닌 색소 자체가 분해되는 것이기 때문에 글에서 언급한 것처럼 바닷물로 적신다고 해서 글자가 다시 나타나지는 않는다.

그리고 지렁이는 척추동물과 마찬가지로 혈액 속에 헤모글로빈hemoglobin을 가지고 있다. 헤모글로빈은 철을 포함하는 헴heme이라는 분자와 결합되어 있는데 이곳에 있는 철 성분 덕택에 산소를 운반할 수 있다. 푸른색이 나타나게 하는 도자기의 유약에도 미량의 철이 들어 있다고 한다. 따라서 지렁이 즙을 이용해 그릇에 푸른색을 낸다는 점은 과학적 근거가 있다.

배를 삼키는 물고기 _{呑舟魚}

사촌 형님이 이르기를 "옛날 물고기 중에 배를 삼킬 만한 큰 물고기가 있었다는 말을 들었지만 믿지 않았다. 그러다가 내가 동해로 이사한 후에 한 대머리를 만나, 어떻게 해서 대머리가 되었는지 물었다. 그러자 그는 이렇게 말했다. '예전에 세 사람이 함께 배를 타고 바다로 들어가서 고기를 잡다가 갑자기 고래에게 삼켜지고 말았습니다. 그 후 눈에 아무것도 보이지 않아 앞이 깜깜해지면서 천지를 분별할 수 없었는데, 그제야 고래 배 속이라는 것을 알게 되었지요. 그래서 칼날로 고래의 창자를 이리저리 그으니, 고래도 참을 수가 없었는지 삼켰던 우리를 토해 냈습니다. 그 와중에 한 사람은 찾을 수가 없었으니 배 속에서 죽었는지 모르겠고, 저를 포함해 둘은 고래 배 속에서 벗어날 수 있었습니다. 그런데 나와 보니 머리가 익어서 머리털이 다 벗겨졌고, 이후 다시는 머리털이 나지 않았습니다.' 이로 본다면, 배를 삼키는 물고기가 있다는 말이 과연 헛소리가 아니다"라고 했다.

『성호사설』

해설

사촌 형이 한 얘기를 옮기면서 배를 삼키는 물고기가 실재할 수 있다는 사실에 감탄하는 내용이다. 배를 삼킬 정도의 바다 생명체는 고래 정도일 것이다. 우리나라 주변을 통과하는 수염고래류와 귀신고래 *Eschrichtius robustus* 정도가 배를 삼킬 정도로 크다. 그런데 고래를 탄주어呑舟魚, 즉 물고기로 묘사하는 것은 분류학적으로 잘못이다. 고래는 어류에 속하지 않고 사람과 같은 포유류에 속하기 때문이다. 고래는 포유류 중에서도 특히 소목Artiodactyla과 근연 관계에 있다.

고래 배 속에서
살아 나온 어부

울진蔚珍 둔산진屯山津에 사는 한 백성이 배를 타고 바다에 나가 전복을 작살로 찔러 잡다가 고래를 만나 배와 함께 고래 입속으로 빨려 들어갔다. 고래 배 속에 들어가 보니 작살을 휘두를 만큼 넓었으므로 온 힘을 다해 사방을 찌르자 고래가 고통을 참지 못하고 그를 토해 냈다. 그가 밖으로 나와 보니 온몸은 흰 소처럼 흐물흐물해졌고 수염과 머리털은 하나도 남아 있지 않았다. 그런데도 그는 구십이 넘도록 살다가 죽었으니, 천명이 다하지 않았기에 고래 배 속에 들어가서도 살아날 수 있었던 것이다.

일반적으로 고래를 묘사한 옛 시의 내용은 모두 잘못되었다. 고래는 메기 가운데 큰 종류로 비늘과 이빨이 없다. 그러니 두보

경

고래는 잘 알다시피 한자로는 '경鯨'이라 쓴다. 고래잡이배를 포경선捕鯨船이라고 부르는 것도 그 때문이다. 그런데 여기서는 '탄주어吞舟魚', 즉 '배를 삼키는 물고기'라고 부른다. 이는 《삼재도회》에 나오는 위 그림을 보아도 알 수 있는데, 중국의 바다는 주로 우리나라 서해에 해당한다. 따라서 거의 모든 중국인은 본문에서 지적했듯이 고래를 보지 못했을 것이 분명한다. 그러다가 커다란 고래를 보고는 배를 집어삼키는 물고기라고 여겼을 것이다. 그림에 등장하는 고래가 본문에 지적했듯이 비늘을 가지고 있는 것도 그림에서 확인할 수 있다.

시에 나오는 "돌고래의 비늘과 등딱지"란 표현이나, 이백의 시에 나오는 "큰 고래의 흰 이빨"이란 표현 모두 잘못되었으며, 특히 '등딱지'란 말은 더더욱 잘못이다. 고래가 비늘은 없지만 그래도 어류인 반면, 등딱지가 있는 것은 거북이나 자라 종류이니 어찌 혼동할 수 있단 말인가. 다만 등지느러미가 있다거나 배를 삼킨다는 말은 분명 옳다.

그런데 명나라 때 왕기王圻 1498~1504가 지은 《삼재도회》 역시 고래에 비늘이 있는 것으로 묘사했으니, 중국 사람 중에는 고래를 보지 못한 자가 많은 것으로 보인다.

『청성잡기』

고래는 포유류에 속한다. 포유류의 중요한 특징은 어린 새끼에게 젖을 먹여 키운다는 점이다. 따라서 고래는 메기*Silurus asotus*와 같은 어류도 아니며 자라 *Pelodiscus sinensis*와 같은 거북류도 아니다. 위 글에서 고래는 비늘이 없다고 생각한 것은 맞지만 이빨이 없다는 것은 반만 옳다. 고래 중 수염고래 종류는 이빨이 없는 대신 위턱에 케라틴으로 구성된, 빗처럼 생긴 고래수염을 가지고 있다. 고래수염은 물속에 있는 먹이를 걸러 먹는 데 이용한다. 이와 달리 향유고래 *Physeter catodon*, 범고래*Orcinus orca*, 돌고래 등은 이빨이 있다.

어미 고래의 교훈

어미 고래는 새끼를 낳을 때가 되면 반드시 미역이 많은 바다를 찾아 실컷 배를 채우는데, 먹이를 어찌나 욕심내는지 비좁은 물길로 들어갔다가 빠져나오지 못하고 죽는 경우도 많다. 이야말로 바다의 큰 물고기가 인간에게 주는 교훈 가운데 하나다.

세상에서 아이를 낳은 산모가 해산 후 미역국을 먹는 것 또한 고래에게서 얻은 교훈이다.

『청성잡기』

해설

산후에 미역국을 먹는 것을 고래가 하는 행동으로부터 배웠다는 내용이다. 미역엔 칼슘과 요오드가 풍부하다. 임신 동안 태아의 골격계骨格系를 형성하는 데 필요한 칼슘을 모체가 공급하기 때문에 출산 후 모체는 많은 칼슘을 필요로 하며, 출산 후 체중 조절과 대사 기능 향상을 위해 필요한 것이 요오드다. 요오드는 목에 위치한 갑상샘이라는 분비샘에서 생산되는 갑상샘 호르몬의 주원료인데, 갑상샘 호르몬은 우리 몸의 신진대사를 활성화시키는 역할을 한다.

고래가 해변에 좌초되는 일은 심심찮게 일어난다. 위 글에서는 미역에 욕심을 낸 고래가 길을 잘못 들어 죽는다고 했지만, 이는 여러 요인 중 하나일 뿐이다. 먹이를 쫓거나, 폭풍과 같이 좋지 않은 날씨를 피하다가, 무리의 앞선 고래를 따라가다 해변에 좌초하는 것이다. 요즘은 잠수함이 내는 초음파에 의해서 좌초된다는 해석도 있다. 해변에 좌초된 고래는 탈수, 높아진 중력에 의한 신체 붕괴, 또는 밀물 때 등에 있는 분수공이 물에 잠겨 호흡을 못해 죽게 된다.

고래 잡아먹는
금혈어 金血魚

고래의 거대함은 배를 집어삼키고도 남아서 뭇 물고기들을 두려움에 떨게 만든다. 그런데 유독 금혈어라는 물고기만은 고래조차 두려워하니, 만나기만 하면 반드시 잡아먹혀 헤어날 수 없기 때문이다. 금혈어는 길이가 겨우 두세 치밖에 안 되지만 비늘과 지느러미가 모두 칼날 같고 수천, 수백 마리씩 떼를 지어 파도를 따라 노닌다. 게다가 고래 고기를 무척 좋아해서 고래를 만나면 수백 마리가 빙 둘러싸는데 여덟 팔八 자 모양으로 진을 치고 그 대열의 끝을 구부린다. 그런 다음 고래의 장기臟器를 빨아들이는 것이다. 금혈어가 고래를 빨아들이기 시작하면 칼날 같은 비늘과 지느러미가 일제히 창자를 뚫는데, 그러면 고래는 피가 나면서 곧 죽는다. 그 때문에 두려워서 감히 대항하지 못하고 지느러미를 흔들며 도망간다. 그렇게 가까스로 금혈어 떼의 왼쪽 대열을 벗어났다 싶으면 다시 구부러진 끝부분의 고기 떼가 쫓아와 에워싸고 오른쪽 고기 떼가 뒤따라 빙 둘러싸는데, 전광석화電光石火처럼 빠르게 움직인다. 그러면 고래는 간이 오그라들고 눈이 아찔해져서 두세 번 뛰어오르다 기진맥진해서 퍼져 버린다. 고래가 지친 것을 확인한 금혈어들은 다투어 달라붙어 뜯어먹어서 고래의 몸에서 흘러나온 검붉은 피가 바다를 흥건히 물들이는데, 고래를 완전히 뜯어먹은 후에야 금혈어 떼는 떠난다.

물고기 중에는 고래보다 큰 것이 없는데 가장 큰 물고기가 작은 물고기에게 잡아먹히는 것이다. 이를 보아도 동물에게는 모두 천적이 있는 것이니 두렵지 않은가.

동물 중에 근육이 없는 것은 오직 돼지와 물고기뿐이다. 《주역》에 "믿음이 돼지와 물고기 같은 미물에게까지 미친다"라고 했으니, 돼지나 물고기가 지극히 미련해서 길들이기 어려움을 지적한 것이다. 그러므로 돼지나 물고기는 앞으로 나아갈 수는 있어도 뒤로 물러날 수는 없으니, 이를 보아도 물고기에게는 지능이 없음을 알 수 있다.

그런데도 진을 쳐서 고래 도륙하기를 마치 군사가 적을 공격하듯 정연하게 하니 이는 그들의 본성에 의한 것이다. 기러기나 사

습이 진을 치듯 떼를 짓는 것도 본성에 따른 당연한 것인데 하물
며 군대처럼 진을 치는 금혈어야 당연한 것 아니겠는가.

『청성잡기』

해설

고래를 공격해 잡아먹는 금혈어라는 작은 물고기에 대한 글이다. 실제로 고
래를 공격해 잡아먹는 물고기는 같은 고래인 범고래나 백상아리Carcharodon
carcharias 정도인데 이들에게도 커다란 고래를 잡는 일은 쉽지 않다.

위 내용을 보면 아마도 금혈어라는 물고기를 다른 물고기로 오해한 듯하다. 태
평양 동부 해안에 서식하는 색줄멸목 Atheriniformes에 속하는 탑스멜트topsmelt
라는 물고기가 있다. 이 물고기는 무리를 지어 다니며 평소 동물성 플랑크톤
plankton을 잡아먹고 사는데 고래가 근처에 있으면 고래에게 다가가 고래 표면
에 기생하는 갑각류인 고래이Cyamidae나 따개비를 잡아먹는 것으로 알려져 있
다. 고래이를 없애기 위해 고래들이 바위에 자신의 피부를 문지르기도 할 정도
로 고래이는 고래에게 성가신 기생동물이다. 탑스멜트가 고래이를 잡아먹는 광
경을 오해하면 흡사 고래를 공격하는 것처럼 보일 수 있다. 우리나라에 탑스멜
트와 같은 무리에 속하는 색줄멸Hypoatherina bleekeri과 같은 어류가 있는데
이들이 그런 행동을 하는 것을 오해한 듯하다.

한편 포유류인 고래를 물고기 중 가장 큰 물고기로 여긴 것, 돼지와 물고기가 근
육이 없다고 한 것 그리고 돼지가 미련하다고 얘기한 것은 잘못이다.

물고기는 귀가 없다 魚無耳

전한前漢의 회남왕淮南王 유안劉安기원전 179~122이 지은 《회남자淮南子》에 "새삼[兎絲] 기생 생활을 하는 한해살이 덩굴식물은 뿌리가 없이 나고, 뱀은 발이 없이 다니며, 물고기는 귀가 없이 듣고, 매미는 입이 없이 마신다"라고 했다.

그러나 내가 살펴본 바로는 그렇지 않다. 새삼도 처음에는 뿌리가 땅에 붙은 채 났다가 다른 물건에 붙게 되면, 뿌리가 저절로 말라 끊어진 후 다른 물건을 뿌리로 삼는다. 뱀 또한 두 발이 꼬리 근처에 있으니, 불로 지지면 당장 드러나게 되고, 나무에 올라갈 때 보면 발이 있는 꼬리 부근이 나무에 꼭 붙어서 떨어지지 않는다.

매미 또한 입이 있으니, 당나라 시에 있는 이런 표현이 그 증거라 할 수 있다.

주둥이를 늘이고 맑은 이슬을 마시네

다만 매미가 울 때는 곁 껍질을 흔들어서 소리를 내는 까닭에 〈고공기〉에 "곁 껍질로 운다"라고 한 것이다. 그러나 정확한 내용은 알 수 없고, 또 물고기의 귀가 있는지 없는지도 알 수가 없다.

『성호사설』

해설

《회남자》에 나오는 내용이 잘못되었음을 지적한 글이다. 하지만 성호가 관찰했다는 뱀의 두 발이 꼬리 근처에 있다는 내용도 잘못이다. 우리나라에는 없는 비단뱀*Phyton reticulatus*과 보아*Constrictor constrictor*가 골반과 골반에 연결된 한 쌍의 가시를 가질 뿐이며, 뱀아목Serpentes에 속하는 거의 모든 종은 견갑대, 골반 그리고 연결된 다리가 없다.

또 물고기에 귀가 없다는 것을 확인할 수 없다고 했는데, 잉어와 메기를 포함된 골표상목Ostariophysi 어류는 육상 사지척추동물의 귀와 구조는 다르지만 물속에서 소리를 들을 수 있는 청각기관으로 베버 기관이 있다.

매미는 복부의 측면에 진동막을 가지고 있는데 몸의 내부에 진동막과 연결된 근육을 수축시켜 소리를 낸다.

낙랑에서 나는
일곱 물고기

후한後漢의 학자 허신許愼30~124이 편찬한《설문해자》를 보면, 물고기 이름을 해석하면서 "낙랑樂浪 번국藩國중국에서 말하는 제후의 나라에서 난다"라고 한 것이 일곱 종인데, 세상에서 말하는 '낙랑 칠어'가 바로 이것이다. 그러나 사람들에게 그 고기에 대해 물으면 형태와 이름을 아는 사람이 없다. 낙랑 사람으로서 낙랑의 물고기를 모르는데, 도대체 누구에게 물을 수 있겠는가.

오늘날《소학小學》,《본초》등 여러 분야의 서적을 살펴보고 지방 방언과 맞추어 보니, 대략적으로라도 구별할 수 있는 것이 다섯이고 두 종류는 끝내 알 수 없었다.

첫째는 사鯋망둑어다.《집운》에 "사鯋는 사鯊와 같으며, 오늘날 말하는 모래를 뿜어내는 작은 고기는 아니다"라고 했고,《옥편玉篇》남북조시대 양나라 학자 고야왕顧野王이 편찬한 한자 사전에 "사鯊는 교鮫상어다. 그 껍질에 사주沙珠가 있어 그릇 장식을 할 수가 있다. 그러므로 사鯊라는 이름이 붙은 것이다"라고 했다.

둘째는 첩鰈가자미 또는 넙치이다.《정자통正字通》명나라 장자열張自烈이 편찬한 자전에 쓰여 있기를 "첩鰈은 곧 첩어妾魚붕어니, 그들이 다닐 때는 늘 세 마리가 함께 다니는데, 한 마리는 앞서고 두 마리는 뒤를 따라가는 것이 마치 비첩婢妾첩이 된 여자종과 같다"라고 했고,《집운》에는 "첩鰈은 혹 접鰈으로도 쓴다" 했다.《이아》에는 "동방에 눈이 나란히 붙은 물고기가 있는데, 그 이름이 접鰈이다"라고 쓰여 있다.

셋째는 국鯨돌고래이다. 일명 강돈江豚이라 하며, 하늘에서 바람이 불려고 하면 나타난다. 곽박의 주註에 따르면 "코가 이마 위에 있고 소리를 낼 수 있는 것끼리 짝짓기를 하며, 가슴에는 두 개의 젖이 있으니 암수가 사람과 같다"라고 한다. 오늘날 우리나라 서해에 물고기 한 종이 있는데, 바다 사람들이 수욱어水郁魚라고 부른다. 모양은 큰 돼지와 같고 색깔은 흑색에 붉은색을 띠고 있으며 코가 정수리 위에 있고 '껄껄' 하고 소리를 낸다. 암컷에게는 가물치[鱧]와 같은 새끼가 늘 가슴과 배에 붙어 다닌다. 강돈과 해돈海豚돌고래은 같은 종류로 다만 종種이 다르다.

넷째는 패鮄로 규鮭패와 규 모두 복어와 같다.《논형論衡》한나라 학자 왕충

王充이 지은 사상서에 이른바 "복어의 간은 사람을 죽인다"라고 한 것이 그것이다. 대개 하돈河豚복어에게는 독이 있어 옛사람들 가운데 요리하여 먹는 이가 적었다. 송나라 때에 들어서야 비로소 '죽음을 무릅쓰고 먹어 볼 만한 맛이다'는 말이 나타나게 되었는데, 송나라 시인 매성유梅聖兪성유는 매요신梅堯臣의 자字, 1002~1060 집안의 늙은 여종이 하돈을 잘 끓이는 것으로 이름이 났다. 그러나 이는 한때의 풍습이라 할 것이다.

다섯째는 옹鯑자가사리인데, 곽박은 "옹어鯑魚에는 문양이 있다" 했고, 전한 때 유향劉向기원전 77~6이 편찬한 《초사楚辭》굴원·송옥 등 초나라 사람들의 사부를 중심으로 한나라 사람들의 모방작을 모아 놓은 시가집 주註에서는 "모양이 얼룩소와 같다"라고 했다. 오늘날 바닷속 사어沙魚상어 가운데 등에 얼룩무늬가 있는 것은 호사虎鯊라 하고, 구슬무늬가 있는 것은 녹사鹿鯊라 하는데, 가죽은 모두 그릇과 의복 장식에 사용할 수 있다.

여섯째는 역鱴자가사리이고, 일곱째는 노鱸인데, 둘 모두 《설문》에서 설명된 적이 없고, 《육서음운六書音韻》청나라 중기의 학자 단옥재段玉裁가 편찬한 음운학 책, 《본초강목》 등 여러 서적을 살펴보아도 흡사한 이름이 나타나지 않는다. 분명하지 않은 것을 적당히 단정해 훗날 잘못 이해하도록 했다는 비난을 듣기보다는 차라리 의심스러운 채로 남겨 두고 불안한 것은 옆으로 제쳐 둠으로써 모르는 것을 모른다고 하는 것이 더 현명한 일일 것이다. 은진현思津縣충청남도 논산에서 나는 어떤 물고기는 맛이 쇠고기 같은데, 내가 호남에 있을 때 여러 번 먹어 보았다. 그러니 이것으로 일곱 종류 물고기 가운데 빠진 것을 보충할 수 있지 않을까.

『임하필기』

해설

황해도와 평안도 지역인 낙랑 지역에서 난다는 낙랑 칠어에 대해 여러 문헌을 조사한 내용을 담은 글이다. 상어, 넙치, 상괭이, 복어, 동자개*Pseudobagrus fulvidraco*, 농어*Lateolabrax japonicus*가 그 일곱(실제로는 여섯) 물고기인데 어류 분포를 조사해 보니 황해도와 평안도에서 볼 수 있는 종류다. 다만 이중 상괭이는 고래목에 속하는 포유동물이므로 물고기가 아니다.

한편 사鯊와 사鯊는 같은 글자다. 사어鯊魚는 《삼재도회》에도 등장하는데, '사鯊'란 글자에는 모래무지*Pseudogobio esocinus*란 뜻과 아울러 상어란 뜻도 있다. 위 글에서 "오늘날 말하는 모래를 뿜어내는 작은 고기는 아니다"라고 한 것은 모래무지가 아니란 뜻으로 보이며, "사鯊는 교교(상어)다"라는 문장을 보면 사鯊는 곧 상어를 가리킴을 알 수 있다. 이는 《삼재도회》의 내용을 보아도 확인할 수 있는데, 사어를 바다의 왕으로 칭하며 500~600근에 이르는 커다란 물고기로 묘사하고 있기 때문이다.

첩섭鰈은 접섭鰈이라고도 한다는 말을 살펴보면, 위에서 말하는 첩섭鰈은 가자미를 가리키는 것이라 할 것이다. 사전을 보면, 첩섭鰈을 '가자미, 납자루, 넙치' 등으로 표기하는데 《삼재도회》에는 "동해에 사는 접어鰈魚는 곧 비목어比目魚다"라고 쓰여 있다. 비목어는 앞서 살펴본 바와 같이('가자미의 땅' 편 참조) 가자미를 가리키는 것으로 보는 것이 일반적이기 때문이다.

국鮈은 돌고래를 가리키는 것이 분명하다. 강돈江豚이란 '강의 돼지'란 뜻이니 그만큼 육중한 크기를 나타내는 표현이라 할 것이다. 중국에서도 돌고래를 '강돈江豚'이라 불렀다는 기록이 《삼재도회》에 나온다. 수욱어水郁魚란 말은 '물을 높이 뿜어 올리는 물고기'란 뜻이니 고래를 가리키는 표현이라 하겠다. 해돈海豚 또한 돌고랫과 동물을 가리키는 표현이다. 두 가지가 다르다고 했는데, 오늘날에는 사용하지 않는 용어들이라 어떻게 다른지 알기가 힘들다. 해돈은 《삼재도회》에도 나오지 않는다.

노鱸는 본문에서 밝혔듯이 책자를 통해 알아보기 힘든데, 같은 소리가 나는 노鱸가 농어를 가리키므로, 혹시 농어가 아닐까 생각해 볼 수 있다. 그러나 우리보다 한자에 훨씬 능숙했을 필자가 모른다고 하였으므로 노鱸와 노鱸는 다르다고 보는 것이 합당할지도 모르겠다.

《우항잡록》에 등장하는 다양한 물고기

명나라 문장가 풍시가馬時可가 지은《우항잡록雨航雜錄》에 이런 내용이 있다.

큰 장거章巨낙지를 석거石拒라 하는데, 돌구멍에 살면서 사람이 잡으려 하면 다리로 돌멩이를 말아 가로막기 때문에 그런 명칭이 붙었다. 생김새는 산통[算袋]점쟁이가 점을 칠 때 쓰는 산가지를 넣어 두는 통과 같고 여덟 개의 발에 길이는 2 ∼ 3 척1척은 약 30센티미터이며, 발에는 못대가리 같은 것이 다다다닥 붙었는데 구멍이 있다.

작은 것은 장거章擧라 하며, 바다 진흙 속에 사는 것은 망조望潮주꾸미라 하는데, 몸길이는 1 ∼ 2 촌1촌은 1척의 10분의 1쯤 되고 발은 몸길이의 배에 이르는 까닭에 도희塗蟢라고도 한다.

다른 종류는 다리가 짧고 못대가리 같은 것이 없는 것으로 쇄관鎤管
이라 한다.

장거홍어章巨魟魚란 것은 생김새가 등그런 부채 같으면서 비늘이 없
고 빛깔이 검붉으며 입은 배 아래에 있고 꼬리는 몸보다 길다.

가장 큰 것은 교鮫상어라 하고 그 다음은 금홍錦魟 · 황홍黃魟 · 반홍斑
魟 · 우홍牛魟 · 호홍虎魟 등인데, 홍魟은 홍鮢으로 쓰기도 하는데, 《문
선文選》양나라의 소통蕭統이 진·한나라 이후 제·양나라의 대표 시문을 모아 엮은 책에 나
오는 분어鱝魚 가오리가 바로 이것이다.

면어鮸魚민어는 생김새가 농어[鱸]와 같으면서 살이 거친데, 아가미가
셋인 것이 면鮸, 넷인 것이 모茅다. 면어는 악청樂淸 지방에서 민어鱉魚
라고 부르는 것으로 모광茅狅이라고도 한다.

위 내용을 살펴보건대, 석거는 우리나라에서 문어文魚라 부르는
것이고, 장거는 낙지[絡蹄], 망조는 골독骨篤꼴뚜기이고 홍어는 가오
리加五里다. 면어는 민어民魚인데, 면鮸과 민民은 음이 흡사하고, 민
鱉과 민民 또한 음이 비슷하다. 즉 이런 물고기들에 우리 이름을 붙
이지 않고 중국 말을 그대로 쓴 것으로, 글자가 약간씩 다를 뿐이다.

『청장관전서』

해설

문어와 낙지, 꼴뚜기 등은 연체동물문Mollusca 두족류에 속한다. 그리고 가오리는 홍어와 함께 홍어목Rajiformes에 속하는데, 홍어목 무리는 같은 연골어류에 속하는 상어 무리보다 훨씬 종류가 다양하다. 그런 까닭에 위 내용 가운데도 가오리 또는 홍어의 종류에 속하는 다양한 명칭들이 등장하는데, 금홍, 황홍, 반홍 등 여러 명칭이 구체적으로 어떤 종을 뜻하는지는 알 수 없다.

물고기 기르기 養魚

집에서 기를 만한 가축으로는 다섯 가지를 들 수 있는데 첫째가 물고기, 둘째가 양, 셋째가 돼지, 넷째가 닭, 다섯째는 거위나 오리다. 특히 《양어경養魚經》춘추시대 월나라 재상 도주공陶朱公이 지은 책에 이르기를 "생활을 해 나가는 방법에 다섯 가지가 있는데, 그중 물에서 기르는 것이 제일이다"라고 했으니, 바로 물고기 기르기를 가리키는 것이다.

물고기를 기르기 위해 연못을 팔 때는 좋은 날짜와 시간을 가려야 하고, 고기를 물에 넣을 때에도 생문방生門方풍수, 점쟁이들이 길흉을 점칠 때 쓰는 팔문의 하나으로 넣어야 한다.

6묘畝약 600제곱미터의 땅에 못을 파고 못 가운데 9주洲를 만든다.

《거가필용居家必用》원나라 때 편찬된 가정 요리 책에서는 "한 길 깊이로 못을 파고, 벽돌로 산을 쌓아 10주洲를 만들되, 수면 위로 올라오지 않도록 해야 한다"라고 했다.

알 밴 잉어 3척尺약 30센티미터짜리 스무 마리와 3척짜리 수놈 네 마리를 2월 상경일上庚日첫 번째 경일에 못 속에 넣되, 물소리가 나지 않도록 조용히 넣어야 산다. 4개월이 되면 첫 번째 신수神守를 넣고, 6개월에는 두 번째 신수를 넣으며, 8월에는 세 번째 신수를 넣는데, 신수란 곧 자라를 말한다.

잉어가 360마리로 늘면 그 가운데 교룡蛟龍모양은 뱀과 같고 몸의 길이는 한 길이 넘으며 넓적한 네 발이 있다는 상상 속 동물이 잉어들을 데리고 날아가는데, 자라가 있으면 날아가지 않고 못 가운데서 이리저리 돌아다니며 그곳을 제 집으로 여기고 살기 때문에 자라를 넣는 것이다. 이듬해 2월이 되면 길이 1척짜리 잉어 1만 마리, 2척짜리 4000마리, 3척짜리 2000마리를 얻게 되고, 그 다음해가 되면 1척짜리 10만 마리, 2척짜리 5만 마리, 3척짜리 4만 마리를 얻게 되는데, 2척짜리 2000마리만 종자로 남겨 두고 나머지는 모두 잡아 판다. 3년째가 되면 잉어가 이루 헤아릴 수 없이 많게 된다.

잉어를 기르는 까닭은 서로 잡아먹지 않아서 잘 자라고 또 세상에서 귀하게 여기기 때문이다.

물고기를 기르는 곳은 진흙이 비옥하고 마름 등 물풀이 많은 곳을 선택하는 것이 좋다. 그러나 무엇보다 지켜야 할 것은 수달의 공격이다. 이것만 조심한다면 인가 근처 호수에서도 큰 재산을 이룰 수 있을 것이다.

오늘날에는 강에서 물고기를 잡아다가 곡식 따위를 먹이면서 못 속에서 기르는 사람들이 있는데, 이렇게 해도 1년에 1척쯤은 자라게 되니 이익이 된다고 하겠다.

한편 양의 우리를 못가 언덕에 짓고 매일 아침 양의 똥을 물고기에게 먹이기도 하는데, 이렇게 하면 곡식 따위를 일부러 넣어줄 필요가 없다. 다만 물고기에게 체기滯氣가 생기는 것을 조심할 일이다.

『산림경제』

해설

이 글에서 예상한 것과 같은 결과를 얻을 수 있다면 좋겠지만 잉어 스물네 마리가 이듬해 1만 6000마리, 그 다음해에 19만 마리로 늘어나는 것은 현실적으로 불가능하다. 일단 그 잉어들이 살아갈 수 있는 공간이 되지 않는다. 글에서 이야기한 것처럼 6묘(약 600제곱미터)의 면적에 깊이가 한 길이라고 했는데, 한 길을 넉넉히 2미터 정도로 잡는다면 총 1200제곱미터의 부피가 된다. 이를 1만 6000마리로 나누면 한 마리당 0.075세제곱미터의 공간이다. 이 정도의 공간은 가로, 세로, 높이가 약 42센티미터인 정육면체에 해당한다. 19만 마리라면

각 개체당 가로, 세로, 높이가 18.5센티미터인 공간에 살아야 한다. 산소 공급과 배설물 처리를 고려한다면 매우 비좁다.

공간의 크기뿐만 아니라 먹이 부족과 집단의 밀도가 높아졌을 때 나타나는 스트레스와 각종 질병 역시 문제가 된다. 이 글은 양어를 통해 순식간에 큰돈을 벌 수 있을 것처럼 이야기하지만 낙관적인 상황에 기초한 예상에 불과하다.

물고기 이름

동월董越의《조선부》에 이런 내용이 나온다.

물고기로는 금문錦紋, 이항鮞項, 중진重脣, 팔초八梢가 제일이다.

　그리고 그 주註에 이르기를 "금문은 쏘가리와 흡사한데 몸이
둥글다. 이항은 피라미와 같은데 말린 것도 볼 수 있다. 중진은 빛
나는 붉은 눈이 완어鯇魚 잉엇과에 속한 물고기, 초어草魚라고 한다와 같고, 입
술은 말처럼 생겼는데 코 주변 고기가 무척 맛있다. 팔초는 중국
절강浙江에서 꼴뚜기라고 하는 것으로 큰 것은 길이가 4, 5척이나
된다"라고 했다.

이때의 금문은 금린어錦鱗魚쏘가리이고 이항은 여항어餘項魚열목어, 중진은 눌어訥魚누치를 가리키고 팔초는 문어文魚다.

『지봉유설』

해설

위 글에 따르면 금문은 쏘가리*Siniperca scherzeri*, 이항은 열목어*Brachymystax lenok*, 중진은 누치*Hemibarbus labeo* 그리고 팔초는 문어를 뜻한다. 문어와 꼴뚜기는 같은 두족강에 속하기는 하지만, 문어는 여덟 개의 발이 있어 낙지와 더욱 유사하며, 꼴뚜기는 열 개의 발이 있어 오징어와 가깝다.

중국 절강 성의 꼴뚜기는 아마도 대왕오징어*Architeuthis japonica*로 생각된다. 대왕오징어는 우리나라를 비롯해 중국, 일본 근해에서 지금도 종종 출현한다.

파충류 / 양서류 ——

뱀

진도 벽파정碧波亭명나라 사신을 맞기 위해 건립했다고 하는 정자에 큰 구렁이가 나와서 대들보에 매달렸는데, 크기가 서까래만큼이나 컸다. 그 순간 갑자기 흰 기운이 정자 마루 밑에서 똑바로 비치더니 큰 구렁이가 순식간에 뒹굴다가 죽고 껍질만 남았다. 이를 이상히 여긴 사람들이 마루청을 떼고 보니, 그 밑에 큰 지렁이가 서려 있는데, 길이가 수척에 이르렀다.

오늘날 사람들이 소주를 뱀에 부으면 타서 사라지는 것은 소주와 뱀이 서로 상극이기 때문이다.

금생격琴生格이란 자는 어려서부터 글재주가 뛰어났다. 언젠가 절에서 글을 읽는데, 뱀이 섬돌집채 앞뒤에 오르내리게끔 놓은 돌계단 사이에서 나왔다. 깜짝 놀란 금생이 지팡이로 내리쳐 뱀을 죽였다. 그러자 뱀이 이어 나왔고 금생은 이 뱀마저 죽였다. 그러나 그 뒤에도 뱀은 끊임없이 나왔고 금생은 수도 없이 많은 뱀을 죽였다. 하루에도 수십 번 뱀 죽이기를 거듭하던 금생은 결국 견디지 못하고 뱀을 피할 수밖에 없었다. 그러나 금생은 나이 스물도 채 못 되어 죽고 말았다. 사람들은 금생이 뱀을 너무 많이 죽였기 때문에 요절한 것이라고 말한다.

내 생각에는 뱀을 죽였기 때문에 그 응보로 죽은 것이라고는 할 수 없을 것이다. 그러나 사람이 다른 생물을 함부로 해치는 것은 옳지 못하다. 옛날에 손숙오孫叔敖가 머리가 둘인 뱀을 죽인 것으로 인해 음덕陰德을 받았다고 전한다. 그러나 이것은 그가 산 짐승을 죽이고자 해서 죽인 것이 아니라 다른 사람을 상하게 할 것을 염려해 죽인 것이므로 생물을 해치는 행동이라고 할 수 없다. 즉 죽인 행동은 같다 해도 죽인 까닭이 다른 것이다. 같은 생각이라도 어떤 경우에는 복을 받고 어떤 경우에는 화를 받는 것은 이 때문이다. 그러니 어찌 경계하지 않을 수 있겠는가.

세상에 전하기를 '뱀에게 물린 경우에는 정월 첫 해일亥日에 짠 참기름을 저울추에 발라 그 구멍을 통해 상처에 떨어뜨리면 금세 나을 뿐 아니라 문 뱀도 죽는다'고 한다.

진사 김확金矱1572~1653이 말하기를 "시골에 살 무렵, 여러 번에 걸쳐 시험해 보았는데, 참기름을 먹거나 바르면 금세 나았다고 한다. 참으로 이상한 일이다.

『지봉유설』

해설

뱀독은 뱀이 먹이를 잡거나 포식자로부터 자신을 방어하기 위해 독소를 포함한 침이다. 뱀독은 스무 가지 이상의 화학물질로 구성되어 있는데 대부분 단백질이다. 뱀독에는 혈액응고, 혈압 조절, 신경과 근육의 흥분 전달 같은 생물학적 기능을 방해하는 단백질들이 있다. 뱀독의 해독은 해로운 영향을 미치는 단백질을 화학적으로 파괴하거나 뱀독이 일으키는 증상을 생리적으로 완화시키는 것이다.

뱀은 전 세계적으로 분포하기 때문에 각 지역마다 뱀에 물렸을 때 나타나는 증상을 완화시키는 민간요법이 있다. 이러한 요법 중 일부는 과학적 근거가 있지만 많은 경우 그렇지 못하다. 이 글에서 뱀독에 참기름이 좋다는 것도 과학적 근거가 부족하다.

녹청 鼆蠪

《시경》〈소아小雅〉 '정월'이란 시에 이런 구절이 있다.

하늘이 높다 해도 몸을 굽히지 않을 수 없고

땅이 비록 넓다 해도 천천히 걸을 수밖에 없네.

소리 높이 외치는 이 말들이 윤리에 맞고 도리에 맞는데도

슬프다! 오늘날 사람들은 어찌 살무사와 도마뱀처럼 행동하는가?

살무사는 성질이 악한 반면 도마뱀은 뱀의[蛇醫], 즉 뱀 의사로서 사람을 물지 않는데, 이무기와 같은 종으로 치부하는 까닭은 무엇인가?

생각건대 도마뱀은 종류가 매우 많으니,
언정蠑螈 · 수궁守宮언정과 수궁은 모두 도마뱀붙이 ·
합개蛤蚧도마뱀과 동물의 일종 · 갈호蝎虎도마뱀붙이, 석
룡石龍도마뱀 등이 그것이다. 그
러니 이런 종류 가운데 이
무기에 비할 만큼 악한 종류가
하나쯤은 있지 않겠는가?

내가 중국의 음운학 책《자림》을 살
펴보니 "녹청睩聽은 도마뱀처럼 생겼는
데, 나무 위에 살면서 사람을 문다"라고 했는데, 송나라 사람 소송
蘇頌이 "천 년 묵은 살무사다"라고 한 것과 비슷하다. 이로 미루어
본다면 〈소아〉에 나오는 구절 또한 이런 식으로 여긴 게 아닐까
판단된다.

『성호사설』

언정
《삼재도회》에 실린 '언정'. 갈호, 수
궁과 함께 도마뱀붙이를 일컫는다.

해설

《시경》에 나오는 시 가운데 도마뱀Leiolopisma laterale을 살무사Agkistrodon
brevicaudus와 더불어 악한 존재로 묘사한 내용에 대해 반박하는 글이다. 성호
는 도마뱀이 뱀처럼 사람에게 해를 끼치지 않는다고 주장했는데, 이 주장은 어

느 정도 근거가 있다.

오늘날 지구상에는 4800여 종의 도마뱀이 존재한다고 알려져 있는데, 2900여 종에 이르는 뱀보다 많다. 그 가운데 미국독도마뱀 *Heloderma suspectum*과 멕시코독도마뱀 *Heloderma horridum* 두 종만이 독을 가지고 있다. 두 종 모두 아메리카 대륙에 있으므로 조선 땅에 있던 성호가 독이 있는 도마뱀의 존재에 대해 모르는 것은 당연하다.

머리 둘 달린 뱀兩頭蛇

중국 춘추시대에 초나라 재상을 지낸 손숙오孫叔敖가 어린 시절 놀다가 머리가 둘인 양두사兩頭蛇를 보고는 "이 뱀을 보는 사람은 반드시 죽는다고 한다. 그러니 이 뱀을 그냥 두면 많은 사람이 죽을 것이다" 하더니 죽여 묻은 다음, 울면서 집으로 돌아왔다. 이 말을 들은 그의 어머니가 "남에게 음덕陰德을 베풀었으니 너는 죽지 않고 오래 살 것이다"라고 했다는 이야기는 잘 알려져 있다. 그러나 그때 이후로는 양두사가 있다는 말을 전혀 듣지 못했으며, 양두사를 보면 독에 중독되어 목숨을 잃게 된다는 말도 믿을 만한 것이 못 된다.

송나라 학자 장뇌張耒1054~1114가 지은 《명도잡지明道雜志》를 보니, "황주黃州중국 후베이 성에 있는 도 시에 자그마한 뱀이 있는데 머리와 꼬리가 같으므로 모두 양두사라고 하나, 내가 보기에는 꼬리가 머리와 비슷할 뿐이지 양두사는 분명 아니었다. 그 지방 사람들은 '이는 오래 묵은 지렁이가 변해서 뱀이 된 것인데, 아주 큰 것은 없고 기어 다니는 모습도 뱀과 같지 않아 매우 느

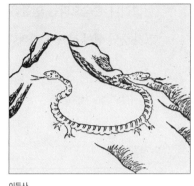

이두사
본문에서는 양두사兩頭蛇라고 부르는 데 비해 《삼재도회》에는 이두사二頭蛇라고 부르며 위 그림이 실려 있다. 둘 모두 머리가 둘인 뱀이란 뜻인데 《삼재도회》에선 '네 다리가 있고 사람을 잡아 먹는다'라고 설명한 것으로 보아 도마뱀을 가리키는 것이 분명하다. 다리가 있는 뱀은 도마뱀류 외에는 없기 때문이다.

리다' 하기도 하고, 산지렁이[山蚓]'라고도 한다"라고 적혀 있었다.

황주는 초나라에 속한 곳이니, 손숙오가 보았다는 것이 혹 이것이 아닐까. 그 모습이 기이한 까닭에 그 무렵 우매한 사람들이 '보는 자는 반드시 죽는다'고 잘못 말한 것이지 사실이 아니다.

송나라 학자 심괄沈括1031~1095이 지은 《몽계필담夢溪筆談》에는 "선주宣州수나라 때 안후이 성에 있던 행정 구역 땅에 기두사岐頭蛇가 많은데, 길이는 한 자쯤 되고 머리는 하나며 비늘은 거꾸로 났다. 사람이 머무는 집 토방 사이 한 구멍에 수십 마리씩 들어 있는데, 얼핏 보면 지렁이와 같다"라고 했으니, 이것도 산지렁이 따위를 가리키는 것이 분명하다.

그러나 손숙오라는 인물은 인품이 거짓되지 않고 믿을 만하니, 그가 죽인 뱀이 진짜다, 가짜다 따질 필요는 없을 것이다.

『성호사설』

해설

중국에서 오래전부터 전해 내려오던 양두사, 즉 머리가 둘인 뱀의 존재는 확인할 수 없고 단지 머리와 꼬리 부분이 비슷하게 생긴 뱀을 잘못 이해하고 있는 것이라고 주장하는 내용이다. 그러나 내용과 달리 진짜 머리가 둘인 양두사는 자연계에서 심심찮게 태어난다.

양두사는 일란성 쌍둥이가 발생 과정을 거치면서 완전히 분리되지 않아 발생한다. 일반적으로 양두사는 두 개의 뇌가 있어 몸을 정확히 움직이지 못하는 경우가 많아 자연계에서 생존 가능성이 매우 낮다. 따라서 일부 예외도 있긴 하지만 대부분 수개월밖에 살지 못하는 것으로 알려져 있다.

《몽계필담》에 기술된 지렁이와 비슷한 뱀은 산지렁이일 수도 있지만, 지렁이와 유사하게 생긴 두 그룹의 생물일 수도 있다. 양서류 중 나사류나 지렁이도마뱀이 그것이다. 이 중 후자는 아메리카 대륙에만 분포하기 때문에 가능성이 낮고, 나사류는 현재 동남아시아에 분포하므로 당시 안후이에서 관찰됐을 가능성이 있다.

한편 위 글을 보면 손숙오라는 인물을 상당히 신뢰한다는 사실을 알 수 있다. 중국 춘추시대 초나라의 재상으로 활동한 손숙오는 《사기》〈순리열전循吏列傳〉에 등장하는데, 순리循吏란 백성들의 뜻에 따라 다스리는 훌륭한 관리를 가리킨다. 그만큼 손숙오가 훌륭한 관리였다는 증거라 할 수 있다.

뱀의 슬기

동물 중에 뱀보다 혐오스러운 것은 없다. 사람에게 '너는 뱀만도 못한 놈이야'라고 욕을 하면, 아무리 무식하고 미천한 자라 할지라도 성을 내지 않는 경우가 드물다.

그러나 알고 보면 책을 읽어 사리를 안다고 하는 자도 뱀에 미치지 못하는 경우가 많다.

옥당玉堂 궁전의 수각水閣물가나 물 위에 지은 정자이 불어난 물에 무너지기 하루 전, 큰 뱀이 처마를 타고 내려왔고, 그 뒤를 이어 수많은 뱀이 내려와 시냇물을 따라 어디론가 사라졌다. 이 모습을 본 사람들이 '저것들이 어째서 제 집을 두고 떠나지?' 하며 모두 궁금해했다. 그런데 이튿날 밤 폭우가 쏟아져 궁궐의 도랑이 넘쳐흐르더니 수각이 마침내 떠내려가고 말았다.

강릉江陵의 의운정倚雲亭은 지은 지 수백 년 된 건물이다. 그곳에 뱀 한 마리가 살고 있었는데, 어느 이른 아침 홀연히 밖으로 나오더니 떠나기가 서운하다는 듯 용마루에 똬리를 틀고 잠시 있더니 내려와서는 창고로 들어가 버렸다. 그러더니 저녁도 되기 전에 돌풍이 불어 지붕 기와가 모두 날아가고 정자가 넘어져 마룻대와 들보가 그대로 주저앉았다. 그러니 그 뱀이 옮겨 가지 않았다면 어찌 화를 면할 수 있었겠는가.

또 이런 일도 있었다.

포천抱川에 거주하는 서씨徐氏의 농장 하인들이 돈을 추렴해 술을 사다 아궁이에 데우고 있었다. 그때 한창 눈이 내렸는데 지붕 위의 뱀이 갑자기 밖으로 나오더니 기어서 멀리 달아나기 시작했다. 그러더니 참새들 또한 뒤따라 시끄럽게 지저귀기 시작했다. 그러자 사람들이 모두 이상하게 여겼는데, 잠시 뒤 불이 나 집이 잿더미가 되고 말았다.

뱀의 지혜가 이와 같으니 숨어 살며 자기 몸을 보존하는 정도에 그치지 않는다. 만일 세상의 군자가 뱀처럼 일의 기미를 미리 알아 닥쳐 올 해악을 멀리할 수만 있다면 어찌 화를 당하겠는가. 이사李斯 진시황을 도와 진나라의 천하통일을 이룬 명재상, ?~기원전 208와 장화張華의 지혜로 말하자면 예나 지금이나 맞설 자가 없다. 그러나 그들이 결국 화를 당한 것을 본다면 새끼 돼지라도 그 어리석음을 비웃을 텐데 하물며 슬기로운 뱀이야 말해 무엇하겠는가.

『청성잡기』

해설

재난이 닥쳐오기 전 동물들이 먼저 알아채고 피한다는 내용으로, 하찮은 미물이라도 우리 인간보다 나은 점이 있다는 내용이다.

각 동물마다 발달된 감각은 다를 수 있다. 그렇기 때문에 실제 우리가 보고 느끼는 환경은 우리보다 발달된 감각이 있거나 그렇지 못한 감각이 있는 동물이 보고 느끼는 것과 다르다. 예를 들어 뱀은 코와 눈 사이에 위치한 구멍기관을 통해 적외선을 감지할 수 있어서 인간의 눈에 보이지 않는 사냥감의 체온을 쫓아 먹이를 잡을 수 있다.

그리고 모든 동물은 자신에게 닥쳐올 위기를 피하려는 본능이 있다. 하지만 인간보다 재난을 잘 피한다고 해서 이들이 슬기롭다고 생각하는 것은 무리가 있다. 지혜와 슬기로움은 두뇌로 고차원적인 사고를 할 수 있는 인간이 가진 중요한 특성이기 때문이다.

한편 위 글에 나오는 이사李斯는 진시황을 도와 천하통일을 이루었을 뿐 아니라, 천하통일을 이룬 후에도 군현제郡縣制, 도량형의 통일, 문자의 통일 등 수많은 업적을 남긴 명재상이다. 그러나 진시황 사후 환관 조고趙高의 간계를 받아들여, 첫째 아들인 부소를 황제로 세우라는 진시황의 유언을 무시하고 둘째 아들인 호해를 황제로 옹립했다. 그런 뒤 계략을 세워 첫째 아들 부소는 자살하도록 했다. 그러나 그 또한 후에 환관 조고의 계략에 말려 도읍의 저잣거리에서 아들과 함께 처형당하고 말았다.

장화張華 또한 서진西晉의 대신으로 죽림칠현竹林七賢 가운데 한 사람인 완적阮籍에게 재능을 인정받아 중서랑中書郎에 오를 만큼 학식이 뛰어났고 명성도 높았다. 이후 오나라 토벌에 공을 세워 무후武侯에 봉해졌으며, 혜제惠帝 대에 이르러서는 사공司空에 올랐으나 사마윤의 반란 때 살해당했다.

진주와 뱀이 돌아옴 ^{珠蛇還歸}

중국 제나라 우원虞愿이 진안태수晉安太守에 올랐는데, 그곳은 염
사담蚺蛇膽비단뱀의 쓸개의 산지였다. 하루는 어떤 이가 염사비단뱀를
선물로 보내왔는데, 그는 이 염사를 차마 죽일 수 없어 20리 밖에
내다 버리도록 했다. 그러나 하룻밤이 지나자 이 염사가 되돌아왔
다. 그래서 이튿날은 40리 밖에 버리도록 했으나 하루가 지나자
또 되돌아왔다는 것이다. 사람들은 이것을 합포의 진주[合浦珠還]잃
어버린 물건을 다시 찾게 되거나 떠났던 사람이 다시 돌아온 것을 비유한 고사성어와 연산
連山의 석종유石鍾乳처럼 기이하게 여기지만 잘못된 것이다. 염사
한 마리가 고을 태수가 정사를 잘한다고 해서 그 먼 곳에서 되돌
아올 리가 있겠는가?

갯가에 살면서 나는 여러 가지를 실험해 보았다. 갯가에서는 잔 조개가 수없이 나는데, 사방에서 모여든 사람들이 이것을 따 간다. 그러던 어느 해에 큰물을 만나자, 진흙이 갯벌을 덮어 조개 가 모조리 죽어 종자가 끊겼는데, 몇 해가 지나자 다시 예전처럼 돌아왔다. 진주란 것 또한 조개에서 나오는 보물인데, 그 생산량 이 어찌 고을 원員이 잘 다스리고 못 다스림에 따라 변하겠는가?

산골 마을에는 뱀이 많아 집안 뜰에도 기어 다닌다. 사람을 시 켜 몰아내거나 없애 버리면 거의 죽고 고작 몇 마리만이 살아남는 데, 얼마간 시간이 흐르면 다시 예전과 같이 모여든다.

그 현상을 살펴보면 이렇다. 여러 종류의 벌레가 동네 개천 주 위 썩은 잎에서 많이 생겨나는 까닭에, 개구리니 맹꽁이 들이 시 냇물에서 나와 썩은 개천으로 모여들게 되며, 아무리 쫓아도 조금 만 지나면 되돌아온다. 즉 뱀이 사람 집 근처를 떠나지 않는 것은 이 개구리와 맹꽁이를 먹이로 삼기 때문이다.

그뿐이 아니다. 제비나 참새도 반드시 사람의 집을 찾아오고, 호랑이나 표범 또한 깊은 산에서 살지 않고 내려오는 것은 모두 자신들의 이익을 찾기 위해서다.

언젠가 길을 가다가 갑자기 내리는 소나기를 만났다. 냇물이 불어서 사람들이 어쩔 줄 몰라 하며 건너지 못하는데, 자그마한 뱀이 풀 속에서 나와 물로 뛰어들었다. 그런 후 온갖 어려움을 극복하면서 건너가고야 말았으니, 무릇 하찮은 생물일지라도 본능은 같은 것이다.

『성호사설』

해설

제나라 우원의 고사故事에서 동물들이 다시 돌아오는 것을 고찰한 내용이다. 어느 해 큰 홍수 탓에 갯가의 조개들이 모두 절멸한 몇 년 후에 다시 조개들이 돌아오고, 뱀을 잡아 죽이고 몰아내도 다시 뱀이 생겨나는 현상 들을 관찰한 성호는 동물들이 자신의 이익을 위해서 그런 행동을 한다고 결론을 내린다.

성호의 결론은 생태학적으로 볼 때 옳다. 자연 생태계 내에서 같은 종의 서로 다른 개체 사이뿐만 아니라 서로 다른 종 사이에서 한정된 자원을 두고 경쟁이 존재한다. 홍수에 의해 어떤 조개 개체군이 절멸했다면 그 개체군이 차지하던 서식 공간에 같은 종이나 다른 종의 조개들이 새롭게 정착하게 된다. 마찬가지로 어떤 지역의 뱀을 잡아 없앴다 하더라도 그 개체들이 차지하고 있던 서식지가 비게 되므로 다른 개체들이 또한 그 자리를 채우게 될 것이다. 이러한 경쟁은 자신의 이익을 위한 생물의 본능이다.

악어 鱷魚

한 문공韓文公당나라의 문장가 한유韓愈, 768~824이 악어를 쫓았다는 글에 착별擉鼈자라를 잡음이란 말을 인용했는데, 악어가 자라와 비슷하게 생겼기 때문인 듯하다.

《몽계필담》의 저자 심괄은 "왕거직王擧直이 조주潮州중국 광둥 성에 있는 도시를 다스릴 때 배처럼 큰 악어 한 마리를 낚아 그린 뒤 그림 밑에 다음과 같은 서문序文을 붙였다. '악어는 자라와 흡사하나 긴 주둥이가 몸집과 가지런하고, 어금니는 톱니처럼 생겼는데, 누렇고 푸르며 흰 세 빛깔로 이뤄져 있으며, 꼬리에는 갈고리 셋이 있는데 무척 날카로워서 사슴과 돼지 따위를 만나면 꽉 잡아 삼키고 만다. 알은 많이 낳는데, 깨어나 자라도 되고, 악어도 되며 악어로 되는 것은 한두 마리에 지나지 않는다. 지방 사람들은 개와 돼지의 몸에 독약을 칠한 후 뗏목에 실어 바닷물 속에 던지면 악어가 이를 먹고 죽는다. 그런데 내가 자라를 시험해 보니, 씹는 힘이 강하고, 알도 낳기는 하지만, 꼬리에 갈고리는 없었다. 물고기 종류 가운데 이런 것이 많으니, 물이 클수록 그곳에 사는 동물도 더욱 크게 자라므로 바닷속에 큰 자라라는 이름이 있는 것이다. 한 문공이 악어를 쫓았다고 알려진 조주 땅은 바다를 끼고 있는 까닭에 악어가 많았던 것이다"라고 했다.

『성호사설』

해설

《몽계필담》을 지은 박물학자 심괄은 악어와 자라*Pelodiscus sinensis*가 같은 종류라고 생각하고, 알이 부화하는 환경이 넓을 때 악어가 태어난다고 생각한 것 같다. 하지만 자라가 속한 거북류와 악어는 파충류 안에서 유연 관계가 상당히 먼, 완전히 다른 종이므로 옳지 않다. 하지만 이들에게는 공통된 특징이 있는데, 알이 부화되는 온도에 따라 성이 결정된다는 점이다. 악어는 알이 부화되는 과정에서 온도가 높으면 수컷이 되고 온도가 낮으면 암컷이 된다. 반면 거북류에서는 정반대로 온도가 낮으면 수컷이 되고 온도가 높으면 암컷이 된다

개구리

개구리는 오랫동안 가물면 소리를 내지 않다가 비가 오면 시끄럽게 울어 대는데, 왜 그런지에 대해서는 알 길이 없다.

《주례》에서, 대합조개의 재를 뿌려서 제사를 지내는 것은 그 소리를 피하기 위해서인 반면, 남북조시대 남제南齊의 학자 공치규孔稚圭447~501가 이 소리를 양부兩部의 북을 치고 피리 부는 것에 비유한 것은 그 소리를 좋아했기 때문이다. 오늘날 맹인들이 경을 읽을 때 개구리 소리를 모방하는 것 또한 일종의 음악이라 하겠다.

『용재총화』

동방삭東方朔전한 때의 문인, 기원전 154~93은 "한나라 도읍에는 물에 개구리가 많다. 가난한 사람들은 이를 이용해 충분히 배를 불린다"라고 했다. 안사고顏師古는 《한서》 주註에서 "와蛙는 하마蝦蟆청개구리와 흡사하나 작은데, 사람들이 이를 잡아먹는다"라고 했다. 《한서》 〈곽광전霍光傳〉전한 때의 장군 곽광의 전기을 보면, "승상이 주장해 종묘의 염소와 토끼, 개구리를 모두 없앴으니 죄를 내릴 일이다"라는 내용이 나온다. 이를 보면 한나라 때는 종묘에서도 개구리를 길렀다는 걸 알 수 있다.

《회남자》를 보면 "월나라 사람들은 염사蚺蛇비단뱀를 구해 가장 좋은 안주로 삼았다"라는 내용이 나온다.

지난번 중국 병사들이 우리 땅에 왔을 때 남쪽 출신 병사들은 개구리와 뱀을 즐겨 먹은 반면, 우리나라 병사들이 낙지 먹는 것을 보고는 오히려 이상히 여겼다.

『지봉유설』

해설

개구리가 비가 오면 우는 이유를 궁금해 하면서 쓴 글이다. 번식기에 수컷 개구리는 암컷 개구리를 유혹하기 위해 울음소리를 낸다. 하지만 번식기가 지난 다음에는 날씨 변화에 따라 개구리 울음소리의 패턴이 달라진다는 것이 최근 알려졌다. 한마디로 기상학자의 역할을 하는 것이다. 개구리는 피부가 얇고 특히 기온과 습도 변화에 민감하기 때문에 비가 올 때 시끄럽게 울어 댔는지도 모르겠다.

그리고 먹을거리가 부족하던 옛날에는 개구리나 뱀 같은 동물 역시 많이 먹었을 것이다. 요즘은 남획으로 인해 개구리와 뱀의 개체수가 급격하게 줄어들어 멸종 위기에 처한 종들이 많아졌다. 각 지역별로 출현하는 산물들이 다르기 때문에 마지막 문장에서 중국 병사와 우리나라 병사들의 먹을거리가 다르다고 언급한 것은 당연하다.

이상하고 작은 개구리

기로소耆老所70세 이상인 정2품 또는 종2품의 실직에 있는 문관 벼슬아치들을 우대하기 위해 설치한 조선시대 관청 안에 매화나무 한 그루가 있는데, 오래전에 말라 죽어 등걸만 남아 있었다. 언젠가부터 그 속에서 개구리 소리가 나는데, 겨울에는 그쳤다가 봄이 되면 시끄럽게 울어 댔다.

송동宋洞서울 종로구 명륜동과 혜화동에 걸쳐 있던 마을의 석벽에 틈이 한 길쯤 나 있는데 그 속에 작은 개구리가 숨어 산다. 때때로 출현하는 것이 혹은 두세 마리 혹은 네댓 마리여서 그 수가 일정치 않고, 봄이건 가을이건 할 것 없이 늘 그 틈에서 산다. 형체가 크지도 작지도 않으면서 거의 똑같고, 사람이 잡아 땅에 꺼내 놓으면 곧바로 위로 올라가 그곳으로 다시 숨는다. 내가 어렸을 적에 한 번 본 적이 있는데, 한 노인이 말하기를, 자신 또한 어렸을 때 본 것이 이와 같았다고 한다. 이상한 이야기의 기록이라는 것이 모두 이러한 일에서 비롯된 것일 게다.

『임하필기』

해설

기로소 안에 항상 있는 개구리에 대해 쓴 글이다. 저자가 본 개구리는 숲에서 사는 청개구리*Hyla japonica*일 가능성이 높다. 청개구리는 평지와 저지대에 서식하며 번식기 이외에는 낮은 나무나 풀잎 위에서 생활한다. 그리고 다른 양서류와 달리 발가락에 빨판이 있어서 나뭇잎과 미끄러운 표면에 잘 달라붙을 수 있다. 죽은 나무 아래서 겨울잠을 자고 봄에 나와 짝짓기를 해 알을 낳는다.

곤충류

벌의 순행 蜂巡

나는 벌을 기르면서 옛날 천자^{天子}가 순수^{巡狩 임금이 나라 안을 두루 살피며} ^{돌아다니는 일}한 것이 의미 있는 일임을 깨달았다.

벌 중에 임금이 있는 까닭은 그 지혜와 힘이 모두를 구해 주고 외적을 방어할 수 있어서가 아니라, 뭇 벌들이 다만 편안하게 살도록 하면서 여러 벌들이 가져다주는 먹이를 먹는 것이다.

그러나 아래에서 받드는 벌들은 위를 위해서 기꺼이 목숨까지 바치고자 한다. 그렇게 하는 까닭은 임금이 없으면 벌 또한 집단을 이룰 수 없고 목숨을 보전할 수 없기 때문이다.

하루도 빠짐없이 그 모습을 살펴보고 있노라니, 소위 임금 벌은 아무 생각도 없이 지내는 듯하다. 그런데도 모든 벌이 임금의 동정動靜을 주시하고 있는 것 같다. 떼를 지어 날아갈 때는 그 가운데서 임금 벌이 순행巡行하고 있음을 쉽게 알 수 있는데, 한낮이 지나면 늘 그런 행동을 반복한다.

이런 행동을 통해서도 알 수 있듯이, 임금 벌이란 것이 다만 한마리 벌로서 늘 구멍에 처박혀 있기만 하고 아무 일도 하지 않는다면, 뭇 벌들이 어찌 임금의 존재를 알겠는가?

따라서 임금 벌 또한 반드시 때를 맞추어 나와서 순행하고 경계한다. 이를 통해 임금 벌과 뭇 벌들 사이에 마음과 뜻이 통하고 상하 관계가 단단히 굳어지도록 하는데, 임금과 백성 사이는 그냥 두어서는 안 되기 때문이다.

이렇게 행동하지 않고 다만 흙을 뭉치거나 나무를 깎아 임금 모습의 허수아비를 세워 놓는다면, 벌이 아무리 미물일지라도 그런 것도 깨닫지 못하겠는가?

『성호사설』

해설

벌이 보이는 충성과 벌 사회의 조직화된 모습이 벌의 임금이 계속 동정을 살펴보기 때문이듯이, 임금이 순행을 통해 계속 살펴봐야 국가가 잘 돌아간다는 교훈을 전하려는 내용이다.

성호가 벌의 사회가 조직화되었다는 사실은 알았지만 그가 이 글에서 밝힌 생각이 모두 옳지는 않다. 벌목Hymenoptera에 속하는 벌은 사회성을 나타내는 대표 곤충이다. 성호가 생각한 것처럼 이들의 조직에서 모든 일은 협동을 통해 수행되며, 업무 분담은 효율적으로 이루어져 사회는 빈틈없이 잘 돌아간다.

하지만 성호가 왕이라고 생각한 여왕벌은 순행을 통해 자신의 국가를 살피지 않는다. 대신 벌들이 만드는 화학물질인 페로몬pheromone을 통해 의사소통을 한다. 예를 들어 여왕벌이 건재하면 여왕벌이 만들어 내는 페로몬에 의해 새로운 여왕벌이 태어나는 것을 억제하는데, 만약 여왕벌이 병들거나 죽으면 페로몬이 없어져 자라나는 새끼들 중 일부가 여왕벌이 되는 기회를 갖게 된다. 그 결과 새로 생긴 여왕벌이 일벌을 낳아 사회가 안정적으로 유지될 수 있다.

꿀벌 나라의 역사 _{蜂史}

사람을 쏘는 벌레 가운데 어질고 착하기로 꿀벌 같은 것이 없는데, 더구나 꿀벌은 다른 벌레와 서로 다투는 일도 없다.

벌레 가운데 초목의 잎을 파먹고 껍질도 벗겨 먹으며 뿌리도 파먹고 열매도 파먹는 등 해를 끼치지 않는 것이 없는데, 오직 꿀벌만은 꽃에서 떨어지는 가루와 풀잎에서 흘러내리는 이슬 따위의 하찮은 물건들만 모으고 혹 다른 벌레를 만나면 옆으로 피하니, 서로 다투는 모습을 보지 못했다.

임금 벌은 위에서 하는 일 없이 편하게 지내는 반면, 신하 벌들은 바닥에서 갖은 노력을 다해야 한다. 하지만 생긴 모습이 모두 달라서 반란을 일으키려고 해도 할 수 없다.

이런 까닭에 임금이 신하에게 특별히 은혜를 베풀지 않아도 원망이나 배반도 할 수 없다. 화를 내며 사람을 쏘면 그 자신은 반드시 죽는데, 그런 용기는 제 자신을 위해서 내는 게 아니라 오직 임금을 섬기기 위함이니 그 누구도 임금을 의심하거나 불평하고 시기를 하지도 않는다.

내가 꿀벌을 기른 지 수십 년이 넘는 바, 벌들의 심정과 행동을 잘 알므로 봉왕蜂王이란 제목으로 다음과 같은 시를 지은 적이 있다.

제후와 왕은 씨가 있어 위치는 사뭇 다르지만
계책이 뛰어나고 힘이 많아서 그런 것은 아니다
단군·신라시대처럼 서로 양보하는 기풍을 갖는다면
옛날이건 오늘날이건 찬탈하는 신하가 있겠는가
지극한 정치란 아무것도 하지 않으면서도 스스로 깊어지는 것이다
한쪽에 치우친 작은 나라라 해도 임금은 역시 군림한다
도끼와 창을 들어 위협하고 성내지 않는데도
모두가 나라 위하는 마음 품고 있음을 그 누가 알 것인가
벌의 왕은 종자를 품고 있어 모두가 복종하니
왕좌에 높이 앉아 중생을 굽어본다
어진 은혜 널리 골고루 베풀지 못해도
하늘이 내린 위계질서는 제대로 지켜지는구나

사발만큼 작은 나라, 땅 틈 속에 가까스로 펼쳐 놓았다 해도

위엄과 덕이 퍼져 나가니 사방에서 몰려든다

앞서거니 뒤서거니 우레와 같이 뒤끓으니

궁궐에서 내린 명령을 각 기관에서 재촉하는구나

입이 있으니 어찌 먹지 않고 몸을 쓰겠는가

열심히 일하여 임금을 섬기는 것 역시 하늘의 도리라

온 힘을 다해 지키기만 해도 침략이 없으니

강토 밖의 백성들은 차가운 눈길을 보내는구나

온 백성들 모두 군왕이 되어

부여받은 영토에서 각각 주장한다

하늘이 주는 이 번영과 영화로움은 모두 내 것이라고

봄이 오면 온갖 꽃향기 모두 차지하는구나

왕이 명령을 내리면 파발보다 빠르고

문을 지키는 벌은 자물쇠를 단단히 잠그고 있다

지나가는 나나니벌과 노니는 남은 벌들은 모두 왜놈이니

누구냐고 묻는 무사 벌의 호통 소리 당당하구나

수많은 벌들이 몸과 마음을 하나로 뭉치니

임금과 신하가 함께 가는 길에 통하지 않는 것이 없구나

자신들의 분수에 스스로 따르는데 항복과 반란이 있으랴

죽을지언정 기공䖟公나라를 빼앗기고 망명한 군주의 수치를 받으랴

벌에 대해 경험이 많은 사람이 아니면 이런 내용을 알기는 힘들 것이다.

한편 벌을 기르는 데는 방법이 있다. 둘레가 크고 길이가 긴 벌통은 피해야 한다. 통이 너무 크고 길면 벌이 잘되지 않고 실패가 많기 때문이다.

벌통의 받침돌은 키가 높아야 하고 바닥은 골라야 한다. 키가 높지 않으면 나쁜 벌레가 침입하기 쉽고, 바닥이 고르지 않으면 습기가 차서 벌레가 많이 생기기 때문이다.

벌통의 위와 밑을 바를 때는 틈이 벌어지지 않게 꼼꼼히 해야 한다. 벌은 바람을 싫어하기 때문이다.

벌통을 세울 때는 넘어지지 않게 굳게 세워야 하고, 얽어맬 때도 튼튼히 해야 한다. 굳게 세우지 않고 튼튼히 얽어매지 않으면 무엇에 받혀서 엎어지기 때문이다.

벌통의 뚜껑 또한 두껍게 해야 한다. 그렇지 않으면 겨울철에 벌이 얼어 죽을 염려가 있기 때문이다.

벌통 이마에는 뾰족한 나무를 세워야 한다. 그렇게 하지 않으면 닭이 올라가 발로 차서 쓰러뜨릴 수도 있기 때문이다.

벌이 드나드는 문에는 촘촘한 발을 쳐서 밤나방과 땅벌을 막아야 하고, 받침돌과 통이 연결되는 부분은 겨울철이 되면 두껍게 막아서 바람을 막아 주어야 하며, 여름철이 되면 발랐던 흙을 헐어 버리고 시원하게 만들어서 벌레가 생기는 것을 방지해야 한다.

한편 벌을 해치는 벌레가 많은데, 땅벌과 밤나방 외에도 습기 찬 흙덩이에서 벌레가 가끔 생겨난다. 그 벌레들은 꿀을 훔쳐 먹고 그물을 이리저리 얽어 놓으면서 벌이 제대로 드나들지 못하도록 하니, 그들이 끼치는 해가 참으로 크다 하겠다.

납거미·그리마지네와 비슷한 동물 같은 것은 통 밑에 숨어 있으면서 아침저녁으로 벌을 잡아먹고, 거미는 벌이 드나드는 길목에 그물을 쳐 놓기 때문에, 이슬이 내린 아침이면 벌이 그물에 많이 걸린다. 그래서 거미를 잡아서 멀리 던져 버려도 밤이 되면 반드시 와서 다시 그물을 친다.

두꺼비·사마귀·개미·모기·파리잡이거미 따위도 틈만 있으면 벌을 엿보고, 닭도 배가 고프면 쪼아 먹는다. 제비 또한 새끼를 기를 때면 역시 벌을 잡아 새끼에게 먹인다.

그중에서도 가장 막기 어려운 것이 귀뚜라미와 개구리다. 귀뚜라미는 공중으로 다니면서 나는 벌을 잡아먹는데, 수없이 몰려와서 제 배를 채우기 전에는 그만두지 않는다. 귀뚜라미를 잡기 위해서는 자그마한 활과 촉을 박은 가는 화살 여러 개를 준비해서 귀뚜라미가 쉬는 때를 기다렸다가 쏘는데, 그렇게 하면 조금은 없앨 수 있다.

그러나 개구리는 뛰어오르면서 벌을 잡아 삼키는데 사람만 보면 피해 가기 때문에 없애기도 힘들다. 그러므로 방법은 오직 하나, 개구리가 벌통 근처에 오지 못하도록 풀을 베어 버리고 아침저녁으로 지켜보는 수밖에 없다.

위에 열거한 열다섯 종류의 벌레는 벌 기르는 사람이라면 당연히 알아야 할 것들이다. 임금이 있고 신하가 있는 것을 국가라 하고, 국가가 있으면 역사도 있어야 하기에, 임금과 신하에 관한 사실을 모두 기록해 꿀벌 나라의 역사 한 부를 만드는 바이다.

『성호사설』

해설

벌의 사회를 모범적이고 이상적인 국가 형태로 보고 있다. 실제로 벌은 개미, 흰개미와 더불어 곤충 중에서 고도로 사회화된 행동을 나타낸다.

벌의 사회는 자식을 생산하는 여왕벌, 벌집을 수선하거나 만들며 외부의 적으로부터 집을 지키고 꿀을 모으는 일벌, 여왕벌과의 교미만을 위해 존재하는 수벌로 구성된다.

벌 기르기 ^{養蜂}

3월경, 벌이 다른 곳으로 이사할 때는 한 무리가 되어 급히 날아
간다. 이때 가는 모래나 흙을 벌 떼에 뿌리면 가까운 처마 밑이나
나뭇가지에 앉게 되는데, 이를 사내들이 입는 저고리로 싸서 벌통
속에 넣은 후 통 위에 벌 한 마리가 드나들 만한 구멍을 만든다. 만
약 구멍이 너무 커서 왕벌이 도망치면 모든 벌이 따라가 버리고
만다.

그런 후 통 속에 쌀죽을 쑤어 발라 주어 꿀벌의 먹이로 삼으면
새끼를 많이 쳐서 1년에 열세 통까지 늘어난다. 통 앞에 늘 물 담
은 그릇 하나를 두면 벌이 상하지 않는다.

한편 비가 잘 오지 않아 꽃이 적은 해에는 꿀벌의 먹이가 부족할 수 있으므로 닭 한두 마리의 털을 뽑은 후 내장을 꺼내고 벌통 속에 걸어 두면 꿀벌을 구할 수 있다.

꿀에는 수십 종류가 있다. 봄 꿀은 온갖 꽃에서 만들어진 것으로 흐린 빛깔에 신맛이 나고 비린내를 풍긴다. 반면에 겨울 꿀은 벼꽃으로 만들어져 엉긴 기름과 같은 빛에 신맛이 나서 좋은 품질이 될 수 없다. 그런 까닭에 꿀 가운데 가장 뛰어난 것은 순수한 여름 꿀이다.

『산림경제』

해설

꿀은 꿀벌 *Apis mellifera*이 꽃의 과즙을 섭취한 뒤 토해 내는 과정에서 변형된 것이다. 꿀은 단맛 외에도 특유의 향기로 인해 예로부터 선호되어 왔다. 꿀의 향기는 꿀이 유래한 꽃에 따라 결정된다. 특별히 관리해 주지 않는다면 일반적으로 여러 종류의 꽃 과즙이 꿀에 섞이게 된다. 따라서 계절에 따라 그리고 피는 꽃의 종류가 다른 지역에 따라 만들어진 꿀의 맛과 향은 다르다.

나나니果蠃

《중용中庸》유교 경전의 하나 20장에 "사람의 도는 정사政事를 다룸에 민
감하고, 땅의 도는 나무를 심는 데 민감하다. 정사政事라는 것은 곧
포로蒲盧나나니다"라고 했다.《몽계필담》의 저자 심괄은 이 문장에
나오는 포로를 포위蒲葦라고 했는데, 주자朱子 역시 그의 말에 따라
포위라고 했다. 포위는 부들이나 갈대 같은 식물로 매우 잘 자란다.

반면에 《이아》에서는 포로蒲盧를 과라果蠃나나니라 했고,《대대
례》에서는 조개라고 했다. 또 세요봉細腰蜂나나니을 과라라 하는 까
닭에, 후한後漢의 학자 정현鄭玄127~200 같은 거의 모든 유학자들도
과라라고 했으며, 장주莊周장자도 "세요봉은 변화를 잘한다"라고
했으니, 예로부터 포로는 곧 과라란 것이 정설이 된 듯하다.

그러나 세요봉은 명령蟆蛉나방의 애벌레을 가지고 와서 흙으로 만든 집에 넣고, 그 속에서 제 새끼로 만든다. 새끼는 벌레를 먹고 점점 커가면서 변해 벌이 되면 집을 뚫고 나오게 된다. 이는 구양수歐陽脩송나라의 정치가이자 문인, 1007~1072도 이미 확인한 것이고 나도 경험해 보았는데, 다만 세요봉만 그러는 것이 아니다. 큰 벌 가운데도 다른 벌레를 데려다가 새끼를 만드는 종류가 있다.

벌 한 마리가 책을 쌓은 시렁 틈에 집을 만들었는데, 며칠 후 그의 집을 뚫고 보니 과연 벌 새끼가 입을 오물거리면서 벌레를 씹고 있었다.

일반적으로 과라와 조개 따위는 《역경易經》《주역》〈설괘〉에 적혀 있는 바와 같이, "이괘離卦는 나蠃소라로도 되고 방蚌펄조개으로도 된다"라는 것이고, 신蜃대합조개이란 조개도 역시 방蚌의 일종인데 《예기》〈월령〉에 나오는 "꿩이 큰 강물에 들어가면 신蜃이 된다"라고 할 때의 신蜃이 바로 이것이다. 그러니 과라란 것이 조개가 아님을 어찌 알겠는가? 이 과라란 벌레는 쉽게 변화하는 까닭에 포위蒲葦를 가리켜 과라라 한다고 해도 그럴 듯하겠다.

《가어》공자의 언행과 문인, 문하생들과의 문답과 논의를 수록한 《공자가어孔子家語》에도 "변화를 기다려서 이루어지게 된다[待化而成]"라는 네 글자가 있으니, 그 뜻이 더욱 분명하다 하겠다.

『성호사설』

해설

"정사가 곧 포로다"라는 《중용》의 표현에 등장하는 포로蒲盧가 무엇인지 고찰하는 내용이다. 《이아》에서는 포로를 과라(나나니)*Ammophila sabulosa infesta*라고 한 반면 《대대례》에서는 포로를 조개로 언급한 것에 대해, 성호는 그 어느 것도 아니고 이들의 속성이 쉽게 변화하는 것이므로, 정치라는 것도 백성의 요구에 민감하게 대처해야 하는 것이라 빨리 자라는 갈대에 비교한 것이라고 결론 내린다.

성호는 나나니의 생태에 대해 자세히 알고 있는 것으로 보인다. 벌목에 속하는 나나니는 기생벌의 일종으로 땅을 파 둥지를 만들고 새끼의 먹이가 될 곤충들을 잡아 둥지 속에 집어넣은 후 곤충의 몸 안에 알을 낳는다. 알에서 부화한 새끼들은 곤충의 몸을 파먹으며 성장하고 성체가 되어 둥지를 나서게 된다. 다른 곤충의 몸에 알을 낳아 자라는 새끼의 먹이로 삼는 포식 기생 동물은 최근 해충을 농약을 쓰지 않고 방제防除하는 생물학적 방제에 이용되고 있다. 우리나라에는 나나니 외에 여러 종의 벌이 포식 기생한다고 알려져 있다.

정승 벌 相蜂

늘 통 속에서만 머물러 있는 검은 벌을 가리켜 정승 벌이라고 한다.

옛날 사람들은 정승 벌이 꿀을 잘 만든다고 했으나, 이는 믿을 수 없는 말이다. 정승 벌은 잘 쏘지도 못하고 꽃도 잘 따지 못하기 때문에 꿀을 다 만들면 다른 벌들이 다가와 쫓아 버린다.

그런데 이듬해에 새끼를 치면 또 다른 정승 벌이 여전히 나타나니, 그 이치를 다 알기는 어렵다.

내가 일찍이 경험해 보니, 한여름에 새끼를 나눠서 다른 통에 옮기면, 정승 벌이 가장 먼저 와서 윙윙거리며 떼를 지어 이리저리 날아다니는데, 추측건대 옮겨 갈 만한 장소를 미리 정해야 한다는 뜻인 듯하다.

또 벌통을 다른 곳으로 옮길 때는 정승 벌이 앞에서 인도하고 그 뒤를 임금 벌王蜂이 뒤따라간다.

이때 뭇 벌들은 한 무리가 되어 임금 벌을 감싸고 정승 벌은 그 무리 속을 뚫고 들어가는데, 아마도 임금 벌을 옆에서 보호하려는 행동인 듯하다. 이러한 행동으로 미루어 본다면, 명칭을 정승 벌이라 한 것이 그럴듯하지 않은가?

정승 벌은 무엇이 변해서 된 것인지도 알 수 없고, 가을이 되면 어디로 가는지도 알 수 없으니, 이는 풀 속에서 생겨난 나비가 겨울철이 되면 양식을 축내지 않으려고 스스로 죽는 것과 같은 이치라 할 것이다.

정승 벌 또한 꿀 만드는 데 제힘을 들이지 않았으므로 남의 꿀을 차마 먹을 수 없다는 이유로 어디론가 사라져 버리니, 그 이치가 참으로 타당하다고 하겠다.

훗날 경상卿相재상의 지위에 있으면서도 아무 일도 하지 않고 다만 백성의 고혈膏血을 짜내어 자기만 잘살려고 하는 자는 정승 벌의 사례를 통해 부끄러움을 깨닫게 될 것이다.

『성호사설』

해설

벌 사회에서 왕 벌을 이끌며 재상(정승) 역할을 하는 벌을 빗대어 당시 관료들의 행실에 대해 경계하는 글이다. 성호는 벌의 사회를 이상적 국가의 모습으로 보았는데, 그가 관찰했을 때 아무런 역할을 하지 못하는 벌을 보고 벌의 재상, 정승 벌이라 추측했다고 할 수 있다. 하지만 그가 관찰한 벌은 수벌일 가능성이 높다. 수벌은 인근 벌통의 여왕벌과 교미를 하며 일벌이 하는 일, 즉 꽃가루와 꿀을 모으고 새끼를 키우며 벌집을 짓는 일 등을 하지 않는다. 그뿐만 아니라 다른 벌들과 달리 벌침으로 쏘지도 못한다.

벌의 알 ^{蜂卵}

미蝟새우는 하蝦새우와 같은데 거북 껍질 속에 붙어산다.

파리는 누에 배속에서 새끼를 기르는데, 누에가 번데기가 되면 파리 구더기가 고치를 뚫고 나온다. 이것을 초파리라고 한다.

벌은 마소의 위장 속에서 생겨나 가죽을 뚫고 나오는데, 그것이 새끼 벌이다.

세상의 이치 가운데는 아무리 해도 알 수 없는 것이 있다.

언젠가 여름이 지나고 가을에 들어설 무렵, 어떤 벌레가 마소의 털 위에 서캐처럼 알을 슬어 놓은 것을 발견하고는 마소를 돌보는 사람에게 물어보았으나, 뭔지 모르겠다고 했다.

그 후 말을 타고 길을 가는데, 작은 벌들이 10여 리를 가도록 끊임없이 날아오기에 자세히 보니 바로 알을 낳은 벌들이었다.

벌레가 알을 낳을 때에는 반드시 정해진 장소가 있을 텐데, 마소의 털 위에 알을 슬어 놓으면 제대로 부화해서 자라기가 어려울 것이다. 그런데도 알을 성장하기 좋은 나무와 흙덩이에 낳지 않고 마소의 가죽과 털에 붙여 놓는 까닭은 무엇일까?

옛 사람이 이르기를 "잠자리가 물을 치기 좋아하는 것은 물을 사랑해서가 아니라 알을 슬기 위함이다. 그러므로 수채水蠆잠자리의 유충는 잠자리가 되고, 잠자리가 물에 슬은 알은 다시 수채가 된다" 라고 했으니, 그 이치가 맞는 듯하다.

벌이 처음에는 마소의 가죽과 털에 알을 슬어 놓는데, 나중에 보면 마소의 위장 속에서 벌이 나오니, 이것이 누에 몸에서 초파리가 생겨 나오는 이치와 같지 않음을 어찌 알겠는가?

『성호사설』

해설

벌의 알이 말과 소의 위장에서 생겨나 나중에 가죽을 뚫고 나오는 현상에 놀라 그 원리를 고찰하며 쓴 글이다. 하지만 안타깝게도 이 곤충은 실제로는 파리목 Diptera 쇠파릿과Hypodermatidae에 속하는 쇠파리Hypoderma bovis인 듯하다. 쇠파리는 다른 파리보다 훨씬 크기 때문에 벌로 착각할 수도 있다.

쇠파리는 소와 말의 앞다리 털 위에 알을 낳는데 소와 말이 자신의 다리를 핥을 때 이들의 입을 통해 소화관으로 들어간다. 그 안에서 부화해 숙주의 몸을 뚫고 피부로 이동한 후 피부 아래서 성장한다. 다 성장한 쇠파리는 피부를 뚫고 숙주의 몸 밖으로 나오게 된다. 이는 위 글의 내용과 일치한다.

파랑강충이蚨

부蚨파랑강충이는 물가에 서식하는 부들에 기생하는 곤충인데, 그 곤충은 헤어졌다가 다시 만난 후 함께 부들 위에 붙어 있다.

청동으로 만든 엽전을 부蚨라고 하는 것은, 멀리 사라졌던 청동이 집안으로 다시 들어오라는 뜻에서일 게다. 옛날 한 부자가 청동 만 전에 표시를 한 후 사용했는데 10년이 채 안 되어서 전액이 다시 들어왔다 하니, 아마 이러한 상황을 가리키는 것인지 모르겠다.

『임하필기』

해설

매미목Homoptera의 식물 해충인 파랑강충이를 뜻하는 한자인 **부蚨**가 돈을 의미하게 된 기원을 설명하고 있다. 파랑강충이가 헤어졌다 다시 만나 짝짓기 하는 모습이 돈이 돌고 도는 모습과 유사해서 이렇게 생각한 듯하다.

모기 주둥이는
연꽃 같다

남송南宋의 시인 범성대范成大1126~1193가 모기를 소재로 지은 시에 화훼花喙라는 두 글자가 들어 있다.

　내가 사근역沙斤驛경상남도 함양으로 부임한 것은 6~7월경이었다. 밤이면 모기떼가 쳐 놓은 발 틈새로 파고들어 벽 모서리로 기어들어오는데 둥그렇게 부른 배가 번쩍거리는 것들이 수도 없었다. 아이를 시켜 불을 밝힌 후 잡아도 조금 뒤면 다시 들어와서 물곤 해 견딜 수가 없었다. 그 모기의 생김새를 보면, 날개와 다리는 가늘고 약하며 주둥이는 코끼리 코처럼 길어서 앉아 있을 때는 주둥이로 버티고 날개는 들고 다리는 뒤로 빼고 있으니, 범성대가 말한 '화훼[花喙]', 즉 '꽃과 같은 주둥이'라는 말이 무슨 뜻인지 도무지 알 수 없다.

모기는 마문麻蚊이 가장 독하고 죽문竹蚊이 덜하다.

내가 이문원摛文院 규장각의 부속 건물로서 각신들이 숙직하는 곳에서 숙직할 때 벽에 모기가 많았다. 그런데 8~9월이 되면 사람을 물지 않는다. 벽에 앉아 있는 것을 자세히 살펴보니 하나하나의 주둥이 끝이 더부룩한 것이 마치 연꽃 같았다. 그제야 범성대가 말한 '꽃과 같은 주둥이'라는 말이 참으로 어울리는 비유임을 알았다. 그 후 명나라 문인 양신楊愼1488~1559의 《단연록丹鉛錄》을 보니, "안개가 피어날 때면 게와 자라가 살이 빠지고, 이슬이 내릴 때면 모기 주둥이가 터진다"라는 말이 있었다. 이 글을 보면, 옛사람들이 물건을 살필 때는 사소한 것도 빠뜨리지 않아서 이처럼 정교하고도 미세한 부분까지 찾아냈음을 알 수 있다.

『청장관전서』

해설

일상 속에서 모기를 관찰하다가 어느 순간 모기의 주둥이가 꽃송이 같다는 옛사람의 표현을 이해했다는 내용이다. 이문원 벽의 모기는 아마도 수모기일 것이다. 수모기는 암모기를 찾기 위해 잘 발달된 더듬이를 갖고 있다. 수컷 주둥이 옆에 달린 더듬이는 가느다란 털이 달린 먼지떨이처럼 생겨 밋밋한 암컷의 더듬이와 뚜렷이 구분되기 때문에, 모기의 암수를 구분하는 데 유용하다. 한편 암모기가 알을 낳기 위해 단백질원을 얻으려 동물의 피를 취하는 것과 달리 수모기는 그럴 필요가 없으므로 꿀이나 식물의 즙을 먹는다.

또 위에서 말한 8~9월은 음력이므로, 양력으로는 9월 이후를 가리킨다. 지금도 9월이 지나 날씨가 서늘해지면 모기의 움직임이 눈에 띄게 무뎌지니 정확한 관찰이라 하겠다. 그리고 마문麻蚊과 죽문竹蚊은 모기의 종류로, 우리나라에 흔한 집모기와 홍모기(빨간집모기)*Culex pipiens pallens* 두 종류를 가리키는 듯한데 정확한 것은 알 수 없다.

거미가 뱀을 잡음 ^{蛛胃蛇}

어느 날 정원을 거닐다가 뱀이 거미줄에 붙어 있는 것을 보았다. 뱀은 거미줄에 단단히 얽혀 꼼짝도 못 했는데 거미가 그 뱀을 빨아 먹었다.

나는 그것이 우연히 일어난 일이라고 여겼다. 그런데 나중에 한 시골 사람이 와서 말하기를 '거미가 입으로 실을 뽑아 뱀을 얽히게 하는 것을 직접 보았다'고 하는 게 아닌가. 그러니 물질의 성질이란 아무리 연구해도 끝이 없다 하겠다.

또 누군가 말하기를 '뱀에게 물려서 중독되었을 때 왕거미를 잡아 물린 곳에 붙여 뱀의 독을 빨아내도록 한다.

이를 여러 차례 시험한 결과 모두 효력을 보았다'고 하니, 거

미가 뱀을 잡았다는 시골 사람의 말 또한 믿을 만한 것이 아니겠
는가.

『성호사설』

해설

뱀과 거미 사이의 관계에 대해 쓴 글이다. 관찰한 내용은 구체적이고 매우 정확
하다. 거미 중 정주성定住性 거미는 거미줄로 거미집을 만들어 먹이를 포획하는
데, 일단 먹이가 그물에 걸리면 다가가 거미줄로 감싸고 독을 찔러 넣어 꼼짝 못
하게 만든다. 그런 다음 먹이의 몸속에 소화효소를 찔러 넣어 먹이의 몸뚱이 내
부를 소화시켜 액체로 만든 다음 입으로 그 액체를 빨아 먹는다. 거미가 먹이를
빨아 먹는 것은 곤충처럼 먹이를 씹기 위한 턱이 없기 때문이다. 따라서 거미가
뱀을 빨아 먹었다는 관찰은 매우 정확한 것이다.

하지만 어떤 시골 사람이 한 말 중 '거미가 입으로 실을 내어서 뱀을 얽히게 한
다'는 표현은 거미줄이 나오는 실 젖이 입이 아니라 거미의 배 끝 항문 근처에 위
치해 있기 때문에 잘못 본 것이다. 가죽거미와 같은 일부 거미류는 거미줄 성분
이 포함된 침을 뱉어 먹이를 움직이지 못하게 잡기도 한다.

쇠똥구리 蛣蜣

《자서》에 이르기를 "쇠똥구리는 똥을 둥글게 덩어리로 만들어, 암컷과 수컷이 함께 굴려, 땅을 파고 넣은 다음 흙으로 덮고 간다. 며칠이 되지 않아 똥 덩어리는 저절로 움직이고 또 하루 이틀이 지나면 쇠똥구리가 그 속에서 나와 날아간다"라고 했다. 그러나 내가 확인해 보니 그렇지가 않았다.

처음에는 여러 벌레가 함께 더러운 똥 속에 있는데, 벌레가 많고 똥이 적으면 다 먹어 버리고, 그렇지 않으면 서로 나눠서 갖되, 두 마리가 한 덩이씩 만들어 굴리는데 이리저리 뒤섞여 구별이 없다. 그러므로 두 마리는 우연히 만난 것일 뿐, 암컷과 수컷은 아니었다.

한편 똥 덩어리를 흙 속에 묻어 두는 까닭은 다음 날 먹으려는 것이 분명하다. 까마귀와 까치가 먹을 것을 얻으면 남몰래 깊은 숲속에 숨겨 두었다가 후에 파먹는 것과 같은 이치라 하겠다.

사람들은 벌레가 땅속에서 나오는 모습만 보고서 똥 덩어리가 변해서 벌레가 되었다고 하는데, 이치에 맞지 않는 듯하다.

내가 지은 시 가운데 다음과 같은 것이 있다.

> 뜰에 말똥 있는 것을 놀랍게 알아내 찾아와서
> 뒤에서 밀고 앞에서 당겨 힘써 가져가는구나
> 우연히 서로 만나 같은 이익을 구하니
> 본래 두 벌레가 한마음은 아니네

이는 내가 직접 눈으로 보고 확인한 것이다. 또 하나 우스운 일이 있다. 한 마리가 똥 덩어리를 열심히 굴리고 가면 다른 놈이 그 뒤를 따르면서 곁눈질로 어디에 감추는지 확인한 뒤 몰래 훔쳐 갈 궁리를 한다. 굴리는 놈과 거리가 가까워지면 엎드려 숨고 멀어지면 숨어 엿보는데, 거리가 아주 멀어지면 부리나케 달려가서 이리저리 찾고 다니니 참으로 얄미운 놈이다.

언젠가 아이들과 노닐다가 장난삼아 시 한 수를 지었다.

신사임당의 초충도 8곡병 중 제5면
〈맨드라미와 쇠똥벌레〉, 국립중앙박물관 소장.

작디작은 벌레가 굴리는 똥은 소합환蘇合丸 사향麝香 주사朱沙 따위를 갈아서

빚어 만든 환약보다 가벼운데

두 마리가 힘들여 일한 대가가 고작 한 알뿐이로다

함께 흙 속에 몰래 감추고 싶어 하지만

어쩌 알까, 그 맛 즐기려 기다리는 다른 놈 있음을

쇠똥구리 가운데는 조금 큰 종류도 있다. 이 놈은 혼자서 똥 덩
어리를 굴리는데,《본초강목》에는 기록되어 있지 않다.

사람들은 또, "그 배를 가르면 실처럼 생긴 흰 가닥이 있는데,
종기에 붙이면 그 기운이 살을 뚫고 들어간다. 그럼 참기 어려울
만큼 아프지만 조금 지나면 가닥이 변해서 물이 되고 종기의 독도

사라진다"라고 한다. 내가 경험해 봐도 과연 그러했으니, 참으로
신기하다.

『성호사설』

해설

경험에 비추어 볼 때 《자서》에 언급된 쇠똥구리*Gymnopleurus mopsus*의 생태가
잘못되었다는 내용이다. 두 마리 벌레가 함께 굴리는 이유가 우연이지 암컷과
수컷이 짝짓기를 위한 것은 아니라고 설명하는데, 설명이 맞을 수도 있고 그렇
지 않을 수도 있다.

쇠똥구리는 초식동물이나 잡식동물의 똥을 굴려 자신의 먹이나 새끼를 키우는
둥지로 이용한다. 한 덩어리에 두 마리가 달라붙어 있는 것은 똥 덩어리를 두고
경쟁하는 개체일 수도 있지만, 짝짓기를 위한 암수 개체일 수도 있다. 번식기라
면 암수 개체일 가능성이 높다. 두 마리의 행동을 끝까지 관찰했다면 짝짓기를
위한 것인지 똥 덩어리를 위한 경쟁인지 확인할 수 있었을 것이다.

1년에 두 번 누에를 치다 ^{原蠶}

누에와 말은 성품이나 기질이 흡사하다. 전한의 문장가 동방삭이 "누에의 아롱진 빛깔은 호랑이와 같고, 뽕잎을 먹는 모습은 말과 같다"라고 했는데, 이 말을 해설하는 이가 "말라 죽은 누에 가루로 말 이빨을 씻으면 말이 죽을 못 먹게 되고, 다시 뽕잎으로 씻어 주면 바로 먹게 된다"라고 했으니 이는 누에와 말의 성질이 같음을 입증한 셈이다.

《주례》에 "1년에 누에를 두 번 치는 원잠^{原蠶}을 금한다"라고 했는데, '원^原'은 두 번이란 뜻이다. 정현^{鄭玄}이 붙인 주^註에 "누에가 여름에 생겨나 가을에 사라지는 것은 말과 성질이 같아서, 둘이 함께 번성할 수 없다. 그런 까닭에 원잠을 금하는 것은 누에가 말에 해가 되기 때문이다"라고 했는데, 이치에 맞지 않는다.

무릇 성질이 같으면서 상대에게 도움이 되는 것이 얼마든지 있으니, 누에와 말이 함께 번성할 수 없다는 말은 이치에 맞지 않는다. 그렇다면 누에만 없어진다면 말이 더욱 번성하게 된단 말인가?

내 판단에는 《회남자》에 적혀 있는 "누에를 한 해에 두 번씩 기르지 못하도록 한 것은 뽕나무에 해가 되기 때문이다"라는 말이 옳은 것 같다.

내가 뽕나무를 오래 길러 봤기 때문에 무엇이 옳고 그른지 잘 안다.

《시경》〈빈풍豳風〉에 이런 구절이 있다.

칠월에는 뜨거움이 흐르고 팔월에는 갈대를 베네.

누에 치는 달에 뽕나무 가지를 치니

큰 도끼 작은 도끼 들고 나가

멀리 뻗은 가지 쳐서 부드럽고 좋은 잎을 따온다네.

위 글은 긴 가지는 치고 잔가지는 남겨 둔다는 뜻이다. 그 까닭은 이듬해에 새싹이 돋아서 다시 멀리 뻗어나가게 되면 이익이 크기 때문이다.

한편 누에는 일찍 나기도 하고 늦게 나기도 하는데, 일찍 나온 누에를 뽕잎으로 키워 수확한 다음 늦게 나온 누에를 또 먹인다면, 뽕나무에서 막 싹을 트는 잎들을 먹여야 하므로, 제대로 크지 못하고 죽을 것이다.

그런 까닭에 옛사람들이 원잠, 즉 누에를 한 해에 두 번 기르는 것을 금한 것이다. 그런데도 어리석은 백성들은 눈앞에 보이는 이익만을 탐내 한 해에 두 번씩 누에를 기르니, 이는 이듬해를 전혀 준비하지 못하는 어리석은 짓이다. 그러니 어찌 걱정되지 않겠는가? 누에를 기르는 자라면 이러한 사실을 스스로 깨닫고 당연히 삼갈 것이다.

『성호사설』

해설

예로부터 누에나방*Bombyx mori*의 고치에서 뽑은 명주는 고급 천인 비단을 만드는 재료로 왕실에서도 중히 여겨 왔다. 이 때문에 국가에서도 누에 키우는 잠실을 여러 곳에 두었는데, 오늘날 서울시 송파구 잠실동의 잠실蠶室이라는 지명도 이로부터 유래한 것이다.

누에나방의 애벌레는 뽕나무 잎을 먹이로 선호한다. 《회남자》에 언급된 것처럼 누에를 한 해 여러 번 키우게 되면 뽕나무 잎을 다 먹어 버리므로 뽕나무가 제대로 자라지 못할 것이다.

밤나무 잎을 갉아먹는 벌레 蟲食栗葉

최근에 밤나무 잎을 갉아먹는 벌레가 생겨서 나무가 많이 말라 죽었다. 이 벌레의 길이는 포백척布帛尺(옷감을 재는 단위)으로 2촌(약 6센티미터)이 넘는다. 색깔은 푸르고 털은 희며 벌레 종류 가운데는 매우 크다.

《고려사》〈권경중전權敬中傳〉(권경중은 고려 후기의 문신)에 "지금 밤나무 잎을 갉아먹는 벌레에는 두 종류가 있다. 밤이란 북쪽 지방에서 나는 과실이므로 벌레가 그 잎을 갉아먹기 시작한다면 북쪽 지방 산하는 참혹한 변을 당하고 말 것이다"라고 했다. 이 말이 반드시 옳다고 볼 수는 없지만, 큰 재앙이 될 것은 분명하므로 기록해 둔다.

『성호사설』

해설

밤나무 잎을 갉아먹는 벌레에 관해 기록한 글이다. 크기는 좀 작지만 묘사한 것과 유사한 밤나무 해충으로 독나방과Lymantriidae의 붉은매미나방*Lymantria monacha*의 유충이 있다.

지네 即且

《장자》〈제물론〉에 "사람은 소나 양 따위를 즐기고, 사슴은 풀을 뜯으며, 지네는 뱀을 즐기고, 올빼미와 까마귀는 쥐를 즐겨 먹으니, 도대체 이 넷 가운데 누가 진정한 맛을 안다고 여기는가?"라는 문장이 나오는데, 그 주註에 "즉저란 오공蜈蚣지네이다" 했으니, 이는 위나라 장읍이 지은 《광아》에 근거한 말이다.

한편 《이아》에는 "질려蒺藜가 즉저다"라고 했는데, 곽박은 주를 달기를 "메뚜기와 비슷하나 배가 크고 뿔이 길며 뱀의 뇌를 잘 먹는다"라고 했다. 즉 생김새가 질려나무 열매와 비슷해서 질려란 이름을 붙였을 뿐 즉저가 식물이라는 말은 아니다.

『성호사설』

해설

여러 문헌을 인용해 즉저라는 동물이 지네임을 설명한 글이다. 지네는 다지아 문Myriapoda의 순각강Chilopoda에 속하는 여러 종의 동물을 지칭하는 말이다. 지네류는 긴 한 쌍의 더듬이가 있는데 곽박이 단 주에 나오는 "뿔이 길며"라는 표현은, 아마도 더듬이를 가리키는 듯하다. 우리나라에는 왕지네*Scolopendra subepinipes*를 비롯해 여러 종의 지네가 서식한다. 왕지네는 길이가 20센티미터에 달하며 강력한 독이 있어서 작은 설치류와 박쥐까지도 잡아먹는 포식자다. 그러므로 《장자》에 나오는 표현대로, 지네가 뱀을 좋아한다는 설명 역시 틀리지 않다고 하겠다.

한편 위에서 지네의 한자 표기를 즉저卽且라고 했는데, 표준국어대사전에 따르면, 즉저蝍蛆를 지네라고 표기하고 있다. 따라서 《장자》에서는 즉저蝍蛆라는 표기를 변용해 사용한 듯하다.

《본초강목》에서는 오공蜈蚣을 그림처럼 그려 넣었으니 지네라고 여긴 게 분명하다. 그러면서 오공을 질려蒺藜 또는 천룡天龍이라고 한다고 적고 있다.

한편 《이아주소 5》 〈석충釋蟲〉 항에서는 즉저蝍蛆를 귀뚜라미라고 해석하고 있다. 이는 《이아》에서 형병이 붙인 소疏에 "'곽박은 메뚜기와 비슷하나 배가 크고 뿔이 길며, 뱀의 뇌를 잘 먹는다'고 했으니, 오공(지네)이 아니다. 《장자》 〈제물론〉에 '즉저는 뱀을 잘 먹는다'고 한 것이 이것이다"라는 문장이 있기 때문에, 이를 근거로 지네가 아니라 귀뚜라미로 해석한 듯하다.

사실 지네와 메뚜기가 비슷하다고 보기는 어렵다. 반면에 메뚜기와 비슷하다는 표현을 보면, 귀뚜라미*Velarifictorus aspersus*로 보는 게 타당하게 여겨지기도 한다.

메뚜기·지렁이 蟸螽蚯蚓

《본초강목》에 "메뚜기[蟸螽]와 지렁이[蚯蚓]는 다른 종류인데도 같은 구멍에 살면서, 암컷과 수컷 구실을 하는데, 생김새는 황충蝗蟲 _{메뚜기}과 흡사하다"라고 했는데, 이는 우리나라 사람들이 책맹蚱蜢 _{메뚜깃과에 속한 곤충을 통틀어 이르는 말}이라고 부르는 벌레다.

　내가 관찰해 보니 이런 벌레가 아주 많은데, 그중엔 사계莎鷄_{범메뚜기}처럼 생겼으나 크기는 조금 작은 것도 있다.

　어느 여름날 홀로 앉아 있노라니, 벌레 한 마리가 뜰 위로 날아와 뾰족한 꽁무니로 제 허리가 묻힐 만큼 땅을 파 놓고 그 속에 들어앉아서는 꿈쩍도 하지 않았다.

　자세히 살펴보니 꽁무니 끝에 날카로운 뿔이 둘 나 있었다. 날씨가 가물어 땅이 단단해졌는데도 깊이 뚫을 수 있는 것은 날카로운 뿔이 있기 때문이었다.

또 들을 거닐다가 이 벌레를 본 적도 있다. 흙 구멍 속에 허리를 묻고 들어앉았는데 아무리 쫓아도 꿈쩍도 하지 않았다. 마지막에는 구멍에서 끌어내기까지 했는데도 제자리에서 빙빙 돌 뿐 도망도 치지 않고 무언가 애써 찾더니, 잠시 뒤 흰 거품을 흘렸다. 거품을 들여다보니 거품 속에는 수십 마리나 되는 새끼벌레애벌레가 있었다. 그러더니 잠시 뒤 날아갔다. 새끼를 낳느라고 그런 행동을 한 것이 분명했다. 그때 나는 새끼가 흙 속에서 생겨난다는 것을 알게 되었다. 그리고 그 벌레가 커서 나비로 변하고 그 나비가 다시 메뚜기가 되는 것이다.

벌레 가운데 이런 종류가 매우 많은데, 거무스름한 것도 있고 푸른 것도 있으며, 양쪽 다리에 아롱진 무늬가 있는 것도 있는데, 모두가 흙 구멍에서 생겨나는 종류다.

이 모습을 보고 사람들이 말하기를, 벌레가 흙 구멍 속에 허리를 묻고 들어앉은 것만 보고 지렁이와 짝짓기를 한다고 의심하는데, 메뚜기가 스스로 구멍을 뚫고 들어앉는다는 것을 모르기 때문이다.

또 어떤 이는 "두 벌레가 짝짓기를 할 때 둘을 한꺼번에 잡아서 미약媚藥성욕을 일으키는 약을 만들어 방중술房中術방사, 즉 성교의 방법과 기술에 사용한다……"라고 하는데, 이야말로 황당하기 짝이 없는 말이다. 이는 의미도 없는 주문을 외우며 뜻을 이루게 해 달라고 비는 것과 마찬가지다.

사람의 마음이란 자신이 뜻하는 바에 따라 반응하기 마련이지, 이런 벌레가 시켜서 그렇게 되는 것이 아니다. 사람의 마음이 이처럼 움직이는데 귀신이 어찌 그런 사실을 알겠는가. 이제라도 두 벌레가 서로 짝짓기 하지 않는다는 것을 사람들이 알게 되면, 앞으로는 그런 술법을 이용하는 사람이 사라질 것이다.

『성호사설』

해설

메뚜기가 땅속에 알을 낳는 모습을 보고, 지렁이와 짝짓기 한다고 생각한 옛날 사람의 생각이 잘못되었음을 지적하는 글이다. 수컷과 짝짓기를 마친 암컷 메뚜기는 땅속에 산란관産卵管을 뻗어 알을 낳는다. 성호가 본 메뚜기 꽁무니 끝에 있는 날카로운 뿔은 산란관인 듯하다. 성호가 관찰을 통해 예전 기록이 잘못되었음을 지적하는 점은 학자로서 본받을 만하다. 다만 성호가 메뚜기 새끼가 커서 나비가 되고 나비가 커서 메뚜기가 된다고 잘못 생각한 점은 아쉽다.

비蜚

벌레 가운데는 곡식을 해치는 것이 많은데, 모적蟊賊곡식의 뿌리를 갉아먹는 해충과 명등螟螣명충나방과 박각시나방의 애벌레은 곡식의 잎뿐 아니라 속까지 파먹으며, 마디도 먹고 뿌리까지 갉아먹는다.

이렇게 곡식에 해를 끼치는 벌레들은 옛날부터 있었으나, 곡식의 겉은 해치지 않고 속만 파먹는 벌레는 본 적이 없었다.

지난 기묘년1759 입추立秋 무렵에 갑자기 작디작은 벌레가 논바닥 진흙 속에서 생겨나더니 열흘 남짓 만에 벼의 싹을 다 갉아먹는 것이 아닌가.

이 벌레는 빛깔은 푸르고 생김새는 매우 작았다. 큰 것이라고 해야 좁쌀 낟알만 했는데, 떼를 지어 날아다닐 때는 그 수가 셀 수 없을 만큼 많았다. 그 결과 벼 잎은 다 말라 죽고 이삭조차 맺지 못해 흉년이 들고 말았다.

내가 《춘추》를 참고해 보니, 춘추시대 노나라 은공隱公노나라 14대 임금 원년기원전 722과 장공莊公노나라 16대 임금 29년기원전 664에도 비蜚가 있었다. 그것이 바로 이 벌레인데, 송나라 학자 나종언羅從彦 1072~1135은 이를 부반負蠜이라고 했다.

《한서》〈오행지五行志〉와 명나라 매응조가 편찬한 《자휘》에도 자세히 기록되어 있는데, "이 벌레는 남월南越기원전 203년부터 기원전 111년에 걸쳐 중국 남부에서 베트남 북부에 걸쳐 존재한 왕국 지방의 더운 바람 때문에 생기는 것으로 중국에는 없다"라고 했다.

그런데 우리나라 영남 지방에서는 '지난 계축년1733 무렵에 해안 지방은 모두 이 벌레가 재난을 일으켰다'고 했다.

그 후 오늘날에는 황해도 지방부터 경기를 거쳐 호서·호남·영남에 이르기까지 바닷가 주변 고을 가운데 이 벌레가 생기지 않는 데가 없으니, 가을철 서풍西風이 부는 방향에 따라 생기게 되는 것이다.

옛날에는 가을철 서풍이 불면 이 벌레가 죽는다고 했는데, 지금은 겨울철이 지나도 죽지 않고 봄철 동풍이 불어야만 사라지니 이상한 일이다.

남월南越을 지구 전체로 따져 본다면 동쪽이니, 동풍에 생겨나서 서풍이 불면 죽는다. 반면에 우리나라는 가을철 서풍에 생겨나는 까닭에 봄철 동풍이 불어야만 죽게 되는 것이다.

이렇게 본다면, 이 벌레가 남월 지방의 더운 바람 때문에 생긴다는 말이 틀림없다.

어느 해든 여름이 가고 가을이 올 무렵에는 잠자리가 하늘을 가득 메우고 온 들판을 날아다니는데, 금년 들어서는 한 마리도 눈에 보이지 않으니, 이 잠자리가 변해서 저 벌레가 되는 것 역시 분명한 사실이라고 하겠다. 왜냐하면 벌레란 바람이 닿는 바에 따라 변화되지 않는 것이 없기 때문이다.

옛날에는 이 벌레를 냄새 나는 벌레, 즉 취충臭蟲빈대이라고 했는데, 사실 이 벌레는 썩은 냄새가 약간 날 뿐이다. 추측건대, 우리나라 기후가 남월의 열대 지방과 같지 않기 때문일 것이다.

가장 이상한 것은 풀잎만 먹는 벌레는 찬 서리와 눈을 견디지 못하기 마련인데, 이 벌레는 마른 숲 속에 엎드려 있어도 죽지 않고, 물 밑에서도 생겨날 뿐 아니라 얼음 속에서도 죽지 않고 다시 살아난다는 사실이다. 그래서 《춘추》에서도 재이災異기이한 재앙로 기록하고 있으니, 역사를 기록하는 관리들이라면 이러한 사실을 낱낱이 적어 남겨야 할 것이다.

『성호사설』

해설

비蜚는 '바퀴벌레*Blattella germanica* 종류 또는 메뚜기목Orthoptera에 속하는 곤충'을 가리키는 글자인데, 여기서는 벼를 갉아먹는 해충으로 성호가 살던 무렵에 새롭게 등장한 벌레를 가리키는 듯하다. 현재 벼 해충으로 성호의 기술과 유사한 곤충으로는 딱정벌레목Coleoptera 잎벌렛과Chrysomelidae에 속하는 벼잎벌레*Oulema oryzae*가 있다.

한편 위 글에서 몇 가지 잘못 기술된 점들이 있는데, 그중 하나는 잠자리가 변해 딱정벌레가 된다고 여긴 점이다. 그리고 취충이라고 불리는 곤충은 노린재목 Hemiptera에 속하는 곤충들로 좁게는 빈대*Cimex lectularius*를 가리킨다.

그리고 《이아》 〈석충〉에 이런 내용이 나온다.

"곡식의 싹 줄기를 먹는 것은 명螟(식물의 줄기 속을 갉아먹는 곤충)이다. 식물의 잎을 갉아먹는 것은 특蟘(황충)이다. 마디를 먹는 것은 적賊(도둑)이다. 뿌리를 먹는 것은 모蟊(해충)다."

이에 대해 육기의 《모시초목조수충어소》에는 "명螟은 자방子方(벼의 해충)과 흡사하나 머리가 붉지 않다. 특蟘은 누리(메뚜깃과에 속한 곤충)다. 적賊은 복숭아나 오얏(자두) 속의 좀*Ctenolepisma longicaudata coreana*과 흡사하나, 머리가 붉고 몸체는 길고 가늘다. 전해오는 말에 따르면, '모蟊는 누고螻蛄(땅강아짓과에 속한 곤충으로, 귀뚜라미와 비슷하며 농작물의 싹이나 뿌리를 갉아먹음)다. 싹과 뿌리를 갉아먹어 사람에게 근심거리다'고 했다"라는 내용이 적혀 있다.

이[虱]

옛말에 이르기를 '이[虱]는 음陰의 종류로 감坎_{팔방의 하나로 북쪽}에 속한다. 그런 까닭에 발이 여섯 개고 기어갈 때는 반드시 북쪽을 향한다'고 한다. 그래서 내가 시험해 보니 과연 그러했다.

중국에 갔을 때의 일이다. 그곳에 사는 가난한 사람들이 이를 잡아먹고 있는데 보기에 영 좋지 않았다.

옛 서적을 살펴보니, 범수가 진나라 왕에게 '한단은 마치 입속에 들어 있는 이와 같다'고 말했다는 내용이 있다. 또 위나라 시인 조식曹植_{조조의 다섯째 아들, 192~232}의 글에도 "벼룩과 이를 잡는 것은 이를 통해 이빨을 예쁘게 하려는 것이 아니라 몸을 위한 일이다"라는 대목이 있다.

결국 중국에서도 예로부터 몸을 위해 이를 잡았다는 사실을 알 수 있다.

『지봉유설』

해설

이는 온혈동물의 피나 조직을 먹고 사는 날개 없는 곤충의 무리를 말한다. 전 세계적으로 약 3000여 종이 알려져 있다. 모든 곤충이 갖는 공통 속성이 다리 여섯이므로 이 역시 그러하다. 기어갈 때 반드시 북쪽을 향한다는 것은 햇빛을 피해 어두운 곳으로 향하는 습성을 나타낸 것으로 보인다.

한편 벼룩과 이는 곤충 중에서 외부 기생 동물로, 주로 따뜻한 피를 가진 조류와 포유류의 외부 표면에 있으면서 피와 조직을 섭취한다. 벼룩과 이의 침샘 성분이 들어온 흡혈 지점은 염증 반응으로 인해 매우 가렵다. 병균을 가진 벼룩과 이가 사람 사이를 옮겨 다니며 질병을 매개하는 경우도 많아 벼룩과 이는 사람의 건강을 위협하는 성가신 동물이다. 그러므로 몸을 위해 이를 잡는다는 말은 일리가 있다.

기 타 동 물

용이
새끼 아홉을 낳다 龍生九子

세상에서 전하는 '용龍은 아홉 마리 새끼를 낳는데, 그들은 용은 되지 않고 각기 다른 것이 되었다'는 말을 홍치弘治명나라 9대 황제 홍치제의 연호 연간1487~1505에 한 각신閣臣조선시대 규장각의 관원이 나기羅玘와 명나라의 문장가 유적劉績의 말을 인용해 다음과 같이 말했다.

"첫째는 이름이 비희贔屭힘을 버쩍 쓴다는 뜻로서, 그 생김새는 거북과 흡사하고 무거운 짐 지기를 좋아하는데, 비석 밑에 놓인 받침돌이 그를 닮았다.

둘째는 이름이 이문螭吻으로서, 생김새는 짐승과 같고 천성이 바라보기를 좋아하는데, 지붕 위의 수두獸頭방패나 병풍석 따위에 짐승의 얼굴 모양을 본떠서 그리거나 조각한 것와 닮았다.

셋째는 이름이 포뢰蒲牢로서, 생김새는 용과 비슷하나 조금 작고 천성이 울기를 좋아했는데, 쇠북鐘 위에 달린 꼭지가 바로 그 모습이다.

넷째는 이름이 폐한狴犴으로, 생김새는 호랑이를 닮았는데 힘이 강했다. 그런 까닭에 옥문獄門에 세워지게 되었다.

다섯째는 이름이 도철饕餮로, 음식을 좋아했다. 그러므로 솥뚜껑에 새겨지게 되었다.

여섯째는 이름이 공복蚣蝮으로, 물을 좋아했다. 그러므로 다리 기둥에 세워지게 되었다."

일곱째는 이름이 애자睚眦로, 천성이 죽이기를 좋아했다. 그러므로 칼 고리에 새겨졌다.

여덟째는 이름이 금예金猊로, 생김새는 사자와 흡사하고 천성이 불을 좋아한다. 그런 까닭에 향로香爐에 새겨졌다.

아홉째는 이름이 초도椒圖로, 생김새는 조개와 비슷하고 천성이 문 닫는 것을 좋아했다. 그런 까닭에 문고리에 새겨지게 되었다."

비희는 큰 거북 가운데 주휴蠵螱바다거북라는 종류인데, 진나라 사람 좌사左思가 지은 《오도부鳴都賦》에 씌어 있기를 "커다란 영물靈物인 비희는 머리에 영산을 이고 있다"라고 했고, 후세 사람들은 "자라는 산 셋을 머리에 이고 있다"라고 했다.

이는 무거운 짐을 좋아한다는 뜻인데 누군가 말하기를 "거북과 자라는 모두 물속에 사는 종류인데, 같은 개충介蟲갑각류이라 할 지라도 자라는 바닷속에 사는 것으로 영귀靈龜만 년 동안 산다는 신령스러운거북와는 다르다"라고 했다.

이문은 오늘날 치미鴟尾전각이나 문루 등 전통 건물의 용마루 양쪽 끝머리에 얹는기와라는 것인데, 치문鴟吻이라고도 한다.

당나라 사람 소악蘇鶚이 지은 《소씨연의蘇氏演義》에는 "치미는 바다에 사는 짐승이다. 한나라 무제武帝전한의 7대 황제, 재위 기원전 141~87가 백량대栢梁臺를 지을 때 치미가 나타났는데, 물의 정기를 타고 난 짐승이라 화재를 능히 막을 수 있다고 해, 백량대 위에 이 모습을 만들어 세워 놓았다고 하는데, 이것이 오늘날 말하는 치미는 아니다"라고 했다.

《권유록倦遊錄》에는 "한나라 때 궁전에 화재가 자주 일어났다. 그러자 술사術士가 말하기를 '하늘 위에 있는 어미성魚尾星의 모습을 만들어 지붕 위에 세워 놓고 빌면 화재를 막을 수 있다'고 했다. 그러자 당나라 이후로는 사찰과 궁전에 모두 나는 물고기 모양비어형飛魚形을 만들어 지붕 위에 세웠는데, 꼬리를 위로 치켜들게 했다. 비어형이란 명칭이 언제 어떻게 해서 치미라고 불렸는지 알 수 없다"라고 적혀 있다. 그러나 그 모습 역시 나는 물고기를 닮지 않았고, 어떤 이는 말하기를 "동해에 뿔 없는 용이 있는데, 꼬리는 솔개처럼 생겼다. 입으로 물을 뿜으면 금세 비가 내리기 때문에 당나라 때부터 그 모습을 만들어 집 용마루에 세웠다"라고 했으나, 이런 내용들은 서로 일치하지도 않는다. 결국 짐승 모양으로도 만들고 물고기 모양으로도 만든 것은 풍속에 따라 그런 것이고, 사람들 역시 그 생김새에 따라 다르게 해석한 것뿐이다.

장형張衡·후한의 문인이자 과학자, 78~139이 지은 〈서경부西京賦〉를 참고해 보니 포뢰란 것은 "고래가 가끔 일어나면 큰 북이 저절로 크게 울린다"라고 했다. 한편 당나라 학자 이선李善은 "바닷가에 사는 포뢰라는 짐승은 고래를 두려워한다. 먹이를 먹기 위해 고래가 물결 위로 뛰어오르면, 포뢰는 몸뚱이를 움츠리면서 우는데 그 울음소리가 큰 북소리처럼 대단하다. 그래서 사람들이 북 위에 포뢰 모습을 만들어 세우고 나무토막을 고래 모양으로 깎아 북채를 만들어 친다"라고 했으니, 오나라 사람 설종薛綜이 말한 "고래가 한 번 치면 포뢰가 크게 운다"라는 말이 바로 이로부터 유래한 것이다.

《자서》를 참고해 보니 폐한은 "개의 한 종류로 주둥이가 검고 도둑을 잘 지키는 까닭에 감옥을 한豻이라고 한다"라고 했고, 또 "한豻은 한豻과 같은데 들개와 같다. 여우처럼 생긴 것이 몸뚱이는 검고 키는 일곱 자나 되며 머리에는 뿔이 하나 있다. 오래 묵으면 몸에 비늘이 생기고 호랑이도 잡아먹기 때문에 사냥하는 사람들이 모두 두려워한다"라고 했다.

《주례》에는 "군사가 한후豻侯를 쏘는데 한豻이란 개는 도둑을 잘 지킨다. 한후를 과녁으로 사용하는 까닭이 이것이다"라고 했으니, 옥문 앞에 세워 놓았다는 한犴도 이런 종류일 것이다.《시경》에 이르기를 "한犴과 옥獄을 관장할 때는 그곳 실정에 맞추어 해야 한다"라고 했고 한나라 때 한영韓嬰이 지은《한시외전韓詩外傳》에도 "시골에 있는 감옥은 한犴, 중앙에 있는 감옥은 옥獄이라 한다"라고 했다.

도철이란 것은《여씨춘추呂氏春秋》에 "주나라 솥에는 도철을 새겼는데, 머리만 있고 몸뚱이가 없는 까닭은 사람을 삼키다가 목구멍을 넘어가기 전에 해가 그 몸에 미쳐서 죽었기 때문이다"라고 했으니, 이는 사람이 음식을 과하게 탐내는 것을 경계한 말이다. 또《주례》에는 "보궤簠簋 나라의 제사를 지낼 때 기장과 파를 담는 그릇 뚜껑에 거북 모습을 만들어 새겼다"라고 했으니, 먹지 않고 사는 거북을 통해 사람들에게 식탐食貪을 경계하라는 뜻이다. 또한 "보개는 꾸미지 않는다"라는 말도 음식에 대한 욕심을 경계하라는 내용이니, 옛 사람들은 이런 기명器皿 그릇을 통해서도 탐식하지 말라는 경계를 나타낸 것으로, 도철이 상징하는 것과 일맥상통한다고 하겠다.

공복이란 것은 자세히 알 수 없다.

금예金猊란 것은 사자와 약간 다른 종류라는 사실만 알 뿐이다.

애자란 것도 자세히 알 수 없다.

초도는《후한서》〈예의지禮儀志〉에 "은나라는 수덕水德으로 왕이 된 까닭에 나방을 문에 새겨 붙였다"라고 했고, 《시자尸子》전국시대 법가사상가인 상앙商鞅의 스승이자 책 이름에는 "나방을 본받아 문을 열고 닫았다"라고 했으니 다음과 같은 옛날 가사歌詞에 등장하는 것이 바로 초도라는 짐승이다.

문에서는 네 필 말이 끄는 큰 수레를 맞아들이고
창문 위에는 여덟 마리 초도를 벌여 놓았구나.

포수鋪首란 양신楊愼이 이르기를 "포鋪는 그릇 이름인데, 공유포公劉鋪라는 그릇도 있고 천군양포天君養鋪라는 그릇도 있다. 모양은 보궤와 흡사한데, 보궤는 네 모서리가 있는 반면 포鋪는 둥글다. 한나라 때 문포수門鋪首란 게 있었는데, 그 형상을 본떠 만든 것이다"라고 했다.

명나라 사람 사조제는 "용이 새끼 아홉을 나았는데, 포뢰蒲牢는 울기를 좋아하고, 수우囚牛는 소리를 좋아하며, 치문蚩吻은 삼키기를 좋아하고, 조풍潮風은 위험한 짓을 좋아하고, 애자는 살상殺傷을 좋아하고, 비히는 글을 좋아하고, 폐한은 다투기를 좋아하고, 산예狻猊는 앉기를 좋아하고, 패하覇下는 무거운 것 짊어지기를 좋아한다"라고 했다.

또 서진西晉의 학자 장화가 저술한 《박물지》에는 "헌장憲章은 간혀 있기를 좋아하고, 도철은 물에 들어가기를 좋아하고, 실석蟋蜴은 비린 냄새를 좋아하고, 만전은 바람과 비를 좋아하고, 이호螭虎는 무늬 있는 채색을 좋아하고, 금예는 연기를 좋아하고, 초도는 입 다물기를 좋아하고, 규설虬蚘은 위험한 곳에 서 있기를 좋아하고, 오어鰲魚는 불을 좋아하고, 금오金吾는 잠을 자지 않는다. 이 모두 용의 종류인데, 용은 성질이 음탕해서 교접하지 않는 것이 없는 까닭에 종류가 가장 많다"라고 했다.

이 내용은 위에서 언급한 아홉 종류보다 하나가 더 많고 차례도 서로 뒤섞여서 일정하지 않다. 무엇을 참고해서 그런지는 알수 없으나, 아마도 근거도 없는 말을 억지로 적어서 자신의 박식함을 드러내고 우월함을 나타내겠다는 것으로 보일 뿐이다.

『성호사설』

여러 용을 보아도
머리가 없다

용이 머리가 없다면 용이 되지 못한 것이니 흉한 형상일 텐데, 왜 길吉하다는 말이 생겼을까.

그건 아마 머리가 없는 것이 아니라, 머리가 있는데도 사람이 보지 못했기 때문일 것이다.

옛말에 "용이 기운을 내뿜어 구름이 된다"라고 했고, 《사기》에는 '용의 턱 아래에 거꾸로 난 비늘, 즉 역린逆鱗이 있는데, 이를 건드리면 사람을 죽인다'고 했다. 이는 신성한 괴이함과 헤아릴 수 없는 용의 변화가 특히 머리에 있음을 말하는 것이다.

세상 사람들이 '산과 늪 사이에서 용이 하늘로 올라가는 것을 가끔 보았지만, 머리는 보지 못했다'고 하는데, 이는 구름에 덮였기 때문으로, 용을 보아도 머리가 없다는 뜻과 흡사하다고 하겠다.

『서애집』

해설

용이 실재한다고 믿은 옛사람들은 용오름처럼 우리 주변에서 쉽게 볼 수 없는 자연현상이 일어났을 때 용을 보았다고 생각했고, 이런 경험은 용의 실존에 대해 더 강한 믿음을 부여했을 것이다. 하지만 용이라는 생물은 실재하지 않기 때문에 머리를 볼 수 없었을 텐데, 이 글에선 단지 구름 등에 가려 용의 머리를 볼 수 없었다고 생각한 것 같다.

용오름

만력萬曆 명나라 14대 황제 신종의 연호, 재위 1572~1620 을사년1605에 여산礪山 전라북도 익산 땅에 흰 용이 나타났다. 용은 강에서 나와 한 촌에 이르 렀는데, 대낮인데다가 구름 한 점 없는 날이었다. 그런데 갑자기 바람과 비가 세차게 오더니 번개와 천둥도 요란했다. 그 순간 용의 비늘이 구름과 안개 속에서 번쩍이면서 하늘로 올라가는 것이었다. 수십 리 안에 있는 사람들이 이 모습을 분명히 보았다. 그 마을에 사는 사람들 가운데는 용에 끌려 하늘로 올라갔다가 몇 리 밖에 떨어진 사람도 있고 아예 사라진 사람도 있었다. 이 내용을 고을 감사가 조정에 보고했다.

『지봉유설』

해설

용오름 현상을 이야기하는 것으로 보인다. 용오름 현상은 지금도 목격되는데 수분을 많이 포함한 하층대기가 가열되어 차가운 상층대기를 뚫고 올라가는 현상이다. 이 모습을 보고 옛날 사람들은 용이 승천하는 것으로 생각한 것 같다.

용의 움직임 龍行

《대대례》〈천원天圓〉에 이르기를 "용은 바람이 불지 않으면 움직이지 않고 거북은 불로 지지지 않으면 조짐을 보이지 않는다"라고 했으나 이는 틀린 것이다.

내가 목격한 바로는, 용은 공기를 휘몰고 하늘로 올라가는데 비가 오지 않고 바람도 불지 않을 때도 용은 쉽게 솟구쳐올랐으니, 이를 본다면 용이 공기를 몰고 힘껏 솟구칠 때 바람과 비가 이는 것이지 바람과 비가 먼저 있어야 용이 솟구치는 것은 아닌 듯하다.

용의 몸이 이토록 큰데, 바람이 아무리 사납다 할지라도 어찌 이렇게 큰 용을 움직일 수 있겠는가?

장자 또한 "바람의 부피가 작으면 커다란 새의 날개를 받칠 수 없다. 그 날개가 제 아무리 9만 리 장천을 올라도 그 날개 밑으로 바람이 있어야 한다. 붕鵬새는 이 바람을 타고 하늘을 난다. 등을 저 아득한 하늘에 번득이며 아무것도 걸리는 것 없이 남극으로 훨훨 날아가는 것이다"라고 했다.

매와 새매 따위를 보더라도 어깨를 솟구치면서 바로 날아가니, 이 역시 아래 쌓인 공기에 힘입은 것이고 또 낮게 날아갈 때는 날개를 치지 않는 것이 없다.

그러나 용은 구름 속에서 움직이지 않고 사그라진 재처럼 죽은 듯이 있다 해도 아래로 떨어지지 않으니, 그 신비로움이란 사람의 지혜로는 헤아릴 수 없는 것이다.

『성호사설』

해설

매와 새매 같은 새들이 어깨를 솟구치며 날아가는 것이 공기에 힘입어 가능하다는 얘기는 옳다. 조류는 비행에 최적화된, 공기역학적으로 훌륭한 몸 구조를 가지고 있다. 새 날개의 단면을 보면 날개의 위쪽이 아래쪽에 비해 길어서 날개의 위쪽을 지나는 공기는 아래쪽을 지나는 공기보다 상대적으로 이동 거리가 길어지게 된다. 그러면 날개의 위쪽이 아래쪽보다 낮은 밀도의 공기를 접하게 되므로 밀도가 낮은 쪽으로 날개가 밀려 올라가 새가 공기 중에 뜨는 것이다. 이는 장자가 얘기한 "바람의 체적體積이 작으면 커다란 새의 날개를 받칠 수 없다"라는 말과 유사하다. 그런데 성호가 직접 목격했다는 용이 무엇인지 궁금하다. 아마도 바람이 부는 것이 용에 의한 것이라는 강한 믿음 때문에 착각한 것이 아닐까 싶다.

붕새鵬

《설문》에 이르기를 "봉황[鳳]이 날면 뭇 새가 떼를 지어 따르는 까닭에 붕朋 자를 빌려와 붕鵬을 만들었다"라고 했다. 그렇다면 붕과 봉이란 두 글자가 뜻은 같은데, 소리가 같지 않은 것은 무엇 때문인가? 따라서 이런 해석은 옳지 않은 듯하다.

봉황과 붕새 모두 세상에 드문 진귀한 새인데, 뭇 새가 봉황만 따르고 붕새는 따르지 않을 리가 있겠는가?

붕鵬은 《장자》에만 나타나는데, 그나마도 우화寓話에 등장했으니, 실물이 있다고 장담할 수 없다. 《장자》에 거대한 물고기로 표현한 곤鯤상상 속의 큰 물고기인 곤어鯤魚이란 것도 본래 물고기 새끼인데, 〈노어魯語〉중국 고대의 역사서인 《국어》의 한 편으로 노나라의 역사를 기록한 것에 이른바, "물고기를 잡는데 곤이鯤鮞는 금한다"라고 적어 놓은 것이 바로 이것이다. 그렇기 때문에 붕鵬 또한 본디 작은 새의 이름인데, 장주莊周장자가 자신의 생각을 붕새에 비유해서 과장해 말한 듯하다.

『성호사설』

해설

《장자》〈소요유〉에 나오는 붕鵬과 곤鯤에 대해 고찰하는 내용이다. 《장자》에 나온 것과 같이 붕과 곤이 거대한 새와 물고기가 아니라 본래는 작은데 장자가 과장되게 얘기했다고 말한다. 그렇다면 장자는 붕鵬과 곤鯤에 대해 어떻게 기술했을까?

"붕새는 전설 속에 등장하는 새 가운데 가장 큰 것으로, 날개 길이만 해도 3000리인데, 날개를 한 번 치면 9만 리를 난다고 한다. 한편 곤鯤은 북극 바다에 있는 물고기인데, 몸이 하도 커서 그 길이가 몇 천 리에 이르는지 알 수조차 없다고 한다. 그런데 어느 날 곤 한 마리가 새로 탈바꿈해서 하늘로 날아갔는데, 그게 바로 붕鵬이 되었으며, 붕의 크기는 곤보다 훨씬 커서 그의 등짝만도 몇 천 리에 이르러 전체 길이를 잴 수 있는 방법이 없다고 한다."

봉황鳳凰

한나라 때 봉황이 나타났다는 사실이 《본초강목》에는 별로 보이지 않지만, 〈선제기宣帝紀〉전한 7대 임금 유순劉詢의 사실을 기록한 글를 살펴보니, 해마다 봉황이 나타났다고 한다.

봉황은 사람들 주위에 늘 있는 새가 아니므로 이상하게 생긴 새를 보면 봉황으로 여길 수도 있다. 오색 무지개와 아롱진 털이 박힌 표범, 독충毒蟲과 악초惡草잘풀 따위도 가끔은 곱고 아름답게 보일 때가 있듯, 모습과 빛깔이 독특한 새들이라고 해서 모두 순舜임금과 주나라 문왕文王의 상서로움 덕에 탄생하지는 않았을 것이다.

또한 기이한 새가 있다 할지라도 그것이 세상이 태평하다는 징조를 나타내는 것만도 아닐 것이다. 기린麒麟이란 짐승 또한 봉황과 같이 태평한 세상에 나타난다고 알려져 있는데, 무슨 까닭인지 오직 노나라 애공哀公 무렵에 나타났다가 사냥꾼에게 잡혀 죽었으니, 그것이 신령스러운 것이 아니라는 사실을 누구나 짐작할 수 있다. 이러한데 봉황만이 태평 시대에 나타나는 신령스러운 동물이라고 할 수 있겠는가?

한나라 무제는 심양강潯陽江양쯔 강의 지류인 쉰양 강 물속에 있는 교룡을 친히 활로 쏘아서 잡았다고 한다. 교룡 또한 용이니, 역시 사령四靈전설에 나오는 신성한 네 동물. 기린, 봉황, 거북, 용 중 하나다. 용은 깊은 못에 숨어 있다가도 솟아오르면 순식간에 하늘로 오르고, 움직이기만 하면 바람과 우레가 뒤따른다고 한다. 게다가 온몸을 갑옷처럼 생긴 비늘이 덮었는데 어찌 화살로 쏘아 잡을 수 있겠는가?

내가 추측하기로는, 천자天子가 강을 건널 때 징과 북소리가 온 산을 진동시키자 바위 구멍에 숨어 있던 큰 구렁이 종류가 놀라서 강물로 뛰어들다가 잡혔고 그 사실이 입에서 입으로 전해지는 과정에서 점차 과장되어 이런 이야기가 생긴 듯하다.

한편 이런 사실로 미루어 본다면, 봉황이 상서로운 존재란 말역시 이런 과정을 거쳐 생겨났을 것이다. 깊은 산과 외딴 골짜기에는 기이한 빛깔을 한 온갖 새가 있을 것이고, 구름 위도 날고 먼 공중으로도 떠다니다가 우연히 사람 사는 근처에 오게 될 수 있을텐데, 그게 뭐 그리 기이한 일이라 할 수 있겠는가?

《산해경》〈남산경〉에 실린 '봉황'.

동경東京후한 1대 임금 유수劉秀의 도읍지인 뤄양洛陽 시대에는 상서로운 일이 끊이지 않았다. 그러자 하창何敞후한 4대 임금 화제和帝의 신하이 송유宋由와 현자 원안袁安에게 이렇게 말했다.

"이상한 새가 궁전 지붕 위를 날고 기이한 풀이 궁전 뜰에서 저절로 솟는다 해도 사람으로서는 이를 자세히 살펴서 자신을 돌아보아야만 한다."

내 생각 또한 마찬가지니, 이 말이야말로 가장 이치에 맞는 것으로 결코 잊어서는 안 되는 교훈이라 하겠다.

남들은 말한다.

"소옹邵雍송나라의 학자, 1011~1077이 천진교天津橋뤄양에 있던 다리에서 두견새 소리를 듣고 점을 쳤는데 그의 점이 맞았다."

그렇다고 이런 일이 반드시 일어났는지는 의문이다.

몇 해 전 우리나라 궁궐 후원에 수많은 백로가 날아와서 나무마다 떼를 지어 앉았는데, 총으로도 쫓아낼 수가 없었다. 그러자 조신朝臣 이언기李彦紀조선 숙종 때 활동한 관리가 상소하기를 "새는 기후를 미리 알기 때문에 이 흰 빛깔로 전쟁이 일어난다는 징조를 보여 주는 것입니다"라고 했다. 그러자 모두 그의 말에 귀를 기울였으나 끝내 아무 일도 없었다.

그런 까닭에 나는 이상한 새들이 날아오는 것을 무슨 일이 일어날 조짐이라고 생각하지 않고 그저 우연이라고 여길 뿐이다.

『성호사설』

해설

봉황이 중국에서 예로부터 신령스러운 동물로 여겨졌음은 잘 알려진 사실이다. 그런 까닭에 《삼재도회》를 보면 봉황을 '신조神鳥'라고 부르기도 한다. 봉황의 생김새는 책에 따라 조금씩 다르게 묘사되는데, 《설문해자》에 따르면 가슴은 기러기, 뒷부분은 수사슴, 목은 뱀, 꼬리는 물고기, 이마는 새, 깃은 원앙새, 무늬는 용, 등은 거북, 얼굴은 제비, 부리는 수탉과 같이 생겼다고 한다.

물고기가 기린과
봉황으로 변함 魚化麟鳳

기린麒麟의 종류는 많다. 《이아》를 살펴보면 "경麠큰사슴은 대포大麃
며, 소의 꼬리에 뿔은 하나다"라고 했는데, 곽박의 주註에 이르기
를 "한나라 무제가 교제郊祭교외에서 지내는 제사를 지내다가 옹 땅에서
뿔이 하나인 짐승을 잡았는데 그 모습이 포麃고라니와 비슷한 까닭
에 기린이라고 했다. 포麃는 곧 장麞노루이다"라고 했다.

또 "휴驨천리마는 말처럼 생겼는데 뿔이 하나고, 뿔이 없는 것은
기騏검푸른 반점이 있는 말라고 한다"라고 했는데, 주註에 "진나라 원강元
康2대 황제 혜제의 세 번째 연호 8년298에 구진군九眞郡한나라 때부터 당나라 때에 걸
쳐 지금의 베트남 하노이 남쪽에 두었던 군에서 큰 짐승 한 마리를 발견했는데,
크기는 말만 하고 뿔은 하나에 녹용鹿茸과 흡사한데 이를 휴驨라고

한다. 지금도 깊은 산중에 가끔 나타나는 것을 볼 수 있는데, 뿔이 없는 종류도 있다"라고 했다.

또 "인麖은 몸은 균麏노루처럼 생겼고, 소꼬리에 뿔이 하나다"라고 했는데, 그 주註에 "뿔의 끝에 살이 붙어 있다" 하고 《공양전公羊傳》제나라의 공양고公羊高가 쓴 《춘추》의 주석서에 나오는 "노루 가운데 뿔이 있는 것이다"라는 말을 인용했다. 그리고 소疏에는 "노루의 몸에 소의 꼬리, 이리의 이마에 말의 발굽을 가지고 있고, 다섯 가지 색상에 배 밑은 누렇고 키는 두 길쯤 되는 상서로운 짐승이다" 하고, 또 이르기를 "지금 병주幷州중국 산시 성 타이위안 지역 접경에 린麟기린이 있는데, 크기는 사슴처럼 생겼으나 상서로운 린麟은 아니다"라고 했으나 위에 말한 것은 모두 기린의 일종이다.

천하가 넓어 온갖 동물이 없는 것이 없으니, 그 상서롭고 상서롭지 않음을 누가 분별하겠는가? 송나라 인종仁宗4대 황제, 재위 1022~1063 가우嘉祐 2년1057에 교지交趾한나라 때 지금의 베트남 북부 통킹, 하노이 지방에 둔 행정 구역에서 두 마리 기린을 바쳤는데, 몸은 소와 같고 귀는 코끼리와 같고, 발은 개와 같고, 비늘은 물고기와 같다 했으며, 또 태평흥국太平興國북송 2대 황제 태종의 연호, 재위 976~997 때에는 남주嵐州에서 한 짐승을 바쳤는데, 뿔은 하나고 뿔 끝에 살이 붙어 있고, 사슴과 비슷하나 아롱지지 않고, 성질은 길들인 것처럼 착하다 했으니, 이는 공자가 서쪽으로 순행할 때 얻었다는 기린과 무엇이 다르겠는가? 그 비늘이 물고기처럼 되었다는 것도 괴이하게 여길 것이 없다.

지금 바닷가에 둘러 있는 산과 제주 지방에는 사슴이 많이 있는데, 다 잡아 버려도 이듬해가 되면 여전히 번식하니, 바다의 물고기가 변해서 사슴이 되는 것이 아니고 무엇이겠는가? 송나라 때 어느 고을에서 한 짐승이 떨어져 죽었는데, 길이는 열 길이 넘고 몸은 전체가 물고기처럼 생겼으며 턱 밑이 찢어져서 죽었다 했으니, 이는 반드시 물고기가 변해서 용이 되려던 것인데, 온몸이 다 변화하기 전에 용과 싸우다가 서로 부딪혀서 죽음을 당한 것이리라. 이런 변이 없이 오랜 세월을 지냈다면 반드시 용으로 변했을 것이다.

사슴의 몸에 물고기 비늘이 있는 것은 곧 이런 따위고, 공자가 서쪽으로 순행할 때에 얻었다는 기린도 이런 따위에 지나지 않았다는 것을 비로소 알겠다. 성인聖人은 처음 보았어도 그것이 기린인 줄 알았으니, 이 기린이란 짐승은 예로부터 있었기 때문에 성인도 듣고서 알게 된 것이다. '기린 린麟' 자는 '사슴 녹鹿' 자에 '비늘 인鱗' 자를 붙인 것이니, 당초에 기린이라는 이름이 물고기 비늘에서 유래한 듯하다.

봉황鳳凰 역시 이와 마찬가지다. 《남화경南華經》장자가 지었다고 전하는 책에 적혀 있는 대붕大鵬하루에 9만 리를 날아간다는 상상 속의 새도 즉 물고기가 변화한 것이고 보면, 봉鳳 자와 붕鵬 자도 처음에는 두 글자가 아니고, 순임금과 문왕文王 시대에 상서롭게 나타났다는 봉황도 같은 종류인데 종자만 달랐던 것이다. 무릇 지구地球가 신고 있는 것에는 바다보다 더 큰 것이 없어, 온갖 물物을 길러 내게 되므로 없는 것이 없다. 그래서 사령四靈도 근본은 모두 바다에서 생겨나게 된다. 세속에서 전하는 말에 '잉어가 변해서 용이 되고 노어鱸魚 노어가 변해서 사슴이 된다'라고 하는데 과연 그럴 것이다.

『성호사설』

해설

물고기가 변해 기린과 봉황이 되었다는 이야기다. 옛사람들은 실제로 보지는 못했지만 상상 속 동물이 실재한다고 믿었기 때문에 자기가 이전에 미처 경험하지 못한 현상들을 결국에는 신비로운 동물들과 연관시켜 생각한 듯하다. 지금 관점에서 보면 멸종했을지도 모를 희귀한 동물일 수도 있고, 돌연변이 동물일 수도 있는데 당시 부족한 지식과 풍부한 상상력이 결합해 이런 결론에 도달한 것 같다.

강철吼

당나라 시인 노륜盧綸의 시에 이런 대목이 나온다.

> 들의 학이 깃드는 주변에는 소나무가 가장 늙었고
>
> 독룡毒龍이 숨어 있는 곳에는 물이 특별히 맑구나

이때 독룡毒龍이란 사람들이 말하는 강철强鐵이란 것이다. 어떤 이가 말하기를 "강철의 생김새는 소와 흡사한데, 바람과 비를 잘 몰고 다니므로 그것이 지나가는 곳에는 온갖 곡식이 해를 입고 남는 것이 없게 된다. 그래서 강철이 지나가는 곳은 가을철이 봄처럼 된다는 속담도 있다"라고 했으니, 논과 밭이 쑥대밭이 되어 가을이 되어도 거두어들일 곡식이 없다는 뜻이다.

얼마 전에도 폭풍과 우레, 천둥, 우박이 서쪽 지방에서 시작해서 강가를 따라 오기도 하고 고개를 넘어서 퍼붓기도 했는데, 경상도 낙동강 연안에 이르러서야 그쳤다. 이 우박이 지나간 곳은 아무것도 남지 않은 허허벌판이 되었으나 폭은 1마장5리 또는 10리가 못 되는 짧은 거리밖에 되지 않았다. 그러나 우박의 크기가 주먹만 해서 사람과 가축 들이 상처를 입기도 하고 심지어 죽기까지 했으며, 강물은 이레 동안이나 흐렸다. 그 이유를 아는 이가 없었으나, 나는 독룡이 한 짓이라고 여겼다.

불가佛家에서는 욕심에 비유해 이르기를 "모든 물의 독룡으로 하여금 백성을 해치지 말도록 하라"라고 했다. 또 당나라 시인 왕유王維701~761의 시에도 이런 대목이 있다.

해질 무렵 인적이 없는 연못가에서

편히 선에 들어 독룡을 제압하도다

『성호사설』

《술이기》에 이런 내용이 나온다.

동해東海에 짐승이 있는데 이름은 후다.

《집운》에 이르기를 "소리를 후吼로 내는데, 생김새는 개와 같고, 사람을 잡아먹는다"라고 했다.

후는 용을 잡아 그 뇌를 먹는 짐승으로 강희康熙청나라 4대 황제 강희제의 연호, 재위 1662~1722 25년1686 여름 평양현平陽縣중국 저장 성 원저우 시의 현에서 바닷속에서부터 용을 쫓아 나와 공중에서 3일 동안 싸웠다고 한다. 이때 교룡蛟龍모양은 뱀과 같고 몸의 길이가 한 길이 넘으며 넓적한 네 발이 있다는 상상 속 동물 세 마리와 용 두 마리가 합세해 싸웠으나 후 한 마리가 용 하나와 교룡 둘을 죽인 후 그 또한 따라 죽어 함께 산골짜기에 떨어졌다고 한다. 그런데 떨어진 것들 가운데 한 마리는 길이가 1~2장丈1장은 사람의 키 정도쯤 되었고 생김새는 말과 비슷했으며, 비늘 갈기가 있고 불꽃이 일어나 한 길 남짓 솟았는데 아마도 후인 듯했다.

강희 계유년1686 6월, 인화仁和중국 쓰촨 성 판즈화에 있는 구 고정산皐亭山 속에서 갑자기 소나기가 오고 큰 바람이 불면서 용이 후와 싸웠다. 검은 구름 속에서 용은 얼음과 우박을 토하고 후는 불을 토하면서 싸웠는데 분명히 분간할 수 있었다. 그런데 후는 사자와 같았으며 후가 지나가면 나무가 함께 타서 쓰러졌다.

또 《죽창소품竹窓小品》의 '작은 짐승 이름' 편에 따르면 "후吼는 생김새가 토끼와 같고 두 귀가 뾰쪽하고 길다. 그런데 사자가 성이 나서 으르렁거릴 때 후를 데려다 사자에게 보이면, 사자가 꼼짝도 하지 못한 채 감히 움직이지 못한다. 그리고 후가 오줌을 누어 그 몸에 닿게 하면 살이 곧 썩어 문드러진다. 반면에 후는 기러기 수놈을 무서워해 기러기가 목을 길게 늘이고 높은 소리로 울면 후는 즉시 엎드려 꼼짝도 하지 않는다"라고 했는데, 후는 바로 우리나라에서 말하는 강철强鐵이다. 속담에 "강철이 지나가는 곳은 가을이라도 봄과 같은데, 그것이 있는 곳은 반드시 크게 가물어 흉년이 든다"라고 한다.

김포군金浦郡에 강철이 있어 늪 속에 숨어 살므로 해마다 가물고 흉년이 들어 군민들이 쫓아냈는데 그 생김새가 망아지와 같았다. 쫓겨난 강철이 홀연히 날아 바다로 들어가자 바닷물이 부글부글 끓었다고 하니, 아마도 용이 되려다가 못된 것을 가리켜 강철이라고 하는 듯하다.

『청장관전서』

물에 사는 짐승 중에 후吼란 것이 있다. 이를 우리나라에서는 강철强鐵이라고 부르는데, 강철이 나타나면 심한 가뭄이 닥치기 때문에 사람들이 무척 두려워한다. 그런 까닭에 "강철이 간 데는 가을도 봄"이라는 속담이 있을 정도다. 강철을 직접 보았다는 사람이 있어 그에게 물었다.

"생김새가 어떻소?"

"뿔이 있고, 용과 비슷합니다."

또 다른 사람은 이렇게 말했다.

"사람 같으면서도 귀신이라 할 만합니다."

그러나 이들의 말은 믿을 만하지 못하니 직접 보았다는 것이 거짓일 것이다.

강철은 세상에 그 모습을 드러내지 않기 때문에 책들을 보아도 없으니 세상 사람들이 그 생김새를 표현할 수 없는 게 당연하다. 청나라의 문장가 고빈高斌이 저술한《술이기》에 강희 25년1786에 평양平陽중국 저장 성 원저우 시의 현에서 강철이 이무기 세 마리, 용 두 마리와 싸워 이무기 두 마리와 용 한 마리를 죽인 후 강철도 죽었다는 내용이 적혀 있다. 이때 나타난 강철의 모습은 말의 몸에 물고기 비늘이 솟아 있었고, 비늘의 솔기 부분에서는 불이 뿜어져 나오는데, 죽은 뒤에도 한 길이 넘는 불길이 솟구쳤다고 한다. 즉 강철은 이 불로 용을 이길 만한 힘을 갖게 된 것이다. 그런 까닭에 강철이 나타난 곳에는 비가 와도 다 말라 가뭄이 드는 것이다.

올해 여름, 서대문에 머물 때였다. 갑자기 천둥이 치면서 비가 내리자 함께 있던 사람이 용을 이야기하면서 강철에 대해서도 언급했다. 함께 앉아 있던 홍 참판께서 이렇게 말했다.

"내 어릴 때 청성靑城경기도 포천에 머물던 스님에게서 들은 이야기가 있는데, '벼락이 친 후 왕방산王方山경기도 양주와 포천에 걸쳐 있는 산을 지나는데, 바위 위에 뭔가가 놓여 있었다. 가까이 가서 보니, 비늘이 솟아 있고, 생김새는 말을 닮았는데, 번갯불에 허리가 끊겨 죽어 있었다'라고 했다. 내 생각에는 그게 강철이 아닌가 한다."

그러면서 내 의견을 묻는 것이었다. 내가 《술이기》에서 읽은 내용을 이야기하니 홍 참판은 믿을 만하다고 수긍했다. 나 또한 이 이야기를 듣고 강철이 후라고 확신하게 되었다.

『담정총서』

해설

강철에 대한 의견을 기록한 글들이다. 성호는 강철을 독룡, 즉 독을 품은 용이라고 본 반면, 이덕무와 이옥은 중국 자료를 인용해 후라는 짐승을 강철이라고 여기고 있다. 그런데 위 글을 보면, 아무리 상상을 하려고 해도 후犼(산개 후)나 후와 같은 동물이라는 강철의 모습을 떠올리기가 쉽지 않다. 본문에서 묘사한 강(후)의 모습이 제각각이기 때문이다.

또 중국 책 가운데 진기한 옛 동물들에 대해 설명하는 모든 책을 살펴보아도 후犼, 후吼, 그리고 강철强鐵이라는 존재에 대해서는 자료를 찾을 수 없었다.

각단角端

원 세조元世祖 몽고 제국 제5대 황제인 쿠빌라이 칸, 재위 1260~1294가 회회국回回國지금의 투르키스탄 부근에 위구르가 세운 나라을 공격해 멸망시킨 후 그 임금까지 쫓아내고 인도를 향해 나아가려고 할 무렵이었다. 그때 그를 보좌하던 시위侍衛임금을 호위하는 군대 가운데 한 사람이 짐승 한 마리를 보았는데, 모양은 사슴과 같고 꼬리는 말 꼬리처럼 길며, 빛깔은 푸르고 뿔은 하나였다. 그런데 그 동물이 시위에게 이렇게 말하는 것이었다.

"너희 임금은 싸움을 그만두고 돌아가는 것이 좋을 것이다."

이를 기이하게 여긴 세조는 야율초재耶律楚材몽골의 정치가, 1190~1244에게 이에 대한 해석을 요청했다. 그러자 초재는 이렇게 대답했다.

"이는 각단角端말과 닮았는데 코에 뿔이 있으며 각 지방 언어를 구사할 수 있다는 상상 속 동물이란 짐승인데, 하루에 1만 8000리를 달리고 오랑캐들의 말도 다 할 줄 압니다. 이 짐승은 싸우고 죽이는 것을 싫어함을 상징하니, 하늘이 각단을 통해 폐하께 고하는 것입니다. 지금 대군이 서쪽 지방 정벌에 나선 지 4년이 되었습니다. 하늘의 뜻을 받들어 다른 나라 백성들이 편히 살도록 하소서. 이것만이 폐하에게 무강한 복이 될 것이라는 뜻입니다."

이에 세조는 당장 군사를 이끌고 회군했다.

남북조시대 학자 심약沈約441~513의《송서宋書》에는 "천록天鹿은 순수하고 신령한 짐승인데, 오색 광채가 뿔끝에서 환히 빛나고 하루에 1만 8000리를 달리며 사방 오랑캐의 말도 다 알아듣는다"라고 했으니, 초재의 말은 이를 기초로 한 것인데, 잘 살펴보면 천록이 말을 알아듣는다고 했을 뿐 말을 한다는 내용은 없다.

명나라의 문장가 왕세정王世貞1526~1590은 천록天鹿이니 벽사辟邪니 했을 뿐, 각단이라고는 하지 않았으며, 양신楊愼1488~1559 또한 뿔이 하나만 있는 것은 천록, 뿔이 둘인 것은 벽사라고 했을 뿐, 각단이란 명칭은 역시 사용하지 않았다.

《속한서續漢書》남북조시대에 사마표司馬彪가 후한의 역사를 담아 편찬한 책에는 "선비鮮卑고대 북아시아에 살던, 몽골족과 퉁구스족의 피가 섞인 유목 민족 땅에서 나는 짐승은 중국의 짐승과 달라서, 야마野馬야생마 · 완양羱羊야양野羊, 몽골, 만주 고원 지방에 사는 양 · 각단우角端牛 같은 짐승들이 있는데, 뿔로 만든 활을 세상에서는 각단궁角端弓이라고 한다"라고 했고,《설문해자》에는 "각단이란 짐승은 생김새가 돼지와 흡사하며 뿔은 활을 만들기에 적당한데, 호휴胡休의 여러 나라에서 생산된다"라는 내용과 함께 "곽박이 말하기를 각단은 돼지를 닮았으며 코 위에 뿔이 여럿 솟아 있는데, 이것으로 활을 만든다"라는 내용도 나온다.

이를 본다면, 전한의 장수 이릉李陵이 소무蘇武에게 각단궁 10장張활을 세는 단위을 주었다는 것 또한 바로 이것이었을 것이다.

그러나 이는 원 세조가 만났다는 각단과는 분명 다른 짐승일 테니, 옛날이건 오늘날이건 배운 사람조차도 확실히 알 수 없는 사실이 참으로 많다.

추측건대,《송서》에 "천록은 뿔 끝에서 오색 광채가 환히 빛난다"라고 했기 때문에 초재가 이를 인용하여 사슴을 각단이라고 한 것이 아닌가 한다.

만약 그렇다면 사슴뿐 아니라 기린도 뿔이 하나고 또 뿔 끝에 살이 달렸으니, 모두 각단이라고 부를 수 있지 않을까. 그렇지 않다면 각단이란 명칭은 옛날에는 없었는데, 초재가 아무리 뛰어나다 해도 어떻게 각단이란 이름을 알았겠는가?

《설문해자》에 이르기를 "기린이란 짐승은 몸은 사슴과 같고 꼬리는 소꼬리처럼 길며 뿔은 살로 이루어져 있다"라고 했고, 후한 때의 관리 송균宋均은 "기린은 나무의 정기를 타고난 짐승이다. 목木의 기운은 토土를 좋아하고, 토는 누런색인 반면 목은 푸르기 때문에 기린의 색깔도 청황색靑黃色이 되었다"라고 했다.

청황색은 즉 녹색이고 균麇이란 사슴 역시 녹鹿의 일종이다.

원 세조가 만난 각단 역시 뿔이 하나뿐이라고 했으니, 이는 분명 서쪽 나라에서 나는 기린 따위였을 것이다.

기린麒麟이란 두 글자를 살펴보면, 모두 사슴을 뜻하는 '녹鹿'자를 이용해 만들었다. 각단 또한 사슴 종류로, 몸뚱이는 균麇, 얼굴은 녹鹿으로 이루어졌다고 했으니, 뿔이 하나인 천록과도 구별할 수 없었을 것이다. 그런 동물이 말을 했다고 하니 참으로 이상하긴 하다. 그러나 성성猩猩이, 말하는 앵무새와 구관조 같은 동물의 예를 본다면, 이런 종류가 없으리란 법도 없다.

그러나 초재는 다만 자신의 임금을 일깨우기 위해 한 말이었을 뿐, 하늘이 시켜서 그렇게 이야기한 것은

《산해경山海經》〈남산경〉 가운데 '성성'. 설명에 따르면 긴꼬리 원숭이와 비슷한 형태에 귀가 희고, 기어다니다가 사람처럼 달리기도 한다.

아니었을 것이다.

나는 기린과 봉황 따위가 사람이 살지 않는 곳에 사는 금수禽獸인데 가끔 중국에 나타나는 것이라고 생각한다. 어딘가에는 존재하고 있기에 중국에서 발견되지, 그렇지 않다면 어찌 그럴 수 있겠는가?

그리고 기린과 봉황이 사는 지방에서는 그러한 짐승을 보는 것이 우리가 닭과 사슴을 늘 보는 것처럼 일상적인 일에 불과할 것이다. 다만 봉황은 닭과 조금 다르고, 기린 역시 사슴과는 조금 다른 종류로, 사람이 살지 않는 깊은 산속에 살다가 가끔 들판에 나타나면 처음 보는 사람은 이상하게 여길 것이다. 그러니 각단이란 짐승도 이와 무엇이 다르겠는가?

『성호사설』

해설

각단이라는 동물의 정체에 대해 고찰한 글이다. 위 글로 판단해 볼 때 성호가 동물의 지리 분포에 관한 개념을 알고 있는 듯하다. 모든 생물 종은 자신만의 고유한 시간과 공간에서 분포 양상을 나타내는데 이는 해당 종이 가지는 고유한 특성이다. 어떤 종이 존재한 기간은 시간적 분포라 할 수 있으며, 어느 지역에서 볼 수 있다는 말은 공간적 분포 다시 말해 지리적 분포라고 할 수 있다.

성호는 기린이라는 생물이 각단이 아닐까 추측하면서 기린을 접해 보지 못한 사람들, 즉 기린의 분포 범위 밖에 살던 사람들이 기린을 보게 되면 놀랍고 신기하지만 기린이 살고 있던 지역에 사는 사람들은 우리가 흔히 보는 사슴과 같이 평범하게 생각할 것이라고 얘기한다. 그러면서 기린과 봉황이 중국 근처 어딘가에 존재하기 때문에 중국 사람들은 매우 드물게 볼 수 있지만, 우리나라와는 멀리 떨어져 있어 볼 수 없다고 생각한 듯하다.

한편 본문에 등장하는 야율초재耶律楚材는 거란족 출신 인물인데, 칭기즈 칸에게 발탁되어 몽골에서 활동하게 되었다. 위 내용을 보면, 원나라 세조가 가장 신뢰하는 인물임을 알 수 있는데, 세조는 쿠빌라이 칸으로 칭기즈칸의 손자다.

그리고 이릉은 중국 전한前漢 때 활동한 장수인데, 기원전 99년에 병사 5000명과 함께 흉노를 맞아 싸우다가 중과부적으로 패하여 항복하고 말았다. 이 소식을 전해들은 한나라 무제는 크게 화를 내며 그의 가족 모두를 죽이려고 한다. 그때 모두가 침묵을 지키고 있는데 홀로 나서서 이릉을 변호한 이가 《사기》의 저자 사마천이었다. 그러나 사마천의 변호는 수포로 돌아갔을 뿐 아니라 사마천 또한 궁형에 처해졌다. 이후 한나라 무제는 사마천의 충정을 이해하고 사면했으나 그때는 이미 사마천이 궁형을 당한 뒤였다. 이릉은 흉노왕 휘하에서 우교왕右校王을 지냈다.

소무蘇武 또한 이릉과 비슷한 시기에 활동한 한나라의 문신인데, 이릉이 항복하기 전해에 흉노에 사신으로 갔다가 항복을 권유받았으나 거절했고, 이로 인해 억류되고 말았다. 이후 서북쪽의 황량한 지역으로 쫓겨나 19년 동안을 지내야 했다. 그 후 우여곡절 끝에 고국으로 돌아온 그는 고국에서 충신으로 인정받아 제후에 임명되기에 이른다. 위 내용에 따르면, 소무가 흉노에게 억류되어 있는 시기에 이릉이 그를 위해 활을 선물한 것이 아닌가 여겨진다.

박駮

《운서韻書》한시를 지을 때 사용하는 발음 사전를 살펴보면, "박은 짐승의 이름이다. 말처럼 생겼고, 몸뚱이는 희고 꼬리는 검은데, 호랑이와 표범을 잡아먹는다"라고 한다. 최근에 양주楊州경기도 의정부 땅에 사나운 짐승이 나타났는데, 모양이 말과 흡사하게 생겼다. 또 푸른 빛에 갈기가 있고, 호랑이와 표범을 많이 잡아먹으며, 사람 또한 잡아먹는다고 하는데, 이것을 본 사람 또한 무척 많다고 한다. 이 동물이 아마 박이 아닐까 생각해 본다.

『지봉유설』

《산해경》〈서산경〉 '박'.
박駮은 오늘날 시각으로는 어떤 동물인지 알 수가 없다.
생김새는 말과 흡사한데 호랑이와 사람을 잡아먹는 짐승
은 밝혀진 것이 없으니 말이다.

해설

《이아》를 보면 "박駮은 말과 같은데 어금니가 굽었으며 호랑이와 표범을 잡아

먹는다"라는 내용이 나온다. 그리고 그 주註에는 "《산해경》에 '이름이 박駮인 짐

승이 있는데, 백마와 같고 꼬리는 검으며 어금니가 굽었고 북소리와 같은 소리

를 내며 호랑이와 표범을 잡아먹는다'라고 했다"라고 적혀 있다.

금禽

《본초》에 금禽날짐승 · 수獸길짐승 · 어魚물고기를 3부部로 나누면서 오직 우충羽蟲날짐승만을 금禽이라고 했다.

그러나 《맹자》에 나오는 '획금獲禽짐승을 사냥함'과 《예기》 '불리금수不離禽獸금과 수를 나눌 수 없음'에 나오는 금은 주수走獸달리는 짐승를 가리키는 것이고, 〈노어魯語〉에 나오는 표현인 '등천금登川禽'에서 금은 수족水族, 즉 물고기를 가리킨다.

《주역》에 나오는 '구정무금舊井無禽옛 우물에는 금이 없다'의 금 또한 물고기를 가리키는 듯하다.

이를 종합해 보면 금禽이란 것은 모충毛蟲몸에 털이 있는 벌레 · 인충鱗蟲몸에 비늘이 있는 동물 · 우충羽蟲의 세 종류 모두를 가리키는 것인 반면, 조鳥는 오직 나는 새[禽]를 가리키는 듯하다.

『성호사설』

해설

동양의 문헌에서 동물을 분류하는 방식은 여럿이다. 《본초》와 같이 전반적인 형태 유형에 따라 금부禽部, 수부獸部, 어부魚部로 분류하기도 하고, 《물명고》와 같이 몸의 바깥을 둘러싸고 있는 외부 형태에 따라 우충羽蟲, 모충毛蟲, 나충臝蟲, 인충鱗蟲, 개충介蟲, 곤충昆蟲으로 구분하기도 한다. 생물의 계통 유연관계에 관한 개념이 없던 시절이므로 전반적인 유형이나 외부 형태에 의존해 분류할 수밖에 없는 점은 이해가 가지만, 성호가 지적했듯이 같은 금禽이라는 글자를 사람마다 다르게 쓴다면 생물을 지칭할 때 혼란이 발생할 수밖에 없을 것이다.

맥의 이빨 貘齒

당나라 고조 이연李淵재위618~626의 신하 부혁傅奕555~639이 영양羚羊야생 염소와 산양의 뿔로 금강석金剛石을 부수었는데, 세상 사람들이 말하길, 그가 도를 깨달았기 때문이라고 한다.

금강석은 금강찬金剛鑽이라고도 하는데, 물 밑에서 생겨나 석종유石鍾乳종유석 같기도 하고, 자석영紫石英자수정 같기도 하다.

송나라 학자 소송蘇頌이 이르기를 "당나라 때는 맥貘을 그려서 병풍을 만들었다. 맥이란 짐승은 이빨이 매우 단단해서 이빨을 쇠 망치로 치면 쇠망치가 부서지고, 불에 넣어도 타지 않기 때문에 맥의 이빨을 부처님 사리라고 속인다"라고 했다.

당나라 시인 백거이의 〈맥병찬 서貘屛贊序〉를 보면 "맥의 생김새는 코끼리의 코에 무소의 눈, 소의 꼬리에 호랑이의 발을 갖추었다. 그 가죽을 깔고 자면 염병染病장티푸스 또는 전염병이 들지 않고, 그 모습을 그려서 벽에 붙이면 사악한 귀신을 물리칠 수 있다"라고 했다. 또 어떤 이는 "맥은 털이 검고 가슴은 흰데 곰과 흡사하나 조금 작다"라고 했다.

《무이지武夷志》중국에 있는 무이산武夷山에 관한 기록에는 "정주定州중국 허난성 북부에 있는 도시 능운사陵雲寺에 있는 부처님의 치아가 바로 맥치인데, 오직 영양의 뿔로만 깰 수 있다. 또 남쪽 지방에 설철囓鐵이라는 짐승이 있는데, 크기는 무소와 같고 검기는 옻칠과 같으며, 무쇠를 잘 먹기 때문에 그 똥은 얼마나 단단한지 무기를 만들 정도다"라고 했으니, 백거이가 가리킨 것 역시 이 짐승으로서 이름만 다른 것이리라.

《습유기拾遺記》후진後晉 때 왕가王嘉가 전설 등을 모아 펴낸 책에는 "곤오산에 한 짐승이 있는데 크기는 토끼와 비슷하고 털빛은 금같이 누르며 땅속에 묻힌 단석丹石보석이나 장식품, 세공물이나 조각의 재료로 쓰는 광물을 먹는다. 깊이

맥
생김새를 보면 본문 속 맥은 상상 속 동물이 분명하다. 위 그림처럼 《삼재도회》에서도 '코끼리의 코에 무소의 눈, 소의 꼬리에 호랑이의 발'을 가진 모습으로 그려져 있다.

굴을 뚫고 사는데, 구리와 무쇠도 잘 먹으며 암컷은 빛깔이 희다. 오나라 무기고에 저장한 군사용 칼과 철기를 모두 이 짐승이 훔쳐 먹었다"라고 했으니, 이 역시 맥의 다른 종류인 듯한데, 만물의 이치를 감안한다면 이와 같은 것이 있을 수도 있겠다.

그런데 듣자니 바닷속 복어 또한 그 껍질이 무쇠처럼 단단하지만 이보다 더 강한 벌레가 있어 그 껍질을 갉아먹는다고 한다. 그렇지만 벌레의 주둥이가 아무리 날카롭다고 해도 복어 껍질에 비하면 부드러운데 그럴 리가 있겠는가 하고 늘 의아하게 여겼다. 그런데 나중에 직접 확인해 본 결과, 늙은 복어 껍질에 과연 벌레가 파먹은 자국이 있는 것을 알 수 있었다. 이로 미루어 본다면 맥이란 짐승이 무쇠를 씹어 먹는 것 또한 어찌 기이하게만 여길 수 있겠는가?

이 모든 것을 종합해 보면, 부혁이 부순 것은 금강석이 아니라 맥의 이빨이었을 것이다.

『성호사설』

해설

전설 속에 존재하는 맥과 설철이라는 동물이 실제로 존재한다고 믿은 것 같다. 부혁이라는 사람이 영양의 뿔로 금강석을 부수었다는 내용에 의구심을 갖고, 금강석이 아니라 맥의 이빨을 부수었을 것이라고 추측한 것이다. 하지만 맥의 이빨이나 설철과 같은 동물은 실재하지 않는다.

척추동물의 이빨은 턱(또는 입)에서 발견되는 딱딱해진 부위를 지칭하는 것으로 칼슘, 인, 마그네슘 등의 무기물과 유기물 그리고 수분으로 구성된다. 일반적으로 이빨에서 가장 단단한 법랑질琺瑯質은 모스 경도계에서 5정도 수치를 나타내는데, 이는 철과 비슷하다. 따라서 맥과 설철이 척추동물이라면 그들의 이빨과 턱의 힘으로 경도 10인 금강석金剛石(다이아몬드)을 부수는 일은 불가능하다고 하겠다.

털 없는 벌레 臝蟲

〈고공기〉에 다음과 같은 내용이 있다.

재인은 순거筍虡박이나 종, 경 등 악기를 거는 틀를 만든다. 천하에 큰 짐승은

다섯 종인데, 비계를 가진 소나 양, 기름기가 있는 돼지, 털이 짧은 호

랑이나 표범, 깃을 가진 새, 비늘을 가진 용이나 뱀 종류가 그것이다.

소나 양, 기름진 돼지는 희생물犧牲物로 삼는다.

털이 짧은 호랑이나 표범, 새, 용이나 뱀 등은 악기를 매다는 틀이나

쇠북을 거는 틀을 만드는 데 쓴다. 큰 짐승 다섯 종류가 있는데, 그 가

운데 하나는 나충臝蟲이란 종류다. 두꺼운 입술로 뒤덮인 잎, 튀어나

온 눈, 짧은 귀에 커다란 가슴, 꼬리를 흔들며 큰 몸집에 목이 짧은 짐

승을 나속贏屬이라고 하는데, 이는 늘 힘이 강하지만 달리지 못하고 소리는 크고 우렁차다. 힘이 있으면서도 달리지 못하므로 무거운 것을 짊어지는 데 적당하며 소리가 크고 웅장하므로 종에 어울린다. 따라서 이것으로 종을 매다는 틀을 만들면 그 소리가 크게 울린다.

후한의 학자 정현鄭玄은 "호랑이는 털이 짧은 짐승인 까닭에 예로부터 종 틀을 만들 때는 늘 호랑이 모습을 본뜨게 되었다"라고 했다.

그러나 《이아》에는 "털이 몽글게 생긴 호랑이를 잔묘虥貓라고 한다" 했으니, 이는 〈대아大雅〉에 나오는 "묘貓도 있고 호虎도 있다"라는 말과 일맥상통한다. 또 《이아》에 "산예狻猊는 잔묘와 같다"라고 했는데, 이때 산예란 것이 바로 사자獅子다. 그러므로 털이 몽글게 생긴 호랑이는 사자의 한 종류인 셈이다.

내 판단에 사자와 호랑이는 모두 잘 달리는 짐승인데, 어째서 잘 달리지 못한다고 했을까 하는 의문이 든다. '나贏털이 없는 짐승' 란 글자는 털이 없다는 뜻이니, 호

산예
사자와 비슷한 모습의 상상 속 동물을 묘사한 《삼재도회》의 '산예'.

랑이가 아무리 털이 몽글다 할지라도 나충이라고 할 수 없음은 분명하다. 모든 책을 살펴보아도, 육지에 사는 짐승 가운데 털이 나지 않은 종류가 없으니, 물속에서 사는 종류 가운데 크게 생긴 동물을 나충이라고 하는 것이 아닐까 여겨진다.

한나라 문장가 장형의 〈서경부〉에 "고래가 나타나니 큰 북소리가 쩡쩡 울리는 듯하다"라는 대목이 나온다. 이에 대해 당나라 문장가 이선李善이 붙인 주註에 "바닷가에 포뢰蒲牢 고래를 무서워한다는 상상속 동물라는 짐승이 있는데, 성품이 고래를 두려워한다. 바닷가에서 먹이를 잡아먹을 때마다 고래가 물 위로 뛰어오르면, 포뢰는 겁이 나 우는데, 그 울음소리가 북소리처럼 웅장하다. 그래서 사람들이 북을 만들 때 포뢰 모습을 북 위에 새기고 나무토막을 깎아서 고래 모양의 북채를 만들어 단 후 북을 두들긴다"라고 적혀 있다.

또 오나라 사람 설종薛綜은 "고래 같은 북채로 한 번 치면 포뢰와 같은 큰 북이 웅장하게 울린다"라고 했다.

이로부터 추측건대, 나충이란 동물은 고래 종류를 지칭하는 듯하다. 그것을 본떠 북틀을 만들고, 또 포뢰란 짐승이 고래를 두려워하는 까닭에 그 모습을 북 위에다 새긴 것이 아닐까? 식견이 넓은 사람이 연구한다면 반드시 확인할 수 있을 것이다.

한편 명나라 문장가 양신楊愼1488~1559은 "포뢰란 것은 용龍의

아홉 새끼 가운데 하나인데, 생긴 게 용과 흡사하긴 하나 몸집이
조금 작고, 성질은 부르짖고 울기를 좋아하는데, 지금 북 위에 매
어 놓은 단추가 바로 이 모습이다"라고 했다.

『성호사설』

해설

중국 문헌 〈고공기〉에서 언급된 큰 짐승 중 하나인 나충의 정체를 고찰하는 글
이다. 여러 문헌의 내용을 종합해 나충을 고래로 추측했다. 크고 털이 없는 짐승
으로 고래를 생각한 것이다. 하지만 나충이 고래냐 아니냐 여부와 무관하게 고
래 역시 포유류이기 때문에 눈에 띌 정도는 아니지만 몸의 일부, 특히 머리 부위
에 털이 있다. 예를 들어 혹등고래*Megaptera novaeangliae*는 머리에 골프공 크
기 정도의 혹이 나 있는데 여기에 털이 있다. 다른 종류의 고래에서는 턱, 입술,
코, 분수공 등에 털이 있기도 하다.

십이지를 동물에 나누어 붙인 이유 ^{畜獸屬辰}

짐승을 자子, 축丑, 인寅, 묘卯, 진辰, 사巳, 오午, 미未, 신申, 유酉, 술戌, 해亥의 십이지十二支에 대응시키는 이유에 대해 예로부터 여러 근거를 내세우고 있으나 모두가 옳은 것은 아니다.

쥐[鼠]는 앞 발톱은 다섯이고 뒤 발톱은 넷이므로, 앞은 양陽으로 기수奇數홀수고, 뒤는 음陰으로 우수偶數짝수이므로 한밤중인 자시子時23~1시에 걸터앉는 상징이라고들 한다.

그러나 내가 확인해 보니, 늙은 쥐는 앞뒤 발톱이 모두 다섯씩이었다. 아마도 사람들이 발톱이 제대로 나오지 않은 새끼 쥐를 보고 이런 말을 한 것이 아닐까 여겨진다.

《본초강목》을 참고해 보니 "쥐는 타고난 성질과 기운이 신장으로 모인다. 신장이란 수水에 속한 것이고 감수坎水방위로는 정북正北, 물질로는 물는 자子가 되는 까닭에, 쥐란 동물은 낮에는 쉬고 밤이 되어야만 움직인다. 그러므로 한밤중 자시가 되면 여러 쥐들이 제멋대로 다닌다"라고 했고 또, "해亥·자子·축丑은 모두 밤에 속한다"라고 했다. 해亥를 돼지라 하고 축丑을 소라 한 까닭은, 돼지와 소 모두 발굽이 갈라졌으므로 음陰에 속하고, 머리를 아래로 드리우면서 달리기 때문에 수水에 속하며, 소는 일어설 때 뒷발부터 움직이고, 돼지는 털이 수水를 상징하므로 그러한 것이다.

또 "돼지는 검은 것이 많고 소는 누런 것이 많은 이유는 해亥가 물의 기운을 담당하고, 축丑은 땅의 기운을 담당하기 때문이다. 한편 호랑이는 밤이 되면 다니고 새벽이 되면 굴속으로 돌아간다. 호랑이의 성질은 고요함을 좋아하고, 토끼는 움직임을 좋아하는 까닭에 각각 인寅과 묘卯에 맞추어 대응시켰다"라고 했으니, 이러한 말은 이치에 맞는 듯하나 다른 것은 이해하기 힘들다.

어떤 사람은 "용龍은 발톱이 다섯이고 뱀[蛇]은 혀가 갈라졌으니, 이는 음陰과 양陽을 나타낸다"라고 한다. 그러나 내가 그림 속 용을 봤는데, 발톱이 넷이었으니 무슨 까닭인지 알 수가 없다. 그리고 말의 발굽 또한 갈라지지 않았고, 일어설 때도 앞발부터 움직이며, 빛깔은 붉은 것이 많으니 이는 당연히 오午에 속할 것이고, 닭은 유시酉時17~19시가 되면 홰에 깃드니 당연히 유酉에 속할 것이며, 개는 어두울 때는 떼를 지어 짖다가 밤이 깊으면 조용해지니 당연히 술戌에 속할 것이고, 염소는 발굽이 갈라졌으니 이는 당연히 음陰인 즉 우수짝수에 속할 것이다.

그러나 미未와 신申이 염소와 원숭이로 결정된 것은 그 이유를 알 수 없다.

『성호사설』

선조조선 14대 왕, 재위 1567~1608 임금은 즉위 초기에 하루에 세 번 경연을 열었다.

이때 미암眉巖 유희춘柳希春1513~1577이 부제학으로서 항상 경연에 나가 강을 올렸다. 임금께서는 본래 미암의 지식을 소중히 여겼으므로, 그에게 묻기를 열심히 하여 해가 진 뒤에도 게을리하는 일이 없었다. 어느 날 《시경》〈석서碩鼠〉를 강講하는데, 임금께서 물었다.

"쥐는 천하고 보기 싫은 물건인데 어찌해서 육갑六甲십이지의 첫 자가 자子로 시작됨을 뜻한다의 첫머리에 두는 것인가?"

이에 미암이 대답했다.

"쥐는 앞발 발톱이 넷인 반면, 뒷발 발톱은 다섯입니다. 그래서 음양이 이처럼 절반씩 구성된 것이 없기 때문에, 밤의 한가운데서 음이 다하고 양이 생긴다는 의미로 자子를 십이지의 첫머리로 삼는 것입니다."

이 말을 들은 임금께서는 몹시 신기하게 여기셨다.

『죽창한화』

해설

십이지를 구성하는 동물이 어떻게 그 자리를 차지하게 되었는지를 설명하는 글
이다. 각 동물의 형태적 특징과 행동, 습성으로부터 그들이 지닌 음양오행陰陽五
行의 속성을 유추해 나름대로 해석한 점이 흥미롭다. 하지만 각 동물들이 나타
내는 이러한 특징들은 이 동물들이 원래부터 부여받은 것이 아니라 긴 시간에
걸쳐 적응적 진화를 거친 결과다. 예를 들어 말의 발굽이 하나인 것을 볼 때 신생
대 전기에 살던 말의 조상들은 발굽이 넷인데 그렇다면 오히려 말의 속성은 양
이 아니라 음이 아니겠는가?

사람보다
의리 있는 짐승

양¥은 천성이 어질다. 희생양犧牲¥으로 사당에 끌려갔을 때 재부
宰夫조선시대 사용원에 속해 궁중의 음식을 맡아보던 관리가 물을 끓이고 칼을 간
후 그중 살진 놈을 도마에 올리면, 뒤이어 끌려온 보조 희생양은
제 짝이 죽게 되리라는 것을 알고 눈물을 비 오듯 흘리며 슬피 울
면서 차마 버리고 떠나지 못한다. 양이 동료의 죽음을 측은해 하
는 것도 이와 같으니 사람이 어찌 부끄럽지 않은가.

　내가 흥해興海경상북도 포항 주변 군수로 있을 때 성의 문루門樓가 거
의 무너졌기에 허물고 수리를 하려 할 때였다. 뱀 한 마리가 서까
래를 빙빙 감은 채 움직이지 않는 것이 아닌가. 이에 도끼를 번갈
아 내리치는데도 겁내는 기색이 없었다. 나는 일꾼들에게 뱀을 다

치게 하지 말라고 주의를 주고서 탄식하며 말했다.

"죽음으로 관직 지키기를 저 뱀처럼 해야 한다. 난리가 난다면 이 뱀에게 부끄러울 자가 많을 것이다."

언젠가 들에 구렁이 한 마리가 죽어 있었는데 다른 구렁이 한 마리가 그 옆에서 뒤따라 죽었다. 아마도 먼저 죽은 구렁이의 짝인 듯하니, 누가 구렁이를 음탕한 추물醜物이라고 업신여기겠는가.

또 강가에서 주살 놓는 자가 저구새雎鳩를 잡아서 삶자, 그 새의 짝이 공중을 빙빙 돌다가 펄펄 끓는 솥으로 떨어져 함께 죽었다.

이런 예를 본다면, 새나 짐승의 의리가 사람을 능가하니 참으로 가슴 아픈 일이 아닐 수 없다.

『청성잡기』

해설

뱀, 저구새 등의 예를 들며 의리의 중요성을 이야기한 글이다. 하지만 사람들이 생각한 것처럼 동물의 세계에서 암수 사이의 진정한 일부일처는 거의 존재하지 않는다.

학자들은 일부일처제를 성적, 사회적 그리고 유전적 일부일처의 세 유형으로 세분화한다. 성적 일부일처는 오직 하나의 상대만을 대상으로 짝짓기 하는 것을, 사회적 일부일처는 짝짓기를 하고 자손을 키우기 위해 짝을 이루는 것을 말한다. 유전적 일부일처는 자손들의 친부가 오직 하나인 경우를 일컫는다.

인간의 경우 사회적 규범으로 성적, 사회적 일부일처제를 함께 유지하려 한다. 동물의 세계에서 평생 엄격한 일부일처제를 유지하는 생물은 많지 않은데, 엄격한 일부일처제가 자신의 유전자를 확산시킬 기회를 제한하기 때문이다.

눈동자의 다양한 쓰임새

눈은 다섯 개의 둥근 고리로 이루어져 있는데 물건을 그 가운데 끼워 넣어 볼 수 있고, 귀에는 세 개의 문이 있는데 기가 그 구멍으로 들어가 들리게 된다. 그러나 그 쓰임새는 각기 다르다. 명나라의 유명한 화가 진계유陳繼儒1558~1639는 이렇게 말했다.

여우와 까마귀의 눈동자는 붉은색이기 때문에 밤에는 보지만 낮에는 보지 못하고, 사람의 눈동자는 검은색이기 때문에 낮에는 보지만 밤에는 보지 못하며, 개와 말은 눈동자가 누런색이기 때문에 밤낮으로 다 볼 수 있고, 모든 물고기의 눈동자는 눈꺼풀로 덮여 있어 물속에서는 볼 수 있지만 뭍에서는 보지 못하며, 사람의 눈동자는 물거품으로 이루어져 있기 때문에 물속에서나 뭍에서나 두루 볼 수 있고, 거북과 자라, 새우, 두꺼비, 거머리의 눈동자는 뼈로 이루어져 있어 물이나 뭍에서 다 볼 수 있다.

그러나 이 말도 정확한 것은 아니다. 동물마다 눈동자가 각기 다르다는 것은 타고난 음陰과 양陽에 따른 차이일 것이다. 동물 가운데 낮에는 보지 못하고 밤에 보는 것은 오로지 음기陰氣만을 타고난 것이고, 낮에는 보고 밤에 보지 못하는 것은 오로지 양기陽氣만을 타고난 것이며, 낮과 밤에 다 볼 수 있는 것은 음기와 양기를 절반씩 타고난 것이다. 사람은 양기를 타고났기 때문에 낮에는 보고 밤에는 보지 못하며, 귀신은 음기를 타고났기 때문에 낮에는 보지 못하고 밤에만 볼 수 있는 것이다.

한편 사람은 비록 양기를 타고났지만 음기 또한 얻은 것이 있어 음과 양이 서로 도움이 되기 때문에 밤에도 흐릿하기는 하지만 전혀 못 보는 것은 아니다. 반면에 귀신은 오로지 음기陰氣만을 타고났기 때문에 밤에만 볼 뿐 낮에는 전혀 보지 못하는 것이다.

또 물속에 사는 동물들이 보는 것과 뭍에 사는 동물들이 보는 것은 사는 곳이 어디냐에 따라서 결정되므로, 마치 빙잠氷蠶눈과 서리 속에서도 죽지 않는다는 전설 속 누에과 화서火鼠불에 타지 않는 가죽을 지닌 전설 속 쥐 모양 괴물가 각기 물과 불 속에서도 볼 수 있는 것과 같은 이치다.

그 이치를 연구해 본다면, 태생胎生동물어미 몸속에서 어느 정도 자라서 태어난 동물은 눈꺼풀이 위에서 아래로 내려와 눈이 감기고, 난생卵生동물알에서 태어난 동물은 눈꺼풀이 아래에서 위로 올라가 눈이 감기며, 습생濕生동물습한 곳에서 태어난 동물은 눈에 꺼풀이 없어서 잠을 자지 않고, 화생化生동물은 눈에 구멍은 없으면서도 빛이 나며, 난생동물 가운데 뭍에 사는 것은 눈을 마음대로 뜨고 감고 하지만, 물에 사는 것은 눈을 뜨기만 할 뿐 감지는 못한다.

물여우날도랫과에 속한 곤충의 애벌레는 눈이 없고, 이무기는 눈이 둥글며, 메추라기는 선목旋目눈 겻의 털이 길게 빙 둘러 있음이고, 비둘기의 눈은 모가 나 있으며, 물고기의 눈은 감기지 않는다. 또한 닭은 사시邪視비스듬히 곁눈질로 보는 것를 잘하고, 용은 돌을 보지 못하며, 물고기는 물을 보지 못하고, 참새는 밤눈이 어둡고, 올빼미는 낮에 보지 못한다.

또 말은 밤길을 거닐면 눈에서 나오는 광채가 세 길 앞까지 비추고, 호랑이는 밤길을 거닐면서 한 눈으로는 빛을 내뿜고 다른 눈으로는 대상을 본다. 또한 매는 눈이 푸르고, 비둘기는 눈에 오색을 품고 있다. 또 잠자리는 눈이 푸른 구슬과 같고, 모기는 햇빛 아래서 보면 눈이 정록색正綠色이며, 벌은 수염으로 본다. 따라서 모든 동물의 눈을 일률적으로 논할 수 없는 것이다.

일반적으로 낮에는 별을 보아도 빛이 없지만, 밤에 별을 보면 그 모습이 드러난다. 어두운 곳에 서 있으면 밝은 곳의 물건을 볼 수 있지만, 밝은 곳에 앉아서는 어두운 곳의 물건을 볼 수 없다. 그렇기 때문에 귀신은 능히 사람을 보지만 사람은 귀신을 보지 못하는 것이다. 그러므로 밝은 곳에 있으면서 어두운 곳의 물건을 본다면 시력이 뛰어난 것이요, 사람이 귀신을 본다면 눈의 밝기가 탁월한 것이다. 옛날 이루離婁 고대 중국 신화에 등장하는 눈이 매우 밝은 사람 같은 이는 보통 사람과는 사뭇 달랐으니 눈의 신이라 할 수 있겠다.

한편 물고기 가운데 새우를 눈으로 삼는 고기가 있다는 사실을 아무도 믿지 않는데, 이는 개똥벌레를 주머니에 담아 등불 삼아 공부한 사실을 모르고, 낮에도 햇빛이 아니면 달릴 수 없으며, 밤에는 촛불이 아니면 다닐 수 없으니 이는 낮의 햇빛과 밤의 촛불이 모두 동물의 눈동자와 같다는 이치를 모르기 때문이다.

가장 높은 이치를 깨치면 분명한 것인데, 무엇 때문에 모든 동물의 눈동자가 각기 다르다는 사실을 반복해 증명할 필요가 있겠는가.

『오주연문장전산고』

해설

동물들의 다양한 눈이 형태적으로 기능적으로 왜 다른지 설명하는 글이다. 음양오행 이론으로 야행성夜行性동물과 주행성晝行性 동물의 눈의 차이 등을 설명하고자 했다. 이는 눈이 어떻게 사물의 형태를 뇌에 전달하는지 밝혀지지 않은 과거에 나름대로 이치에 맞게 설명하려 노력한 흔적으로 인정할 만하다. 하지만 실제 사실은 이렇다.

척추동물 눈의 망막에는 막대세포와 원뿔세포라는 두 종류의 빛 수용세포受容細胞가 존재한다. 막대세포는 빛에 민감해 어두운 곳에서도 사물을 인식할 수 있지만 색을 구분할 수 없고 시각 역시 뚜렷하지 못하다. 이에 비해 원뿔세포는 빛이 많아야 사물을 인식할 수 있어서 밤에는 작동하지 못하지만 빛이 많은 낮에 색채 시각과 뚜렷한 시각을 제공해 준다. 따라서 야행성동물과 주행성동물이 가지는 눈의 능력 차이는 막대세포와 원뿔세포의 상대적 비율에 의한 차이지 음양의 속성 때문은 아니다. 다시 말해 야행성동물의 눈은 거의 대부분 막대세포로 구성되어 있으며, 낮에만 활동하는 동물은 원뿔세포로만 구성되어 있다. 사람처럼 낮과 밤에 모두 활동할 수 있는 동물은 이 두 세포를 모두 가지고 있다.

동물에 관해

우리나라 사람들은 단순히 짐승이니 곤충이니 물고기니 하는 것만 알지, 자세한 내용은 알지 못한다. 그런 까닭에 여러 책을 널리 참고해 보는 것도 학문에 도움이 될 것이다.

《주례》〈고공기〉에 "세상에 큰 길짐승 다섯 가지가 있으니, 곧 지방脂肪이 있는 것, 고혈膏血이 있는 것, 털이 짧은 것, 날개가 달린 것, 비늘이 있는 것이다"라고 했으니, 날짐승도 길짐승이라고 할 것이다.

도가道家의 양생법養生法건강한 몸으로 오래 살게 하는 방법인 오금희五禽戲후한의 명의 화타華陀가 처음 시작했다는, 몸을 늙지 않게 하는 방법는 곰이 나무를 부여잡고 힘을 쓰는 동작, 새가 목을 빼고 먹이를 먹는 동작, 호랑이가 돌아보는 동작, 원숭이가 걷는 동작, 거북이가 머리를 움츠리는 동작의 다섯 가지니, 그 단어에 금禽 자를 사용한 것을 보면 길짐승도 날짐승으로 여겼음을 알 수 있다.

용은 맑은 물에서 먹고 맑은 물에서 놀며, 이무기 또한 맑은 물에서 먹고 맑은 물에서 놀며, 물고기는 탁한 물에서 먹고 탁한 물에서 논다. 물고기 가운데 흐르는 물속에서 사는 놈은 등 비늘이 희고, 고여 있는 물속에서 사는 놈은 등 비늘이 검다.

까마귀는 바람에 목욕을 하고, 까치는 비에 목욕을 하며, 닭은 흙에 목욕을 하고, 새는 모래에 목욕을 한다. '음력 10월에 검은 새가 목욕을 한다'고 했는데, 이때 검은 새는 까마귀요, 목욕을 한다는 것은 잠깐 날아올랐다 내려갔다 하는 것을 말한다.

개는 눈을 좋아하고, 말은 바람을 좋아하며, 돼지는 비를 좋아한다. 한편 까마귀는 넓고 조용한 곳을 좋아하고, 까치는 좁고 시끄러운 곳을 좋아한다. 오리는 물속에 잠기기를 좋아하고, 갈매기는 물 위에 뜨기를 좋아한다.

닭은 잡아맬 수 있기 때문에 계鷄라 이르고, 오리는 친압親狎버릇없이 지나치게 친할할 수 있기 때문에 압鴨이라 부른다.

말은 입을 얽고 소는 코를 뚫는데, 이것은 사람이 한다. 말은 하루에 100리 길을 달리고, 소는 하루에 밭 100이랑을 간다. 소는 순풍順風에 달리고, 말은 역풍逆風에 달린다. 《좌전》에 이르기를

"풍마우불상급風馬牛不相及"이라 했으니, 이 말은 바람 난 말과 소라 해도 서로 닿을 수 없다는 뜻이다.

한편 양은 이슬을 무서워하므로 늦게 나갔다가 일찌감치 돌아온다.

귀가 긴 짐승은 꼬리가 짧으니 토끼 등속이 그것이고, 다리가 짧은 짐승은 꼬리가 기니 호랑이와 표범 등속이 그것이다.

고양이는 몽귀蒙貴라고도 하고 오원烏圓이라고도 하는데, 눈동자가 아침과 저녁에는 둥글고 낮에는 쪼그라들어 실오라기처럼 가늘어진다. 코끝은 늘 찬데 다만 하지 하루만 따뜻하며, 털에는 이나 벼룩이 살 수 없다. 한편 검은 고양이가 어둠 속에서 털을 반대로 세워 화성火星처럼 빛을 내고 귀 부분 넘어서까지 낯을 씻으면 손님이 온다.

『임하필기』

용은 귀가 없다. 물고기 역시 귀가 없다. 반면에 노루는 쓸개가 없고 쥐 역시 쓸개가 없다. 게는 창자가 없고 두꺼비 역시 창자가 없다. 돼지는 힘줄이 없고, 지렁이 역시 힘줄이 없다. 반면에 토끼는 비脾지라가 없고 새는 폐가 없으며, 조개는 피가 없다. 또 뱀은 눈으로 소리를 듣고, 거북은 귀로 숨을 쉰다. 학은 소리로 낳고, 자라는 바라보는 것으로 낳는다. 교청鸂鶒해오라기은 눈동자로 낳고 갈매기는 눈으로 낳는다. 물고기는 생각으로 낳고 공작은 번개를 보고 새끼를 배며, 등사螣蛇^{용과 흡사한 신령스러운 동물. 운무를 일으키며 몸을 감추고 난}다는 듣는 것만으로 새끼를 밴다고 한다.

이런 내용들이 여러 글 속에 나타나는데, 모두 믿을 수 없다. 그러나 교청이라는 두 글자는 눈동자를 맞춘다는 뜻이니, 글자를 만들 때도 뜻이 있었던 것이 분명하다.

『지봉유설』

해설

동물에 관한 다양한 이야기를 풀어 놓은 글들이다. 《임하필기》 내용 중 마지막 부분에 고양이의 눈동자에 관한 설명이 나오는데 사람의 동공이 원형인 것과 달리 고양이의 동공은 길쭉하다. 빛이 적은 아침이나 저녁에는 동공이 열려 있기 때문에 둥글게 보이지만, 빛이 많은 낮에는 동공이 많이 닫혀 가느다랗고 길쭉하다. 이 모양을 보고 '실오라기처럼 가늘어진다'라고 했으니 정확한 관찰이라 하겠다.

《지봉유설》의 내용을 보면 옛사람들은 동물 형태와 기능에 대한 고정관념에 사로 잡혀 있던 것 같다. 사람의 것과 같거나 유사하지 않으면 해당 기관이 없다고 생각한 것 같다. 위 글에 나온 대부분의 내용은 사실과 다르거나 과학적 근거가 없다.

큰 동물

큰 새를 붕鵬이라 하고, 큰 물고기를 고래라 하며, 큰 뱀을 탄상呑象 코끼리를 삼킴이라 하고, 큰 게를 여산如山산과 같음이라고 한다. 큰 지렁이는 길이가 70척1척은 약 30센티미터에 이른다는 내용이 《고려사》에 기록되어 있다. 동물이 이렇다면 사람 또한 당연히 그럴 수 있을 것이다. 중국 하夏나라 때 제후 가운데 하나였던 방풍씨防風氏는 몸을 누이면 아홉 이랑의 밭을 차지할 만큼 컸다고 하는데 누가 감히 이를 의심하겠는가.

『지봉유설』

해설

동물의 크기가 커지면 그만큼 많은 위험성을 내포하게 된다. 육지에 사는 동물이 크기가 커지기 위해서는 그만큼 몸에 가해지는 중력에도 움직일 수 있을 정도로 강력한 골격과 근육이 뒷받침되어야 한다.

붕은 실제 존재하는 새가 아니며, 뱀 중에서 가장 크다고 알려진 아나콘다 *Eunectes murinus* 역시 코끼리를 삼킬 정도는 아니며, 세계에서 가장 큰 게인 일본거미게(키다리게)*Macrocheira kaempferi*도 산만큼 크지 않으며 다리를 펼쳤을 때의 길이가 약 4미터다. 다른 예와 달리 고래는 실재한다. 고래가 큰 덩치를 유지할 수 있는 것은 물속에 살기 때문이다. 물속에서 부력浮力을 받기 때문에 육지에 있는 종보다 강한 중력에 노출되지 않는다.

비슷한 동물

동물들 가운데는 서로 비슷하게 생긴 것이 무척 많다. 닭과 꿩이 서로 비슷하고, 오리와 기러기가 비슷하며, 거위와 따오기가 비슷하고, 말과 나귀가 비슷하다.

또 개와 이리가 비슷하고, 양과 영양이 비슷하고, 멧돼지와 돼지가 비슷하며, 쥐와 죽서竹鼠대나무 쥐가 비슷하고, 고양이와 살쾡이가 비슷하다. 호랑이와 표범이 비슷하며, 노루와 사슴이 비슷하고, 새 가운데는 매와 솔개가 비슷하고 할미새와 따오기가 비슷하며, 앵무새와 딱따구리가 비슷하다.

물고기 가운데는 붕어와 잉어가 비슷하고, 메기[鮧]와 뱀장어가 비슷하며, 게[蟹]와 거미가 비슷하다. 또 파리와 등에[蝱]가 비숫하고, 도롱뇽[蛟]과 해계醢鷄굼벵이가 비슷하고, 개구리와 두꺼비가 비슷하다.

『용재총화』

해설

생물 사이의 형태적 유사성에는 상동적相同的 유사성과 상사적相似的 유사성이 있다. 상동적 유사성은 같은 조상을 공유하기 때문에 조상에서 물려받은 형질이 유사한 경우로 위 글에서 제시된 예에서는 닭과 꿩, 오리와 기러기, 말과 나귀, 개와 이리, 양과 영양, 멧돼지와 돼지, 쥐와 죽서, 고양이와 살쾡이, 호랑이와 표범, 노루와 사슴, 매와 솔개, 붕어와 잉어, 파리와 등에, 개구리와 두꺼비가 여기에 해당한다. 나머지는 상사적 유사성이거나 주관적으로 유사하다고 생각한 경우다.

상사적 유사성은 공통 조상이 매우 먼 과거에 존재한, 즉 유연 관계가 먼 생물 사이에서 적응의 결과로 인해 형태적으로 비슷해지는 경우다. 예를 들어 박쥐와 새는 매우 먼 유연 관계에 있지만 앞다리가 날개로 변해 하늘을 날 수 있게 되었다.

새·짐승·물고기 중에 몸집은 다르지만 모양이 서로 비슷한 것

새들 가운데 몸의 크기에는 차이가 있으나 모양은 서로 비슷한 것이 있다. 즉 매[鷹]는 큰데 새매[鷂]는 작고, 꿩[雉]은 크고 메추라기[鶉]는 작은데, 메추라기는 암꿩과 비슷하다. 또한 기러기는 큰데 오리는 작다.

짐승 중에도 몸의 크기에는 차이가 있으나 모양은 서로 비슷한 것이 있다. 즉 호랑이는 큰데 표범은 작고, 살쾡이는 큰데 고양이는 작으며, 사슴은 큰 반면 노루는 작고, 소는 큰데 양은 작으며, 노새는 큰데 비해 당나귀는 작고, 참龜《설문해자》에 따르면 교활한 토끼 또는 큰토끼라고 함은 큰데 토끼[兔]는 작다.

또한 물고기 중에도 몸의 크기에는 차이가 있으나 모양은 서로 비슷한 것이 있다. 즉 준치는 큰데 전어는 작고, 민어는 큰데 조기는 작으며, 대구는 큰 반면 명태는 작고, 다랑어는 큰데 비해 고등어는 작다. 또 문어는 큰데 낙지는 작으며, 뱀장어는 큰데 비해 미꾸라지는 작다.

『청장관전서』

해설

모양은 비슷하지만 크기는 다른 다양한 동물을 언급한 글이다. 유사하다고 소개된 동물들이 속한 분류군을 소개하면 다음과 같다.

매와 새매는 황새목Ciconiiformes에 속하지만 매는 맷과Falconidae, 새매는 수릿과Accipitridae에 속한다. 꿩과 메추라기는 모두 닭목Galliformes 꿩과Phasianidae에 속한다. 기러기와 오리는 모두 기러기목Anseriformes 오릿과Anatidae에 속한다. 호랑이와 표범은 모두 식육목Carnivora 고양잇과Felidae 큰고양이속Panthera에 속하는 근연종이다. 사슴과 노루는 모두 소목Artiodactyla 사슴과Cervidae에 속한다. 소와 양은 모두 소목Artiodactyla 솟과Bovidae에 속한다. 노새와 당나귀는 모두 말목Perissodactyla 말과Equidae 말속Equus에 속하는데 노새는 당나귀와 말의 잡종이다. 큰 토끼와 작은 토끼는 모두 토끼목Lagomorpha 토낏과Leporidae에 속하지만 각기 다른 속이다.

그리고 준치와 전어는 모두 청어목Clupeiformes에 속하지만 준치는 준칫과, 전어는 청어과Clupeidae에 속한다. 민어와 조기는 농어목Perciformes 민어과Sciaenidae에 속하지만 각기 다른 속이다. 대구와 명태는 모두 대구목

Gadiformes 대구과 Gadidae에 속하는 다른 속의 어류다. 다랑어와 고등어는 모두 농어목 Perciformes 고등엇과 Scombridae에 속하지만 다른 속이다. 문어와 낙지는 함께 문어목 Octopoda에 속한다. 하지만 뱀장어와 미꾸라지는 유연 관계가 매우 멀다. 뱀장어는 뱀장어목 Anguilliformes에 속하지만 미꾸라지는 잉어목 Cypriniformes에 속한다. 따라서 뱀장어와 미꾸라지를 제외하면 저자는 분류학적으로 유사한 동물들끼리 잘 엮었다고 하겠다. 뱀장어와 미꾸라지는 몸의 길이가 길쭉한 외형에서 상당히 유사하지만 내부 구조와 습성 면에서 차이가 크다.

동물의 출생

벌레와 새는 알에서 태어나는데, 노자鸕鷀가마우지는 새끼를 입으로 토하고, 학은 태胎에서 새끼를 낳는다. 내 눈으로 확인한 것 가운데 두꺼비 또한 새끼를 입으로 토했다. 반면에 사람도 알에서 태어나는 경우가 있으니, 서언왕徐偃王주나라 초기 제후국인 서나라의 언왕과 신라의 시조인 박혁거세가 그렇다. 팽조彭祖중국의 삼황오제 가운데 하나인 전욱의 현손와 같은 이는 어머니의 가슴을 가르고 나왔고, 노자老子는 어머니의 왼쪽 겨드랑이를 가르고 나왔다고 하며, 석가는 어머니의 오른쪽 겨드랑이를 쪼개고 나왔다고 하니 이 또한 기이한 일이라 하겠다.

『지봉유설』

해설

모든 조류는 난생이므로 이 글에서 이야기한 것처럼 가마우지가 새끼를 입으로 토하고 두루미가 태반을 통해 몸속에서 새끼를 키우고 낳는다는 것은 옳지 않다. 그리고 열대지방에 서식하는 일부 개구리 종에서 올챙이를 보살피는 행동이 보고되었지만 두꺼비를 포함해 우리나라에 서식하는 양서류는 새끼를 보살피는 행동을 하지 않는다. 아마 두꺼비가 다른 올챙이를 잡아먹고 뱉어 내는 모습을 보고 오인한 듯하다.

동물의 수명

곤충 또는 짐승들의 수명과 변화는 다음과 같다.

하루살이는 3일, 누에는 27일, 매미는 30일 동안 산다. 쓰르라미는 여름 동안만 살기 때문에 봄과 가을을 모른다. 반면에 쥐는 300년, 원숭이는 800년, 여우와 사슴은 각각 1000년, 학은 2000년, 거북은 3600년, 기린은 3000년을 산다.

100년 묵은 여우는 미녀가 되고, 100년 묵은 박쥐는 신선이 된다. 두꺼비는 1000년이 되면 머리에 뿔이 나고 이마 밑에 단서^{丹書}가 생긴다. 호랑이는 500년이 되면 흰색으로 변하고, 1000년이 되면 이빨이 빠지고 뿔이 난다. 제비는 1000년이 되면 호염^{胡髯목}이나 턱에 난 수염이 나고 문을 북쪽으로 향해서 집을 짓는다. 거북은

1000년이 되면 사람의 말을 알아듣고 연잎 위에서 논다. 사슴은 1000년이 되면 푸른 사슴이 되고, 500년이 더 지나면 흰 사슴이 되고, 또 500년이 더 지나면 검은 사슴이 된다.

『임하필기』

해설

지금까지 존재한 모든 동물은 수명이 한정되어 있다. 나이가 들수록 노화가 진행되어 힘도 약해지고 여러 질병에도 걸린다. 그 결과 나이 들어 힘없고 병든 야생동물은 적자생존이라는 냉혹한 야생의 경쟁에서 도태되어 그 자신에게 주어진 수명대로 온전히 살 수 없다.

위 글에서는 어쩌면 자신이 정형에서 벗어난 동물, 예를 들어 흰 호랑이 등을 엄청나게 오래 살아 영험해지고 상서로워진 존재로 상상한 것 같다. 실제 흰 호랑이는 멜라닌 색소가 부족한 알비노albino 호랑이였을 가능성이 크다.

동물의 암수

까마귀는 암수를 구별하기가 어렵다. 오른쪽 날개로 왼쪽을 가리는 놈은 수컷인 반면 왼쪽 날개로 오른쪽을 가리는 놈은 암컷이다.

벌은 생식기가 꼬리에 있는데, 꼬리가 갈라진 놈은 암컷이고 꼬리가 뾰족한 놈이 수컷이다.

게는 배꼽이 둥근 게 암컷이고 뾰족한 게 수컷인데, 수컷은 낭의狼蟹라 하고 암컷은 단대傳帶라고 한다.

거북은 수컷은 대모瑇瑁라 하고 암컷은 자휴觜蠵라 하며, 고래는 수컷은 경鯨이라 하고 암컷은 예鯢라 한다.

물총새[翡翠]의 수컷은 빛깔이 붉은데 비翡라 하고 암컷은 빛깔이 푸른데 취翠라 한다.

원앙은 수컷을 원鴛이라 하고 암컷을 앙鴦이라 한다. 오리는 수컷이 울지 않고, 매미는 암컷이 울지 않는다. 메추라기는 수컷은 개鶪라 하고 암컷은 비痺라고 하는데, 수컷은 발이 높고 암컷은 발이 낮다.

말은 수컷은 즐騭이라 하고 암컷은 탄騨이라 한다.

집비둘기는 암놈이 수놈을 타고, 바닷게는 암놈이 수놈을 업는다. 비둘기는 암컷은 앞을 펴고 수컷은 뒤를 편다. 기러기는 수컷이 부르고 암컷이 응한다. 새매는 수컷이 작고 암컷이 크다.

『임하필기』

해설

여러 동물의 암수를 표현하는 한자를 열거하고 암수를 구분할 수 있는 특징을 제시하고 있다. 몇 가지 잘못된 점을 지적하자면 다음과 같다.

비둘기를 포함한 거의 모든 조류에서 수컷은 생식기가 없기 때문에 짝짓기를 할 때 암컷이 수컷 위로 올라오지 않으며, 일반적으로 수컷이 암컷 위에 올라타고 서로의 항문을 맞대 교미를 한다.

동물의 짝짓기

뱀은 꿩과 짝짓기를 하고, 또 거북이나 뱀장어와도 짝짓기를 한다고 한다.

이는 나귀가 말이나 소와 짝짓기를 하는 것과 같다. 두 종류 모두 간사하고 음란하며 바르지 못한 기운을 품고 있기 때문일 것이다. 또 옛글을 보면, 거북과 자라는 수컷이 없고 뱀과 짝짓기를 한다고 쓰여 있다.

『지봉유설』

해설

나귀가 말과 짝짓기 해서 태어나는 것이 버새와 노새다. 이를 제외한 나머지는 일어나지 않는다. 거북과 자라가 수컷이 없다는 것도 틀린 이야기다.

동물의 먹이

명나라 때 편찬된 《여해집蠡海集》을 보면 이런 내용이 있다.

사람은 오행伍行의 전부를 구비하고 있기 때문에 몸에 모든 것이 갖춰져 있다. 또 모든 것이 갖춰져 있기 때문에 못 먹는 것이 없다. 그러나 다른 동물들은 오행 가운데 한두 가지만 가졌기 때문에 온전한 몸을 갖지 못했고, 그렇기 때문에 풀만 먹는 종류는 고기류를 먹지 못하고, 고기를 먹는 종은 풀을 먹지 못한다. 곡식 알곡을 먹는 종은 고기를 먹지 못하고, 고기를 먹는 종은 곡식 알곡을 먹지 못한다.

한편 《유양잡조》에는 "풀을 먹는 짐승은 힘은 세지만 어리석고, 고기를 먹는 짐승은 용감하고 사납다"라고 쓰여 있다. 내 판단에는 말이나 소는 풀과 곡식을 먹고, 고양이와 개는 곡식 알곡과 고기를 먹는다. 그렇다면 왜 풀을 먹는 짐승은 기름기를 먹지 못하고, 알곡을 먹는 짐승은 고기를 먹지 못한다고 하는 건가. 어리석기 때문에 풀을 먹고, 사납기 때문에 고기를 먹는 것이 아니라 성품이 그렇기 때문이다. 풀을 먹어서 어리석고 고기를 먹어서 사나운 것이 아니라는 말이다.

『지봉유설』

해설

원래 속성이 그러하기 때문에 초식동물은 풀을 먹고, 육식동물은 고기를 먹는다는 글의 내용은 일부 옳다. 동물은 먹는 음식 종류에 따라 초식, 육식, 잡식동물로 구분한다.

초식동물은 거의 모두 셀룰로오스cellulose로 구성된 식물을 주로 먹고 산다. 동물은 기본적으로 셀룰로오스를 분해해 포도당으로 만들 수 있는 효소가 없으므로 자신의 몸 안에 셀룰로오스 분해 효소를 지닌 박테리아가 서식할 수 있는 곳이 있다. 한마디로 박테리아의 도움으로 식물을 분해하는 것이다. 소목의 경우 혹위라고 불리는 위가, 그 외 초식동물은 소장과 대장 사이의 맹장이 그 역할을 한다.

육식동물은 다른 동물을 잡아먹고 산다. 동물성 먹이는 식물성 먹이에 비해 소화가 잘 되기 때문에 육식동물은 초식동물에 비해 창자가 매우 짧다. 하지만 초식동물과 육식동물이 항상 초식과 육식만 하지는 않는다. 먹을 것이 부족한 상태에서 초식동물 또한 고기를 먹을 수 있고, 육식동물도 풀을 먹을 수 있다.

자연계 내에서 육식동물의 먹이가 되는 동물은 대부분 초식동물이기 때문에 둘 사이에는 창과 방패처럼 포식 능력과 이를 회피하는 능력이 발달되었다. 예를 들어 육식동물은 앞을 향하는 두 눈으로 도망치는 먹이의 거리를 잘 감지할 수 있고, 초식동물의 눈은 양쪽으로 향해 있어 좀 더 넓은 시야를 확보해 자신에게 다가오는 육식동물을 잘 감지할 수 있다. 대체로 초식동물은 위험을 감지하는 능력과 달리는 능력에서 뛰어나고, 육식동물은 날카로운 공격무기를 사용하고 협동으로 사냥할 수 있는 높은 지능이 있다.

동물의 무늬

무소뿔의 무늬는 동일하지 않다. 뿔이 자랄 때 산을 보면 산 모양이 되고, 물을 보면 물의 모양이 된다.

만력萬曆명나라 14대 황제 신종의 연호 연간1573~1619에 상고현上高縣중국 장시성의 현에서 호랑이 한 마리를 잡았는데, 무늬가 온통 조수鳥獸처럼 생겼다고 한다. 그 호랑이는 산수표山水豹 따위로서 무소의 무늬와 같은 것이었던 것은 아닐까.

『임하필기』

해설

동물의 몸에 난 무늬가 환경에 따라 결정된다는 의견을 피력한 글이다. 이러한 특징이 환경에 의해 어느 정도 좌우되겠지만 이때 환경은 먹이, 서식 환경, 경쟁과 같은 것으로 글에서처럼 단순히 어딘가를 바라본다고 결정되지는 않는다.

동물의 색

산과 물에서 사는 새와 짐승은 생김새와 색상이 서로 비슷한데, 집에서 기르는 새와 짐승은 그 색상이 다양하기 그지없으니 왜 그럴까?

세상에 존재하는 모든 동물에는 없는 색상이 없는데, 사람은 여러 짐승을 한곳에 모아서 기른다. 그러다 보니 이 종류 저 종류가 서로 섞여서 새끼를 낳기 때문에 생긴 모습과 기질이 여러 가지로 변하는 것이다. 이는 당연한 이치니, 자연 속에서 자연스럽게 나서 자라는 짐승과는 같지 않은 것 또한 당연하지 않겠는가.

소에는 누런 소가 많은 반면 검은 소는 적으며, 가끔 얼룩소가 있긴 하나 흔하지는 않다. 소는 모두 땅의 기운을 받아 나는 짐승인 까닭에 누런색이 많다. 그러므로 소를 가리켜 황우黃牛라고 부르는 것이다.

　말 또한 여러 색을 띠지만 붉은빛을 띠는 종류가 가장 많다. 말은 화기火氣, 즉 불의 기운을 받아 나는 까닭에 붉은 말이 많다.

　돼지는 털은 반지레한 것이 물을 칠한 듯하고 빛깔도 검으니, 이는 수기水氣, 즉 물의 기운을 받아 나는 짐승임을 의심할 여지가 없는 것이다. 간혹 흰 점이 박힌 돼지가 있으나 그 또한 많지 않고 천 마리건 백 마리건 빛깔은 모두 같다. 그런 까닭에《시경》〈소아〉에 이런 시가 나온다.

　　깎아지른 바윗돌이 높기도 하구나.

　　산천이 아득하니 갈수록 힘겹다네

　　군인 되어 동방으로 원정 왔으니 하루도 쉴 틈이 없구나

　　깎아지른 바윗돌이 높기도 하구나

　　산천이 아득하니 언제나 끝이 나나

　　군인 되어 동방으로 원정 왔으니 벗어날 겨를 없구나

　　발굽 흰 돼지가 떼 지어 물 건너고 하늘에는 달이 떴는데 비는 그치지

　　않는구나

군인 되어 동방으로 원정 왔으니 다른 곳 바라볼 겨를 없구나

이처럼 돼지의 발굽이 희다는 내용이 나오고, 사서를 보아도 "이 돼지는 이마가 희다"라는 구절이 있으니, 이는 그만큼 흰 돼지가 드물다는 말과 통하는 것이다.

『성호사설』

해설

옛날에는 동물의 모양과 색깔이 그 동물이 지닌 음양오행의 속성에 따라 결정된다고 믿었다. 이 종류 저 종류가 서로 섞여서 새끼를 낳기 때문에 생긴 모습과 기질이 여러 가지로 된다고 얘기한 내용에는 유전학적 개념이 일부 드러나 있다. 다양한 형질을 가진 개체 사이에서 다양한 형질을 가진 자손이 태어나는 것은 부모의 유전 형질이 다양하기 때문이다. 성호가 생각했을 때 소, 말, 돼지 등의 색이 거의 일정한 이유를 이들이 지니는 음양오행의 속성 때문이라고 얘기했지만, 이러한 가축들은 일종의 근친교배인 선택교배를 거쳐 만들어졌고 그 과정 중에 다양한 형질을 잃어버려 거의 유사한 색을 갖게 된 것이다.

동물의 행동

용은 뿔로 소리를 듣는다고 하니 이는 용이 귀머거리라는 말이 아니라 뿔을 귀로 삼는다는 말이다. 반면에 소는 코로 듣는다고 하니 귀가 없는 게 아니라 코를 귀로 삼는다는 말이다. 용은 날개가 없지만 날 수 있으니 이는 날개 아닌 것을 날개로 삼은 것이요, 뱀은 발이 없는데도 어디든 갈 수 있으니 이는 발 없는 것으로 발을 삼은 것이다. 또한 고양이가 박하를 먹으면 취한다고 하니 이는 박하를 술로 삼은 것이요, 맥貘은 구리를 배부르게 먹는다고 하니 이는 구리를 밥으로 삼은 것이다. 그러하니 형상을 한 몸에서 모두 찾아낼 수 없고 세상 이치 또한 한 가지 사례를 통해 추측할 수 없다.

『지봉유설』

해설

주변 환경에서의 자극을 인식하고, 움직이고, 무언가를 먹는 것은 동물이 살아가기 위한 필수 행위다. 위 글은 동물이 저마다의 방식으로 듣고, 움직이며, 먹을 것을 먹는다고 얘기하며 섣부른 일반화를 경계한 듯하다.

실제로도 동물들은 매우 다양한 방식으로 주변을 감각하고, 움직이며, 먹이를 먹는다. 비록 열거한 예시가 틀렸거나 상상의 동물이긴 하지만, 동물계의 다양성에 대한 혜안慧眼이 놀랍다.

동물의 변화

곤충으로서 우화羽化변태하지 않는 것이 없음은 잘 알려진 사실이다. 그러나 날개 달린 동물이 비늘 가진 동물로 변하고, 비늘 가진 동물이 사슴으로 변하는 것은 무슨 이치인가.

두더지가 종달새로 변하고, 개구리가 메추라기로 변하거나 게가 되기도 하고, 잉어와 상어가 용이 되고, 닭이 뱀으로 변하며, 참새가 조개로 변하고, 꿩이 대합조개가 되며, 뱀이 꿩으로 변하며 두꺼비가 복어로 변하니 참으로 기이한 일이다.

사람 또한 호랑이가 되기도 하고, 소가 되거나 노루가 되고, 물고기가 되며, 자라가 되고 새가 되기도 한다니 이는 또한 무슨 조화인가. 고사리와 당귀는 식물인데도 변해서 뱀이 된다고 하니 이는 더욱 알 수 없는 이치다.

　열두 생물이 하늘과 땅 사이에 가득 차 나고 또 나고 변하고 또 변하니 참으로 어지럽고 혼란스럽기 그지없다. 조물주는 참으로 장난이 심하다.

『지봉유설』

해설

곤충 중 대다수(약 88퍼센트)는 알, 애벌레, 번데기, 성충의 완전변태를 한다. 완전변태를 하는 곤충 중에서 날개가 없는 애벌레가 번데기를 거쳐 날개가 있는 성충이 되는 과정을 우화라고 한다. 하지만 우화를 하지 않는 곤충 역시 존재한다. 아예 날개가 없는 좀*Ctenolepisma longicaudata coreana*과 같은 곤충은 어린 시절과 성충 시절 모습이 거의 같은데 이들을 무변태 곤충이라고 한다. 메뚜기, 매미, 사마귀, 노린재와 같은 불완전변태 곤충은 알, 약충, 성충 단계를 거치는데 약충은 날개 싹을 가지고 있으며 여러 번의 탈피를 거쳐 완전한 날개를 갖는 성충이 된다.

옛날 사람들이 생각할 때 완전변태를 하는 곤충처럼 형태가 급격히 변하는 예가 있으므로 곤충 외의 다른 생물들도 그러하리라 확대 해석한 것 같다. 하지만 사람과 호랑이는 종이 다르므로 절대 그런 식의 형태 변화는 일어나지 않는다.

부록

원전과 원저자

《고사촬요攷事撮要》

조선 전기에 활동한 학자 어숙권이 조선시대의 사대교린事大交隣을 비롯해 일상생활에 필요한 사항을 뽑아 엮은 책. 1554년(명종 9) 유서類書(예전에 중국에서 여러 책을 내용이나 항목별로 분류하고 편찬한 책을 통틀어 이르던 말. 지금의 백과사전과 비슷하다)로 처음 편찬했고 그 후 열두 차례에 걸쳐 새로 간행되었다. 초간본은 전하지 않으며, 후간본으로 체제와 내용을 짐작할 뿐이다. 남아 있는 가장 오래된 판본은 1568년(선조 1)에 발간된 을해자본乙亥字本이다.

이 책은 간행 당시 중국과 우리나라의 관직·조공朝貢·예식·민간요법·상식 등 다양한 제도는 물론 한국과 중국 사이에 벌어진 역사를 살피는 데도 빼놓을 수 없는 자료다. 규장각·국립중앙도서관 등에 소장되어 있다.

《패관잡기稗官雜記》

어숙권이 명종 때 지은 패관문학서다. 패관문학稗官文學의 대표작으로 우리나라의 풍속은 물론 우리나라와 중국·일본·유구琉球(일본 오키나와 부근에 위치해 있던 나라) 등 외국과의 관계에 따른 일화까지 실었다.《대동야승》에 제4권까지 수록되어 있으며,《시화총림詩話叢林》에는 시화에 관한 부분만 발췌·수록되어 있다. 조선 전기의 사실史實을 이해하는 데 중요한 자료다.

· 어숙권魚叔權(?~?)

조선 전기의 학자. 호는 야족당也足堂·예미曳尾. 1525년(중종 20)에 이문학관吏文學官(승문원에서 외교 문서를 맡아보던 벼슬)이 되었다.《훈몽자회訓蒙字會》의 저자로 유명한 어학자인 최세진에게 수학했으며, 이문吏文과 중국어에 능통해 중국에 자주 드나들었다. 1540년에 감교관監校官이 되어《이문제서집람吏文諸書集覽》을 편찬하는 데 참여했다. 1541년 한리과漢吏科가 설치되자 초시에 합격했으며 하절사를 따라 중국에 다녀왔다. 1554년(명종 9)에《고사찰요》를 지었다. 또《패관잡기》를 펴내기도 했으며, 한때 율곡 이이를 가르치기도 했다.

《담정총서潭庭叢書》

조선 후기의 학자 김려가 자신의 글과 주위 문인들의 글을 모아 교열하고 편집해 펴낸 책. 특히 친구인 이옥의 산문이 여럿 실려 있어, 조선 후기 '문제적 지식인'으로 평가받는 이옥의 글과 생애 등 전반을 파악하는 데 큰 도움이 된다.

· 김려金鑢(1766 ~ 1822)

조선 후기의 학자. 자는 사정士精, 호는 담정潭庭. 1780년(정조 4)에 성균관에 들어갔으며, 1791년(정조 15) 생원이 되었다. 당시 유행하던 소품체小品體 문장을 익혔고, 이옥 등과 활발히 교유하면서 소품체 문장의 대표적 인물로 주목받았다.

1797년 부령富嶺으로 귀양 갈 때까지 청암사靑巖寺·봉원사奉元寺 등에서 독서하였다. 유배는 강이천姜彝天의 비어사건飛語事件(근거 없이 떠도는 말이 원인되어 일어난 일)에 연좌되었기 때문이다. 이후 1801년(순조 1) 강이천 비어사건의 재조사에서 천주교도와 교분을 맺은 혐의로 다시 진해鎭海로 유배되었으며, 이때《우해이어보牛海異魚譜》를 지었다. 1806년 아들의 상소로 유배에서 풀려나, 1812년 의금부를 시작으로 여러 관직을 거쳐 함양군수로 재직하던 중 죽었다. 저서로《담정유고》(12권)과, 자신과 주위 문인들의 글을 교열하고 편집해 펴낸《담정총서》(17권)가 있다.

· 이옥李鈺(1760~1815)

조선 후기 정조 때 문신. 자는 기상其相, 호는 경금자絅錦子·매화외사梅花外史 등이다. 지금까지 전하는 그의 생애는 그의 글과 친구 김려의 문집 발문을 토대로 추정할 뿐이다.

1790년 생원시에 합격하였고, 성균관 동재로 들어가 대과 공부를 시작하지만 문체반정(문체를 바르게 돌린다)으로 인해 타락한 문체(소품체)를 쓰는

'문제의 인물'로 거론되었다. 그에 따라 반성문의 글을 하루에 50수씩 지어 문체를 뜯어 고친 연후에야 과거에 응시할 수 있는 벌을 받기도 했고, 과거에 응시하지 못하는 '정거停擧', 군역에 강제로 복무케 하는 '충군充軍' 등의 벌을 받았다. 이후 이옥은 잘못된 글을 짓는다는 공식 낙인이 찍혀 과거시험을 포기하고 고향으로 낙향해 지내다가 56세로 사망했다. 그의 저술은 김려의《담정총서》와《예림잡패》에 전한다.

《북학의北學議》

1778년(정조 2) 실학자인 박제가가 중국의 문물제도를 견학하고 돌아와 보고 들은 내용과 더불어 자신의 소견을 적은 책. 내편內篇과 외편外篇으로 이루어져 있다. 중국의 여러 문물과 제도를 관찰하고 돌아와 배워야 할 편리한 점을 문물별로 기록했으며 제도상의 모순과 개혁할 점을 항목별로 제시했다.

조선 후기 북벌론北伐論이 대두하자 청나라를 멸시하는 사대주의적 명분론에 반대하면서, 사회경제가 발전하는 현실 속에서 거대한 문명 대국인 청나라 왕조의 실체를 인정하고 적극 배울 것을 주장한 대표적 저술이다.

· 박제가朴齊家(1750~1805)

조선 후기의 실학자. 자는 차수次修·재선在先·수기修其. 호는 위항도인葦杭

道人·초정楚亭·정유貞蕤. 시문 사대가詩文四大家의 한 사람으로 박지원에게 배웠으며, 이덕무·유득공 등과 함께 북학파를 이루었다. 시·그림·글씨에도 뛰어났으며 저서에《북학의》,《정유고략貞蕤稿略》따위가 있다.

《산림경제山林經濟》

조선 숙종 때 활동한 실학자 홍만선이 농업과 의약, 농촌의 일상생활에 관해 쓴 책.

홍만선은 명문가에서 태어나 관운이 비교적 순탄해 내직과 함께 외직으로 여러 곳의 지방관을 역임했고, 이 과정에서 향촌鄕村 사회의 경제생활 지침서에 해당하는 이 책을 지었다. 이후 농법이 발달함에 따라 농촌 경제의 요구를 완전히 충족시킬 수 없는 한계가 나타났고, 판본으로서 간행된 것이 아니어서 보급에도 문제가 있었다. 그 결과 1766년(영조 42), 후에 태의원 내의內醫를 지낸 유중림柳重臨(?-?)이《증보산림경제增補山林經濟》를 펴내기도 했다. 국립중앙도서관·규장각·장서각 등에 소장되어 있다.

· 홍만선洪萬選(1643~1715)

조선 후기의 실학자. 자는 사중士中, 호는 유암流巖. 노론老論 명문가 출신으로 1666년(현종 7) 진사시에 합격한 후 여러 관직을 거쳤다. 행실이 단정하고 모범적인 관료 생활을 했으며, 당쟁에 가담하지 않아 완인完人으로 불렸다. 소론계 실학자 박세당朴世堂 등과 교유하면서 실용후생實用厚生의 학풍을 기본으로 했다. 지방관으로 전전하면서 농업·농촌 문제에 관심을 가졌으며, 은퇴한 뒤인 1710년경 농가의 일상생활에 필요한 농림축잠업·주택·건강·의료·흉년 대비책 등에 대한 종합적 지침서인《산림경제》를 지었다. 18세기 이후 유중림·서유구 등의 실학자에게 많은 영향을 미쳤다.

《서애집西厓集》

조선 선조 때의 문신 유성룡의 시문집. 1633년(인조 11)에 아들 진裖이 합천 군수로 있을 때 간행했다. 모두 20권 11책으로 되어 있으나 본집 1책을 줄여 10책으로 한 것도 있으며, 24권 13책으로 된 것도 있다. 1958년 성균관 대학교 대동문화연구원에서 영인해 발행했는데, 임진왜란의 전후 사실을 기록한《징비록懲毖錄》이 포함되었다.

· 유성룡柳成龍(1542~1607)

조선 중기의 문신. 자는 이현而見, 호는 서애西厓. 1564년(명종 19) 생원·진사가 되고, 다음 해 성균관에 들어가 수학한 다음, 1566년 별시 문과에 병과로 급제해 승문원권지부정자가 되었다. 이듬해 정자를 거쳐 예문관검열로 춘추관기사관을 겸직했다. 그 뒤 그 뒤 정언正言·병조좌랑·이조좌랑·부교리·이조정랑·교리·전한·장령·부응교·검상·사인·응교 등을 역임한 뒤, 부제학 대사간·우부승지·도승지를 거쳐 예조판서·병조판서·지중추부사를 역임했고 우의정과 좌의정을 역임했다.

특히 그는 퇴계 이황의 사상을 이어받고, 조선 후기 실학파를 연결하는 교량 역할을 했으며, 임진왜란을 겪은 조선의 재상으로서 고통받는 백성들의 삶을 개선시키고자 노력한 경세가로 평가받는다.

저서로는 《서애집西厓集》, 《징비록懲毖錄》, 《신종록愼終錄》, 《영모록永慕錄》, 《관화록觀化錄》, 《운암잡기雲巖雜記》, 《난후잡록亂後雜錄》, 《상례고증喪禮考證》, 《무오당보戊吾黨譜》, 《침경요의鍼經要義》 등이 있다.

《성호사설星湖僿說》

조선 후기의 실학자 이익이 평소에 틈틈이 지은 글을 모아 엮은 책. 〈천지天地〉·〈만물萬物〉·〈인사人事〉·〈경사經史〉·〈시문詩文〉 등의 부문으로 나누어 편찬했으며, 부문마다 고증을 덧붙였다. '사설僿說'이란 '잘게 부서진 이야기들'이란 뜻으로, 온갖 내용을 담은 일종의 잡저雜著라고 할 수 있다. 이 책은 성호가 학문을 하면서 생각나고 의심나는 것을 적어 두었던 것과 제자들의 질문에 답변한 내용을 기록해 둔 것들을 집안 조카들이 정리한 것이다.

이 책은 성호의 다른 저술과 더불어 궁경窮經(이론적 경학을 깊이 연구하는 것)·치용致用(현실에 적용 가능한 내용)의 학문을 담고 있는 방대한 저술로, 성호의 학문과 사상을 연구하는 기본적인 자료임과 동시에 고대古代에서 조선 후기까지 중국과 우리나라의 정치·경제·사회·문화·지리·풍속·사상·역사 그리고 당시 전래된 서학西學과 풍물에 이르기까지 모든 것을 망라하고 기록해 백과사전적 전서全書로서 가치를 지닌다. 국립중앙도서관·규장각 등에 소장되어 있다.

· 이익李瀷(1681~1763)

조선 후기의 실학자. 자는 자신自新, 호는 성호星湖. 유형원의 학문을 계승해 조선 후기의 실학을 집대성했다. 천문, 지리, 의학, 율산律算, 경사經史 분야에 커다란 업적을 남겼다. 그의 개혁 방안들은 획기적인 변혁을 도모하기보다는 점진적인 개혁을 추구한 것으로 현실에서 실제로 시행될 수 있는 것을 마련하기 위해 애썼다. 정약용을 비롯한 후대 실학자들의 사상 형성에 커다란 영향을 끼쳤으며, 저서로는《성호선생문집》,《성호집속록》,《성호사설》,《곽우록藿憂錄》등이 있다.

《오주연문장전산고五洲衍文長箋散稿》

조선 후기의 실학자 이규경이 헌종 때 우리나라와 중국을 비롯한 여러 나라 고금古今의 사물을 1400여 항목에 걸쳐 고증하고 해설한 책. 천문天文, 시령時令, 지리地理, 풍속風俗, 관직官職, 궁실宮室, 음식飮食, 금수禽獸를 비롯해 다양한 분야에 관한 내용을 담은 백과사전적 저술이다.

이규경이 평생에 걸쳐 저술했지만 완전히 정리되지 못했고 원고의 형태로 남아 있다. 그러한 이유로 내용 사이에 편차가 발견될 뿐 아니라 배열이 잘못된 곳도 있다. 내용에서도 일부 잘못된 서술이나 세상에 이리저리 떠도는 이야기가 걸러지지 못한 채 그대로 실린 것도 있다. 그러나 개인의 저술로는 기념비적으로 방대해, 이 책의 저변에 깔린 사상사적 의미는 더욱 각별하다. 원본은 최남선崔南善이 소장하고 있었으나, 6·25전쟁 때 소실되고, 이를 필사한 것만 규장각에 남아 있다.

· 이규경李圭景(1788~?)

조선 후기의 실학자. 자는 백규伯揆, 호는 오주五洲·소운거사嘯雲居士. 평생 벼슬을 하지 않고 할아버지인 실학자 이덕무가 이룩한 실학을 계승해 정밀한 고정考訂과 변증辨證으로 조선 후기 실학의 영역을 넓혔다. 백과전서파로도 불린다. 저서에 《오주연문장전산고》 등이 있다.

《용재총화慵齋叢話》

조선 전기의 문신文臣 성현이 지은 잡록雜錄 형태의 책. 분량은 많지 않으나 기록한 내용이 다양하므로 온갖 이야기를 모았다는 뜻에서 '총화叢話'라는 제목을 붙였다. 풍속·지리·역사·문물·제도·음악·문학·인물·설화 등에 관한 내용이 수록되어 있으며, 문장이 아름다워 조선 시대 수필 문학사상

우수작으로 꼽힌다.

처음 간행된 것은 1525년으로 알려져 있는데, 필사본으로 전해오다가 1909년 조선고서간행회朝鮮古書刊行會에서 간행한《대동야승》에 함께 실려 간행되면서 알려지기 시작했다. 그리고 시화詩話 부분은 조선 후기에 홍만종이 시화詩話를 수집, 출간한《시화총림》에도 실려 있다. 풍속이나 설화 등을 수록하고 있어 민속학이나 구비문학口碑文學 연구에 큰 도움을 주는 자료다.

한편《대동야승》은 조선시대의 야사野史·일화逸話·소화笑話·만록漫錄·수필隨筆 등을 모아 놓은 책인데, 한 사람이 저술한 것이 아니라 여러 사람의 작품을 모아 편찬한 것이다.

· 성현成俔(1439~1504)

조선 전기의 대표적인 관료 문인. 자는 경숙磬叔, 호는 부휴자浮休子·용재慵齋·허백당虛百堂·국오菊塢. 1462년(세조 8) 식년문과에, 1466년 발영시拔英試에 각각 3등으로 급제하여 박사가 된 뒤 홍문관 정자를 거쳐 사록司錄이 되었다. 1468년(예종 즉위 원년) 경연관이 되어 예문관 수찬·승문원 교검을 겸했고, 1474년(성종 5) 지평을 거쳐 성균직강이 되었다. 1476년 문과중시에 병과로 급제해 부제학·대사간, 대제학大提學 등을 지냈다.

문장, 시, 그림, 인물, 역사적 사건 등을 다룬 잡록 형식의 글 모음집인《용재총화》를 저술했으며, 장악원掌樂院의 의궤儀軌와 악보를 정리한《악학궤범樂

學軌範》을 유자광 등과 함께 편찬했다. 죽은 뒤 수개월 만에 갑자사화甲子士
禍가 일어나 부관참시당했으나, 뒤에 신원伸寃되었고 청백리로 뽑혔다.

《임하필기林下筆記》

조선 후기의 문신 이유원의 글을 모아 만든 문집. 조선과 중국의 사물에 대
하여 고증한 내용으로 이루어져 있다. 광범위한 분야에 걸쳐 저자의 해박
한 식견을 펼쳐놓은 저술로서, 경經·사史·자子·집集을 비롯해 조선의 전
고典故·역사·지리·산물·서화書畵·전적典籍·시문詩文·가사歌辭·정치·외
교·제도·궁중비사宮中秘史 등 각 부문을 백과사전식으로 엮었다. 각종 제
도·문물·인물·역사·시문 등을 간략히 이해하는 데 도움이 된다. 그런 면
에서 이규경의 《오주연문장전산고》와 비견할 만하다. 규장각에 소장되어
있다.

· 이유원李裕元(1814~1888)

조선 후기의 문신. 본관은 경주, 자는 경춘景春, 호는 귤산橘山·묵농默農.
1841년(헌종 7) 정시문과에 급제했고, 함경도 관찰사를 거쳐 고종 때 영의
정을 지냈다. 1882년 전권대신으로 일본과의 제물포 조약에 조인했다. 글
씨를 잘 썼으며 특히 예서隷書에 뛰어났다. 저서로 《가오고략嘉梧藁略》, 《귤
산문고橘山文稿》, 《임하필기》 등이 있다.

《죽창한화竹窓閑話》

조선 중기의 학자 이덕형이 지은 수필집. 저자의 호를 따서 '죽천만록竹泉漫錄' 또는 '죽천한화竹泉閑話'라고도 한다. 책의 대체적인 내용은 저자 자신이 견문한 풍속·제도·풍수·점복·몽사夢事·당쟁·인재·과거 등에 관한 것들을 포괄하고 있으며, 특히 저자의 선조인 이색李穡을 비롯, 한산이씨韓山李氏에 관한 이야기가 많으며, 《대동야승大東野乘》에 수록되었다.

· 이덕형李德馨(1561~1613)

조선 중기의 문신. 자는 명보明甫, 호는 한음漢陰, 쌍송雙松, 포옹산인抱雍散人. 1580년(선조 13) 별시문과에 급제하여 승문원에 보직되고 대제학 이이李珥에게 발탁되어 수찬, 교리, 예조참판 등을 역임했으며, 31세에 대제학을 겸임했다. 이후 임진왜란 때 명나라 원병 요청에 성공하는 등 업적을 쌓아 한성부판윤, 우의정, 좌의정을 차례로 거친 뒤 영의정에 올랐다. 그 뒤 1613년(광해군 5) 영창대군永昌大君의 처형과 인목대비仁穆大妃 폐모론에 반대하다가 북인(대북파)와 대립했고 결국 모든 관직이 삭직되고 낙향했고, 1613년 사망했다.

특히 절친한 사이로 잘 알려진 이항복李恒福과는 기발한 장난과 우정이 얽힌 많은 일화를 남겼고, 저서로 《한음문고漢陰文稿》가 있다.

《지봉유설芝峯類說》

조선 중기의 학자 이수광이 편찬한 백과전서 형태의 책. 우리나라 최초의 백과사전적인 저술로, 천문·지리·병정·관직 따위의 25부문 3435항목을 고서古書에서 뽑아 풀이했다.

특히 마테오 리치(이마두李瑪竇)의《천주실의天主實義》를 이용해 천주교의 교리와 교황을 소개했으며 세계 지형과 풍물·문화도 알렸다. 또한 해외로는 중국·일본 그리고 베트남·타이·인도네시아·말레이시아 등 동남아시아와 프랑스·영국까지 소개하고 있다. 일례로 영국에 대해서는 당시 함대가 최강이며 기계로 작동되는 철로 만든 배를 가지고 있다고 했으며, 서구의 모직물과 대포 등을 소개했다. 항목마다 다양한 내용과 비평·고증이 곁들여 있어 실학자로서의 면모를 잘 보여줄 뿐 아니라 당시 중국을 통해 알려지기 시작한 천주교와 서구 문물을 소개한 점 등 우리나라에서 편찬된 유서類書로는 선구적 책으로 가치가 높다.

· 이수광李睟光(1563~1628)

조선 중기의 문신·학자. 자는 윤경潤卿, 호는 지봉芝峯. 1585년(선조 18) 별시문과에 급제했고, 이조판서까지 지냈으며, 사신으로 여러 차례 명나라에 다녀오면서 천주교 지식과 서양 문물을 소개해 실학 발전의 선구자가 되었다.

이수광의 학문은 일종의 백과전서인《지봉유설》에 잘 나타나 있다. 이 책에는 일본·안남安南·유구·섬라暹羅(지금의 태국) 등 동양 각국에 대한 소개 뿐만 아니라 유럽에 대한 기술도 실려 있다. 그의 학문적 특징은 유교적 정통성을 바탕으로 하면서도 주자학의 근본 문제보다는 구체적인 실행을 강조하는 실학적 정신을 지향하는 것이었다. 저서로는 시문집인《지봉집》을 비롯해 우리나라 최초의 백과전서적 서적인《지봉유설》과《채신잡록采薪雜錄》등이 있다.

《청성잡기靑城雜記》

조선 후기 학자 성대중이 지은 잡록집雜錄集. 책의 내용은 취언揣言 · 질언質言 · 성언醒言, 세 부분으로 나뉜다. 취언이란 '헤아려 쓴 말'이라는 뜻으로 10편의 중국 고사를 쓴 뒤 '청장평왈靑莊評曰'로 시작되는 평론을 붙였다. 질언이란 '딱 잘라 한 말'이라는 뜻으로 대구對句로 이루어진 120여 항의 격언을 모아놓은 것이다. 성언이란 '깨우치는 말'이라는 뜻으로 100여 편의 국내 야담을 모은 것이다.

· 성대중成大中(1732~1812)

조선 후기의 문신이자 학자. 자는 사집士執, 호는 청성靑城 · 순재醇齋 · 동호東湖. 찰방察訪 성효기成孝基의 아들이며, 노론 성리학자인 김준金㻐에게 배웠다. 1753년(영조 29)에 사마시에 합격하고, 1756년 정시문과에 병과로 급제했다. 서얼이었기 때문에 순조로운 벼슬길에 오르지 못할 처지였으나, 영조의 탕평책에 따른 서얼들의 신분상승운동인 서얼통청운동庶孼通淸運動에 힘입어 1765년 청직淸職에 임명되었다. 1764년 서장관書狀官으로 통신사 조엄趙曮을 따라 일본에 다녀왔으며, 이후 흥해군수興海郡守 등을 지냈다. 정조의 총애를 받았으며, 규장각 검서관檢書官으로서 이덕무·박제가·유득공 등과 교유했다. 하지만 정조 대에 추진된 문체반정文體反正 정책에 적극 호응하여 성리학에 바탕을 둔 순정문학醇正文學을 주장하기도 했다.

《청장관전서靑莊館全書》

조선 후기의 실학자 이덕무의 저술을 망라한 시문집. 청장관은 이덕무의 호號. 이덕무 사후死後인 정조 19년(1795)에 아들 이광규李光葵가 엮어 펴냈다. 1~8권에는 이덕무가 소년시절에 지은 시문詩文들을 수록했으며, 9~20권은 〈아정유고雅亭遺稿〉(아정 또한 이덕무의 호), 21~24권은 〈편서잡고編書雜稿〉, 25·26권은 〈기년아람紀年兒覽〉, 27~31권은 〈사소절士小節〉(선비·부녀자·아동교육 등 일상생활에 필요한 예절과 수신에 관한 교훈을 예를 들어가면서 당시의 풍속에 맞추어 설명한 책), 32~39권은 〈청비록淸脾錄〉(역대 고금의 명시를 중심으로 이에 대한 시화와 시평을 기록한 책), 40~47권은 〈뇌뢰낙락서磊磊落落書〉, 48~53권은 〈이목구심서耳目口心書〉, 54~61권은 〈앙엽기盎葉記〉, 62~69권은 〈잡저雜著〉, 70 · 71권은 부록으로 이루어져 있다.

이 책은 이덕무의 생애와 사상뿐만 아니라 18세기의 사회 · 사상 · 국문학 연구에 도움이 되는 자료들을 수록했으며, 당시 실학사상의 면모를 살펴보는 데도 유용하다. 규장각과 미국 캘리포니아대학교 아사미[淺見] 문고에 소장되어 있다.

· 이덕무李德懋(1741~1793)

조선 후기의 실학자. 자는 무관懋官, 호는 형암炯庵 · 아정雅亭 · 청장관青莊館. 박학다식했으며 개성이 뚜렷한 문장으로 이름을 떨쳤으나, 서얼 출신이라 크게 등용되지 못했다. 하지만 규장각에서 활동하면서 많은 서적을 정리 · 교감했고, 고증학을 바탕으로 많은 저서를 남겼다. 또 약관의 나이에 박제가 · 유득공 · 이서구와 함께 《건연집巾衍集》이라는 시집을 내어 문명文名을 중국에까지 떨쳤다. 이후 박지원 · 박제가 · 홍대용 · 서이수徐理修 등 북학파 실학자들과 교유하면서 많은 영향을 받았다. 대표적인 저서로 《청장관전서》가 있다.

《청파극담青坡劇談》

조선 전기의 문신 이륙이 성종 연간(1469~1494)에 중국에 사신으로 다녀온 견문기見聞記를 엮은 책. 《대동야승》 권11에 들어 있고, 청파는 지은이의 호, '극담劇談'은 '유쾌한 이야기'라는 뜻이다. 하지만 대부분 역사적 사실과 거리가 먼 이야기이며, 예감睿鑒 · 기실記實 · 도량度量 · 조복朝服 · 의상衣裳 등 15분야로 나뉘어 실려 있다. 유명 인물에 관한 이야기가 많아 야사野史로서 가치를 지니며, 민속학이나 옛 복식服飾 연구에 중요한 자료가 된다.

· 이륙李陸(1438~1498)

조선 전기의 문신. 자는 방옹放翁, 호는 청파靑坡. 1464년 문과에 급제해 성균관직강成均館直講, 경상도 관찰사 · 대사헌, 형조참판 등을 지냈다. 성품이 용감했고 행정직에도 능력을 발휘했다. 또한 시와 문장에도 능통했다. 저서로는《청파집》·《청파극담靑坡劇談》이 전한다.

원전에서 인용한 주요 문헌

《고공기考工記》

중국 최초의 과학기술 관련 전문서적. 춘추시대 말기에 제나라 수공업 기술의 규범을 기록한 책으로 알려져 있다. 현재 전해오는 판본은《주례周禮》의 6편(천·지·춘·하·추·동天地春夏秋冬) 중에서 일찍이 상실된 동관冬官 대신에 전한前漢 9대 황제인 성제成帝(재위 기원전 33~7) 때 편입된 것이다. 이 책에 나오는 많은 사실을 중국과 우리나라에서 도성을 건설할 때 참고했다고 전한다.

도성都城·궁전·관개灌漑의 구축, 차량·무기·농구·옥기玉器 등의 제작에 관한 기사가 포함되어 있으며, 특히 차량 부분이 상세하다. 전체는 목공木工 7직職, 금공金工 6직, 피혁공皮革工 5직, 염색공 5직, 연마공硏磨工 5직, 도공陶工 2직 등 30종의 직인職人을 명칭에 따라서 분류하고 기술했는데, 금공 1직, 피혁공 2직, 염색공 1직, 연마공 2직 등 6직의 기사는 소실되고 없다. 이 책에 등장하는 상세 내역을 유물遺物과 대조해 보면, 춘추시대 이후 전개된 전국시대戰國時代의 것들과 부합하는 점이 많다고 전한다.

《본초강목本草綱目》

중국 명나라 때 본초학자本草學者 이시진李時珍(1518~1593)이 엮은 약학서
藥學書. 총 52권으로 1596년에 간행되었다. 〈신농본초경神農本草經〉 등 중
국 역대 약학서에서 내용을 취해 저자 홀로 30여 년에 걸쳐 집대성한 것으
로, 원고 개정 작업만 세 차례 했다고 전한다. 그 무렵 본초서本草書 대부분
은 국가에서 편찬하는 관례를 고려할 때, 개인이 혼자 힘으로 완성시켰다
는 점이 높게 평가받고 있다.

본초가 한의학에서 사용하는 약재를 가리킨다는 점에서 약용藥用으로 쓰
이는 대부분의 약초를 자연분류를 기준으로 분류했으며, 총 1892종의 약
재가 망라되어 있다. 그 가운데 374종은 이시진이 증보增補한 것이다. 또
한 약물도藥物圖 1100여 폭을 첨부했다. 16세기 이전 중국 약물학의 성과
를 집대성했고, 광물학·화학·동식물학 방면에도 영향을 주었다. 간행된
후 30여 차례나 중국에서 번각飜刻되었고, 1606년 일본에 전해졌다. 그 후
라틴어·프랑스어·독일어·영어·러시아어 등으로 번역되어 전 세계 약학
자·식물학자들의 관심을 모았다.

《산해경山海經》

고대 중국과 국외의 지리를 다룬 가장 오래된 지리서地理書.《산해경》이란
이름은 사마천史馬遷이 저술한《사기史記》에 맨 처음 등장하며, 지은이는 하
夏나라 우왕禹王 또는 백익伯益이라고도 한다. 실제는 기원전 4세기경 전국

시대 이후의 저작으로, 한漢나라(기원전 202~기원후 220) 초에는 이미 책이 존재하고 있었을 것으로 추정된다. 원래는 23권이었으나 오늘날 전하는 판본은 전한前漢 말기,《전국책》의 저자 유향劉向의 아들 유흠劉歆이 교정한 18편이다. 또한 진晉나라 곽박郭璞이 최초로 주석註釋을 달았다.

내용은 주로 고대 신화, 지리, 동물, 식물, 광물, 무술巫術, 종교, 고사古史, 의약, 민속, 민족 등의 분야로 이루어졌으며 원래《산해도경山海圖經》이라고 불리는 지도책이 함께 있었다고 하나 위진魏晉(220~420) 이후에 유실된 것으로 보인다.

이 책에는 기이한 괴수怪獸와 특이한 신화고사神話故事가 다수 포함되어 있는 까닭에 오랫동안 허황된 책으로 인식되었지만, 일부 학자들은 신화에 그치지 않고 해외의 산천과 동물 들을 포함하는 고대 지리서로 인정하기도 한다.

고대 중국의 자연관을 파악하는 데 귀중한 자료로, 신화의 기재記載가 비교적 적은 중국 고전 중 예외적 존재로서도 중요시되고 상상력이 풍부한 묘사로 후대의 중국 작가·시인 들에게 영향을 주었고, 중국 소설 발전에 중요한 몫을 했다.

《삼재도회三才圖會》

중국 명나라 때 왕기王圻가 저술한 일종의 백과사전. 모두 106권으로 이루어져 있는데, 여러 서적의 그림을 모으고 그림에 따라 그에 관한 사물을 천

天·지地·인人의 삼재三才로 나누어 설명하면서 천문天文·지리地理·인물人物·시령時令·궁실宮室·기용器用·신체身體·의복衣服·인사人事·의제儀制·진보珍寶·문사文史·조수鳥獸·초목草木 등 14부문으로 분류해 찾아보기 편리하게 편찬했다.

《서경書經》

오경五經(유학의 다섯 경전. 《서경》·《시경》·《주역》·《예기》·《춘추》) 가운데 하나. 《상서尙書》라고도 한다. 중국에서 가장 오래된 경전이다. 58편으로 이루어져 있는데, 그중 33편을 《금문상서今文尙書》라 부르고 나머지 25편을 《고문상서古文尙書》라 한다.

처음 다섯 편은 중국의 전설적인 태평시대에 나라를 다스린 것으로 유명한 요堯·순舜의 말과 업적을 기록한 것이다. 6~9편은 하나라에 대한 기록이지만 하나라의 존재는 역사적으로 밝혀지지 않고 있다. 그 다음 17편은 은나라(상나라)의 건국과 몰락에 대한 기록인데, 은나라의 멸망을 마지막 왕인 주왕紂王이 타락한 탓으로 돌리고 있다. 마지막 32편은 기원전 771년까지 중국을 다스렸던 서주西周에 대해 기록하고 있다.

《설문해자說文解字》

중국 최초의 문자학 책. 후한 때 허신許愼이 편찬했다. 본문은 14권이고 서목敍目 1권이 추가로 편찬되었다. 해설한 글자는 총 13만 3441자다. 최초로 부수배열법을 채택하여 한자 형태와 편방偏旁 구조에 따라 540개의 부수를 분류했다. 또 글자마다 지사指事·상형象形·형성形聲·회의會意·전주轉注·가차假借라는 '6서六書'에 따라 글자 형태를 분석하고 뜻을 해설했으며 독음讀音을 식별했다. 고문자古文字에 대한 자료가 많이 보존되어 있어서, 중국 고대 서적을 이해하는 데 유익하며 특히 갑골문甲骨文·금석문金石文 등의 고문자를 연구하는 데 참고할 만한 가치가 있다.

원본은 전하지 않으며 현재는 송나라 때 서현徐鉉이 쓴 교정본이 남아 있다. 이에 대한 후세인들의 연구 저작물은 대단히 많으나 청나라 때 단옥재段玉裁가 편찬한 《설문해자주說文解字注》가 가장 자세하다.

《시경詩經》

춘추시대의 민요를 취합해 편찬한 중국에서 가장 오래된 시집. 주로 황하黃河 중류 중원中原 지방의 시로서, 시대적으로는 주나라 초부터 춘추시대 초기에 이르는 305편을 수록하고 있다. 본디 3000여 편이었던 것을 공자가 311편으로 간추려 정리했다고 알려져 있지만, 오늘날 전하는 것은 305편이다.

수록된 시는 크게 풍風·아雅·송頌으로 분류되며 모두 노래로 부를 수 있다. '풍'은 민간에서 채집한 노래로 모두 160편이다. 여러 나라의 노래가 수집되어 있다고 하여 '국풍國風'이라고도 하는데, 대부분이 서정시로서 남녀 간의 사랑이 주 내용이다. '아'는 소아小雅 74편과 대아大雅 31편으로 구성되며 궁중에서 쓰이던 작품이 대부분이다. 형식적·교훈적으로 서사적인 작품들도 있다. '송'은 신과 조상에게 제사 지내는 악곡을 모은 것이다.

시의 내용은 매우 광범위하며 통치자의 전쟁·사냥, 귀족계층의 부패상, 백성들의 애정·일상생활 등 다양한 모습을 담고 있다. 형식상으로는 4언四言을 위주로 하며 부賦·비比·흥興과 같은 표현 방법을 이용했다. '부賦'는 자세한 묘사, '비比'는 비유, '흥興'은 사물을 빌려 전체 시를 이끌어 내는 방법을 말한다. 이러한 수법은 후대 시인들이 계승하여 몇천 년 동안 전통적인 예술 기교로 자리 잡았다. 대대로 《시경》에 대한 연구는 활발했으며 한나라 때 유교 경전에 편입되었다. 내용이 풍부할 뿐 아니라 문학사적 평가도 높으며, 상고上古시대의 사료史料로도 귀중하다.

《예기禮記》

오경 중 하나. 《주례周禮》, 《의례儀禮》와 함께 삼례三禮라고 한다. 원문은 공자가 편찬했다고 전한다. 공자가 직접 지은 책에는 '경經' 자를 붙이므로, 원래 이름은 《예경禮經》이었다. 그럼에도 《예경禮經》이라 하지 않고 《예기》라고 하는 것은 예禮에 관한 경전을 보완補完·주석註釋했다는 뜻이다.

원래는 공자가 제자들과 200편으로 편찬한 것으로 알려지나, 이후 대덕戴德이 고른 85편을 《대대례기大戴禮記》, 그의 조카인 대성戴聖이 고른 49편을 《소대례기小戴禮記》라고 한다. 그 뒤 후한의 정현鄭玄이 "대덕·대성이 전한 것이 곧 예기다"라고 하면서 《예기》란 명칭이 나타났는데, 《대대례기》는 오늘날 내용을 알 수 있는 것이 40편에 불과하다. 따라서 일반적으로《예기》라고 하면 대성이 엮은《소대례기》를 지칭한다.

한편《예기》에는 〈곡례曲禮〉·〈단궁檀弓〉·〈왕제王制〉·〈월령月令〉·〈예운禮運〉·〈예기禮器〉·〈교특성郊特性〉·〈명당위明堂位〉·〈학기學記〉·〈악기樂記〉·〈제법祭法〉·〈제의祭儀〉·〈관의冠儀〉·〈혼의婚儀〉·〈향음주의鄉飮酒儀〉·〈사의射儀〉 등의 편이 있고, 예의 이론과 실제를 논하는 내용뿐 아니라 음악·정치·학문 등 일상생활의 사소한 영역에 이르기까지 예의 근본정신에 대하여 다방면으로 서술하고 있다. 사서四書의 하나인《대학大學》과《중용中庸》도 이 가운데 한 편이다. 사서는 보통 중국에서 유교 입문서로 사용되고 있다.

《유양잡조酉陽雜俎》

중국 당나라 때 단성식段成式(?~863)이 기이한 사건, 황당무계한 이야기를 비롯해 도서·의식衣食·풍습·동식물·의학·종교·인사人事 등 온갖 사항에 관한 것을 탁월한 문장으로 흥미롭게 엮은 책. 당나라 무렵의 사회를 연구하는 데 귀중한 사료로 인정받고 있으며, 또한 고증적인 내용은 문학이나 역사 연구 분야에서 중요한 자료로 활용되고 있다.

《이아爾雅》

《시경》,《서경》 등 고전의 문자를 추려 유의어와 뜻 등을 해설한 책으로 고대 중국어 어휘 연구에 중요한 자료다. 지은이와 편찬 연대는 정확하지 않다. 한나라와 당나라 무렵 훈고학訓詁學이나 청나라의 고증학考證學에서 특히 중시했다. 이 때문에 유가의 13경經 가운데 하나로 꼽히며, 수많은 주석서를 낳아 '아학雅學'이라는 학문 분야를 형성하기도 했다. 우리나라에선 고려시대 국자감國子監 유학부儒學部에서 《이아》를 '설문說文', '자림字林', '삼창三倉' 등과 함께 교양 과목으로 교육하기도 했다.

오늘날 전하는 판본은 19편으로 구성되어 있다. 〈석고釋詁〉, 〈석언釋言〉·〈석훈釋訓〉, 세편은 동의어를 분류했으며, 나머지 편들은 사물의 명칭이나 글자의 뜻을 해설했다. 기물器物에 관한 명칭, 음악과 악기에 관한 명칭, 천문, 지리, 자연, 산악, 하천, 초목, 곤충과 물고기, 새, 짐승과 가축에 관한 명칭을 풀이했다.

한편 전하는 주석본으로는 서진의 곽박이 남긴 주석서가 가장 오래되었고, 북송北宋의 형병邢昺이 지은 《이아주소爾雅注疏》, 청나라 소진함邵晋涵이 남긴 《이아정의爾雅正義》 등이 있다.

《장자莊子》

중국 전국시대의 유명한 도가道家 사상가 장자莊子의 이름을 딴 고전. 당나라 현종玄宗에게 남화진경南華眞經이라는 존칭을 받아 《남화진경》이라고도 한다.

내편內編(7)·외편外編(15)·잡편雜編(11), 모두 33편으로 구성되어 있다. 그중 내편이 비교적 오래되었고 장자 근본이 되는 사상이 실려 있어 장자의 저서로 여겨지는 반면, 외편과 잡편은 후학後學에 의해 저술된 것으로 간주된다. 장자는 노자老子의 학문을 깊이 연구한 까닭에 그의 사상 밑바탕에서 동일한 흐름을 엿볼 수 있다.

진秦 시황제始皇帝 때 '분서焚書의 화'를 입기도 하고, 한나라 때 재편찬되기도 했다가 진나라 곽상郭象(?~312)이 주석서《장자주莊子注》를 편찬한 이후 오늘날까지 33편이 전한다.

《주례周禮》

주나라 때의 관제를 기록한 유교 경전으로, 유가의 9경·12경·13경에 속한다.《주관周官》이라고도 한다.《의례》,《예기》와 함께 삼례三禮라 불린다. 책의 내용은 유가 사상뿐만 아니라 법가法家 사상의 영향도 받았다. 천지사계天地四季를 천관·지관·춘관·하관·추관·동관으로 직제를 나누고, 각 관 아래에 속관을 두어 388관이 된다. '천관天官'에서는 통치 일반을, '지관地官'에서는 교육, '춘관春官'에서는 사회적·종교적 제도, '하관夏官'에서는 군사, '추관秋官'에서는 법무法務, '동관冬官'에서는 인구·영토·농업을 다루고 있다. 중국 역대의 관제는 이 책의 내용을 규범으로 삼은 경우가 많다.

우리나라에서는 고려 말기에 성리학이 발흥하면서 성리학자들 사이에《주례》를 중시하는 경향이 생겼다. 조선왕조 개창에 핵심적 역할을 한 정도전鄭道傳은《조선경국전朝鮮經國典》에서《주례》의 6관제도六官制度를 기본으로 하여 조선왕조의 통치규범을 제시했다. 그 뒤《주례》는 세종 때 16책으로 간행되어 일반에 널리 보급되었다. 또한 조선 후기에 이르러 새로운 사상에 대한 모색이 활발해지면서 몇몇 학자에 의해 《주례》 연구가 이루어졌다.

《주역周易》

유교 3경의 하나인 《역경易經》을 일컫는다. 〈경經〉, 〈전傳〉 두 부분을 포함하며, 주나라 시조인 문왕文王이 지었다고 전한다.

이 책은 점복占卜을 위한 원전原典과도 같으며, 동시에 어떻게 하면 조금이라도 흉운凶運을 물리치고 길운吉運을 잡느냐 하는 처세의 지혜이며 나아가서는 우주론적 철학이기도 하다. 주역周易이란 글자 그대로 주나라의 역易이란 뜻이며, 역이란 말은 변역變易, 즉 '바뀐다', '변한다'는 뜻으로 천지만물이 끊임없이 변화하는 자연현상의 원리를 설명하고 풀이한 것이다.

한편 《주역》은 유교 경전 중에서도 특히 우주철학을 논하고 있어 한국을 비롯한 일본·베트남 등의 유가 사상에 많은 영향을 끼쳤을 뿐만 아니라 인간의 운명을 점치는 점복술의 원전으로 깊이 뿌리박혀 있다.

《춘추春秋》

기원전 5세기 초에 공자가 엮었다고 알려진 중국 최초의 편년체 역사서. 공자가 자신의 모국母國인 노나라의 12제후가 다스렸던 시기[은공隱公 원년(기원전 722)부터 애공哀公 14년(기원전 481)]에 일어난 주요 사건들을 연대순으로 기록했으며 유학에서 오경의 하나로 여겨진다. '춘추'라는 이름은 '춘하

추동'을 줄인 것으로, 사건의 발생을 연대별, 계절별로 구분하던 고대의 관습에서 유래했다.

한편 공자가 편수編修하기 이전에 이미 노나라에는《춘추》라고 불리는 사관史官의 기록이 전해온 것으로 알려져 있다.《맹자孟子》에는 "춘추시대 열국列國들이 각각 사관史官을 두어 주요 사건을 정리했는데, 진晉에는 '승乘', 초楚에는 '도올檮杌', 노魯에는 '춘추'가 있었다"라고 기록되어 있다. 이처럼 노나라에 전해오던 기록을 공자가 자신만의 역사의식과 가치관에 따라 새롭게 편수한 것이 오늘날의《춘추》라 할 수 있다.

《춘추》는 명분名分에 따라 용어들을 엄격히 구별하여 서술했고, 내용이 매우 간단하게 기록되어 의미를 파악하기가 쉽지 않다. 이 때문에 수많은 학자들이 이해를 돕고자 그 의미를 해석하고 풀이한 주석서인 '전傳'을 짓기 시작해 '춘추학春秋學'이란 분야가 생겨나기에 이르렀다. 이 가운데 전국시대에 공양고公羊高가 지은《공양전公羊傳》, 곡량숙穀梁俶의《곡량전穀梁傳》, 좌구명左丘明의《좌씨전左氏傳》을 가리켜 '춘추삼전春秋三傳'이라 한다.

《한서漢書》

후한後漢 때의 역사가 반고班固가 전한前漢의 역사를 저술한 기전체紀傳體 역사서로 12제기帝紀·8표表·10지志, 70열전列傳 등 전 100권으로 이루어졌다.《전한서前漢書》또는《서한서西漢書》라고도 한다.《사기史記》와 더불어 중국 사학사史學史의 대표적 저작이다. 한나라 무제에서 끊긴《사기》의 뒤

를 이어 기록한 정사正史로 여겨지므로 '두 번째의 정사正史'라 부르기도 한
다.

《사기》가 상고시대부터 무제까지를 다룬 통사通史인 데 비하여 《한서》는 전
한만을 다룬 단대사斷代史로, 한고조漢高祖 유방劉邦부터 왕망王莽의 난까지
12대代 230년간의 기록이라는 점에 특징이 있다.

또 《한서》는 《사기》와 부분적으로 중복되는 곳도 있으나, 후한시대부터 삼
국시대에 걸쳐 20여 명의 주석가가 나타났으며, 이 주석은 당나라 때 안사
고顏師古의 주석으로 집대성되어 현재의 간본刊本은 모두 안사고의 주석을
부각付刻한 것이다. 사료의 채택이 엄격하고 문체는 소박하면서도 근실하
여 전한 역사를 연구하는 데 귀중한 자료다.

참고
문헌

참고문헌

《고사촬요》, 어숙권 편, 한국도서관연구회 영인, 남문각, 1974

《공자가어》, 이민수 옮김, 을유문화사, 2003

《논어》, 차주환 외 옮김, 을유문화사, 1979

《대동야승》 1~18, 민족문화추진회 편, 민족문화추진회, 1984

《동의보감》, 허준, 동의보감국역위원회 편역, 풍년사, 1966

《맹자》, 차주환 옮김, 범우사, 1994

《물명고/물보》, 유희 찬, 이철환 옮김, 문아사, 1974

《민물고기를 찾아서 : 사람과 자연과 물고기》, 최기철, 한길사, 1991

《북학의》, 박제가, 박정주 옮김, 서해문집, 2003

《사기》 1~7, 사마천, 정범진 외 옮김, 까치, 1995

《산림경제》 1~2, 홍만선, 민족문화추진회 편, 민족문화추진회, 1982

《삼재도회》 1~6, 왕기 찬집, 민속원, 2004

《서경》, 김학주 옮김, 광문출판사, 1967

《서애집》 1~2, 민족문화추진회 편, 민족문화추진회, 1977

《성호사설》 1~12, 이익, 민족문화추진회 편, 민족문화추진회, 1976

《시경》, 김학주 옮김, 명문당, 1971

《시경》, 이원섭 옮김, 현암사, 1967

《안씨가훈》, 안지추, 김종완 옮김, 푸른역사, 2007

《여씨춘추》, 여불위, 홍승직 역해, 고려원, 1996

《역주 이옥전집》 1~2, 이옥, 실시학사 고전문학연구회 역주, 소명출판, 2001

《오주연문장전산고》, 이규경, 민족문화추진회 편, 민족문화추진회, 1979

《용재총화》, 성현, 이대형 옮김, 서해문집, 2012

《이아주소》, 최형주 · 이준령 편저, 자유문고, 2001

《임하필기》, 이유원, 민족문화추진회,1999

《장자》, 김달진 옮김, 현암사, 1965

《전국책》, 김전원 편역, 명문당, 1991

《조선부》, 동월, 윤호진 옮김, 까치, 1994

《주례고공기》, 국토개발연구원, 1982

《주역》, 남만성 옮김, 현암사, 1967

《주역》, 이민수 옮김, 을유문화사, 1974

《지봉유설》 상 · 하, 이수광, 남만성 옮김, 을유문화사, 1994

《징비록》, 유성룡, 김흥식 옮김, 서해문집, 2003

《청성잡기》, 성대중, 김종태 외 옮김, 민족문화추진회, 2006

《청장관전서》 1~13, 이덕무, 민족문화추진회 편, 민족문화추진회, 1979

《춘추좌씨전》 상 · 하, 좌구명 원저, 문선규 옮김, 명문당, 1988

《한비자》, 한비, 김원중 옮김, 현암사, 2003

《한서》, 반고, 홍대표 옮김, 한국출판사, 1982

《회남자》 1~2, 유안, 이석명 옮김, 소명출판, 2010

《회남자》 상 · 중 · 하, 유안, 안길환 편역, 명문당, 2001

《考工記》, 聞人軍, 巴蜀書社, 1987

《古代 漢字彙編》, 小林 博 著, 白川靜 序, 木耳社, 1977

《廣雅》, 張揖 撰, 曹憲 音, 臺灣商務印書館, 1966

《文淵閣四庫全書》, 臺灣商務印書館, 1986

《文獻通考 : 經籍考》, 馬端臨 撰, 新文豐出版公司, 1986

《本草綱目》, 李時珍, 文友書店, 1959

《辭書集成》 1~9, 谷風 主編, 團結出版社, 1993

《山海經》, 劉向, 劉歆 編撰, 文若愚 主編, 中國華僑出版社, 2012

《說文解字》, 許愼 撰, 中華書局, 1996

《禮記》, 保景文化社, 1984

《爾雅》, 郭璞 註, 涵芬樓

《爾雅郭注》, 郭璞 注, 臺灣中華書局, 1970

《戰國策》, 劉向(漢) 編, 高誘(漢) 注, 崇文書局, 1912

《周官新義 : 附 考工記解》, 王安石 撰, 臺灣商務印書館, 1968

《周禮》, 黃公渚 選註, 臺灣商務印書館, 1970

《集韻》, 丁度 等撰, 方成珪 考正, 臺灣商務印書館, 1968

《天工開物》 上 · 下, 宋應星, 中國社會出版社

《春秋左氏傳》, 左丘明, 景文社, 1975

《漢書》, 班固, 漢語大詞典出版社, 2004

찾아
보기

朝鮮動物記